Das Rowohlt Lesebuch

der heiteren Familiengeschichten

Herausgegeben
von Bernd Jost

rororo

Rowohlt

Veröffentlicht im Rowohlt Taschenbuch Verlag GmbH,
Reinbek bei Hamburg, Juni 1984
Umschlagentwurf und Umschlagtypographie
Manfred Waller

Quellenverzeichnis am Ende des Bandes
Gesetzt aus der Monotype Sabon (Lasercomp)
bei LibroSatz, Kriftel
Gesamtherstellung Clausen & Bosse, Leck
Printed in Germany
780-ISBN 3 499 15215 0

Inhalt

Der bunte Alltag

So sollte es enden

Zur Einstimmung

Kurt Tucholsky

Familienbande

Die Familienbande . . . also wir wollen höflich sein.

Was hält die Familie zusammen –? Die gemeinsame Abstammung? Die Stimme des Blutes? Das allein kanns nicht sein.

Wenn Onkel Edgar, der schon als junger Mann nach Madagaskar gegangen ist, weil er sich zuviel auf den Rennplätzen herumgetrieben hat, wieder zurückkommt, dann verkriechen sich die Kinder und sagen zu Mama: «Da ist ein fremder Herr im Salon –!» und auch in den vier Wochen, wo er in der Familie lebt, wird das nichts Rechtes. Da fehlt irgend etwas . . .

Es fehlt die Gemeinsamkeit der kleinen Hauserlebnisse. Und die sind es, die die Familie zu einer kompakten Einheit zusammenschweißen, mit Verlaub zu sagen. Familienmitglieder sind alte Kriegskameraden.

Denn die Vertraulichkeit zwischen den Angehörigen desselben Familienstammes, eine Vertraulichkeit, die dem andern noch die Haut abschält, um zu sehen, was darunter ist, stammt daher, daß alle Beteiligten, Schulter an Schulter und Unterhose an Unterhose den Stürmen des Lebens getrotzt haben.

Der Familienkalender hat seine eigene Einteilung und mit dem gregorianischen wenig zu tun. Das war im Jahre 1921? Nein: «Das war damals, als Tante Frida deine Stehlampe umgeworfen hat!» Vor zwei Jahren –? Nein: «Du weißt doch, Erich kam mit seiner Zensur, und da hat sich Papa noch so aufgeregt . . .» So war das.

Krach eint.

Der Gasometer läuft. Erst tropft er, niemand merkts, dann tropft er stärker, immer noch merkts keiner; dann drippelt er ganz rasch, ein kleiner See steht im Korridor – und nun laufen sie alle zusammen. Der Gasometer ist gar kein Gasometer mehr, sondern Prüfstein der Charaktere, Riff, an dem sich die Wogen der Temperamente brechen, Stein der Weisen und Stein der Dummen; Anlaß, Exposition und das Ding an sich. – «Hundertmal hab ich schon gesagt, ihr sollt besser auf den Gasometer aufpassen!» – «Vorhin, gnä' Frau, wie er noch nicht gelaufen hat, da hat er noch nicht gelaufen – und da hab ich noch nachgesehen – –» – «Bring mal ein Wischtuch her – nein, das nicht – Gott, ist das ein Ochse! – den Scheuerlappen!» – «Mama, wo ist denn mein Schrankschlüssel?» – «Mama, es hat geklingelt!» – «Ich bin kein Ochse!» – «Widersprich nicht immer –!» – «Aua, Edith kneift mich!» – «Gnädige Frau, die Gasrechnung!» – «Der Gasmann soll mal herkommen –!» – «Mama, wo ist denn mein Schrankschlüssel?» – «Hier sehn Sie mal: der Gasometer läuft!» – «Ick bin bloß für die Rechnung – det er looft, det jeht mir jahnischt an!» – «Mama, wo ist denn mein Schrankschlüssel?» – «Emma, wenn Sie noch ein einziges Mal . . .» Krach eint.

Die Einigung wird umso stärker empfunden, je mehr sich die Mitglieder dieses Indianerstammes von einander zu entfernen wünschen. Das machen sie so:

«Papa, guck mal – unser neuer Teppich –!» Papa: «Na, da habt ihr euch ja schön bekauft –!» (Ihr – er gehört nicht dazu.) «Arthur, Tante Rosa kommt heute abend zum Abendbrot – sei pünktlich!» – «Kinder, ihr müßt auch immer die ganze Verwandtschaft einladen. Das wird ja schön langweilig werden bei euch!» – Es ist der letzte schwache Versuch des Individuums, sich als solches zu behaupten – aber er mißlingt immer: denn der Mensch in der Familie ist gar kein Mensch, sondern nur Gruppenteil, Partikel einer Kollektivität und Glied in der Kette, die ihn sanft und unnachgiebig umschlingt. Und das eint.

Daher man denn nicht sagen sollte: Herr X. stammt aus der Familie der Henkeltopfs – sondern man sollte sagen: Er entstammt der Hausgemeinschaft Geisbergstraße 67, Maaßenstraße Nr. 11 und Haberlandstraße 5 – denn es sind nicht die Bande des Blutes, die einen – sondern die Bande des Krachs und der gemeinschaftlichen Erlebnisse.

Daher die grandiose Respektlosigkeit, die Familienmitglieder für einander haben. Kommt ein Fremder hinzu und bewundert die feingeschwungene Nase Gerties; den süßen Brustansatz Lieschens; das Pfeiftalent Fritzchens und den Witz Papas, dann gähnt die Familie und ist höchstens gelangweilt geschmeichelt. Eine

Sensation ist das nicht mehr. Wegen des Geruchs im Korridor hat die feingeschwungene Nase Gerties zu oft sich selbst gerümpft; den süßen Brustansatz Lieschens haben sie bis da, Fritz pfeift und soll das nicht, und Papa macht immer dieselben Witze. Man ist kein Held in Unterhosen: vor seinem Kammerdiener nicht und vor der Familie schon gar nicht.

Man liebt sich auseinander, aber man zankt sich zusammen.

Und weil sich gleichnamige Pole abstoßen, so stoßen sich die Pole der Familie so lange ab, bis sie ganz rund geschliffen sind, auseinander können sie nicht, und sie kennen sich viel zu genau, um sich lieben zu können, obgleich jeder von sich behauptet, er sei ein unverstandenes Kind, und die in der Familie hätten auch nicht den Schimmer einer Ahnung, wer da unter ihnen weile – und wenn die Familie nicht wäre, so wäre jeder schon längst Napoleon und Ford und Josephine Baker in einem. Denn wer ist an allem schuld –? Die Familie.

Man kann sich fremde, große Männer und Frauen nur sehr schwer in ihrer Familie vorstellen: für uns schweben sie ewiglich in einer Wolke des Ruhmes und der Gloriole ihrer Werke . . . In Wahrheit ist das aber ganz anders.

«Benito!» sagt Frau Mussolini zu Herrn Mussolini. «Den Kragen kannst du nicht mehr umbinden – erstens ist er ausgefranst, und zweitens siehst du darin wirklich nicht gut aus. Ich habe mich neulich so über die Fotografie im *New York Herald* geärgert, ausgerechnet an dem Tag mußt du diesen alten Kragen tragen!» – «Mach mich nicht nervös», sagt der Diktator. «Das ist ein schöner Kragen – eine gute italienische Marke, und das englische Zeug mag ich nicht, das du mir da gekauft hast . . . Himmelherrgottdonnerwetter – jetzt ist das Knopfloch geplatzt –!» – «Beenchen . . .» – «Porco dio!» sagt Italien und wirft den Kragen wütend auf den Boden. «Madonna! Verfl – –»

Ein guter Familienvater braucht den Krach; es ist wie mit dem Druck der Atmosphäre: ohne den zerplatzte er. Daher sich denn auch Junggesellen mit einer Geliebten zu umgeben pflegen, die ihnen tagtäglich denselben Zimt aufführt. Denn was eint die Familie –?

Blut ist dicker als Wasser; Krach ist dicker als Blut, und stärker als alle drei beide ist die Gewöhnung.

So fängt es immer an

Jo Hanns Rösler

Eine Ehefrau wie keine

Kitty hielt die Gelegenheit für günstig.

«Johannes?»

«Ja, Kitty?»

«Was haben wir Ostern vor?»

Ich sah meine Frau verliebt an. Sie sah heute wieder einmal besonders reizend aus.

«Komm in meine Arme!» rief ich. «Schmieden wir Pläne!»

Kitty ließ es sich nicht zweimal sagen. Sie nahm schnell den versteckten Lockenwickel aus dem Haar.

«Du hast mir doch kürzlich zu meinem Geburtstag eine entzückende Reisegarnitur geschenkt, Johannes», begann sie, «ein Kulturbeutelchen, eine Schwammtasche, ein Strumpfetui, einen Wäschesack, ein Paar Pantöffelchen, ein Hautkremköfferchen und ein Reiseweckerchen. Sag, wozu benützt man eigentlich ein Reiseweckerchen?»

«Wenn man auf einer Reise geweckt werden will, Kitty.»

«Du bist es doch, der mich immer weckt, Johannes.»

Ich tue es gern. Ich gebe es zu. Die eigene Frau am Morgen zu wecken, sollte sich ein Ehemann nie entgehen lassen. Das gehört zu den angenehmsten Dingen des Daseins. Außerdem will ich meinen Kaffee haben.

«Heute früh hast du mich recht ungebührlich geweckt, Johannes!»

«Es gibt in der Ehe keine Ungebührlichkeiten!»

«Doch! Du hast meine große Zehe geküßt.»

Ich lachte vergnügt.

«Daran ist die Zehe schuld. Sie schaute so lustig unter der Bettdecke hervor, als wollte sie sagen: Komm, küß mich! Da tat ich es.»

«Ich träumte gerade, ich wäre im Botanischen Garten auf einen Kaktus getreten. Dabei war es nur dein Bart, als du mich küßtest.»

Ich steckte den Vorwurf nicht ein.

«Ich kann mich ja nicht gut im Bett rasieren», rief ich.

«Es gibt Männer, die tun es.»

«Aber die tun dafür nichts anderes, geliebtes Weib. Für mich bedeutet das Erwachen am Morgen mehr. Es ist für mich die Stunde der Besinnung. Ich denke nach und lege mir meinen Tageslauf zurecht. Im Bett kommen mir stets die besten Gedanken.»

«Wann hast du den Gedanken gefaßt, mich zu heiraten?»

Mir fiel es sofort ein.

«Auch im Bett. Wir fuhren im Schlafwagen von Salzburg nach Wien.»

«Ich weiß», sagte Kitty schnell, um abzulenken. «Und da hast du dich entschlossen, mich zu heiraten?»

«Ich wußte, ich fände keine wundervollere Frau als dich.»

«Das ist dir im Bett eingefallen?»

«Das ist mir nicht eingefallen», sagte ich. «Ich stellte es fest.»

«Woran?» fragte Kitty.

Ich führte sie statt einer Antwort vor den Spiegel.

«Beurteile es selbst», sagte ich. «Wenn man heute nach so vielen Jahren einer strapaziösen Ehe noch so aussieht wie du –»

«Bin ich hübsch?»

«Ich sage es dir jeden Tag.»

«Warum sagst du es mir nicht jeden Tag zweimal?»

«Ich fürchte, es könnte dich langweilen.»

«Ach, weißt du Johannes, wir Frauen sind so schrecklich vergeßlich . . . sag es mir getrost öfter . . .»

Wir standen gerade in der Küche, und der Spiegel, zu dem ich Kitty geführt hatte, war ein rechter blinder Scherben, in dem sich sonst nur unsere dicke Köchin Rosina das Haar ordnete, wenn sie schon dabei war, die Suppe hereinzutragen. Ich weiß nicht, ob die Küche der rechte Ort für Liebesgespräche ist, aber heute war Sonntag, die Köchin war in der Kirche, und wir hatten die ganze Wohnung für uns allein. Warum also nicht auch einmal in der Küche beim Kaffeekochen der geliebten Frau vorm Herd sagen, daß sie uns gefällt?

Es kann dabei höchstens die Milch überlaufen. Dann riecht's zwar in der Wohnung verbrannt, aber wenn ein Ehemann seiner Frau nicht oft genug sagt, wie hübsch er sie findet, riecht's den ganzen Tag in der Wohnung auch nicht gut.

«Ich wollte dich doch etwas fragen, Johannes?» sagte Kitty, als sie die Milch vom Herd wischte. Sie war tatsächlich übergelaufen.

«Du sprachst von deiner Reisegarnitur.»

«Ja, richtig! Wozu hast du sie mir eigentlich geschenkt?»

«Sie gefiel dir.»

«Gut. Zugegeben. Aber was macht man damit?»

Ich wußte bereits, worauf Kitty hinauswollte. Ich machte es ihr leicht.

«Man nimmt sie auf Reisen mit.»

«Aha! Wenn man also eine Reisegarnitur hat, muß man auch verreisen!»

«So ist es.»

«Und was machen wir dieses Jahr zu Ostern?»

Wir waren wieder am Ausgangspunkt. Das Karussell hatte sich gedreht.

Ich ließ Kitty noch ein wenig zappeln. Sie zappelte so süß, wenn sie ungeduldig war.

«Zu Ostern?» fragte ich harmlos.

Kitty nahm die Ziellinie:

«Verreisen wir?»

«Erst sparen, dann reisen.»

«Hast du nichts gespart, Johannes?»

Ich hatte. Nicht viel, aber ich hatte.

«Es reicht für eine kleine Italienreise, Kitty.»

Kitty fiel mir jubelnd um den Hals.

«Italien!» rief sie. «Neapel! Sorrent! Capri! Palermo!»

«Ich sprach von einer *kleinen* Italienreise, Kitty.»

«Wenigstens bis Venedig?»

«Vielleicht», sagte ich und lächelte dazu verheißungsvoll. Ich versuchte es wenigstens. Ich machte ein Gesicht, wie ich mir vorstellte, daß man verheißungsvoll lächelt. In Wirklichkeit machte ich wahrscheinlich nur ein sehr dummes Gesicht.

Das war vierzehn Tage vor Ostern gewesen. An einem Sonntag, ich erzählte es schon.

Am Montag kam Kitty zu mir.

«Johannes! Ich brauche dringend einen neuen Hut.»

«Wofür?» fragte ich erschrocken. Sonderbar, daß wir Ehemänner bei solchen Anlässen immer wieder erschrecken. Wir müßten es doch längst gewöhnt sein.

«Du fragst? Für Italien natürlich. Ich kann doch nicht neben dir wie Frau Kroll gehen, die drei Jahre lang denselben Hut trägt.»

«Was kostet so ein Hut?»

«Je nachdem.»

Diese ungewissen Angaben hasse ich. Ich forschte weiter.

«Also wieviel?»

«Je kleiner ein Hut, desto teurer der Hut.»

«Was kostet dann gar kein Hut?» fragte ich. Ich hatte mit diesem dummen Witz verspielt. Kitty bekam den Hut. Sie sollte wirklich nicht wie unsere Nachbarin Frau Kroll gehen.

Das war am Montag.

Am Dienstag stand Kitty mit dem neuen Hut vor mir. Bevor ich meine Besinnung wiederfand –

«Es ist furchtbar!» stöhnte sie.

«Ja. Schrecklich!»

Ich nickte und deutete auf den Hut. Es war ein Mißverständnis. Kitty klärte es auf.

«Der Hut paßt überhaupt nicht zum Mantel, Johannes!»

«Dann tausch ihn um!»

«Geliebter Dummkopf! Wer tauscht einen alten Mantel um?»

«Ich meine doch nicht den Mantel! Ich meine den Hut.»

Kitty starrte mich entsetzt an.

«Diesen süßen, kleinen, bezaubernden Hut soll ich umtauschen? Ich bin mit einem Ungetüm verheiratet, du Barbar!»

Kitty bekam den neuen Mantel. Ich sah es ein, sie konnte nicht wie Frau Kroll gehen, die einen Mantel vier Jahre trägt.

«Was für ein Kleid ziehe ich auf der Reise an?» fragte mich meine Frau am Mittwoch.

Ich antwortete ahnungslos: «Eins von deinen vielen, die zum neuen Mantel und zum neuen Hut passen.» Ich sagte es ganz trocken. Ich wurde feucht belehrt. Mit Tränen.

«Du wirst mich jetzt schelten, Johannes!»

«Warum sollte ich dich schelten, Kitty?»

«Ich habe kein Kleid, das zum Mantel paßt. Ich würde aussehen, wie Frau Kroll, der es ganz gleichgültig ist, wie sie aussieht.»

Mir ging der Kragen hoch. Ich hatte schon tief genug in den Beutel gegriffen.

«Also gut», sagte ich mit der Resignation eines Ehemannes, der den Frieden im Haus liebt, «kauf dir das Kleid, und wir werden nur bis zum Gardasee fahren. Die halbe Reisekasse ist schon weg.»

Kitty hing mir um den Hals. Das geschah blitzschnell.

«Du bist das Beste vom Besten, das Feinste vom Feinen, mein geliebter Johannes!»

Ich tröstete mich mit einem Campan, da ich den Campanile dieses Jahr ohnedies nicht sehen würde.

Man muß die Frauen verstehen. Sie ziehen sich gern hübsch an. Für den eigenen Mann natürlich, wie sie dem eigenen Mann sagen.

«Schau, Johannes, bin ich nicht fesch? Der neue Hut, der neue Mantel, das neue Kleid? Nur schade, die Schuhe passen überhaupt nicht dazu. Ich werde meine Füße immer unter dem Tisch verstecken, Johannes.»

«Das ist eine gute Idee.»

«Ich wüßte eine bessere.»

«Die wäre?»

«Im Schuhhaus Jourdan steht ein Paar herrlicher, hochhackiger Reisesandaletten im Fenster.»

Sie standen dort. Bis Donnerstag. Am Freitag hatte sie Kitty. Die Reisekasse reichte nur noch bis Bozen.

Wenn man nicht gern schlicht und einfach gekleidet sein will wie unsere Nachbarin, die praktische Frau Kroll, die sich überhaupt nichts aus modischen Dingen macht, verlangen neue Schuhe eine neue, dazu passende Handtasche. Da Handschuhe meist auf den Schal und Schirm abgestimmt sind, bekam Kitty zuletzt auch noch einen neuen Schal und einen neuen Schirm. Damit aber war meine Reisekasse völlig erschöpft. Für unsere letzten sechzig Pfennig fuhren wir am Ostersonntag mit der Straßenbahn ins Grüne, und da es bald zu regnen anfing, fuhren wir für unsere allerletzten sechzig Pfennig mit der Straßenbahn wieder zurück. Kitty trug ihre neuen Stücke, den Hut, den Mantel, das neue Kleid, die neuen Schuhe, die neue Handtasche, die Handschuhe, den Schirm und den Schal und war glücklich. Und wenn Kitty glücklich und zufrieden ist, bin ich es auch.

So wäre noch einmal alles gut abgelaufen, wenn nicht drei Tage nach Ostern meine liebe Frau völlig aufgelöst und bittere Tränen schluchzend vor mir zusammengebrochen wäre.

«Aber Kitty! Was ist mit dir?» fragte ich fassungslos.

«Krolls!» stieß sie hervor. «Krolls . . . Krolls . . .»

«Was ist mit Krolls? Sind sie verunglückt?»

«Wenn es nur das wäre!» klagte Kitty laut. «Verreist waren sie! Über Ostern! Nach Italien!»

«Die Krolls?»

«Die Leute verstehen zu leben!» jammerte Kitty immer heftiger, und Groll mengte sich in ihre Stimme. «Der Mann verdient doch auch nicht mehr als du, aber er bietet eben seiner Frau eine Osterreise, die du immer nur versprichst! Sie haben beide ihre alten Sachen angezogen und sind einfach auf seinem Motorrad davongebraust. Warum bist du nie für so etwas zu haben?»

Ich sah meine Frau an, die keineswegs wie Frau Kroll gekleidet war, und schwieg. Ich nahm stumm die Schuld auf mich und siehe, es war das Beste.

Auch das ist also Kitty, meine Frau, wie sie – jetzt! – im Buche steht. Sie ist eine fast vollkommene Frau. Sicher hatte sie sich ihre Ehe mit mir ganz anders vorgestellt. Denn sie heiratete ja auch einen fast vollkommenen Mann. Das tut und glaubt man immer gegenseitig. Aus der großen Schar ihrer Bewerber wählte sie just mich. Sie mußte sich etwas von mir versprochen haben. Ich habe nichts gehalten. Ich habe alle Fehler aller Ehemänner dieser Erde. Ich habe sie nicht gezählt, aber es müssen viele Hunderte sein, wenn ich Kittys Aufzählungen folge. Ich bin brummig, nervös, faul, albern, nachtragend, unaufmerksam, geizig, wehleidig. Ich mache fremden Frauen schöne Augen, bekleckere mich mit Bratensoße, vergesse den Hochzeitstag, habe keine genau gehende Uhr, halte den Schirm ungeschickt, fahre miserabel Auto, packe die Koffer völlig verkehrt, latsche die Absätze schief, verliere die Knöpfe von den Hemden, höre im Radio die dummen Nachrichten statt Tanzmusik, bin unhöflich zum Besuch, drücke meine Zigaretten nicht richtig aus, hole die Kohlen zu langsam aus dem Keller und bücke mich nicht schnell genug, wenn meiner Frau etwas hinunterfällt. Das Schlimmste aber ist, daß ich nie weiß, wohin meine Frau etwas gelegt hat, wenn sie es sucht und mich fragt, wohin sie es gelegt hat.

Kitty dagegen ist makellos. Sie hat nicht den winzigsten Fehler. Sie hat es mir oft gesagt, daß ich es glaube. Am Anfang unserer Ehe wünschte ich mir manchmal, dies und jenes könnte anders sein. Kitty belehrte mich, daß es genau so sein müßte, wie sie es tat. Da es auch ihre Mutter, die Frau Professor, sagte, sah ich meinen Irrtum rasch ein. Heute schaue ich oft auf meine Frau und bewundere sie, daß sie es so lange mit mir ausgehalten hat. Was habe ich ihr nicht alles versprochen, als ich sie freite! Den Himmel auf Erden, ein Jubeldasein, Geld in Hülle und Fülle, ich wollte sie auf Händen tragen, zwei, drei, vier Dienstmädchen sollte sie haben – sie hat sie auch gehabt, allerdings hintereinander. Wie oft gelobte ich ihr, mich zu bessern! Heute verlangt sie kein Versprechen mehr von mir, ich bin für sie ein hoffnungsloser Fall geworden. Kein Jota anders als alle anderen Ehemänner. Das Bedenklichste aber ist meine Vergangenheit. Als ich Kitty kennenlernte, hatte ich schon eine ganze Schachtel Dummheiten gesammelt. Kitty war nicht meine erste Liebe gewesen. Beileibe nicht! Ich hatte es getrieben wie ein Seemann im Hafen. Und gar nicht immer sehr vornehm. Ich schäme mich heute noch in Grund und Boden, denke ich allein an den Abschied von Helene. Das war eigentlich äußerst unnett gehandelt. Damals hielt ich es für ein Meisterstück und bildete mir noch etwas darauf ein. Ein halbes Jahr war ich mit ihr verlobt gewesen. Sie war blond und blaß. Eines Sonntags ging ich zu meiner Braut und holte sie ab.

«Machen wir einen Sonntagsspaziergang, Helene?»

«Fein, Johannes! Wohin?»

«Durch die Stadt! Ins Freie! Ins Grüne!»

Helene schlüpfte schnell in ihre Bluse.

«Herrlich, Johannes! Gehen wir!»

Wir gingen. Im Stadtpark begegnete uns ein Herr.

«Fröhlichen Sonntag, Herr Rösler!» grüßte er.

Ich stutzte. Der Mann kam mir bekannt und fremd zugleich vor. Ich ging auf ihn zu und fragte:

«Kennen wir uns?»

Der Herr nickte: «Aber Herr Rösler! Ich bin doch Ihr Schneider, dem Sie noch den letzten Anzug schuldig sind!»

Ich sah Helene erschrocken an. Wir gingen schnell weiter.

Am Fluß saß einer am Ufer und angelte.

«Wollen wir ihm ein wenig zuschauen, Helene?»

«Hoffentlich fängt er was, Johannes!»

Der Angler zog nichts aus dem Fluß. Dafür zog er eine Rechnung aus der Tasche.

«Ich höre Sie hinter mir reden, Herr Rösler», sagte er, ohne sich umzudrehen. «Wann werden Sie endlich die Schuhe bezahlen, die ich vorigen Sommer für Sie angefertigt habe?»

Ich ging mit rotem Kopf neben Helene weiter. Sagte ich schon, daß sie mich heiraten wollte? Daß sie mein Jawort hatte?

«Es ist mir sehr peinlich, Helene!»

«Ich wundere mich nicht wenig, Johannes.» Ihre Stimme klang nicht mehr sonntäglich.

Wir kamen auf die Tennisplätze. Ein Spieler trat zum Zaun.

«Wie tragen sich die Hemden, Herr Rösler?»

«Sie sitzen ausgezeichnet», sagte ich verlegen.

«Das freut mich.»

«Nur am Kragen drücken sie ein wenig.»

Der Tennisspieler – es war mein Hemdenmacher – nickte:

«Dann werden Sie dadurch wenigstens daran erinnert, daß ein halbes Dutzend Maßhemden in meinen Büchern seit einem Jahr noch unbezahlt offensteht . . .»

Ich sagte nichts mehr. Auch Helene sagte nichts. Sie ging nachdenklich neben mir her.

Wir gingen in einen Biergarten. Neben mir saß mein Hauswirt. Ich hatte ihn zu spät bemerkt.

«Wie steht's mit der Miete, Meister?» rief er herüber, so daß es alle Leute hören mußten. «Ich warte ja gern, aber wenn ich lauter solche Mieter hätte wie Sie –»

Wir verzehrten nichts. Helene war aufgesprungen und auf die Straße hinausgelaufen.

«Johannes, ich habe es mir überlegt», sagte sie entschlossen.

«Was überlegt, Helene?»

«Es wird nichts aus uns beiden. Wie willst du mich heiraten, wenn du dich nicht einmal selber ernähren kannst und bis über die Ohren in Schulden steckst? Leb wohl! Für immer, Johannes!»

Da ging sie hin. Ich sah ihr nach, solange ich schauen konnte.

Am Abend dieses denkwürdigen Tages aber lud ich meine vier Freunde zu mir zu Gast. Es gab Wein und die ersten jungen Hühner des Jahres. Das war mir das Fest wert, das wir feierten: meine Erlösung von Helene, die mir schon lange auf die Nerven gegangen war. Ich erhob mich und bedankte mich bei meinen vier Freunden, die so vortrefflich die Rolle meines Schneiders, meines Schusters, meines Hemdenmachers und meines Hauswirts gespielt hatten.

Wir feierten meine wiedergewonnene Freiheit bis zum Morgen, und ich trank mir immer wieder selbst auf mein Husarenstück zu. Ich ahnte ja nicht, wenn ich die herrlichen neuen Krawatten meiner vier Freunde bewunderte, daß diese ein Geschenk von Helene waren, aus Dankbarkeit, daß sie mich losgeworden war. Denn auch sie wünschte, vielleicht noch heftiger als ich, die Verlobung zu lösen und hatte diesen Plan ausgeheckt, den sie mit Hilfe meiner Freunde so geschickt an mich herangebracht hatte, daß ich Dummkopf glaubte, es wäre meine eigene Idee. Uns

Männern ist ja vom lieben Gott nur ein winziges Gehirn mitgegeben, und wenn wir glauben, wir wären wieder einmal besonders gescheit, sind wir immer die Dummen. Wer kennt nicht meine Geschichte mit Waltraud? Damals lachte die ganze Stadt darüber.

Ich lernte kurz nach meiner Trennung von Helene ein junges Mädchen kennen. Waltraud hieß sie. Sie war schön wie der junge Tag, ein rechtes Musterstück Gottes.

«Besuchen Sie mich doch einmal, Waltraud!» bat ich.

«In Ihrer Wohnung?»

«Ich habe keine Wohnung. Nur ein bezaubernd möbliertes Zimmer.»

«Und dahin soll ich kommen?»

Ich verteidigte mich gegen den Vorwurf:

«Warum nicht? Wir sind doch moderne Menschen!»

In unserem Jahrhundert ist die Liebe sehr sachlich geworden. Die Zeit, wo man aus schönen Worten Kränze wand und Sträuße band, ist längst vorbei.

«Kommen Sie, Waltraud!» drängte ich.

«In Ihr Zimmer? Wo schon so viele Mädchen waren?»

Ich schwor, wie man in solchen Fällen immer schwört:

«Es war noch nie ein Mädchen bei mir!»

«Seit wann wohnen Sie dort?»

«Seit drei Jahren.»

«Eben!» sagte Waltraud. «Seit drei Jahren!»

Ich ließ nicht nach. Ich machte einen neuen Versuch.

«Wenn Sie mich nun zu sich zum Tee einlüden?» fragte ich.

«Das ist unmöglich.»

«Warum? Wohnen Sie bei Ihren Eltern?»

«Nein», sagte Waltraud, «ich wohne mit zwei Freundinnen zusammen. Drei Mädchen in einem Zimmer. Es ist furchtbar. Wissen Sie kein Zimmer für mich?»

Ich witterte Morgenluft. «Dürfte ich Sie dann besuchen.»

«Jederzeit.»

Das war Wasser auf meine Mühle. Am nächsten Morgen ging ich sofort auf Zimmersuche. Ich lief von Pontius zu Pilatus. Es war vergebliche Liebesmüh. Im Frühling sind die möblierten Einzelzimmer rar. Sie werden mit Gold aufgewogen. Die Welt wird von der Liebe beherrscht. Auch mich trieb die Liebe. Ich mußte ein Zimmer für Waltraud haben. Ich war ihr restlos verfallen. Sie wurde von Tag zu Tag schöner.

«Haben Sie das Zimmer, Johannes?»

«Ich suche. Ich suche.»

«Sie müssen etwas finden, Johannes!»

Klang das nicht wie ein Versprechen? Ich lief treppauf und treppab. Durch die ganze Stadt, kreuz und quer. Mir war keine Straße zu lang, kein Platz zu breit, kein Haus zu hoch. Aus allen Einzelzimmerfenstern schauten die Pärchen.

Plötzlich wußte ich, was ich zu tun hatte.

«Ich habe das Zimmer, Waltraud!»

«Wirklich?»

«Seit heute!»

«Ist es schön?»

«Es liegt herrlich. Direkt am Park neben den Tennisplätzen. Separierter Eingang. Achtzig Mark im Monat. Licht, Bad, Telefon, Zentralheizung, alles inbegriffen. Sogar eine Kochnische hat es und ein kleines Vorzimmer!»

«Es ist frei?»

«Der alte Mieter gibt es auf. Kommen Sie mit zum Hausherrn. Es ist alles vorbereitet. Sie brauchen nur den Vertrag zu unterschreiben.»

Wir gingen zum Hausherrn.

Waltraud unterschrieb den Vertrag. Das Zimmer gehörte ihr.

«Kann ich es sehen, Johannes?»

«Ich freue mich, es Ihnen zeigen zu dürfen.»

Wir fuhren mit dem Lift hinauf. Ich schloß auf. Ich hatte noch die Schlüssel. Es war mein eigenes Zimmer gewesen. Ich hatte es aufgegeben. Für Waltraud. Um der Liebe willen. Ich hatte mir etwas davon versprochen.

«Wo ist das Telefon, Johannes?» fragte Waltraud.

Ich deutete hinüber. Waltraud ging sofort auf das Telefon zu, hob den Hörer ab und wählte eine Nummer. Ich sah ihr erwartungsvoll zu.

«Hallo? Hallo? Bist du's?» rief sie. «Eine große Neuigkeit, Andreas . . . ich habe soeben ein ganz bezauberndes möbliertes Zimmer für uns gefunden, mit Bad und Telefon . . . freust du dich, Andreas? . . . Ja, jetzt können wir heiraten, ganz schnell heiraten

– ich bin ja so glücklich . . . Besuch mich heute abend . . . ja, hier in unserem neuen Heim . . . die Adresse? Moment mal!»

Sie blickte fragend zu mir herüber. «Die Adresse!» flüsterte sie ungeduldig.

Ich sagte tonlos: «Großer Eselsweg 11 . . .»

Man kann sich mein Gesicht vorstellen. Ein gewisser Zug von damals steht heute noch darin geschrieben. Ich habe oft in der Liebe Federn lassen müssen. Und doch hatte ich's mir so ganz anders vorgestellt. Ich hatte brav begonnen. Meine erste Liebe war eine Bahnwärterstochter. Lenchen Redlich hieß sie, ihr Vater bediente die Schranken. Ich war damals gerade vierzehn Jahre alt geworden, stand vor meiner Konfirmation, las schon eifrig Körner und Schiller, kannte Goethes Tasso fast auswendig – da sah ich sie, Lenchen Redlich. Es war eine Liebe auf den ersten Blick. Ich nahm es bitterernst. Mein Gott, ich war hoch ins Kraut geschossen, und wenn ich an mir hinunterschaute, fühlte ich mich erwachsen. Was ich in den Dramen und Schauspielen gelesen hatte, floß mir von der Zunge. Ich lockte Lenchen Redlich in den Wald, kniete vor ihr nieder und beschwor sie, meine Frau zu werden. Da Lenchen dreizehn Jahre alt war, sagte sie ja. Ich weiß es noch wie heute, wir standen unweit der Bahnschranke, und der Schnellzug Dresden–Prag ratterte bei Lenchens Jawort donnernd an uns vorüber.

Ich fühlte mich also verlobt. Da wahre Liebe immer bessert, beschloß ich, ein besserer Mensch zu werden. Ich verband auch eine Absicht mit der Besserung. Ich wollte mich an meinem bevorstehenden Geburtstag, der mit dem Tag meiner Konfirmation zusammenfiel, mit Lenchen Redlich in aller Öffentlichkeit verloben. Meine Verwandten und Paten waren sowieso im Haus, es war also alles für eine Verlobungsfeier gerichtet. So dachte ich. Ich wollte mit einem guten Schulzeugnis, das ich auch tatsächlich errang – vom Neunzehnten unserer zwanzigköpfigen Tertia war ich der Zweite geworden, also siebzehn Plätze hinaufgerutscht, eine enorme Leistung, bedenkt man das Vorurteil der Lehrer gegen den zum Vizeprimus avancierten Vizebremser, hatte das erste Mal in gutem Benehmen und Fleiß eine Eins und unter dem Zeugnis stand handgeschrieben: «Erstaunliche Fortschritte des

Schülers!», ein Beweis also, daß wahre Liebe den Menschen wirklich besser macht –, ich wollte also mit diesem guten Zeugnis vor meinen Vater treten. Wenn er mich dann – er hatte mir ein Fahrrad versprochen, wenn ich einmal einen Einser in den Sittennoten heimbrächte – fragen würde, ob ich jetzt das ersehnte Fahrrad wolle, würde ich zu ihm sagen:

«Nein, Vater! Gib mir dafür Lenchen Redlich zur Frau!»

Nun, ganz so programmäßig verlief es nicht, wie ich Vierzehnjähriger es mir ausgemalt hatte. Als ich zu den Osterferien mit dem Zug heimkam, stand die ganze Verwandtschaft unserer Familie auf dem Bahnsteig. Sie waren von nah und fern eingetroffen und von meinem Vater in den kleinen Stadthotels einquartiert worden, denn mein Vater ließ sich den Ehrentag seines einzigen Jungen viel Geld kosten. Ich wurde von allen umringt, abgeküßt, ans Herz gedrückt und vor allem von allen wegen meines flotten Wachstums bewundert, denn ich überragte meinen Vater um einen ganzen Kopf. Vater sah meine Zeugnisse und sagte in der Hast des Tages nur erfreut und glücklich: «Wir reden morgen darüber, mein Junge.» Am Nachmittag fand ich Zeit, mich heimlich mit Lenchen unter der Eiche zu treffen. Ich drückte ihr die Hand und sagte: «Freu dich, Lenchen! Morgen früh rede ich mit Papa, und dann kommst du in eine gute Schule, und in den großen Ferien bleiben wir zusammen, denn meine Eltern nehmen dich sicher ans Meer mit, wenn sie wissen, wie ernst ich es meine. Aber zuvor mußt du in eine gute Schule gehen, denn mein Vater legt viel Wert auf gute Bildung, und ein zukünftiger Studierter muß auch eine gebildete Frau haben. Das verstehst du doch, Lenchen?»

Lenchen verstand. Sie behauptete zwar, der Beruf des Schrankenwärters und Weichenstellers, den ihr Vater ausübte, sei in der Stufenfolge der Gesellschaftsordnung nicht unter dem eines Studierten oder Kaufmanns, und ich sollte nur einmal ihren Vater reden hören, was für ein wichtiger und verantwortungsvoller Beruf es sei, die Schranken zu bewachen, aber ich dachte an meinen Vater, der mir immer vorpredigte, welche Aussichten mir offenstünden, wenn ich nur in der Schule ein wenig fleißiger wäre. Ich glaube, er war fest davon überzeugt, daß eine Prinzessin aus dem damals noch regierenden Haus Wettin seinem Sohn die Hand

reichen würde, wenn dieser Sohn sich nur fleißig genug darum bemühe. So sprach ich also mit Lenchen noch ein langes, wir waren sehr ernst dabei, denn wenn man sich am nächsten Tag verloben will, bedeutet das viel im Leben zweier so junger Menschen.

Am Morgen meiner Konfirmation stand ich in meinen ersten langen Hosen vor meinem ebenfalls in feierliches Schwarz gekleideten Vater und sagte:

«Vater, ehe ich heute das Heilige Abendmahl nehme, muß ich dir zuvor etwas von Mann zu Mann sagen.»

Mein Vater sah mich erstaunt an. Es war das erste Mal, daß ich von selbst das Wort an ihn richtete. Ich war so streng erzogen, daß ich nur reden durfte, wenn ein Erwachsener mich fragte. Vielleicht hatte ich den gegenwärtigen Zeitpunkt auch ungeschickt gewählt, denn Vater war vor seinen sonntäglichen Kirchgängen stets äußerst wortkarg, sei es, daß ihn die engen schwarzen Glacéhandschuhe drückten oder die ungewohnten Sonntagsschuhe oder die weiße, steifgestärkte Hemdbrust, wie man sie damals in bürgerlichen Kreisen über dem Hemd trug und die auf den Namen Vorhemdchen hörte, sei es, daß ihn auch die Armlöcher seines neuen Gehrocks beengten, genug, da es ihn an vielen Stellen seines väterlichen Leibes drückte und zwickte, wollte er nicht auch noch von seinem Kinde aus dem Gleichgewicht gebracht werden. Er vermutete eine begangene Dummheit, die ich noch schnell beichten wollte, und fragte daher streng:

«Gab es was in der Schule?»

«Nein, Vater. Aber –»

«Alles andere kannst du mir morgen erzählen», sagte er kurz und wandte sich zum Gehen, wobei seine Schuhe knarrten – ich höre es noch deutlich. «Beeil dich! Ich habe für uns eine Kutsche zur Kirche bestellt.»

«Vater, ich muß es dir aber sagen!»

«Nicht jetzt! Später!»

Ich war mit einem Schlag wieder der kleine vierzehnjährige Junge. Ich habe immer Angst vor meinem Vater gehabt. Andererseits jedoch konnte ich Lenchen nicht länger ohne meinen Schutz und ohne die offizielle Anerkennung meines Vaters lassen, der ihr auf der Straße nicht einmal auf ihren schüchternen Gruß hin gedankt hatte, weil er sie nicht kannte, ein Vorfall, der mir tief ins Herz schnitt. Ich nahm daher allen Mut zusammen und stieß hervor:

«Vater, ich habe mich verlobt!»

Mein Vater, der schon ein paar Schritte vorausgegangen war und in der Tür stand, zuckte zusammen, als sei ihm der Regulator, der bei uns über der Tür hing, auf den Kopf gefallen.

«Was hast du?» fragte er und kam drohend auf mich zu.

«Ich habe mich verlobt, Vater. Ich bitte um dein Jawort.»

«Bist du verrückt geworden?» schrie mich mein Vater an. «Wer ist das Frauenzimmer?»

«Das ist kein Frauenzimmer, Vater!» rief ich erregt. «Nimm sofort den Ausdruck zurück!» Ich kam mir wie ein Held vor. Ich war auch einer.

«Wer das Frauenzimmer ist, will ich wissen!» schrie er und holte mit der Hand aus.

«Lenchen Redlich!» sagte ich trotzig. «Die Tochter des Bahnwärters Redlich! Ich werde sie heiraten!»

Da hatte ich schon Vaters Hand im Gesicht. Mit dem kirchlichen schwarzen Glacéhandschuh. Was mir mein Vater am Tage meiner Konfirmation sagte, klang recht unchristlich. Ich dachte an Schiller und meine klassischen Vorbilder, verteidigte Lenchens Ehre, aber Vaters Gegenargumente bestanden aus Ohrfeigen. Als ich wieder zu mir kam, stand ich unter den anderen Konfirmanden in der Kirche, der längste der Knaben, aber auch der unglücklichste. Lenchen, meine Braut, die zur gleichen Stunde und vor dem gleichen Altar konfirmiert wurde, sah Gott sei Dank nicht zu mir herüber, denn wäre ihr Blick dem meinen begegnet, ich wäre aus dem Viereck der Knaben ausgebrochen, zu den Mädchen hinübergelaufen und mit ihr die Stufen des Altars hinaufgeeilt und hätte unsere Liebe vor Gott und den Menschen bekannt.

Es war ein trauriges Palmarum, mein Konfirmationstag. Ich bekam kein gutes Wort, keinen freundlichen Blick meines Vaters während der ganzen Feier. Acht Landauer auf Vaters Kosten führten unsere Familie zu einem Kaffeeschmaus in die Schweizermühle im engen Tal der Biela; mein Vater saß mir gegenüber, schweigend, er blickte streng geradeaus, den schwarzen, spitzen Bart wie einen Stachel drohend auf mich gerichtet. Ich bekam kein Stück der in reicher Verschwendung aufgetragenen Torten und Kuchen, keinen Löffel Schlagsahne. Um sechs Uhr mußte ich ohne Gutenacht und Abendbrot ins Bett, während die zu meinem Ehrentag versammelte Familie lustig weiterfeierte. Ich hörte ihr Fröhlichsein und ihr Lachen bis in mein Zimmer; es war die tiefste Kränkung, die mir in meinem ganzen Leben bis heute zugefügt worden ist. Ich wurde für etwas bestraft und mißachtet, das ich für das Schönste und Edelste der Welt hielt, das mich zu einem besseren Menschen und guten Schüler gemacht hatte: meine erste Liebe.

Nur einen hatte ich, mit dem ich darüber reden konnte: Onkel Edmund, den älteren Bruder meines Vaters. Er trat in mein Zimmer, sah meine Tränen und sagte: «Du mußt deinen Vater verstehen, Junge. Er bringt große Opfer, damit aus dir einmal etwas wird und damit es dir einmal besser geht als ihm. Deswegen hat er dich in eine gute Schule geschickt –»

«Mein Leben heißt Lenchen. Sie hat mein Wort!» schluchzte ich.

«Dein Vater war genauso alt wie du heute, vierzehn, als er sein erstes Mädchen liebte. Wir gingen damals alle beide auf die Leineweberschule in Löbau. Neben uns, auf der gleichen Schulbank, saß eine, die auch auf Leineweber lernte und in die sich dein Vater auf den ersten Blick verliebte. Ich höre ihn heute noch, wie er seufzte und jubelte: Meine Selma! Meine Selma!, wenn wir allein waren.»

«Und was ist aus dem Mädchen geworden?»

«Meine Frau», sagte Onkel Edmund.

In diesem Augenblick hörte ich im Nebenzimmer Tante Selmas kreischende Stimme, und ich sah sie vor mir, wie sie aussah, mit fünfundfünfzig, ein kleines Bärtchen auf der Lippe, den goldenen Klemmer auf der Nase, unten dick und oben dünn, kein Vergleich mit Onkel Edmund, der noch immer ein diabolisch schöner Mann war. Da fiel mir zum erstenmal auf, daß junge Mädchen nicht ihr Leben lang junge Mädchen bleiben und daß auch meinem Lenchen diese Metamorphose bevorstand, wenn sie einmal älter wurde, während ich selbstverständlich jung und flott blieb. Aber Lenchen hatte mein Wort. Und in dieser Nacht träumte ich von Lenchen, die einen prächtigen Bart auf der Lippe hatte, einen goldenen Klemmer auf der Nase, unten dick und oben dünn, und die mich fest an der Hand hielt, während an uns vorbei die schönsten jungen Mädchen flanierten und mir zulächelten. Noch den Traum im Gedächtnis, beschloß ich beim Erwachen, zunächst einmal junge Mädchen zu sammeln, wie andere Jungen Briefmarken sammelten oder Streichholzschachteln oder ihre Aquarien mit Käfern und kleinen Fischlein füllten, die sie im Teich mit dem Netz fingen. Ich handelte danach, bis ich Kitty ins Netz ging.

Hans Gruhl

Die Hochzeit von Eva und Dan, berichtet von Blasius, dem Langhaardackel

Ich bin Blasius, der Langhaardackel. Einer der schönsten, die herumlaufen.

Vielleicht kennen Sie mich aus einer Geschichte, die ich früher erzählt habe. Eigentlich wollte ich nicht mehr erzählen, sondern mich nur noch meiner Familie und meinem Lebensabend widmen. Ein Deutscher wird geboren und denkt an die Altersversorgung. Beim deutschen Dackel ist es ähnlich.

Aber mein Herr Verleger und viele andere Leute liegen mir ununterbrochen in den langen Ohren. So lasse ich mich breitschlagen und erzähle die Fortsetzung meiner Erlebnisse, obwohl ich, weiß Gott, andere Sachen zu tun hätte. Außerdem kommt man zu nichts, wenn man Familie hat. Die Kinder machen den ganzen Tag Theater. Loni, meine Frau, ist ein Prachtmädchen, aber manchmal sägt sie an meinen Nerven. Die Leser unter Ihnen werden das kennen.

Dan und Eva, Herrchen und Frauchen, waren anfangs dagegen, daß ich von uns erzähle. Manches ist ihnen peinlich. Auch bei uns kam der Sturm auf und brachte das junge Glück ins Wanken. Ich werde von der Sache berichten, an der ich leider nicht ganz unbeteiligt war. Na, jetzt ist alles wieder in Ordnung, und der Haussegen hängt genau waagerecht.

Schließlich haben wir Pressefreiheit. Wo kämen wir da hin, wenn die freie Meinungsäußerung unterdrückt würde.

Und wir brauchen Geld. Dan hat einen neuen Wagen gekauft. Wunderbarer Schlitten, wirklich eine Wucht. Aber jetzt kauen sie an den Raten. Wenn ich nicht wäre, hätten sie nicht einmal mehr einen Bettelstab, um ihn ergreifen zu können. Auch mir täte es leid, wenn der Gerichtsvollzieher die Marke unter die neue Motorhaube kleben würde. In diesen schweren Zeiten muß jeder mitarbeiten.

Und die Zeiten waren schwer.

Niemals hätte ich gedacht, daß der Ehestand so anstrengend sein könnte. Die Vorbereitungen nahmen mich mehr mit als unser ganzes bisheriges Junggesellenleben.

Noch während sie verlobt waren, suchten sie eine neue Wohnung. Zuerst stritten sie sich, wer zu wem ziehen sollte. Dann fanden sie, Gott sei Dank, beide Wohnungen zu klein und machten sich auf die Suche.

Es war eine Strapaze. Wir besichtigten etwa siebzig Wohnungen. Ich lief jeden Tag zwanzig Kilometer hinter ihnen her, erstieg Legionen von Treppenstufen und hörte zu, wie sie mit Wirten und Maklern um die Baukostenzuschüsse feilschten. Am Abend jedes erfolglosen Tages machte Dan seinem Zorn Luft.

«Hast du das vernommen? Hat der Kerl die Stirn, für diesen wurmstichigen Preßluftschuppen sechstausend Mark zu verlangen –»

«Ich fand ihn sehr nett», sagte Eva. «Mir gefiel die Wohnung.»

«Wohnung? Ich höre immer Wohnung! Wenn Blasius vom Stuhl springt, fällt der Putz von der Decke. Hast du die Wände nicht gesehen? Gerade so dick wie die Sonntagsausgabe unserer Zeitung. Morgens hörst du die Nachbarn gähnen, mittags sich streiten und abends sich lieben. Sogar wenn sie sich langweilen, hörst du es.»

«Aber Dan», sagte Eva.

«Und viel zu klein! Wenn du den Küchenschrank aufmachst, verbrennst du dir den Allerwertesten am Herd. Und dieses schmale Handtuch von Toilette! Von der Tür aus ist die Brille kaum zu erkennen. Kein Fremdenzimmer! Wo willst du Besuch unterbringen, he? Unser Besuch muß anständig schlafen, in einem richtigen Bett, nicht auf der Couch unter der Stehlampe.»

So ging es jeden Tag. Als sie endlich das Richtige gefunden hatten, war ich um vier Pfund leichter und hatte Plattfüße.

Von den Möbeln legten sie die beiderseitigen besten Stücke zusammen. Jeder machte die des anderen schlecht.

«Du glaubst doch nicht im Ernst», sagte Dan, «daß ich diese Ruine von einem Schrank in meinem Heim dulde! Den geben wir dem Heizer, noch heute. Ich will nicht den ganzen Tag an deine Urgroßmutter erinnert werden und nachts das Schmatzen der Holzwürmer hören.»

«Sei ruhig», sagte Eva wütend. «Er gehört zu meiner Aussteuer.»

«Ha», machte Dan voller Hohn und schlug die Augen zur Decke. «Deine Aussteuer! Daß ich nicht lache! Schön billig haben sie dich losgeschlagen, das muß ich wirklich sagen! Den ganzen Unrat, den sie nicht mehr brauchen können, haben sie dir aufgehängt. Ich kann eine anständige Aussteuer verlangen! Und Mitgift! Wo ist deine Mitgift? Für den ganzen Ärger will ich angemessen entschädigt werden!»

Eva warf ein Kissen nach ihm. Er bückte sich, und es traf mich, weil ich hinter ihm stand. Dann balgten sie auf dem Bett herum.

«Dieses Bett knirscht», sagte Dan keuchend. «Außerdem ist es zu schmal. Morgen werden wir ein Ehebett kaufen, so breit wie ein Tennisplatz.»

«Einen Schmarrn werden wir», sagte Eva, während sie ihn an den Ohren festhielt. «Ich will mein eigenes Bett, in meinem eigenen Zimmer. Getrennt ist modern.»

Dan richtete sich auf. Über seinem offenen Mund hingen die Haare in die Stirn.

«Du willst was?»

«Mein Bett in meinem Zimmer. Du schnarchst. Ich kann nicht die ganze Nacht wachbleiben und dir die Nase zuhalten.»

«Ich schnarche? Woher weißt du, daß ich schnarche?» Sie preßte ihr Gesicht an seins und antwortete nicht.

«Blasius», sprach Dan, «hast du das gehört?»

Ich hatte. Ich sprang zu ihnen auf das Bett und quetschte mich zwischen sie. Dan hob den Zeigefinger. «Jetzt hör zu, mein Kind, was ich dir in seiner Gegenwart sage! Das Bett ist die Grundlage der Ehe. Der gemeinsame Schlaf führt zwangsläufig zum gemeinsamen Erwachen. Was kann es Schöneres für dich geben, als morgens als erstes mein liebes Antlitz zu erblicken, einen Kuß auf meine dürstenden Lippen zu hauchen und danach frohgemut dein Tagwerk zu beginnen . . .»

Eva warf sich zurück und lachte.

«Liebes Antlitz? Triefaugen hast du und Knitterfalten! Und stumm bist du wie ein toter Fisch.»

Dan legte den Arm um sie und zog sie an sich. Ich wurde zusammengequetscht.

«Ich bin ein sogenannter Morgenschweiger. Das sind solche, die morgens schweigen. Erst abends, wenn die freundlichen Lichtlein scheinen, öffnen sie den Mund . . .»

«Zum Trinken», sagte Eva. «Die freundlichen Lichtlein an deinen Lokalen.»

«Sei nicht immer so direkt, Liebling. Wie dem auch sei: Du gehörst an meine Seite, sei es senk-, sei es waagerecht. Wirst du gehorchen?»

«Ich gehorche», sagte Eva und küßte ihn.

Richtig, Dan, dachte ich. Laß sie fühlen, wer der Herr ist. Sonst tanzt sie uns auf dem Kopf herum, bevor wir überhaupt verheiratet sind.

Als endlich alles stand, war ich heilfroh. Hauptsächlich Evas wegen. Uns hätte eine Lotterwirtschaft nicht viel ausgemacht. Aber ein Mädchen braucht einen Rahmen. Und ihre Freundinnen stürzen sich mit Wonne auf jede schwache Stelle.

Wir hatten auch genügend Platz für uns. Es dauerte jetzt viel länger, bis ich alle Winkel durchstöbert hatte. Dan hatte ein kleines Arbeitszimmer für sich, wohin er sich zurückziehen konnte und überlastet tun. Für Eva waren zwei Räume da, in denen sie fotografierte. Das stärkte ihr Selbstbewußtsein und unsere Finanzen. Das Wohnzimmer hatte einen netten Erker. Auf jedem der breiten Fenster konnte ich Platz nehmen und auf die Straße hinuntersehen, wo die Geschäftsleute hasteten, die Hausfrauen klatschten, die Liebespaare schlenderten und die Benebelten schlingerten. Mit der wandernden Sonne rückte ich weiter, und wenn ich die rechte Ecke des mittleren Fensters erreicht hatte, gab es Mittagessen.

Der nächste Schritt zur Hochzeit war ein Junggesellenabschiedsabend in unserer alten Kneipe, bei Eugen, dem Bieresel. Nur Männer kamen, alle unsere alten Saufbrüder. Natürlich auch ich und mein Bruder Ralf.

Im Anfang war es wie auf einer Leichenfeier. Sie machten ernste

Mienen und sprachen kaum. Nach vier stummen Runden ergriff Paul Gilbert das Wort.

«Lieber Dan», sprach er mit dumpfer Stimme, «du bist im Begriff, die größte Dummheit deines Lebens zu machen. Alle, die wir hier sitzen, haben dir zugeredet wie einem kranken Gaul. Umsonst. Ein Weib hat dich betört. Es hat deinen Willen gelähmt, deine Sinne aufgewühlt, den Rest deines ohnehin schwachen Verstandes vernichtet.

Mit banger Sorge haben wir, deine Freunde, diese Entwicklung verfolgt, mit Trauer im Herzen stehen wir vor ihrem Ergebnis. Du verläßt den Kreis derer, denen der Alkohol das Höchste war, du schwächst die Front der Standhaften, du übst schändlichen Verrat an den hehren Gütern, die da sind: Freiheit, Trunksucht, Weiberfeindschaft!»

Paul hatte die Stimme erhoben wie ein Parteiredner, wenn er das Programm verkündet. Seine Augen leuchteten durch den Tabakqualm. Er goß den Rest seines Bieres hinunter, und die Ritter der Tafelrunde taten desgleichen. Eugen füllte die Gläser neu aus dem Bierhahn, an dem ein langer Trauerflor befestigt war.

Als Paul fortfuhr, schwand der verklärte Ausdruck aus seinem Gesicht. Er sah ungeheuer bekümmert aus. «Freunde, was rede ich da. Bin ich nicht selbst ein Opfer jener verschlagenen Macht, die da heißt Liebe? Bin ich nicht selbst gestrauchelt über die Fallstricke einer Schlange und herabgesunken vom weiberverachtenden Hagestolz zum verängstigten, filzpantoffeltragenden Haushaltungsvorstand? Woher nehme ich das Recht, Steine zu werfen auf ihn, unseren Daniel, der so unsäglich tief in die Löwengrube geraten ist?»

Keiner wußte es.

«Ich will es euch sagen, Brüder. Außen bin ich ein Ehemann. Meinen Finger ziert die goldene Fessel. Meine Uhr weist mir die zubemessene Zeit. Aber im Herzen bin ich einer der euren geblieben. Mein Fleisch ist unterlegen, mein Geist nicht. Eingezwängt in die Fesseln des Ehestandes, blieb er aufrecht und frei. Und wenn wir heute schweren Herzens unserem Dan das letzte Geleit geben, so sind wir in guter Hoffnung – äh – so tun wir das in der Hoffnung, daß er gleich mir im Herzen der alte bleibe. Wir ernennen ihn zum Ehrenjunggesellen auf Lebenszeit, mit der Auflage, jede Woche einmal hier zu erscheinen und sich genauso zu besaufen wie früher.»

Dan sagte: «Das Protokoll verzeichnet an dieser Stelle: Stürmische Zustimmung.»

«Richtig. Meine Herren», fuhr Paul mit Würde fort, «ich fordere euch auf, euch zu Ehren des Dahingegangenen von euren Plätzen zu erheben. Daniel, der Junggeselle, ist tot. Es lebe der Ehemann Daniel! Prost, alter Saufsack!»

Sie wiederholten den Ehrentitel einstimmig und tranken aus.

Dan war ergriffen. Er blieb stehen und dankte Paul für seine richtungweisenden Worte. Er versicherte, die Ideale des Stammtisches allezeit hochzuhalten und sich des verliehenen Titels würdig zu erweisen. Kein Weib und kein Teufel würden ihn je davon abbringen können. Beim Barte des Propheten.

Dann gingen wir zum gemütlichen Teil über. Der Krach nahm entsprechend zu. Sie ließen Eva hochleben und alle wohlgeformten Mädchen. Sie redeten durcheinander und schlugen sich auf die Schultern. Eugen schwankte hinter dem Tresen herum wie ein Kapitän auf der Kommandobrücke. Der Musikautomat dudelte ununterbrochen das Lieblingslied aus New Orleans, das sie so oft schon gespielt hatten. Ralf und ich saßen auf zwei Barstühlen und blinzelten mit tränenden Augen durch den Dunst. Als anhand von Nachrichten und Nationalhymnen aus dem Radio herauskam, daß es Mitternacht geschlagen hatte, wurde eine Runde zu einem Verachtungsschluck auf alle Frauen eingefüllt.

«Dan, du armer Knochen», sagte Otmar mit holpriger Zunge und mit Schaumflocken am Bart. «M-mein Mitgefühl ist dir gewiß. Ganz – ganz gewiß. Ein gewisses Mitgefühl. Gewiß ist es dir. Die Ehe wird dich zerrütten. Zerrütten wird sie dich. Wird sie. Zerrütten. Rütten.»

Er schmierte sich neuen Schaum an den Bart.

«Abschaffen!» krähte Paul. «Abschaffen! Revolution! Aufstand! Weiber hinweg!»

«Jawohl!» schrie Eugen hinter dem Tresen. «Abschaffen!»

Er stieg auf einen Stuhl, schwankte, mußte sich am Bierhahn festhalten. In diesem Augenblick geriet der Bartisch ins Wanken.

Alle sahen es, keiner tat etwas dagegen. Nur Eugen wollte seine fallende Erwerbsquelle aufhalten. Vergebens. Die Theke nahm ihn mit nach vorn. Ich rettete mich mit einem gewaltigen Sprung von meinem Barhocker. Paul, Dan und Otmar schafften den Rückzug nicht mehr. Der Tresen und Eugen stürzten über sie. Mit einer Hand versuchte Eugen am hinteren Flaschenregal Halt zu gewinnen. Auch diese Maßnahme versagte. Das Regal kam auch noch mit. Ich schloß die Augen.

Es donnerte, wie wenn ein Schiff auf einen Felsen auffährt. Scherben flogen mir um die Ohren. Ein Ei klatschte vor Ralfs Nase. Er fraß es sofort. Als ich die Augen öffnete, sah ich das komischste Bild, das ich je gesehen hatte.

Die würdigen Herren lagen am Boden, nebeneinander, als wären sie gerade erschossen worden. Auf ihnen lag der Bartresen. Auf dem Tresen und unter dem umgestürzten Flaschenregal lag Eugen. Er sah aus wie ein Stangenkäse zwischen zwei Brotscheiben. Rotwein rieselte über sein Hemd und sein Haupt. Er machte Schwimmbewegungen mit Armen und Beinen.

«Rette mich, wer kann!» rief er.

Wir fanden das ungeheuer lustig. Ralf hopste seinem Herrchen auf die Brust und leckte ihm das Bier vom Gesicht. Ich tat das gleiche bei Dan. Sie schimpften aus vollem Halse, aber sie konnten die Arme nicht bewegen und uns verscheuchen. Otmar rührte sich nicht mehr. Er war eingeschlafen.

Vermutlich wären sie bis zum Morgen so liegengeblieben. Keiner hatte die Kraft aufzustehen. Aber plötzlich öffnete sich die Tür. Eine tiefe Stimme fragte: «Trinken Sie immer in dieser Haltung?»

Es waren zwei Polizisten vom Revier, die uns schon oft die Polizeistunde verkündet hatten. Ralf und ich begrüßten sie, und sie nahmen uns hoch an ihre breiten Figuren.

«Es ist so viel bequemer», sagte Dan.

«Ah, der Herr Kommissar! San mir aa do?»

«Ja, mir san aa do. Können Sie vielleicht mal diesen Tresen und diesen narrischen Kerl von uns wegnehmen?»

Die Wachtmeister hoben das Regal auf, dann Eugen, dann die Theke. Dan und Paul kamen hoch. Auch Otmar erwachte wieder.

«Was habt ihr denn gemacht, ihr Idioten?» murmelte er. «Ich dachte, ich wäre schon zu Hause.»

Sie sahen allesamt aus wie die Fliegenpilze.

«Das war mein bestes Hemd», sagte Paul. «Wie soll ich meiner Familie unter die Augen treten?»

«Kalterer See», sagte Eugen. «Ausgezeichneter Rotwein. Drei achtzig die Flasche. Willst du eine mitnehmen?»

«Was ist denn passiert?» fragte der Hauptwachtmeister. Keiner konnte es genau sagen.

Mit Hilfe der Polizei räumten sie die Trümmer beiseite. Auch ich fand noch ein zerbrochenes Ei und trat auf eine Ölsardine. Dann setzte man sich zur letzten Runde nieder.

«Kameraden», sagte Paul, «wir haben gekämpft bis zum letzten. Ein übermächtiger Gegner hat uns gefällt. Ewiger Ruhm unserem Andenken. Ewiges Andenken unserem Ruhm. Unser Dank der Polizei, die uns wieder aufrichtete und uns aus aussichtsloser Lage befreite.»

Sie stießen mit den Polizisten an. Dann schüttelte jeder jedem dreimal die Hände.

Draußen war es warm und windstill. Paul hatte Ralf an der Leine und Dan mich. Ein Stück weit mußten wir zusammen gehen. Keine einfache Sache, wie sich herausstellte. Sie stießen aneinander und an die Hauswände. Wir hatten Mühe, sie an den Leinen vorwärts zu ziehen.

Unter der letzten Laterne umarmten sie sich und schworen, sich nie zu verlassen. Dann schlingerten wir nach verschiedenen Richtungen weiter. Dan fuhr mit dem Aufzug erst in den Keller. Im Schlafzimmer zog er seine Jacke und einen Schuh aus. Eva war nicht da, sie schlief bei ihren Eltern, von wegen der Moral. Dan fiel aufs Bett und war weg. Ich kroch ans Fußende und bohrte mich unter die Decke. Eine Weile hörte ich noch, wie er atmete, und ich roch den gasförmigen Alkohol, der sich sachte um uns ausbreitete.

«Eva, Liebling», murmelte Dan im Schlaf.

Dans Hochzeit mit Eva rückte unaufhaltsam näher. Zwei Tage vorher veranstalteten wir einen zünftigen Polterabend. Dan hatte inzwischen die neue Behausung bezogen. Alle lieben Freunde kamen und zerschlugen eine halbe Porzellanfabrik. Otmar opferte einen buntschillernden Nippespapagei aus dem Nachlaß seiner Großmutter. Das Vieh war ihm längst ein Dorn im Auge gewesen. Nur die Pietät hatte es vor Schaden bewahrt. Jetzt war Gelegenheit, sich seiner zu entledigen.

Eugen hatte aus der Kneipe die Black-and-White-Hunde aus Gips mitgebracht und zerschlug sie bekümmert, aber gründlich. Eva rang die Hände und hielt sich zwischendurch die Ohren zu. Als Paul und Dan den ersten Waschkorb voll Porzellanscherben hinuntertransportierten, rutschten sie auf der Treppe aus und landeten mit der Ladung vor der Wohnungstür des Hauswirtes, obwohl man dort längst verheiratet war und keinen Polterabend hatte. Es knallte wie eine mittlere Wasserstoffbombe.

Ich lief die halbe Treppe hinunter.

Paul und Dan saßen zwischen den Scherben. Der Hauswirt steckte den Kopf aus der Tür und nickte.

«Meißen figürlich, wie?»

«Achtzehntes Jahrhundert», sagte Paul und zog den Porzellanschwanz von Otmars Papagei aus seiner Hemdbrust. «Ich hoffe, Sie sind nicht erschrocken.»

«Keine Spur», sagte der Hauswirt. «Ich war bei der schweren Artillerie. Meine Frau ist verreist.»

«Das Beste, was sie tun konnte», murmelte Dan.

«Paul», rief Eva von oben, «ist etwas passiert?»

«Nicht das geringste», erwiderte dieser.

Sie klaubten die Scherben zusammen und luden den Wirt ein, mit nach oben zu kommen. Er ergriff eine Cognacflasche und tat es. Noch zweimal mußten sie mit dem Korb hinunter. Dann war der Trümmerhaufen beseitigt, und sie konnten sich stärken.

Zwischen den einzelnen Runden priesen sie Evas Schönheit und Dans vortreffliche Wahl. Auch ich, als eigentlicher Stifter des jungen Glückes, wurde gebührend geehrt. Dan erzählte noch einmal meine Geschichte, wie ich zu Eva ins Auto gestiegen war, wie er sie dadurch kennengelernt hatte, wie ich Ritas verschwundene Kette wiedergefunden und geholfen hatte, den Dieb zu entlarven. Als er fertig war, erhoben sie die Gläser und tranken auf mich und auf alle Langhaardackel im Lande. Da war ich sehr stolz.

An diesem Abend machten wir früher Schluß, um den Anstrengungen des nächsten Tages ausgeruht begegnen zu können. Auch dem Hauswirt war das recht, denn er wußte nicht ganz genau, wann seine Frau zurückkommen würde. So brachen sie auf und verließen uns, und kleine Porzellansplitter knirschten unter ihren Sohlen.

Als wir erwachten, war der große Tag da.

Die Trauzeugen erschienen pünktlich und frischgewaschen.

Bei Dan und Paul merkte man nichts vom Polterabend. Nur Eugen schien in der Kneipe noch etwas flüssigen Mut zu sich genommen zu haben, obwohl er gar nicht heiraten mußte. Er hielt das Kreuz ein bißchen zu steif und vermied, den Leuten direkt ins Gesicht zu reden. Meiner Nase nach war es Rum, der ihm entströmte.

Eva sah wunderschön aus.

Sie trug ein schwarzes Kostüm, schlicht und raffiniert, sie roch fabelhaft, und ihre Augen leuchteten. Dabei war sie ruhig wie ein Museumsdiener, als wäre das ihre vierte Hochzeit. Dan trug ein Ding, das aus einer schwarzen Jacke und einer schwarz-grau gestreiften Hose bestand. Ich kannte ihn kaum wieder. Er war bedeutend aufgeregter als Eva. Er konnte nicht sitzen und fingerte dauernd an der Krawatte herum.

Wir alle betrachteten ihn mit Sorge. Beim Heiraten machen die Frauen eine viel bessere Figur.

Ralf und ich hatten unsere guten Halsbänder um und waren frisch gebürstet, wie es sich für einen so feierlichen Tag gehörte. Wir saßen nebeneinander auf meinem Fensterbrett und sahen zu, wie die Gesellschaft Kaffee trank. Anschließend mußten sie etwas warten, weil Evas Nägel noch nicht ganz trocken waren. Die Herren benutzten die Gelegenheit, einen stärkenden Cocktail zu sich zu nehmen. Es war für Dan der letzte in Freiheit, und er trank ihn mit Wohlbehagen und besonderer Andacht.

Dann ging es los. Wir benutzten Evas offenen Wagen, den ich so gut kannte. Mit Dans Arche wären wir nicht bis zum Standesamt gekommen. Dan fuhr, Eva saß neben ihm. Hinten thronten Paul und Eugen, und wir hatten uns neben sie gequetscht und hielten uns mit den Pfoten am Rand fest. Es war ein feiner Tag mit viel Sonne. Den Herren lief der Schweiß in ihre weißen Kragen. Unterwegs wollte Eugen raus und ein Bier trinken, aber es war schon zu spät. Unsere Ohren flatterten im Wind, und ab und zu winkten die Leute, und Dan winkte lässig zurück, als führe er die Tour alle Tage.

Vor dem Standesamt stand auch einiges Volk herum. Die gewerbsmäßigen Zuschauer. Als wir ausstiegen, sagte ein alter Mann zu seiner Frau: «Schau, Alte, die Dummen werden nicht alle», und ein junger Bengel murmelte: «Junge, Junge, schicke Puppe!» Damit meinte er Eva. Dan war zu aufgeregt, um es zu hören. Wir schritten in würdiger Haltung den Gang hinunter. Es roch nach Fußbodenöl und Beamten. Paul suchte die richtige Tür, und dann mußten wir warten.

Es dauerte eine Weile, bis ein ernst blickender Herr uns aufrief. Leider durften Ralf und ich nicht mit in das Zimmer. Eugen machte unsere Leinen an den Stühlen fest und ermahnte uns, die Würde des Hauses zu wahren und keinen Unfug zu treiben.

Paul klopfte Dan auf die Schulter.

«Mut, alter Freund», sagte er.

Dann schloß sich die Tür hinter ihnen.

Ralf und ich warteten mit gespannter Ungeduld. Ein junger Schäferhund kam mit ein paar Leuten vorbei. Ich spiele sonst gern mit ihnen, aber diesmal beachteten wir ihn nicht. Die Stunde war zu ernst.

Ich überlegte mir, wie Dan zumute sein mochte bei dieser amtlichen Handlung. Wir hatten es viel einfacher, wenn wir eine Frau nehmen wollten, aber bei den Menschen geht alles furchtbar kompliziert zu. Wahrscheinlich liegt es auch daran, daß es von ihnen so viele gibt, während wir doch ein kleiner und exklusiver Haufen sind.

Im großen und ganzen war ich sehr zufrieden. Mit Eva hatte Dan einen sehr guten Fang gemacht. Sie war lieb und bildschön, und wenn sie mit mir durch die Stadt gegangen war, hatten die Männer sich die Hälse verdreht, so ein auffallendes Paar waren wir. Durch die geschlossene Tür hörte ich allerhand Gemurmel. Nach einer Pause kam ganz schwach, aber unverkennbar das Geräusch von Küssen. Dann ertönte Gelächter. Die Tür sprang auf. Eva und Dan kamen mit glückstrahlenden Gesichtern heraus, gefolgt von den Trauzeugen und dem Standesbeamten. Er trug einen Eckenkragen und schien Junggeselle zu sein, denn an seiner Weste fehlte ein Knopf.

Ich rannte auf unsere verheirateten Besitzer los und zerrte den Stuhl hinter mir her. Dan machte mich los und nahm mich hoch, und Eva küßte mich auf die Nase, vor allen Leuten.

Wir stiegen ein und fuhren in ein Hotel, wo die Ober noch vornehmer aussahen als die Gäste. Im ersten Stock, in einem kühlen Zimmer, gab es ein solides Mittagessen, auch für Ralf und mich. Währenddessen erzählten sie, was sich im Zimmer im Standesamt abgespielt hatte. Während seiner Ansprache hatte der Beamte wiederholt mißbilligende Blicke auf den Trauzeugen Eugen geworfen, weil der Geruch nach Rum unverkennbar aus dessen Richtung kam. Eva hatte natürlich mit ihrem Mädchennamen unterschrieben und Dan in der falschen Spalte.

Na, nun hatten sie es hinter sich.

Das Essen war ausgezeichnet. Ralf und ich aßen von einem goldgeränderten Teller mit der Aufschrift «Grand Hotel Excelsior». Ralf blickte ungeheuer vornehm drein, aber seine Ohren hingen ihm trotzdem in den Reis hinunter.

Am Nachmittag war Ruhepause. Ich schlief unter meinem vollen Bauch außerordentlich fest. Als ich erwachte, war die Sonne nur noch matt, und Dan war schon im Badezimmer und sang sein altes Lied unter der Brause: «Heimat, wann werde ich wieder dich seh'n.»

Eine Stunde später fuhren wir in unserem uralten Schlitten zum Haus von Evas Eltern. Dort sollte das große Fest steigen, mit den lieben Verwandten. Evas Vater durfte es bezahlen. Schöne Mädchen sind immer teuer.

Das Haus war ein ganz stattlicher Kasten mit einer hellen Fassade und funkelnden Fenstern. Ralf und ich besichtigten es von innen, während die Gäste sich versammelten und Dan zu seinem angetrauten Weibe rannte. Mein Eindruck, daß die Familie Geld haben mußte, bestätigte sich, und das beruhigte mich sehr. Bei reichen Leuten fühlt man sich sicherer. Ich hatte oft genug gesehen, daß man in der Wahl seiner Besitzer und deren Angehörigen nicht vorsichtig genug sein konnte. Halten Sie mich nicht für ein Opfer des Wirtschaftswunders und für einen Angeber. Aber Armut steht unserer Rasse schlecht. Wir, mit unserer Erscheinung, machen uns am besten in vornehmen Häusern und gepflegten Wohnungen, mit lautlosen Cabriolets vor den Türen und mit Teppichen im Inneren, die wirklich einen Verlust bedeuten, wenn man sie zernagt.

An solchen war auch kein Mangel im Haus. Ich merkte mir die verschwiegene Ecke eines lichtblauen Persers unter einem Ledersessel vor. Auch Ralf fand etwas Passendes für sein neues Gebiß nach den Milchzähnen. Dann kehrten wir ins Festzimmer zurück und sahen uns die Hochzeitsgesellschaft näher an.

Die beiderseitigen Schwiegereltern kannte ich schon. Im Anfang hatten sie sich angesehen wie die Oberhäupter feindlicher arabischer Wüstenstämme. Jeder von ihnen gab sich Mühe, dem anderen zu zeigen, welches Opfer es für ihn bedeute, Mitglied dieser Familie zu werden.

Heute abend ging es schon besser. Die Schwiegerväter standen an der Hausbar, hatten glänzende Nasen und erzählten sich gedämpften Tones unanständige Witze. Die Schwiegermütter in Satin und Schmuck fanden so viel Gemeinsames in ihren Naturen und waren untröstlich über die Jahre, die sie verbracht hatten, ohne einander zu kennen. Die Verwandten und Bekannten berochen sich eifrig. Die Männer befragten sich hinterlistig über die gegenseitigen Berufe und Einkommensverhältnisse und atmeten erleichtert auf, wenn sich herausstellte, daß sie in verschiedenen Branchen tätig waren. Die Damen taxierten sich mit blitzschnellen Blicken und registrierten, wer wem gefährlich werden könnte und wer nicht. Ralf und ich krochen zwischen den vielen Beinen herum, wurden bestaunt und «Waldi» genannt und an den Ohren gezogen. Ich war froh, als zur Tafel gebeten wurde.

Der ganze Haufen ließ sich an dem weißen, glitzernden Hufeisen von Tisch nieder. Dan und Eva saßen in der Mitte, und Stolz erfüllte mein Herz, als ich sie sah. Unsere alte Garde aus der Bierklause war vollzählig vorhanden. Eugen hatte seine Rosel mit, die zukünftige Wirtin. Er sah aus, als rechne er dauernd nach, was ihn die eigene Hochzeit kosten würde.

Otmar, unser Malgenie, in dessen Atelier die Skatabende stattfanden, war mit seiner Braut Putzi da. Auch ihm stand bevor, was Dan jetzt durchmachte. Sein Künstlerbart hinderte ihn nicht, unglaubliche Mengen mit größter Geschwindigkeit zu essen. Dafür ließ er sehr viel für uns unter den Tisch fallen. Putzi genierte sich und stieß ihn laufend in die Seite.

Und schließlich saßen Paul und Gerda da, die Besitzer meines Herrn Bruders. Sie hatten ihre Hochzeit lange hinter sich. Eva und

Dan hatten sich viele Ratschläge von ihnen geholt. Sie wollten nicht alle Fehler noch einmal machen. Nur die schönsten.

Das Menü entsprach meinen Erwartungen. Obwohl wir in der Küche bereits ausgiebig verpflegt worden waren, schlichen wir unter dem Tisch herum und klopften den Gästen dezent mit den Pfoten an die Schienbeine. Die meisten waren so intelligent und taktvoll, unauffällig einiges von dem gerade laufenden Gang herunterzureichen. Nur ein paar erwiesen sich als völlig unbegabt und riefen mit schallender Stimme:

«Ja, was willst du denn, Hunderl?»

Mancher lernt es eben nie.

Unter dem Tisch war es ganz interessant. Wir sahen die untere Hälfte der Gesellschaft. Smokinghosen und Lackleder, seidene Röcke über schönen Beinen und weniger schönen. Mit denen von Eva konnte keine andere mit. Ich marschierte zweimal herum, aber es blieb dabei. War ja auch meine Entdeckung, das Mädchen.

Oben war die Gesellschaft beim geeisten Fruchtsalat mit Maraschino angelangt. Bei den Getränken war der Fortschritt entsprechend. Die Gespräche wurden allgemein verständlich. Einige der Damen waren unbemerkt aus den Schuhen gekrochen und rieben die niedlichen Füßchen aneinander. Ich zwinkerte Ralf zu, und wir verschleppten lautlos etliche Pumps und Goldbrokatlatschen und sammelten sie dort, wo Evas späte Tante Magdalene saß. Es sah aus wie eine Kollektion von Salamander. Dann setzten wir uns in die Nähe der Tür, von wo aus man den Tisch gut übersehen konnte. Kurz darauf wurde die Tafel aufgehoben. Etliche der holden Teilnehmerinnen blieben verlegen sitzen, fummelten mit den Füßen unter dem Tisch herum und bekamen rote Köpfe. Ihre Begleiter sahen nach unten und entdeckten Tante Magdalenes Schuhsalon. Es dauerte eine Weile, bis sie ihn als unser Werk erkannten.

«Ach, die lieben Tierchen», sagte Tante Magdalenes Mann und knirschte mit den Zähnen, und Evas Vater rief mit dröhnender Stimme, es sei komisch, daß die Damen ihre Schuhe alle eine Nummer zu klein kauften.

Anschließend wurde getanzt und getrunken. Eva war ununterbrochen beschäftigt. Die Gäste zirkulierten durch die Räume, und wir zirkulierten mit. Unter anderem besichtigten wir den Tisch mit den Geschenken.

Für manches Verbrauchsmaterial war der Ersatz gleich mitgeschenkt worden. Ich sah vier Teesiebe, drei Bügeleisen, acht Blumenvasen und zwei Kaffeemühlen. Geschirr und Tischdecken würden für die Enkelkinder noch ausreichen, soweit ich sehen konnte. Auf Babywäsche war taktvoll verzichtet worden, nur ein Spaßvogel hatte den Katalog eines Hauses für Säuglingsausstattung hingelegt.

Auf meinem Weg stieß ich auf Tante Wilhelmine. Ihre zwei Zentner waren ihr beim Tanzen hinderlich. Deswegen saß sie lieber und redete. Als Zuhörer hatte sie sich den jungen Doktor Becker gegriffen, der aus Anstand mit ihr eine Runde hatte drehen wollen. Jetzt war er festgenagelt, denn die Tante tat nichts lieber, als einem Arzt ihre Beschwerden zu schildern. Und das waren Beschwerden! Sie gehörte zu den Frauen, die seit ihrer Geburt keinen Bissen gegessen und keine Nacht ein Auge zugetan haben, aber dennoch kaum durch die Türen passen und nachts schnarchen, daß die Gardinen wedeln. Doktor Becker mußte sich das anhören, ohne Aussicht auf Bezahlung oder Krankenschein. Er rutschte auf seinem Stuhl herum und warf flehende Blicke in die Gegend. Ich beschloß, ihn zu retten.

Ich nahm einen kurzen Anlauf und sprang auf seinen Schoß. Leider hatte ich mich mit dem Schwung etwas verkalkuliert. Mit der Schnauze stieß ich sein Sektglas um, das dicht neben ihm auf dem niedrigen Tisch stand. Die Tante wurde nicht getroffen, aber der Sekt lief über die Decke, und das Glas zerfiel in zwei Teile, Stiel und Kelch. Die Hausfrau kam, und nun besprachen sie ausführlich das Unglück und kamen dann auf die Ungezogenheiten von Dackeln. Währenddessen konnte Doktor Becker sich unauffällig verdrücken und mit Evas Cousine tanzen, zu der er während der Krankengeschichte ständig hinübergeblickt hatte. Auch ich empfahl mich lautlos, zufrieden mit der Aktion.

Später bildeten sich kleinere Gruppen und Interessengemeinschaften. Ich schlich überall herum und hörte manches Interessante.

In einer Ecke, hinter irgendeinem ausländischen Gewächs mit riesigen Blättern, saßen Dans Mutter und Eva und berieten die Gebrauchsanweisung des Sohnes und Ehemannes.

«Er ist ein guter Junge», sagte Mutti, «echt und gerade heraus.

Du merkst sofort, wenn er schwindelt. Außerdem schwindelt er nie. Leider ist er mein Einziger geblieben. Hat immer alles für sich gehabt, nie teilen müssen, nie abgeben. Er kann furchtbar dickschädelig sein und eigensinnig. Wie sein Vater. Nur richtig behandeln, das ist alles. Laß ihn glauben, seine Ansichten wären die einzig brauchbaren. So hab ich es mit seinem Vater gemacht. Dann kannst du ihn um den Finger wickeln. Und wenn es mal nicht anders geht, machst du ihm einen richtigen Krach, dann ist alles in Ordnung. Gibst du mir noch ein Glas Sekt, Kleines?» Dann tranken die Damen. Ich schlenderte hinüber ins Herrenzimmer, wo Dan mit Evas Vater hinter einer Whiskyflasche versammelt war.

«Sie ist ein Prachtmädchen», sagte unser Schwiegervater, «echt und gerade heraus. Schwindeln tut sie natürlich, wie alle Weiber, aber du merkst es sofort. Leider ist sie meine Einzige geblieben. Hat immer alles für sich gehabt, nie teilen müssen, nie abgeben. Sie kann furchtbar dickschädelig sein und eigensinnig. Wie ihre Mutter. Richtig behandeln ist alles. Laß sie reden und tu, was du für richtig hältst. So hab ich es mit ihrer Mutter gemacht. Und wenn es mal nicht geht, legst du sie übers Knie und haust ihr den Hintern voll. Wirkt Wunder. Prost!»

«Prost, Vater», sagte Dan. Ich ging hinaus und freute mich auf den Augenblick, in dem Eva und er zu gleicher Zeit nach den Ratschlägen handeln würden.

Die Balkontür war einen Spalt breit offen. Durch Säulen und stille Blätter fiel das Mondlicht gegen das Haus. Ich roch einen Hauch von Parfum und schlich an der Wand entlang. Der junge Doktor Becker war mit Evas Cousine ins Freie entwichen. In einer entfernten Ecke standen sie in Deckung des Schattens nebeneinander. Zwischenraum war keiner.

«Wie ist es am nächsten Sonnabend?» fragte Doktor Becker.

«Ich – ich weiß nicht», sagte sie und zerrupfte ein Efeublatt.

«Gleich weißt du es», sagte er. Er drehte sich halb um, faßte sie am Kopf und küßte sie. Zuerst zappelte sie ein bißchen, dann hielt sie still und stiller und preßte sich fest an ihn, obwohl es gar nicht kalt war. Der Kuß dauerte lausig lange. Ich wurde ungeduldig und raschelte mit dem Efeu. Gisela fuhr zusammen.

«Was war das?»

Beckers Augen bohrten sich zu mir hinunter. Ich kam näher und grinste freundlich.

«Eine Ratte», sagte er. «Eine Ratte mit langen Ohren.» Er bückte sich, griff mich am Fell und zog mich hoch. «Hier ist sie.»

«Der Blasi? Gott, bin ich erschrocken.»

«Der gute Blasi. Hat mich vorhin von der Tante befreit. Da war ich frei für dich.»

Sie lachte und streichelte mich.

«Ob er noch Hunger hat?»

«Diese Tiere haben nur einmal Hunger. Immer.»

«Ich hole ihm noch was.»

Sie lief davon. Becker ging mit mir zur Bank an der Hauswand. Während er mich streichelte, murmelte er: «Kein schlechtes Mädchen. Hätte gute Lust, es genauso zu machen wie dein Herr Besitzer. Na, wir werden sehen.»

Gisela kam zurück. Sie trug einen Teller mit einem Berg wie ein Maulwurfshaufen. Es waren alles gute Sachen vom kalten Büfett. Obwohl ich mein Soll längst erfüllt hatte, fraß ich mich bis zum Porzellanboden durch. Wer konnte wissen, wie lange es dauerte, bis Becker sich entschloß und die nächste Hochzeit fällig war.

Am Fuße des Berges bekam ich aber doch Beklemmungserscheinungen. Ich verabschiedete mich, schlich davon und suchte das Eisbärenfell im Salon auf. Ralf lag schon dort. Es schien ihm ähnlich zu gehen wie mir. An seinen Ohren war Mayonnaise. Sein Bauch war prall, und er stöhnte im Schlaf. Ich ließ mich neben ihm nieder und hoffte auf gute Verdauung.

Es weckte uns der Lärm der scheidenden Gäste. Noch einmal hielt das Hochzeitspaar allen Segenswünschen stand. Dan und Eva blieben für diese Nacht im Haus der Eltern. Als sie die Treppe zu ihrem Zimmer emporstiegen, hoppelte ich mit meinem vollen Wanst mühsam hinterher. Dan öffnete die Tür. Dann drehte er sich um. Ich setzte mich auf die oberste Stufe und sah ihm stumm ins Gesicht.

Er faßte Eva am Arm und deutete auf mich. Sie sah mich an, dann ihn. Sie lächelten sich zu.

«Nein, Blasi», sagte Dan. «Heute nicht. Heute bleiben Frauchen und ich allein. Geh zurück auf dein Fell. Gute Nacht.»

«Nacht, Blasi», rief Eva.

Die Tür schloß sich hinter ihnen. Ich wartete noch eine Minute. Dann machte ich entschlossen kehrt und stieg die Treppe hinab, aufrecht und mit Würde. Betteln kam nicht in Frage. Ein Mann muß allein sein können.

Das Fell war noch warm. Ich hatte es für mich allein. Ralf war mit Paul und Gerda fortgegangen. Ich blieb noch eine Weile wach und wartete auf Einbrecher. Keiner kam. Wahrscheinlich hatten sie Betriebsferien.

Familien-zuwachs

Ephraim Kishon

Ein Vater wird geboren

Gegen Morgen setzte sich meine Frau im Bett auf, starrte eine Weile in die Luft, packte mich an der Schulter und sagte:

«Es geht los. Hol ein Taxi.»

Ruhig, ohne Hast, kleideten wir uns an. Dann und wann raunte ich ihr ein paar beruhigende Worte zu, aber das war eigentlich überflüssig. Wir beide sind hochentwickelte Persönlichkeiten von scharf ausgeprägter Intelligenz, und uns beiden ist klar, daß es sich bei der Geburt eines Kindes um einen ganz normalen biologischen Vorgang handelt, der sich seit Urzeiten immer wieder milliardenfach wiederholt und schon deshalb keinen Anspruch hat, als etwas Besonderes gewertet zu werden.

Während wir uns gemächlich zum Aufbruch anschickten, fielen mir allerlei alte Witze oder Witz-Zeichnungen ein, die sich über den Typ des werdenden Vaters auf billigste Weise lustig machen und ihn als kettenrauchendes, vor Nervosität halb wahnsinniges Wrack im Wartezimmer der Gebärklinik dazustellen lieben. Nun ja. Wir wollen diesen Scherzbolden das Vergnügen lassen. Im wirklichen Leben geht es anders zu.

«Möchtest du nicht ein paar Illustrierte mitnehmen, Liebling?» fragte ich. «Du sollst dich nicht langweilen.»

Wir legten die Zeitschriften zuoberst in den kleinen Koffer, in dem sich auch etwas Schokolade und, natürlich, die Strickarbeit befand. Das Taxi fuhr vor. Nach bequemer Fahrt erreichten wir die Klinik. Der Portier notierte die Daten meiner Frau und führte sie zum Aufzug. Als ich ihr folgen wollte, zog er die Gittertür dicht vor meinem Gesicht zu.

«Sie bleiben hier, Herr. Oben stören Sie nur.»

Gewiß, er hätte sich etwas höflicher ausdrücken können. Trotzdem muß ich zugeben, daß er nicht ganz unrecht hatte.

Wenn die Dinge einmal so weit sind, kann der Vater sich nicht mehr nützlich machen, das ist offenkundig. In diesem Sinne äußerte sich auch meine Frau:

«Geh ruhig nach Haus», sagte sie, «und mach deine Arbeit wie immer. Wenn du Lust hast, geh am Nachmittag ins Kino. Warum auch nicht.»

Wir tauschten einen Händedruck, und ich entfernte mich federnden Schrittes. Mancher Leser wird mich jetzt für kühl oder teilnahmslos halten, aber das ist nun einmal meine Wesensart: nüchtern, vernünftig – kurzum: ein Mann.

Ich sah mich noch einmal in der Halle der Klinik um. Auf einer niedrigen Bank in der Nähe der Portiersloge saßen dicht gedrängt ein paar bleiche Gesellen, kettenrauchend, lippennagend, schwitzend. Lächerliche Erscheinungen, diese «werdenden Väter». Als ob ihre Anwesenheit irgendeinen Einfluß auf den vorgezeichneten Gang der Ereignisse hätte!

Manchmal geschah es, daß eine vor Aufregung zitternde Gestalt von draußen auf die Portiersloge zustürzte und atemlos hervorstieß:

«Schon da?»

Dann ließ der Portier seinen schläfrigen Blick über die vor ihm liegenden Namenslisten wandern, stocherte in seinen Zähnen, gähnte und sagte gleichgültig:

«Mädchen.»

«Gewicht?»

«Zweifünfundneunzig.»

Daraufhin sprang der neugebackene Vater auf meinen Schoß und wisperte mir mit heißer, irrsinniger Stimme immer wieder «zweifünfundneunzig, zweifünfundneunzig» ins Ohr, der lächerliche Tropf. Wen interessiert schon das Lebendgewicht seines Wechselbalgs? Kann meinetwegen auch zehn Kilo wiegen. Wie komisch wirkt doch ein erwachsener Mann, der die Kontrolle über sich verloren hat. Nein, nicht komisch. Mitleiderregend.

Ich beschloß, nach Hause zurückzukehren und mich meiner Arbeit zu widmen. Auch waren mir bereits die Zigaretten ausgegangen. Dann fiel mir ein, daß ich vielleicht doch besser noch ein paar Worte mit dem Arzt sprechen sollte. Vielleicht brauchte er irgend etwas. Eine Aufklärung, einen Ratschlag. Natürlich war das nur eine Formalität, aber auch Formalitäten wollen erledigt sein.

Ich durchquerte den Vorraum und versuchte den Aufgang zur Klinik zu passieren. Der Portier hielt mich zurück. Auch als ich ihn informierte, daß mein Fall ein besonderer Fall sei, zeigte er sich in keiner Weise beeindruckt. Zum Glück kam in diesem Augenblick der Arzt die Stiegen herunter. Ich stellte mich vor und fragte ihn, ob ich ihm irgendwie behilflich sein könnte.

«Kommen Sie um fünf Uhr nachmittag wieder», lautete seine Antwort. «Bis dahin würden Sie hier nur Ihre Zeit vergeuden.»

Nach diesem kurzen, aber aufschlußreichen Gedankenaustausch machte ich mich beruhigt auf den Heimweg. Ich setzte mich an den Schreibtisch, merkte aber bald, daß es heute mit der Arbeit nicht so recht klappen würde. Das war mir nie zuvor geschehen, und ich begann intensive Nachforschungen anzustellen, woran das denn wohl läge. Zuwenig Schlaf? Das Wetter? Oder störte mich die Abwesenheit meiner Frau? Ich wollte diese Möglichkeit nicht restlos ausschließen. Auch wäre die kühle Distanz, aus der ich die Ereignisse des Lebens sonst zu betrachten pflege, diesmal nicht ganz am Platze gewesen. Das Ereignis, das mir jetzt bevorstand, begibt sich ja schließlich nicht jeden Tag, auch wenn der Junge vermutlich ein Kind wie alle anderen sein wird, gesund, lebhaft, aber nichts Außergewöhnliches. Er wird seine Studien erfolgreich hinter sich bringen und dann die Diplomatenlaufbahn ergreifen. Schon aus diesem Grunde sollte er einen Namen bekommen, der einerseits hebräisch ist und andererseits auch Nichtjuden leicht von der Zunge geht. Etwa Raphael. Nach dem großen niederländischen Maler. Am Ende wird der Schlingel noch Außenminister und dann können sie in den Vereinten Nationen nicht einmal seinen Namen aussprechen. Man muß immer an die höheren Staatsinteressen denken. Übrigens soll er nicht allzu früh heiraten. Er soll Sport betreiben und an den Olympischen Spielen teilnehmen, wobei es mir vollkommen gleichgültig ist, ob er das Hürdenlaufen gewinnt oder das Diskuswerfen. In dieser Hinsicht bin ich kein Pedant. Und natürlich muß er alle Weltsprachen beherrschen. Und in der Aerodynamik Bescheid wissen. Wenn er sich allerdings mehr für Kernphysik interessiert, dann soll er eben Kernphysik studieren.

Und wenn es ein Mädchen wird?

Eigentlich könnte ich jetzt in der Klinik anrufen.

Gelassen, mit ruhiger Hand, hob ich den Hörer ab und wählte.

«Nichts Neues», sagte der Portier. «Wer spricht?»

Ein sonderbar leiser Unterton in seiner Stimme ließ mich aufhorchen. Ich hatte den Eindruck, als ob er mir etwas verheimlichen wollte. Aber die Verbindung war bereits unterbrochen.

Ein wenig nervös durchblätterte ich die Zeitung.

«Geburt einer doppelköpfigen Ziege in Peru.»

Was diese Idioten erfinden, um ihr erbärmliches Blättchen zu füllen! Man müßte alle Journalisten vertilgen.

Im Augenblick habe ich freilich Dringenderes zu tun. Zum Beispiel darf ich meinen Kontakt mit dem Arzt nicht gänzlich einschlafen lassen.

Ich sprang in ein Taxi, fuhr zur Klinik und hatte das Glück, unauffälligen Anschluß an eine größere Gesellschaft zu finden, die sich gerade zu einer Beschneidungsfeier versammelte.

«Schon wieder Sie?» bellte der Doktor, als ich ihn endlich gefunden hatte. «Was machen Sie hier?»

«Ich bin zufällig vorbeigekommen und dachte, daß ich mich vielleicht erkundigen könnte, ob es etwas Neues gibt. Gibt es etwas Neues?»

«Ich sagte Ihnen doch, daß Sie erst um fünf Uhr kommen sollen! Oder noch besser: kommen Sie gar nicht. Wir verständigen Sie telefonisch.»

«Ganz wie Sie wünschen, Herr Doktor. Ich dachte nur . . .»

Er hatte recht. Dieses ewige Hin und Her war vollkommen sinnlos und eines normalen Menschen unwürdig. Ich wollte mich nicht auf die gleiche Stufe stellen wie diese kläglichen Gestalten, die sich immer noch bleich und zitternd auf der Bank vor der Portiersloge herumdrückten.

Aus purer Neugier nahm ich unter ihnen Platz, um ihr Verhalten vom Blickpunkt des Psychologen aus zu analysieren. Mein Sitznachbar erzählte mir unaufgefordert, daß er der Geburt seines dritten Kindes entgegensähe. Zwei hatte er schon, einen Knaben (3,15 kg) und ein Mädchen (2,70). Andere Bankbenützer ließen Fotografien herumgehen. Aus Verlegenheit, und wohl auch um den völlig haltlosen Schwächlingen einen kleinen Streich zu spielen, zog ich ein Röntgenbild meiner Frau aus dem achten Monat hervor.

«Süß», ließen sich einige Stimmen vernehmen. «Wirklich herzig.»

Während ich ein neues Päckchen Zigaretten kaufte, beschlich mich das dumpfe Gefühl, etwas Wichtiges vergessen zu haben. Ich fragte den Portier, ob es etwas Neues gäbe. Der ungezogene Lümmel machte sich nicht einmal die Mühe einer artikulierten Auskunft. Er schüttelte nur den Kopf. Eigentlich schüttelte er ihn nicht einmal, sondern drehte ihn gelangweilt in eine andere Richtung.

Nach zwei Stunden begab ich mich in das Blumengeschäft auf der gegenüberliegenden Straßenseite, rief von dort aus den Arzt an und erfuhr von einer weiblichen Stimme, daß ich erst am Morgen wieder anrufen sollte. Es war, wie sich auf Befragen erwies, die Telefonistin. So springt man hierzulande mit angesehenen Bürgern um, die das Verbrechen begangen haben, sich um die nächste Generation zu sorgen.

Dann also ins Kino. Der Film handelte von einem jungen Mann, der seinen Vater haßt. Was geht mich dieser Bockmist aus Hollywood an. Außerdem wird es ein Mädchen. Im Unterbewußtsein hatte ich mich längst darauf eingestellt. Ich könnte sogar sagen, daß ich es schon längst gewußt habe. Ich hätte nichts dagegen einzuwenden, daß sie Archäologin wird, wenn sie nur keinen Piloten heiratet. Nichts da. Unter gar keinen Umständen, akzeptiere ich einen Piloten als Schwiegersohn. Um Himmels willen – über kurz oder lang bin ich Großpapa. Wie die Zeit vergeht. Aber warum ist es hier so dunkel? Wo bin ich? Ach ja, im Kino. Zu dumm.

Ich tastete mich hinaus. Die kühle Luft erfrischte mich ein wenig. Nicht sehr, nur ein wenig. Und was jetzt?

Vielleicht sollte ich in der Klinik nachfragen.

Ich erstand zwei große Sträuße billiger Blumen, weil man als Botenjunge eines Blumengeschäftes in jede Klinik Zutritt hat, warf dem Portier ein tonlos geschäftiges «Zimmer 24» hin und bewerkstelligte unter dem Schutz der Dunkelheit meinen Eintritt.

Um den Mund des Arztes wurden leichte Anzeichen von Schaumbildung merkbar.

«Was wollen Sie mit den Blumen, Herr? Stellen Sie sie aufs Eis, Herr! Und wenn Sie nicht verschwinden, lasse ich Sie hinauswerfen?»

Ich versuchte ihm zu erklären, daß es sich bei den Blumen lediglich um eine List gehandelt hätte, die mir den Eintritt in die Klinik ermöglichen sollte.

Natürlich, so fügte ich hinzu, wüßte ich ganz genau, daß noch nichts los war, aber ich dachte, daß vielleicht doch etwas los sein könnte.

Der Doktor sagte etwas offenbar Unfreundliches auf russisch und ließ mich stehen.

Auf der Straße fiel mir plötzlich ein, was ich vorhin vergessen hatte: ich hatte seit vierundzwanzig Stunden keine Nahrung zu mir genommen. Rasch nach Hause zu einem kleinen Imbiß. Aber aus irgendwelchen Gründen blieb mir das Essen in der Kehle stecken, und ich mußte mit einigen Gläsern Brandy nachhelfen. Dann schlüpfte ich in den Pyjama und legte mich ins Bett.

Wenn ich nur wüßte, warum sich die Geburt dieses Kindes so lange verzögert.

Wenn ich das wüßte? Ich weiß es. Es werden Zwillinge. Das ist so gut wie sicher. Zwillinge. Auch recht. Da bekommt man alles, was sie brauchen, zu Engrospreisen. Ich werde ihnen eine praktische Erziehung angedeihen lassen. Sie sollen in die Textilbranche gehen und niemals Mangel leiden. Nur dieses entsetzliche Summen in meinem Hinterkopf müßte endlich aufhören. Und das Zimmer dürfte sich nicht länger drehen. Ein finsteres Zimmer, das sich trotzdem dreht, ist etwas sehr Unangenehmes.

Der Portier gibt vor, noch nichts zu wissen. Möge er eines qualvollen Todes sterben, der Schwerverbrecher. Sofort nach der Geburt meiner Tochter rechne ich mit ihm ab. Er wird sich wundern.

Rätselhafterweise sind mir schon wieder die Zigaretten ausgegangen. Wo bekommt man so spät in der Nacht noch Zigaretten? Wahrscheinlich nur in der Klinik.

Ich sauste zur Autobus-Haltestelle, wurde aber von einem Hausbewohner eingeholt, der mich aufmerksam machte, daß ich keine Hosen anhatte.

«Wie überaus dumm und kindisch von mir!» lachte ich,

sauste zurück, um mir die Hosen anzuziehen, und konnte trotzdem nicht aufhören, immer weiter zu lachen. Erst in der Nähe der Klinik erinnerte ich mich an Gott. Im allgemeinen bete ich nicht, aber jetzt kam es mir wie selbstverständlich von den Lippen:

«Herr im Himmel, bitte hilf mir nur dieses Mal, laß das Mädchen einen Buben sein und wenn möglich einen normalen, nicht um meinetwillen, sondern aus nationalen Gründen, wir brauchen junge, gesunde Pioniere . . .»

Nächtliche Passanten gaben mir zu bedenken, daß ich mir eine Erkältung zuziehen würde, wenn ich so lange auf dem nassen Straßenpflaster kniete.

Der Portier machte bei meinem Anblick schon von weitem die arrogante Gebärde des halben Kopfschüttelns.

Mit gewaltigem Anlauf warf ich mich gegen das Gittertor, das krachend aufsprang, rollte auf die Milchglastür zu, kam hoch, hörte das Monstrum hinter mir brüllen . . . brüll du nur, du Schandfleck des Jahrhunderts . . . wer mich jetzt aufzuhalten versucht, ist selbst an seinem Untergang schuld . . .

«Doktor! Doktor!» Meine Stimme hallte schaurig durch die nachtdunklen Korridore. Und da kam auch schon der Arzt herangerast.

«Wenn ich Sie noch einmal hier sehe, lasse ich Sie von der Feuerwehr retten! Sie sollten sich schämen! Nehmen Sie ein Beruhigungsmittel, wenn Sie hysterisch sind!»

Hysterisch? Ich hysterisch? Der Kerl soll seinem guten Stern danken, daß ich mein Taschenmesser kurz nach der Bar-Mizwah verloren habe, sonst würde ich ihm jetzt die Kehle aufschlitzen. Und so etwas nennt sich Arzt. Ein Wegelagerer in weißem Kittel. Ein getarnter Mörder, nichts anderes. Ich werde an Ben Gurion einen Brief schreiben, den sich die Regierung nicht hinter den Spiegel stecken wird. Und von dieser Bank bei der Portiersloge weiche ich keinen Zoll, ehe man mir nicht mein Kind ausliefert. Hat jemand von den Herren vielleicht eine Zigarette? Beim Portier kann ich keine mehr kaufen, er verfällt in nervöse Zuckungen, wenn er mich nur sieht. Na wenn schon. Natürlich bin ich aufgeregt. Wer wäre das in meiner Lage nicht. Schließlich ist heute der Geburtstag meines Sohnes. Auch wenn die Halle sich noch so rasend dreht und das Summen in meinem Hinterkopf nicht und nicht aufhören will . . .

Es geht auf Mitternacht, und noch immer nichts. Wie glücklich ist doch meine Frau, daß ihr diese Aufregung erspart bleibt. Guter Gott – und jetzt haben sie womöglich entdeckt, daß sie gar nicht schwanger ist, sondern nur einen aufgeblähten Magen hat vom vielen Popcorn. Diese Schwindler. Nein, Raphael wird nicht die Diplomatenlaufbahn ergreifen. Das Mädel soll Kindergärtnerin werden. Oder ich schicke die beiden in einen Kibbuz. Mein Sohn wird für meine Sünden büßen, ich sehe es kommen. Ich würde ja selbst in einen Kibbuz gehen, um das zu verhindern, aber ich habe keine Zigaretten mehr. Bitte um eine Zigarette, meine Herren, eine letzte Zigarette. Ich müßte meiner Frau den kostbarsten Schmuck kaufen, oder einen Nerz, aber es hat keinen Sinn mehr. Es ist vorüber. Etwas Fürchterliches ist geschehen. Ich spüre es. Mein Instinkt hat mich noch nie betrogen. Das Ende ist da . . .

Auf allen vieren schleppte ich mich zur Portiersloge. Ich brachte kein Wort hervor. Ich sah meinen Feind aus flehentlich aufgerissenen Augen an.

«Ja», sagte er. «Ein Junge.»

«Was?» sagte ich. «Wo?»

«Ein Junge», sagte er. «Dreieinhalb Kilo.»

«Wieso», sagte ich. «Wozu?»

«Hören Sie», sagte er. «Heißen Sie Ephraim Kishon?»

«Einen Augenblick», sagte ich. «Ich weiß es nicht genau. Möglich.»

Ich zog meinen Personalausweis heraus und sah nach. Tatsächlich: es sprach alles dafür, daß ich Ephraim Kishon hieß.

«Bitte?» sagte ich. «Was kann ich für Sie tun, gnädige Frau?»

«Sie haben einen Sohn!» röhrte der Portier. «Dreieinhalb Kilo! Einen Sohn! Verstehen Sie? Einen Sohn von dreieinhalb Kilo . . .»

Ich schlang meine Arme um ihn und versuchte sein überirdisch schönes Antlitz zu küssen. Der Kampf dauerte eine Weile und endete unentschieden. Dann entrang sich meiner Kehle ein fistelndes Stöhnen. Ich stürzte hinaus.

Natürlich kein Mensch auf der Straße. Gerade jetzt, wo man jemanden brauchen würde, ist niemand da.

Wer hätte gedacht, daß ein Mann meines Alters noch Purzelbäume schlagen kann.

Ein Polizist erschien und warnte mich vor einer Fortsetzung der nächtlichen Ruhestörung. Rasch umarmte ich ihn und küßte ihn auf beide Backen.

«Dreieinhalb Kilo», brüllte ich ihm ins Ohr. «Dreieinhalb Kilo!»

«Maseltow!» rief der Polizist. «Gratuliere!»

Und er zeigte mir ein Foto seiner kleinen Tochter.

Peter Schmidt

Das vom Himmel gefallene Kind

Es ereignete sich aber zu der Zeit, daß ein Kindlein vom Himmel fiel (jedenfalls ist später nie geklärt worden, ob die These von der unbefleckten Empfängnis hier ihre – historisch zweite – allen biologischen Gesetzen widerstreitende Bestätigung fand). Das Kind war blond und lockenköpfig, hübsch anzusehen (wahrhaftig ein hübscher Balg), doch wäre es mit Schnurrbart oder Reifrock und Perücke auf die Welt gekommen: sein vor dem Gesetz zuständiger Vater (denn einen anderen fand man nicht) hätte kaum ungläubiger dreinschauen können.

Petrus Müller, entlassener Verwaltungsangestellter, war ein strenggläubiger Katholik, einer der wahrhaft heroischen, die einmal für zwei oder drei Tage vergeblich versucht haben, nach den Geboten der Bergpredigt zu leben. Das Alte Testament ging ihm leicht von der Lippe. Er hatte nie geleugnet, daß es wörtlich genommen werden müsse – und nicht etwa als Bildersprache für Primitive. Doch seine Leidenschaft war der neuere Teil. Namentlich die Stelle, wonach die geistlich Armen, die Leidtragenden, die Sanftmütigen, die nach Gerechtigkeit Hungernden und Dürstenden, die Barmherzigen, die reinen Herzen, die Friedfertigen und um der Gerechtigkeit willen Verfolgten *selig* sind (Matthäus 5). – Aber ein Kind? Noch dazu eines von zweifelhafter Herkunft? Zu Zeiten, in denen auch strenggläubige Katholiken von der Arbeitslosigkeit heimgesucht wurden, hatte er sich keines leisten wollen. Jetzt, nachdem Angelika endlich eine Anstellung im Sekretariat für Kirchenaustritte der Gemeinde bekommen hatte – sie stempelte die Formulare ab, er versorgte den Haushalt – und es, wenn auch nicht mit der Zahlungswilligkeit der Christen, so doch mit dem Familienetat aufwärts ging, wäre er schon physisch nicht in der Lage gewesen, ein Kind zu zeugen (das Messer war abgerutscht, als er den Mittwochsbraten schnitt, und er hatte sich eine bös entzündete, immer noch eiternde Wunde zugezogen). Doktor Trompeter, der Hausarzt, schrieb die äußerst schlecht heilende Wunde sogar einer uneingestandenen Versagungshaltung zu. «Häuser machen Menschen krank», verkündete er. «Und dann auch noch diese Arbeitslosigkeit . . .» Müller lebte in einer winzigen, hellhörigen Zweieinhalb-Zimmer-Neubauwohung. Eines jener eckigen, faden und kahlen Flachdachgebäude am Rande der Stadt mit elf Etagen und spärlichem Grün zwischen den betonierten Wegen.

Es gab dort unten zwar einen Indianerspielplatz, aber er schien Petrus eher das zu verkörpern, was er an seinen Kindern, wenn er sich je dazu herbeigelassen hätte, welche zu zeugen, nie geduldet haben würde: kriegerische Gesellen zu sein, die sich mit Holzgewehren die Köpfe einschlugen und aus Seifenlaugen-Wasserpistolen auf Willi schossen – Willi, seinen zwanzigjährigen zurückgebliebenen Bruder, den die Anstalt einmal wöchentlich herüberschickte, um ihn loszuwerden –, oder, wie es nach neusoziologischer Lesart hieß, «um Familienanschluß zu lernen». Er wollte keine Kinder, denn in der Welt ging es überwiegend lärmend und gewalttätig zu. Stopfen wir erst die Münder der Hungrigen, dachte er, dann wird man weiter sehen. «Ja, weiß Gott», hatte er oft händeringend erklärt, «wenn ich einen Christen zeugen könnte, einen wahrhaften Christen . . . vermehre nicht durch Unbedachtsamkeit das Elend dieser Welt, auf daß es dir nicht schlecht ergehe am Jüngsten Tag.» Doch Willi, der einzige, mit dem er darüber zu sprechen wagte, lächelte nur blöde und schien von alledem nichts zu begreifen.

Auch Angelika verstand ihn nicht, sie war ein leichtsinniges Geschöpf und bereit, alles zu riskieren. Seine düsteren Beschwörungen weckten nur ihren Ehrgeiz als Mutter und Erzieherin. Und um nicht in Versuchung zu geraten, schlief er vor dem Unfall oft, wenn es ihn hart ankam, in der Küche oder staffierte die Wanne im Badezimmer – eine winzige Sitzwanne – mit Kissen und Decken aus. Er war sehr hager, dünnbeinig und asketisch und eine Handbreit kleiner als Angelika, und es bereitete seinen biegsamen Gliedern keine Mühe, sich jeder Unterlage anzupassen, wenn es nur nicht ihr wohlgeformter und duftender Körper sein mußte.

Oft rechnete er mit Kreide an der Küchentafel aus, daß auch bei äußerster Sparsamkeit mit Angelikas schmalem Verdienst nicht genug übrigbleiben würde, um eines dieser sabbernden Süßigkeiten verschlingenden kleinen Mäuler zu stopfen (er statuierte, gewissermaßen zu seiner eigenen Beruhigung, ein Exempel). Doch auch wenn diese Wunde (diese schreckliche Wunde) endlich verheilt war und er selbst eine Anstellung fand, mochte er sich schon damals – bei genauerer Überlegung – nicht zu einer Zeugung bewegen lassen. Denn Angelika war, nicht etwa aus grundsätzlicher Abneigung, sondern aus tiefer Skepsis und Resignation, wenig überzeugt von der Wirksamkeit christlicher Erziehung. Der Verfasser eines obskuren Artikels in einer ihrer Frauenzeitschriften, die sie ihm eines Tages mit beinahe triumphierendem Geheul vorgelegt hatte, war der Ansicht, der Mensch sei und bleibe ein Raubtier, zumal in der Jugend, und wenn er sich ein wenig Humanität abringen lasse, dann sei diese eher auf den glücklichen Zufall seiner Neigung und auf gesellschaftlichen Zwang zurückzuführen als auf die Überzeugungskraft der Zehn Gebote oder der Bergpredigt. Müller war überzeugt, sie gab damit nur einem Drang nach Morbidität und einer heimlichen Sehnsucht nach Amourösität und lockeren Sitten nach, die sie – womöglich nur in seinen Armen – nicht finden konnte. «Es ist immer leicht, Erklärungen zu glauben, die einem ins Konzept passen», hatte er erklärt. Worauf sie zornig erwiderte (vermutlich stammte es ebenfalls aus einem dieser Magazine): «Wenn Pilatus dich heute vor die Wahl stellte, würdest du rufen: ‹Gib Barabbas los!› An einen Erlöser vor zweitausend Jahren ist leicht zu glauben – aber wie, wenn er vor dir steht?» Und wahrhaftig: Wäre Christus heute wiedergeboren, niemand hätte es glauben wollen.

Der Stachel dieser Bemerkung saß ihm noch mit dauernd ätzendem Gift getränkt in der Wunde (dieser schrecklichen Wunde). Und nun war es geschehen.

Ein Kindlein war geboren. Sie war schwanger geworden vom Heiligen Geist . . . Wie eine Herausforderung an den Glauben, an seinen Glauben, daß sich wiederereignen könne, was sich schon einmal ereignet hatte (denn was einmal möglich war, ist auch ein zweites Mal möglich), schien sich das Ungeheuerliche erfüllt zu haben.

Aber er zweifelte! Es mußte erlaubt sein zu zweifeln. Warum er? Warum war gerade seine Familie auserwählt worden? Warum Angelika? Sie hieß nicht einmal Maria. Gewiß: sie hatte ihn nie belogen. Gewiß auch, es gab gerade eine Volkszählung im Lande. Und er dachte wie Josef im Neuen Testament daran, seine Frau heimlich zu verlassen. Es waren Parallelen, die sich nicht leugnen ließen. Doch sie hatten ihre Grenzen. Denn als er daran dachte, Angelika zu verlassen, erschien ihm kein Engel des Herrn im Traume und sprach: «Petrus, Sohn des Tischlers Wilhelm Müller, fürchte dich nicht, Angelika, deine Gemahlin zu dir zu nehmen, denn das in ihr geboren ist, das ist vom Heiligen Geist», und er scheute sich auch, das Kind auf den heiligen Namen zu taufen, sondern nannte es schlicht Kornelius, was lateinisch «der Gehörnte» bedeutet – wie um von sich selbst den Verdacht abzuwälzen, ihm, Petrus Müller, seien Hörner aufgesetzt worden.

Da saß es nun im Wagen, das Kind, blond und lockenköpfig und lächelnd, die kleinen Fingerchen so hilfesuchend emporgestreckt (die Mutter stempelte schon wieder Formulare im Amt), daß ihn Zuneigung und Abscheu hin und her rissen, und Petrus erhob sich manchmal von dem Schemel in der Küche, auf dem er dumpf brütend niedergesunken war, schaukelte das Wägelchen, richtete das Bettzeug, die Kissen und füllte die Flasche mit lauwarmer Milch. Das Kind war überraschend groß und kräftig, es schien mit jedem Augenblick zu wachsen. Drei Tage lang saß er so: unfähig, mehr als das Kind zu versorgen, und die Wohnung verkam. Wäre Angelika nicht eine vorbildliche Hausfrau gewesen, die, wenn sie von der Arbeit heimkam, ohne Murren Hand mit anlegte – weiß Gott, er hätte wegen seiner schmutzigen Hemden, der ungestopften Socken, der Hosen ohne Bügelfalten, der Manschetten ohne Knöpfe und weil seine Schuhe ungeputzt blieben, sogar auf den sonntäglichen Kirchgang verzichten müssen. Etwas, das, soweit er sich erinnerte, noch nie vorgekommen war. «Dieu le veut!» rief er am Ende des dritten Tages mehr kläglich als recht (‹Gott will es›, Kampfruf der Kreuzfahrer während des ersten Kreuzzugs). «So soll es denn sein.» Er nahm die Herausforderung an. Mit einemmal erfüllte ihn grenzenlose Zuneigung. Auch Erleichterung. Er hatte sich entschieden. Das Kind lächelte – nein, es strahlte! Für einen Augenblick glaubte er gar, um seinen Kopf eine helle Lichterscheinung wahrzunehmen; doch dafür war es wohl noch zu früh ... Es mußte das Blitzen des Fensters gewesen sein, das ein warmer Luftzug aufgedrückt hatte: Die untergehende Sonne spiegelte sich in der Scheibe. Herr, warum gerade ich? dachte er. Zuviel der Auszeichnung für Deinen unwürdigen Sohn. Glücklich riß er das Fenster vollends auf, lehnte sich heraus, um es in die Welt hinauszurufen, zögerte jedoch – man würde ihm nicht glauben. Es war noch zu früh. Das Kind selbst würde den Zeitpunkt wählen, an dem es sich der Welt offenbarte. Doch schon lange vorher würde man erkennen, daß es ein außerordentliches, ein einzigartiges Kind war; kein «Raubtier», wie dieser drittklassige Seelenschmierer in Angelikas Frauenzeitschrift behauptete, sondern ein wahrhafter Christ.

Er hörte den Schlüssel in der Korridortür, und Angelika schien gleich zu merken, daß sich etwas verändert hatte. Er winkte sie zum Wagen, schob sachte seine Hand unter das Köpfchen des Kindes, bettete es sanft auf das glattgestrichene Kissen. «Sieh nur, wie es lächelt», flüsterte er. «Was für ein gutes Kind.» Dann lief er in die Küche, um den Abwasch zu erledigen. Er arbeitete verbissen. Gegen Mitternacht entschloß er sich, auch die Teppiche zu saugen, und gab erst auf, als man wegen des lauten Staubsaugers von unten mit dem Besenstiel gegen die Decke stieß. Angelika beobachtete ihn mit einer Mischung aus Ungläubigkeit und beschwichtigender Zustimmung (so, wie man einem Verrückten zustimmt, um seine Verrücktheit nicht noch weiter herauszufordern); sie saß aufrecht im Bett, als er hereinkam, todmüde in den Schlafanzug schlüpfte, das Kissen glattklopfte und sofort in einen bleiernen Schlaf fiel. Er war so überanstrengt, daß er es versäumte, ihr am nächsten Morgen das Frühstück ans Bett zu bringen; sie war schon fort, als er erwachte. Er stand gleich auf und sah nach dem Kind. Es war gewachsen! Angelika hatte es frisch gewickelt und für den Morgenspaziergang angekleidet. «Hinaus geht's», jubelte er. «Hinaus mit dir in die Welt ...» Er zog einen dünnen Sommermantel an und schob das Wägelchen in den Fahrstuhl. Kornelius schien mit jeder Sekunde zu wachsen, ein großer, gesunder Knabe, blond und lockenköpfig und immerzu lächelnd. Petrus verglich ihn im Geiste mit den zahllosen Abbildungen des Christuskindchens in der Krippe – und der

Bengel kam gut weg dabei. Nur wenn man ihm die Flasche mit lauwarmer, gesüßter Milch fortnahm, die er mit starkem Griff an die aufgewölbten Lippen preßte (er konnte nicht genug davon haben), fiel so etwas wie ein Schatten über sein Gesicht. «Wachse nur und gedeihe», frohlockte er. «Du hast es eilig: das ist schon recht. Große Aufgaben warten auf dich, die Welt braucht deinen Beistand.»

Er schob Kornelius über die von spärlichem Grün gesäumten Betonwege – ein seltsamer Anblick, der über das Kind gebeugte dünne Mann mit den biegsamen Armen und Beinen, der von der Griffstange des Wägelchens fortgezogen zu werden schien –, und während er zu den Hochhäusern emporblickte, versuchte er sich vorzustellen, wie die Welt das Ereignis aufnahm: eine Welt voller Groß-Computer, unsicherer Atomkraftwerke, chemischer Kampfstoffe und Interkontinentalraketen ... Würde er im Fernsehen auftreten? Ein zeitgemäßes Medium. Natürlich wandelte er nicht über die Hügel und zog das Volk nach. Hielt man ihn für einen gewöhnlichen Wunderheiler? Wie endete er? War es der Anbruch eines neuen Zeitalters? Angesichts dieser – sich dramatisch zuspitzenden – Zukunft breitete er die Arme über dem Kind aus wie ein Schutzengel. Er wich nicht einen Augenblick von Kornelius' Seite, wenn Willi im Hause war – Willi, dieser Unberechenbare, Närrische, der alte Zeitungen in der Badewanne anzündete und mit einem umgestülpten Putzeimer über dem Kopf durch das Treppenhaus lief. Doch Willi – der Ungeschickte, der Rohe, der Gefühllose – schien geradezu besessen von Zärtlichkeit. Ein Zeichen, ein Wunder! Er wiegte das Kind auf den Armen, er tröstete es, wenn es schrie, oder stupste mit seinen ungeschickten Fingern auf die Querstange mit den bunten Bällen im Wagen, und seiner unbeholfenen Zunge entrangen sich immerhin verständliche Laute wie: «... wrot» (wenn es blau war) oder «bau» (wenn es gelb war), wobei der Kleine an seinem großen, nagellosen Daumen lutschte, als sei es ein süßer Milchschnuller, und selig lächelte. Offenbar Vaterinstinkt, ein Rest von Menschlichkeit, der in diesem Unseligen durch den Anblick des göttlichen Kindes entflammte, und solange Petrus Müller in der Nähe war, ließ er Willi gewähren. Doch er achtete streng darauf, daß Willi nicht mit ihm «Feuer in der Badewanne» spielte, und er wies Angelika zurecht, wenn sie Kornelius den schwarzen Filzstift entriß, mit dem er frühreif ihre Frauenzeitschriften beschmierte (vor allem die Rubrik «Dr. Goldblicks verständliche Alltagspsychologie») – denn es war ein Zeichen (alles war ein Zeichen). Oder wenn sie zu unsanft beim Wickeln mit ihm umging. Wenn er sich besabberte und immerfort nach der Flasche schrie. Denn dies war kein gewöhnliches Kind: Sie durfte es nicht wie ihresgleichen behandeln. Es gab auch keine Erziehungsgrundsätze, die auf ein solches Kind anwendbar waren. Kornelius war ausersehen, die Welt zu verzaubern, er war kein Menschenkind, das man zu einer Reihe von Verrichtungen dressieren konnte, die der Gesellschaft weder Frieden noch Glück, noch Erlösung gebracht hatten. Er bauchte nicht zu Sanftmut, Frieden, Gerechtigkeit, Sauberkeit und Ordnung angehalten zu werden – *er selbst war die Sanftmut, der Frieden, die Gerechtigkeit, die Ordnung* (von der Sauberkeit einmal abgesehen, die man bei einem in Windeln gewickelten Kind nicht übertreiben soll).

Und daß es so blieb, dafür sorgte er bei Tag und bei Nacht. Beim geringsten Muckser, den Kornelius von sich gab, erwachte er und sah nach dem Rechten.

Sein Gehör war noch geschärfter als das einer Mutter, die zwar den Lärm eines Düsenjägers verschläft, beim Schluckauf ihres Kindes aber erwacht. Alles war ein Zeichen. Ein jedes Ding hatte seine Bedeutung. Jeder Rülpser fand eine Erklärung. Unter diesen Umständen konnte es nicht wundernehmen, daß es zum Ehekrach kam, weil die Milch zu kalt oder zu warm, zu süß oder zu fade war. Angelika lief weinend ins Treppenhaus, doch im Grunde war sie überrascht und erleichtert über seine Fürsorglichkeit. Nur der Vaterstolz blieb Müller versagt. Doch wieviel Entschädigung durch den Liebreiz des Kindes! Es besaß dunkelblaue Augen, seine Haut war zart, rosafarben, durchscheinend. Aus einem unerklärlichen Grund war es mit einem ausgewachsenen Milchzahngebiß auf die Welt gekommen. «Eine Laune der Natur», wie Doktor Trompeter beteuerte. «Kein Grund zur Besorgnis.» (Eher ein Fall für auf Naturgesetzlichkeit eingeschworene Medizinstudenten und ignorante Professoren, daß man stündlich mit dem Außerordentlichen zu rechnen habe.) Auch das ungemeine Wachstum des Knaben, seine Gewichtszunahme – man konnte an der Waage beobachten, wie sich das Zünglein Bruchteil um Bruchteil eines Millimeters auf der Anzeige emporarbeitete – machte Doktor Trompeter nicht in seiner positiven Einschätzung irre. «Kein Grund zur Besorgnis», wiederholte er mit Entschiedenheit und klopfte Kornelius nach alter Medizinmannart ab (die Hand aufgelegt, mit dem Knöchel dagegen), sah ihm in den Rachen, leuchtete in seine Ohren, stellte ihn auf den Kopf und entließ ihn mit sanftem Klaps aufs Hinterteil zurück in das Bettchen.

«Kerngesund. Ein Mordskerl. Herzlichen Glückwunsch. Hätte Ihnen das gar nicht zugetraut, Müller», wunderte er sich, «bei Ihrer schwächlichen Konstitution. Wird einmal einen guten Boxer oder Ringer abgeben. Vielleicht auch Stabhochspringer: die Schenkel sind danach. Achten Sie nur darauf, daß er mit seinen Kräften nicht Mißbrauch treibt. Solche Burschen neigen dazu, andere, schwächere Kinder im Sandkasten unterzubuttern.» – «Nicht Kornelius», stritt Müller rundweg ab. – «Ich weiß, er ist außerordentlich», lachte Trompeter. «Das sind sie alle. Bis sie hinter Gefängnisgittern oder einem Managerschreibtisch gelandet sind. Dann erst gehen einem die Augen darüber auf, daß sie ihre Ellenbogen gebraucht haben.» – «Nicht Kornelius», wiederholte Müller mit drohendem Unterton. Als Trompeter endlich gegangen war, nahm er Kornelius aus dem Bettchen, setzte ihn auf die Tischplatte im Wohnzimmer, kramte die alte Bibel hervor – ein Erbstück mit gemalten Anfangslettern, das er sonst nie benutzte, weil es zu kostbar war – und las Kornelius daraus vor. Es war bemerkenswert, zu sehen, mit welch klugen Augen der Junge ihn musterte und dem Klang seiner Stimme lauschte. Als Petrus sich einen Moment abwandte, weil ihm in den Sinn gekommen war, ein kleines Experiment zu versuchen, das den jahrhundertelangen Streit entscheiden würde, ob man einer katholischen Bibelübersetzung aus der Vulgata oder der lutherischen den Vorzug geben sollte (eine Entscheidung, die fraglos gegen den Ketzer ausging), hatte der Kleine mit einem einzigen Griff seiner starken Händchen den ledergebundenen Folianten zugeschlagen . . . Petrus' Arm, der das Lutherbuch mit einer Mischung aus Abscheu und Neugier auf der flachen Hand balancierte, hielt vor Überraschung inne. Was bedeutete das? War es ein Zeichen? Eine Vorentscheidung? – Endlich begriff er, und ein befreiendes Lachen überzog sein Gesicht. Genug für heute! «Du hast recht», seufzte er erleichtert. «Auch das Bibelstudium darf man nicht übertreiben.» (Er würde Kornelius die beiden Bibelausgaben ein andermal zur Entscheidung vorlegen.) Was für eine glückliche Fügung, dachte er, als er ihn in das Wägelchen zurücksetzte, daß er arbeitslos geworden war: so konnte er sich ganz dem Kind widmen. «An die frische Luft mit dir, in den Sandkasten zu den anderen Kindern!» Denn draußen schien die Sonne. Er zog seinen dünnen Sommermantel an und schob zur Korridortür hinaus.

Kornelius stand freudig erregt im Wagen. Der Zufall (denn sicherlich keine göttliche Fügung) wollte es, daß, als er den Fahrstuhl betrat, dort bereits eine junge Mutter mit ihrem Kinderwagen stand. Müller grüßte flüchtig; er scheute keinen Vergleich, aber andere Kinder interessierten ihn nicht. Das aufdringliche Interesse der jungen Mutter an Kornelius verstand er allerdings: Es war wirklich ein ungewöhnlich gut entwickeltes Kind.

Kornelius hatte den roten Plastikdampfer im Wagen des Nachbarn erspäht!

Er beugte sich herüber und griff danach.

Doch da kam er an den Falschen – der andere war ein halbes Jahr älter und hatte bereits feste Vorstellungen über Besitz und Teilhabe. Er riß den lächerlichen roten Dampfer an sich, als gelte es, nichts weniger als seine materielle Existenz zu verteidigen.

Hier zeigte sich Kornelius' überdurchschnittliche Intelligenz: Mit seinem rechten Fäustchen hieb er auf das Boot, es rutschte dem ungeschickten Gegner durch die Arme und fiel in den Wagen, aus dem es Kornelius blitzschnell auffischte. Nun jedoch schritt die Mutter ein, nahm Kornelius das Spielzeug ab und gab es dem eigenen Kind zurück, das es lächelnd, sabbernd (triumphierend!) betatschte . . .

Kornelius schien mit dieser Entwicklung zutiefst unzufrieden. Er langte herüber und riß den unverdienten Sieger bei den Haaren; es war ein kräftiger Ruck, bei dem das kleine Köpfchen des anderen gegen den Wagenrand schlug. Ein jämmerliches und übertriebenes Geplärre setzte ein.

Aber Kornelius ließ noch lange nicht locker, sein fester Griff gab nicht nach. Schon das Umschlagen der alten Bibel hatte bewiesen, zu welch erstaunlichen Kraftakten er fähig war. Erst dem vereinten Bemühen der Mutter und Petrus' gelang es, das Kind aus den Klauen des Rasenden zu befreien.

Nachdenklich verließ Petrus den Fahrstuhl. Es mußte etwas besonders Einnehmendes an dem roten Plastikdampfer gewesen sein, das Kornelius zu einem so unerwarteten Ausbruch von Gewalttätigkeit veranlaßt hatte. Beim Schaufenster eines Spielwarenladens hielt er an. Er fand tatsächlich ein völlig gleichaussehendes Schiff, und als er es dem Kleinen in den Wagen legte, war er überzeugt, jede weitere Entwicklung des peinlichen Zwischenfalls unterbunden zu haben. Doch Kornelius schien sich kaum noch dafür zu interessieren. Gewiß, weil es kein Wasser gibt, auf dem er den Dampfer schwimmen lassen kann, dachte Müller. Nun, zu Hause würde er ihm die Wanne mit Wasser füllen. (Merkwürdig immerhin, wie ähnlich ein Kind seiner Herkunft den gewöhnlichen Menschenkindern war.) Jetzt suchte er erst einmal einen Kinderspielplatz auf. Kornelius begehrte beim Anblick des würfelförmigen Rohrgestells im Sandkasten, auf dem einige größere Kinder tobten, hinaufgehoben zu werden – auf die Spitze, wenn man seinen ausgestreckten Arm richtig zu deuten verstand. Aber Müller setzte das Kind in den Sandkasten und gab ihm den roten Plastikdampfer. «Dafür bist du noch zu klein», lehnte er ab. Oben im Kamin war eine Öffnung, die sich mit Sand füllen ließ. Kornelius fand das schnell heraus. Müller nahm auf der Bank im Schatten der Ginstersträucher neben den Müttern Platz. Er ließ Kornelius nicht aus den Augen. Der Knabe sah sich nach einem neuen Opfer um: Er stand auf einem Bein und schleuderte lächelnd den mit Sand gefüllten Dampfer in die Richtung eines dunkelhaarigen Mädchens . . . das Kind schrie gräßlich, als es am Kopf getroffen wurde.

Müller sprang auf und trug den Jungen entsetzt zum Wagen zurück. Das Spielzeug ließ er liegen. Der Kleine strampelte widerborstig; plötzlich verspürte er einen Tritt gegen sein Bein. Dann einen Biß in die linke Hand.

Und da geschah es: weiß Gott – er hatte es nicht gewollt, daß ihm die Hand ausrutschte. Eine schallende Ohrfeige landete auf Kornelius' Wange. Müller war selbst sprachlos über seine Reaktion. Entschuldigend sah er zum Himmel. Drohende Wolken hatten sich vor die Sonne geschoben. Er beeilte sich vor dem einsetzenden Regen in die Wohnung zu gelangen. Kornelius beobachtete ihn aus wäßrigen Augen; wie der blutunterlaufene Blick eines gepeinigten Hundes, dachte er. Die ersten Regentropfen klatschten auf sie nieder. In der Ferne grollte es dumpf. Kornelius lag zusammengekauert auf der Seite, reglos und still, das Gesicht ihm zugewandt. Oben angekommen schlug Petrus die Tür hinter sich zu, verschloß sie, lehnte sich aufatmend dagegen, setzte dann das Kind auf den Tisch im Wohnzimmer, ließ sich selbst gute dreieinhalb Meter entfernt im Ohrenbackensessel nieder, seine Hände umkrampften die eichenen Lehnen, daß die Knöchel scharf und weiß hervortraten. Er versank in eine dumpfe Meditation, die mehr ein Brüten war denn Klarheit des Geistes: Wie das Wolkengebirge draußen am Himmel türmten sich in seinem Innern die Wetterfronten, prallten aufeinander, mit Donnern daß sein Schädel erzitterte, und Blitze zuckten aus der Wolkendecke. Er öffnete ein Auge (das linke), um sich zu vergewissern, daß der Knabe auf der Tischplatte nicht doch nur ein böser Traum war. Aber da saß er: feist, schweigsam und offenkundig darauf lauernd, welche weiteren unangenehmen Folgen die plötzliche Gesinnungsänderung seines Ernährers nach sich ziehen würde. «Du bist nicht der, für den du dich ausgibst», schrie Müller mit einemmal und öffnete beide Augen. «Du bist ein gewöhnliches Kind, ein Lausebengel (ein egoistisches und bösartiges Monstrum, dachte er, ohne zu wagen, dies schon auszusprechen). Unbefleckte Empfängnis! Man will mich zum Narren halten. Wer ist es gewesen?! Der Milchmann, der Briefträger?» – Oder gar Willi? durchfuhr es ihn. Sein auffälliger Vaterinstinkt mochte ein Zeichen für ihre geheimen Blutsbande sein. Am nächsten Tag, einem Mittwoch, forschte er in Willis Zügen nach einer Ähnlichkeit. Ohne Erfolg. Er beobachtete Angelika, wenn sie hereinkam, konnte jedoch keine versteckten Zärtlichkeiten, keine heimlichen Kußhändchen, Blicke, Verständigungen unter dem Tisch entdecken.

Zu guter Letzt strich er Willi aus dem Kreis der möglichen Täter aus, es war kaum einzusehen, warum sie sich einem solchen Narren hingegeben haben sollte. Kornelius aß an diesem Tage seinen Brei nicht. Er war ein unartiges Kind. Auch wehrte er sich dagegen, daß ihm die Haare geschnitten wurden (die abgeschnittenen Haarspitzen juckten und kribbelten). Eingedenk des wallenden Haupthaars seines vermeintlichen Vorgängers hätte Müller unter anderen Umständen auf eine berechtigte Analogie geschlossen. Jetzt protestierte er nicht einmal mehr, als Kornelius sich beim Abendbrot mutwillig mit Marmelade bekleckerte und dafür von Angelika einen Klaps auf die Finger erhielt. Seine Beziehungen zu dem fremden Kind hatten sich merklich abgekühlt. Grüblerisch rechnete er hin und her, wann der Milchmann oder wann der Briefträger . . . Doch das waren zweitrangige Fragen angesichts der Tatsache, daß er dieses Kuckucksei nun sein ganzes Leben vor Augen haben würde.

Oder etwa der Nachbar? Müller erinnerte sich mit Unbehagen dieses stillen, immer freundlichen Menschen, der die Wohnung im Flur gegenüber bewohnte. Er war blaß, glatt rasiert, besaß spitze Fledermausohren und verhielt sich so unauffällig, daß es schon wieder verdächtig wirkte. Sein Tagesablauf war von undurchsichtiger Normalität. Er verließ das Haus gegen acht mit einer schwarzen Aktentasche und kehrte um fünf heim. Den Rest des Tages verbrachte er, wenn man dem bläulich flackernden Schein in seinem Fenster glauben durfte, vor dem Fernsehgerät. Solche unscheinbaren Existenzen sind oft heimliche Triebtäter, Mörder oder Brandstifter, sie verbergen ihre wahre Natur hinter der Fassade wohlanständiger Bürgerlichkeit. Wie konnte man ausschließen, daß er unter einem Vorwand (fehlendes Salz, Zündhölzer) in die Wohnung eingedrungen war? Doch diese Rechnung ging nicht auf, da Angelika schon lange vor der Geburt des Kindes (er zählte an den Fingern nach, es waren elf Monate) Kirchenaustrittsformulare gestempelt hatte. Und außerdem: Kornelius besaß keine Fledermausohren, sie waren breit und geradezu überdeutlich oval. Auch der Arbeitsplatz schied aus. Er erinnerte sich, daß im Kirchensekretariat – von einem altersschwachen Boten abgesehen – nur alte Jungfern tätig waren. Es muß auf dem Wege geschehen sein, sinnierte er. Aber das war schwer vorzustellen. Er hatte nie eine Unregelmäßigkeit bemerkt, sie war nie zu spät heimgekommen . . . Und der Zahnarzt? Oder Doktor Trompeter? Nein, der Zahnarzt war eine Zahnärztin, und Doktor Trompeter schied wegen homosexueller Neigungen aus; zudem war er alt und zittrig. Die glorreichen Zeiten seiner geschlechtlichen Siege waren längst vorüber.

War denn unter diesen Umständen die schwache – wenn auch nur schwache – Möglichkeit einer unbefleckten Empfängnis noch weiter von der Hand zu weisen? Wunder geschehen immer wieder. Ein Katholik ohne Wunderglauben ist wie ein Naturwissenschaftler ohne Naturgesetze. Wer an das Wunder glaubt, muß zu jeder Zeit daran glauben. Er war ja bereit, Angelika zu vertrauen. Vertrauen ist die vornehmste Christenpflicht. Ließ sich denn nicht auch eine unbefleckte Empfängnis vorstellen, ohne daß gleich ein neuer Erlöser geboren wurde? War das eine nicht ohne das andere denkbar? Hier und jetzt (und in seiner Verzweiflung) schien es ihm bei genauerem Überlegen durchaus möglich – ein schwacher Rettungsschimmer am Horizont, ein Strohhalm, an den er sich klammerte. Es war ein gewöhnliches Kind, aber eines, das durch eine Laune der Natur nur alle hundert, nein: fünfhundert Millionen Jahre geboren wird; das Spiel der Chromosomen mochte Mann und Weib in einem Körper vereint haben. In jener Nacht neben Angelika, in der er sich unruhig hin und her wälzte, schien es ihm, daß es selbst unter diesen günstigeren und entschuldbaren Voraussetzungen nur eine annehmbare Lösung gab: Er mußte den Balg loswerden. Er hatte kein Kind gewollt, und alle Argumente, die zuvor gegolten hatten, galten auch jetzt noch. Dr. Goldblick, der Psychologe, hatte völlig recht. Und Müller ging sogar noch weiter. Es würde Unrecht sein, sich an der Erziehung einer neuen Generation egoistischer, uneinsichtiger, die Umwelt verseuchender, Energie verschwendender, Atomraketen bauender Unholde zu beteiligen. Willi! durchfuhr es ihn, bevor er in einen unruhigen Schlaf fiel . . . Willi würde das besorgen.

Am nächsten Morgen ging er umsichtig planend zu Werke. Er durfte Willi nicht außerhalb der üblichen Zeiten nach Hause holen, es würde Verdacht erregen. Aber er legte eine Reihe Utensilien in der Wohnung bereit, deren verführerische Kraft unweigerlich einen Unfall provozieren mußte: ein Körbchen mit einer langen, morschen, zusammengeknoteten Schnur, an der Willi das Kind, wenn er unbeaufsichtigt war, voraussichtlich aus dem Fenster herablassen würde; einen großen Stapel zundertrockene Zeitungen nebst Zündhölzern neben der Badewanne, um ein prächtiges Feuer darin zu entfachen, in dessen Qualm beide ersticken mußten; drei, vier offen umherliegende Röllchen eines starken

Barbiturats, aus dem sich eine schmackhafte Brause bereiten ließ (zugleich entfernte er alles Trinkbare aus dem Kühlschrank) und deren vereinte Betäubungskraft auch einen Ochsen in komaähnlichen Tiefschlaf versetzt hätte; Sicherheitsnadeln (zum Verschlucken), spitze Scheren, Rasiermesser, Stricknadeln; zuletzt entdeckte er noch die Flasche eines angeblich hochgiftigen, aber gut riechenden Desinfektionsmittels, dessen kindersicheren Verschluß er so weit öffnete, daß er Willis ungeschickten Händen keinen Widerstand bieten würde. Dann wartete er voller Ungeduld den Mittwoch ab. Kornelius hatte eine Reihe abstoßender Unarten entwickelt: Wenn er in seinem Laufgestell frühreif durch die Wohnung jagte, besabberte, bespuckte, feuchtete er alles an, was in irgendeiner Weise der Aufmerksamkeit wert war. Wie ein junger Hund, der überall seine Reviermarkierungen hinterläßt, klagte Müller. «Das ist nur seine Freude», verteidigte Angelika ihn, «lebhafte Kinder sind nun einmal so.»

Müller beobachtete angeekelt, daß der Kleine den Pfeifenkopf seiner neuen Liverpool im Munde drehte; der Speichel zog lange Fäden, als er sie achtlos in die Stube warf, weil seine Augen die Unterseite einer Pralinenschachtel erspäht hatten, die leichtsinnig über den Rand des Buchregals ragte. Seit Kornelius feste Nahrung zu sich nahm, bevorzugte er eine mit Nougat, Krokant und einem Spritzer Weinbrand gefüllte Pralinensorte, und er plärrte lange und nervenaufreibend, wenn man sie ihm vorenthielt. Nur mit Mühe brachte er ihn dazu, etwas anderes anzurühren als diese Süßigkeit. Das Problem wurde noch dadurch kompliziert, daß er unter jedem Einschlagpapier und hinter dem Kartondeckel, auf denen ein Rosenband auch nur entfernte Ähnlichkeit mit dem auf der Pralinenschachtel besaß, ein weiteres Opfer seiner Freßgier vermutete. Es nutzte nichts, wenn Petrus die Einzelheiten des Rosenornaments mit dem Zeigefinger nachfuhr: alles Rote und Rosenähnliche, das auf Papier oder Pappe gedruckt war, forderte wie beim pawlowschen Hund den widerlichen Reflex seines «Hamham . . .» heraus. Wenn es ihm, wie jetzt eben verweigert wurde, pflegte er zornig mit dem Laufgestell gegen die nicht einmal völlig abbezahlte Möbeleinrichtung anzurennen. Es gab ein schepperndes Geräusch, und die metallene Vorderstange hinterließ Dellen an Tischkanten, Schranktüren und Sessellehnen.

Er verbiß sich jeden Tadel und fütterte das Bürschchen mit Pralinen, sooft er konnte. Bis Mittwoch würde er durchhalten. An jenem Tag holte er Willi schon sehr früh aus der Anstalt ab. Er läutete an der Pfortenglocke und hakte sich gleich bei ihm unter, um wie beiläufig alle Neuigkeiten in der Wohnung zu erwähnen: das Körbchen mit der Schnur, die Zeitungen und Zündhölzer im Badezimmer, die leckeren Brausetabletten, die Sicherheitsnadeln, spitzen Scheren, Rasiermesser, Stricknadeln und das wohlriechende Desinfektionsmittel.

An der Wohnungstür angekommen verabschiedete er sich gleich wieder von den beiden, stelzte in seinem dünnen Sommermantel zum Fahrstuhl zurück; und als sich die Schiebetüren vor ihm schlossen, hoffte er, daß damit auch dieser unselige Zwischenfall, die ruhmlose Episode seiner Stiefvaterschaft ein Ende gefunden hatte. Er ging zum Spielplatz, setzte sich auf eine Bank in der Sonne, genoß ihre Wärme und beobachtete die spielenden Kinder. Es waren die reinsten Teufelchen: Wenn sie sich nicht mit Sand bewarfen, nahmen sie einander das Spielzeug weg oder liefen heulend zu den Müttern zurück, weil ihnen irgendein vermeintliches Unglück zugefügt worden war. Er bewunderte den Gleichmut dieser Frauen.

Die Mittagszeit verbrachte er in einem kleinen Lokal der Innenstadt; ganz gegen seine Gewohnheit trank er drei, vier scharfe helle Schnäpse derselben Sorte, die der rotnasige Trinker neben ihm mit sichtlicher Erleichterung durch die Kehle jagte (Petrus hielt ihn für einen kinderreichen Familienvater). Für die Zeit während des Unglücksfalls hatte er sich eine Ausrede zurechtgelegt: Angeblich war er von einem Schulfreund gebeten worden, beim Umzug zu helfen (gelähmte Frau, kranker Schwiegervater). Es würde ihm zwar den Vorwurf der Fahrlässigkeit eintragen, aber dieses Risiko nahm er in Kauf. Als er am späten Nachmittag vor dem Haus eintraf, erwartete er, auf eine große Menschenmenge, Krankenwagen und Blaulicht zu treffen – doch zu seiner Überraschung war die Straße menschenleer.

Womöglich lagen die beiden Leichen noch unbemerkt in der Wohnung?

Als er aufschloß, schnupperte er nach Brandgeruch. Vergebens. Die Brausetabletten, dachte er befriedigt. Eine schmerzlose

Todesart. Sie waren sanft entschlummert. Aber nein: Durch die Wohnzimmertür drangen merkwürdige Laute (zwischendurch Kornelius' vergnügtes Krähen). Er öffnete und sah die beiden, den Kleinen auf Willis Schoß, vor dem Fernsehgerät sitzen, ein Zeichentrickfilm lief. Die Nachmittagssendung, dämmerte es ihm. Es war die Zeit, die sie friedlich vor dem Bildschirm vereinte. Ich habe das Programm übersehen, dachte er wütend. Zu seinem Erstaunen hatte Willi Sicherheitsnadeln, Tablettenröhrchen, Rasiermesser und Desinfektionsmittel in den Korb gelegt und sie mit einem Handtuch zugedeckt; offenbar, weil er befürchtete, Kornelius könne sich damit etwas antun.

Verzweifelt kehrte Müller in die Küche zurück (nicht einmal die Zeitungen in der Badewanne waren angezündet worden); es gab keine andere Wahl: Er mußte es selbst erledigen. Nur noch ein winziger Hoffnungsschimmer blieb, sich dieser Aufgabe zu entziehen – wenn er das Kind aussetzte, es den Schicksalsmächten, die es ihm blind und gegen seinen Willen ausgeliefert hatten, zurückgab . . . Er packte Kornelius, der sich nur widerstrebend vom Fernsehen trennte, in den Kinderwagen und lieferte Willi an der Anstaltspforte ab. Unterwegs kamen ihm Zweifel. Kornelius irgendwo auszusetzen nützte wenig. Ein gefundenes und ein verlorenes Kind wurden rasch miteinander in Verbindung gebracht, denn Angelika würde sofort die Polizei benachrichtigen. Bleibt nur noch eine Lösung, dachte er: der Fluß – abschüssige Straße – rollender Kinderwagen – die Böschung – Schluß aus! überschlugen sich die Gedanken in seinem Kopf. Der Fluß durchkreuzte in zahllosen Kehren und mit ebenso vielen Brücken die Stadt, und Müller erinnerte sich einer abschüssigen Straße, die in eine Rampe mündete, auf der man Boote zu Wasser ließ. Defekte Bremse, überlegte er. Später, wenn man den Kinderwagen aus dem Fluß fischte, würde man feststellen, daß sich der Splint der Bremse gelöst hatte. Mit dem Wohnungschlüssel gelang es ihm, diesen Splint herauszuziehen. Er würde ihn in eine der Rillen auf der Asphaltstraße werfen.

Kornelius betrachtete ihn mit angstvoller Erwartung. Er schien in seinem Gesicht zu lesen, daß etwas nicht stimmte. Zum erstenmal benahm er sich so, wie Müller sich seinen Sohn vorgestellt hatte: friedlich, still und ehrerbietig wie die Söhne des Alten Testaments. Doch nun war es zu spät. Er erreichte die Hochstraße, arbeitete sich mühsam die Stufen der Dammtreppe hinunter, und Kornelius brach beim Anblick des Flusses in ein völlig unmotiviertes Heulen aus. Gleich vergeht dir das Brüllen, dachte er.

Vor ihm befand sich die schräg abfallende Asphaltstraße. Er richtete den Wagen aus. Am Ende des Weges wälzten sich trübe und schnell die Fluten. Mit einem Blick überzeugte er sich davon, daß es keine Zeugen gab.

Nicht hinsehen . . . dachte er, als er den Wagen losließ. Er wandte sich ab, schloß die Augen, atmete tief durch und begann bis hundert zu zählen. Er nahm an, daß bei zwanzig alles erledigt war. Eins, zwei . . .

Das Schlagen der Räder war zu hören. Ein Geräusch, soviel wurde ihm jetzt klar, das ihm nie wieder aus dem Gedächtnis gehen würde, und eine Macht, über die er keine Gewalt hatte, riß ihn herum; er öffnete die Augen und jagte mit einem Aufschrei dem rollenden Wagen nach. Niemand, der (vielleicht von den Stechginsterbüschen auf dem Hang aus) das Schauspiel beobachtete, hätte anders als einen überraschten und erschrockenen Vater vermuten können. Es war wie in einschlägigen Filmen, die die Spannung auf ein Höchstmaß steigern, und Müller erlebte sie am eigenen Leibe und in der Wirklichkeit: Kurz bevor die Vorderräder des Wägelchens den trübgrauen Sumpf berührten, der mit Plastikflaschen und Seifenschaum vorübertrieb, bekam er die Griffstange zu fassen. Kornelius' kleine Händchen umklammerten ergeben den Rand des Wagens.

Müller riß den Jungen heraus und preßte ihn an die Brust. Er zitterte am ganzen Leibe (sie zitterten beide). Nun ist's genug, dachte er und schob die abschüssige Straße hinauf. Ob Teufel oder lieber Gott – *dieu le veut!* Gott will es so. Auf einen Rabauken oder Störenfried mehr in der Welt kam es schließlich auch nicht an. Er würde sich an seine Fehler gewöhnen. Mit den Jahren würde er den Gleichmut jener Mütter auf den Bänken erwerben, und womöglich würde dieser Gleichmut ohne seinen Gegensatz nie bestanden haben können. War denn nicht sogar Willi, der Narr, durch Kornelius' Gegenwart zu einem Hort der Umsicht und Vernunft geworden? Wollen sehen, ob sich nicht doch noch etwas Rechtes aus dir machen läßt, dachte er. Wirst du eben

Boxer, Ringer oder Stabhochspringer. Die Schenkel waren danach. Und wenn du nicht von meinem Blut bist, kann mir das nur recht sein. Ich habe dich nicht in die Welt gesetzt, niemand wird sagen können: Seht den mißratenen Sohn . . . Das Mäulchen des Burschen sabberte wie ein Hund, der seinen verlorenen Herrn wiedergefunden hatte. Und außerdem: Wurden Christenmenschen denn geboren? Kamen sie – wie anderweitig die O-Beinigen mit O-Beinen, die Hasenschartigen hasenschartig – mit der Gesinnung der Bergpredigt auf die Welt? Gab es nicht doch die – wenn auch unendlich geringe – Chance der Läuterung in kleinen Schritten? So dachte er, während er über das Wägelchen gebeugt im Gewühl der Menge untertauchte.

James Thurber

Du und dein Kind

Neulich saß ich allein in meinem Hotelzimmer und hatte das Radio eingeschaltet. Nach einer Weile begann eine junge Frau *Come on out, Edward, I know you're in there* zu singen, ein Lied, das vermutlich ebenso deprimierend ist wie der alte Schlager *Open the door, Richard*. Ich weiß es nicht genau, denn ich griff hastig nach dem Drehknopf, um auf einer anderen Wellenlänge normale menschliche Laute zu suchen, die ich dann auch in einem Fünf-Minuten-Programm der Station WOR fand. Die Sendung hieß ‹Du und dein Kind›, und der Sprecher, ein Mann namens Dan McCullough, verlas hilfreiche Ratschläge für junge Mütter. Ich kam gerade noch zurecht, um etwas über das Donnerspiel zu erfahren. Dieser sinnreiche Zeitvertreib, erfunden von der Mutter eines kleinen Mädchens, soll den Kindern die angeborene Furcht vor dem lauten Krachen nehmen, das die elektrischen Entladungen in der Atmosphäre begleitet. «Wenn es donnerte», sagte Mr. McCullough, «ahmte sie (die Mutter) das Geräusch mit den Händen nach und rief: ‹Rumbumbum!› Schon bald tat ihr Töchterchen das gleiche, und statt sich vor dem Donner zu fürchten, freute es sich auf das nächste Krachen.»

Ich mißtraue der Neigung unserer Zeit, Probleme allzusehr zu vereinfachen, besonders wenn es um kleine Mädchen geht, und so entdeckte ich am Donnerspiel manches, was mir nicht behagte. Ich habe noch nie erlebt, daß jemand den Donner wirklich gut nachmachte, und ich glaube, nicht einmal Paul Douglas würde das hinkriegen, weil eben doch ein bißchen mehr dazugehört als ‹Rumbumbum›. Bei einem erstklassigen Gewitter folgt auf den Blitz ein ohrenbetäubender Donnerschlag, der sich anhört, als breche das Nachbarhaus auseinander, und ich weiß nicht, wie man das nachmachen könnte, es sei denn, Mama schlüge das

Mobiliar in Stücke. Kinder bringen zweifellos die Liebe zur Zerstörung mit auf die Welt, aber sie lernen schon früh, sie mit Daddy zu assoziieren. Die Mutter verkörpert, wie wir alle wissen, Schutz und Geborgenheit, und wenn sie sich zur Gewalttätigkeit hinreißen läßt, besteht die Gefahr, daß Baby sie mit den Mächten der Finsternis identifiziert.

Ich habe nicht viel Erfahrung mit Babies, um so mehr aber mit Hunden, deren Verhalten bei Gewitter ich häufig beobachten konnte. Nie ist einer von ihnen so dumm gewesen, das grollende Ungeheuer am dunklen Himmel spaßig zu finden. Meine französische Pudelhündin, eine alte Dame von fast fünfzehn Jahren, hat heute noch genauso viel Angst vor dem Donner wie 1941 – ich übrigens auch, wenn ich ehrlich sein soll. Sie quetscht sich unter ein Bett, sobald das Grummeln beginnt, und wenn ich dann noch mit dem Rumbumbum-Geschrei anfinge und in die Hände klatschte, käme sie wahrscheinlich nie mehr hervor.

Nachdem ich mir im Geist hastig ein paar Notizen über das Donnerspiel gemacht hatte, wandte ich mich wieder Mr. McCullough zu. Er beschrieb jetzt einen anderen, sehr viel komplizierteren Zeitvertreib für Mutter und Kind. «Dann war da eine Mutter, deren Baby jedesmal kläglich weinte, wenn sie weggehen und es zu Hause lassen wollte», berichtete Mr. McCullough. «Das ist eine bei kleinen Kindern weit verbreitete Angst. Das Baby glaubt, die Mutter, seine einzige Sicherheit, komme nie wieder. Diese Mutter spielte mit ihrem Kind das Auf-Wiedersehen-Spiel. Sie ging aus dem Zimmer, und wenn das Kleine ängstlich wurde und anfangen wollte zu weinen, trat sie wieder ein und lächelte ihm strahlend zu. Das tat sie oft, und sie machte immer längere Pausen zwischen dem Verlassen des Zimmers und der Rückkehr, bis das Kind begriff, daß die Mutter stets fröhlich lächelnd wiederkommen würde, und diese Gewißheit nahm ihm die Angst.»

Sicherlich wird es selbst dem friedfertigsten Kind zuviel, einen ganzen Vor- oder Nachmittag nichts als «Auf Wiedersehen» und «Guten Tag» zu hören, und wenn das Kleine einigermaßen intelligent ist, kann bei ihm sogar der beunruhigende Eindruck entstehen, Mama sei nicht ganz richtig im Oberstübchen. Das Spiel erinnert mich an einen alten Sketch von Joe Cook, in dem dieser berühmte Komiker, angetan mit Frack und weißer Binde, seinem

Butler gute Nacht zu sagen versuchte, bevor er sich zu einer Gesellschaft begab. Wenn ich mich recht erinnere, ging es so: «Gute Nacht, Harkins.» – «Viel Vergnügen, Joe.» – «Viel Vergnügen, Harkins.» – «Gute Nacht, Joe.» – «Gute Nacht, Harkins.» – «Viel Vergnügen, Joe.» – «Viel Vergnügen, Harkins», und so weiter und so fort – eine eindrucksvolle Serie verhinderter Abgänge.

Das Auf-Wiedersehen-Spiel hat noch andere Schwächen, die nicht nur lästig werden, sondern sogar ernste Folgen haben könnten. Man stelle sich vor, daß Mutter und Kind auf den Geschmack kommen und herausfinden, die Zeit der Trennung sei schöner als die des Zusammenseins, eine Erkenntnis, die möglicherweise Mama auf den Gedanken bringt, dieses Spiel auf einer erwachseneren, wenn auch nicht reiferen Basis zu spielen. Im Geist sehe ich Alice, wenn wir sie einmal so nennen wollen, wie sie nach dem Essen, während sich George, ihr Mann, über politische Themen verbreitet, unvermittelt auf Wiedersehen sagt, hinaufgeht und fünf Minuten wegbleibt, dann zehn, dann zwanzig. George, der sich gern reden hört, gewöhnt sich immer mehr an ihr Verschwinden, und schließlich, wenn sie überhaupt nicht mehr wiederkommt, wird ihm klar, daß er sie gar nicht braucht und daß er die schwierige Lage der Demokraten im Jahr 1960 ebensogut im Selbstgespräch analysieren kann. Oben hat seine Frau inzwischen ähnliche Überlegungen angestellt und packt ihren Koffer. Natürlich muß sie das Baby mitnehmen, wenn sie die Treppe hinab- und zur Hintertür hinausschleicht, und das ist vielleicht nicht ganz so einfach, wie es klingt, besonders wenn das Baby der Meinung ist, Mama wolle das Auf-Wiedersehen-Spiel spielen. Ich bin kein Kinderarzt und auch kein Kinderpsychologe, aber ich möchte nicht jeder Mutter und ihrem Kind das Auf-Wiedersehen-Spiel empfehlen. Auch nicht das Donnerspiel, bei dem, wie mir soeben einfällt, die Gefahr besteht, daß sich das Baby einbildet, seine Mutter könne den lustigen Donner nach Belieben rollen lassen, und ich brauche wohl nicht das tränenreiche Dilemma zu schildern, das der grausamen Enttäuschung des Kindes folgen würde. Rundheraus gesagt, liebe Mütter: Es gibt *keine* zuverlässige Methode, das Leben mit Baby zum Himmel auf Erden zu machen.

Vor zwanzig Jahren (um den Schauplatz zu wechseln, aber

nicht das Thema) kannte ich den Vater eines zweijährigen Mädchens, kannte ihn sehr gut, und ich erinnere mich noch genau, was dem armen Kerl passierte, als er eines Abends mit seiner Tochter allein gelassen wurde. Er sollte ihr zu essen geben und sie ins Bett bringen. Sie wollte aber nur den Eiskrem essen, den er ihr unvorsichtigerweise zum Nachtisch versprochen hatte, und seine Versuche mit dem Hm-lecker-lecker-Spiel endeten mehr als kläglich. Er stopfte sich mit dem Zeug voll, das die Kleine essen sollte, und heuchelte Begeisterung, bis ihm übel wurde wie lange nicht mehr. Das Töchterchen gönnte ihm von Herzen das Bananenmus oder den Maisbrei oder was es sonst war und sah entzückt zu, wie er den Teller leer aß.

Aber dem geplagten Vater stand noch Schlimmeres bevor. Da er sich nie zuvor mit der schwierigen Aufgabe befaßt hatte, sein Kind in einen von Dr. Radways einteiligen Wunderschlafanzügen (oder wie die Dinger heißen) hineinzubekommen, geriet er in große Verlegenheit. Er erinnert sich heute noch, daß er irgend etwas aufknöpfte, woraufhin das Kleidungsstück auf den Teppich fiel, anzusehen wie ein phantastischer toter Riesenschmetterling. «Leg dich da drauf», sagte er verzweifelt zu seiner Tochter. (Er hatte einmal Schneeketten an den Reifen seines Wagens anbringen wollen, indem er sie auf der Straße ausbreitete und rückwärts auf sie hinaufzufahren versuchte, und vermutlich wußte die Kleine noch, wie die Sache ausgegangen war.) «So macht man das nicht», sagte sie verächtlich. Da brach er zusammen. «Komm schon, um Himmels willen», jammerte er. «Sei lieb und leg dich auf das Ding.» Sie rührte sich nicht von der Stelle. Schließlich zog ihr der Vater eines von seinen sauberen Hemden an. Es hing ihr bis auf die Knöchel und erwies sich als großer Erfolg. So wurde dieses verzwickte Problem aufs beste gelöst, obwohl die Mutter des Kindes nicht sehr begeistert davon war. Der Vorfall hatte übrigens eine störende Nachwirkung, denn als aus der kleinen Tochter ein Teenager wurde, trug sie lieber die Hemden ihres Vaters als die eigenen Kleider. Mein Freund macht sich manchmal Vorwürfe, daß er diese Mode kreiert hat, denn eine Mode ist es ja mittlerweile in ganz Amerika geworden. Bekanntlich ziehen alle weiblichen Teenager die Hemden ihrer Väter denjenigen vor, die von den Fabrikanten speziell für sie hergestellt werden. Warum sie diese Hemden unbedingt *über* den Blue jeans tragen müssen, das weiß niemand, aber jedenfalls steht das ganze Land im Bann dieser Mode, und man kann einfach nichts dagegen tun.

Meines Wissens bekommt die Sendereihe ‹Du und dein Kind› im allgemeinen keine praktischen Ratschläge von Männern. Trotzdem möchte ich einen Tip zu dem Preis, den er wert ist, an Mr. McCullough weitergeben. Ich habe ihn von einer jungen Mutter, die auf den Bermudas wohnt. Um ihr kleines Mädchen frühmorgens für etwa eine Stunde zu beschäftigen und selber ein bißchen länger schlafen zu können, kam die Frau auf den Einfall, dem Kind zwanzig kleine Kekse ins Bettchen zu legen, fünf Reihen zu je vier Stück. Auf diese Weise ist die Kleine ruhig und hat gleichzeitig etwas zu essen. Diese Ernährung, bei der das Kind (unter anderem) rund siebentausend Kekse im Jahr futtert, scheint dem Versuchsobjekt gut bekommen zu sein, und die Vereinigten Amerikanischen Kekswerke werden den Gedanken des Keksspiels vermutlich begeistert aufgreifen.

Um auf unseren Radiosprecher zurückzukommen: Mr. McCullough beendete die Sendung, der ich zuhörte, mit folgenden Worten: «Und nun, liebe Mütter, gibt Ihnen Dan McCullough noch den guten Rat, niemals den Humor zu verlieren. Nehmen Sie sich ein Beispiel an der Mutter, deren störrisches Kind trotz allen Zuredens nicht essen wollte. Schließlich wurde es ihr zuviel, und sie sagte: ‹Komm, Liebchen, iß. Stell dir vor, es wäre Sand.› Wenn Ihr Kind andere Leckerbissen lieber mag, können Sie statt Sand natürlich auch Knöpfe, Kohlestückchen oder dergleichen sagen. So einfach ist das, liebe Mütter.»

Einige von uns älteren Beobachtern des häuslichen Lebens sehen mit Sorge, daß die Mamas das kindliche Bewußtsein vor der natürlichen Angst, dem Grundnahrungsmittel der geistigen Kost, bewahren möchten und sie durch falsche und verlogene Sicherheiten zu ersetzen suchen. Wir fürchten, Amerika könnte eine Nation von Beruhigungspilleneinnehmern werden, von Menschen, die in ständiger Euphorie leben und für jeden Kummer eine Beschwörungsformel, gegen jede Bedrohung einen Zauberstab parat haben. Schon jetzt gibt es eine Vielzahl von Wunderpillen gegen nahezu jede trübe Gemütsverfassung, und wenn wir nicht aufpassen, werden unsere Kinder das Ende ihres Lebens auf Umgehungsstraßen erreichen, ganz ohne Wunden und Beschädigungen, jene Orden und Ehrenzeichen, die man erwirbt, wenn man es sich nicht so leicht macht.

Es ist besser, den lieben Kinderchen schon frühzeitig beizubringen, daß Abschiednehmen manchmal recht traurig ist, daß der Donner grollt und nicht lacht und daß der Blitz ein Dolch ist, kein Lächeln. Und der Mama wird es nicht schaden, wenn sie sich tapfer bemüht, die wahre Natur der uns drohenden Gefahren zu erklären. Ich bin froh, daß ich nur ein Ehemann, Vater und Großvater bin, dessen Aufgabe es ist, die Brötchen zu verdienen. Das enthebt mich wenigstens der weitaus schwierigeren Pflicht, zu beweisen, daß es den Weihnachtsmann nicht gibt, obwohl man ihn sehen kann, und daß der Wolf vor der Tür wirklich vorhanden ist, obwohl man ihn nicht sieht.

Christel Ehlert

Der Babysitter

Ein großer Mensch ist, wer
sein Kinderherz nicht verliert.
MENCIUS

Unser Freund Heinrich ist Junggeselle. Und als solcher hat er es nicht immer leicht. Glückliche Ehepaare blicken oft ein wenig mitleidig, weniger glücklich verheiratete Männer manchmal ein bißchen neidisch und Mütter mit unverheirateten Töchtern älteren Jahrgangs fast immer feindselig auf ihn. Die meisten aber finden Heinrich bedauernswert und bekunden ihm ihr Mitleid. Da kann er nichts machen. Er läßt es über sich ergehen. Angst hat er nur vor denen, die ihm helfen wollen, helfen um jeden Preis.

Gerade will er sich am Sonntag mit seiner Zeitung zum Mittagsschläfchen behaglich auf die Couch strecken, da klingelt es. Für ein oder zwei Stündchen soll ihm das Söhnchen des befreundeten Ehepaars Gesellschaft leisten, ihn ein wenig aufheitern, etwas Sonnenschein in sein trübes Junggesellendasein bringen. Das Ehepaar selbst möchte in der Zwischenzeit eine kranke, nicht ganz unvermögende Tante besuchen.

Heinrich kann schlecht nein sagen und nimmt das etwa zwei Jahre alte Kind in seine Obhut. Interessiert guckt sich dieses in seiner neuen Umgebung um und akklimatisiert sich überraschend schnell. Zielstrebig steuert es das bis zur Erde reichende Bücherbord an, zieht ein Buch mit leuchtend rotem Einband heraus, betrachtet es einen Augenblick und wirft es auf den Fußboden. «Bums!» jubelt es, reckt sich auf die Zehenspitzen, verschränkt die Ärmchen auf dem Rücken und sieht sich beifallheischend nach Heinrich um. Nun, Bücher sind Heinrichs stille Liebe. Junggesellen werden leicht einseitig. Er unterdrückt sein Unbehagen. Das süße Kind aber beginnt seine Betriebsamkeit zu vervielfachen, zieht ein Buch nach dem andern aus dem Bord und läßt sie dem ersten folgen.

Ein Blick nach der Uhr macht Heinrich klar, was ein Zweijähriger in drei Minuten zu leisten vermag. Der Angstschweiß tritt ihm auf die Stirn. Als der kleine Bilderstürmer aber bei den Klassikern angelangt ist, fällt ihm Heinrich entschlossen in den Arm. Ein furchtbares Geschrei ist die Antwort. Es ist dieses eigensinnige, trockene Schreien ohne Tränen, dem so schlecht beizukommen ist. Ablenken, denkt Heinrich. Ablenken ist alles! Er geht in die Hocke, gackert wie ein Huhn, bellt wie ein Hund, zwitschert wie ein Vogel und versucht es zum Schluß mit Schielen. Es nützt alles nichts. Das süße Kind schützt sich gegen Heinrichs Ablenkungsmanöver durch Zukneifen der Augen, schreit weiter, läuft blau an und droht völlig wegzubleiben. Wie einfach hat es doch ein Vater, denkt Heinrich. Der würde ihn jetzt verhauen. Heinrich aber ist nur ein Junggeselle und als solcher schon vor seinen Nachbarn verpflichtet, kinderlieb zu sein. Schließlich wohnt er im Neubau, und es ist Mittagsruhe. Reumütig gibt er ihm den Weg frei zu weiterem Handeln. Das Schreien verstummt.

Heinrich hat das Gefühl, daß er unbedingt einen Cognac braucht. Er zieht sich mit seinem Glas in die äußerste Ecke des Zimmers zurück. Inzwischen arbeitet Wölfchen rastlos weiter. Doch dann hat er Heinrichs Desinteresse und ihn selbst in der Sofaecke entdeckt. Er eilt strahlend herbei – wenigstens nachtragend scheint er nicht zu sein, denkt Heinrich –, zeigt auf Heinrichs Glas und sagt kategorisch: «Haben!» Heinrich kann das Glas in letzter Sekunde retten. Doch Widerspruch liebt der Kleine nun einmal nicht, und wieder gellt sein tränenloses, markerschütterndes Geschrei durchs Haus.

Heinrichs Hirn arbeitet fieberhaft. Bonbons hat er nicht im Haus. Ihm fällt eine Dose Pflaumen ein, die ihm seine Mutter geschickt hat. Schnell öffnet er sie, gießt etwas Saft in ein zweites Glas und reicht es dem Schreihals. Heinrich hat seinen Geschmack getroffen. Sie prosten sich freundschaftlich zu – der Kleine mit Pflaumensaft, Heinrich mit Cognac. Das geht eine ganze Weile gut. Doch plötzlich greift der kleine Gast nach der Konservendose. Heinrich ist schneller und hält fest. Jener merkt Heinrichs Überlegenheit, kneift erneut die Augen zu . . .

Heinrich hört Türen klappen. Sicher ist die Geduld der Hausbewohner nun am Ende. Dem ist er nicht gewachsen. Er kapituliert und überläßt dem Bengel die Büchse mit den Pflaumen. Mit einem Seufzer der Erleichterung flieht er aus Heinrichs Reichweite. Ab und an fällt eine Pflaume auf den Fußboden, die andern verschwinden in seinem Mund. Die Steine legt er fein säuberlich in Reih und Glied auf den Rand des Teppichs.

Gott sei Dank, es klingelt. Heinrich atmet auf und beeilt sich, der Mutter das Kind in die Arme zu drücken. Doch dieses schlingt beide Ärmchen um Heinrichs Hals und will ganz offensichtlich bei ihm bleiben. Heinrich ist verwirrt.

«Du mußt unbedingt heiraten, Heinrich!» hört er die Mutter sagen. «Nein, wie du mit Kindern umzugehen weißt! Du wirst ein entzückender Familienvater.»

Heinrich denkt an das Chaos in seinem Zimmer, er denkt an seine Bücher und seinen Mittagsschlaf, und bei den Worten: «Sei doch nicht traurig, Heinrich! Wir bringen dir Wölfchen bestimmt bald wieder!» zeigt sich ein hilfloses Lächeln auf seinem Gesicht.

Die liebe Verwandtschaft

Hans Nicklisch

Tante Flora

Mit Tante Flora war das alles anders. Auf sie wartete zu Hause weder Viehzeug noch sonst irgendein lebendes Wesen, und darum konnte sie uns so lange beglücken, wie sie nur wollte. Fräulein Elsbeth war ihr zwar auch nicht gewogen, weil sie ihr gelegentlich in Mutters Abwesenheit die Herrschaft über die Küchen- und Speisekammergefilde streitig machte, aber Feindseligkeit solcher Art konnte Tante Flora nicht erschrecken. Im Gegenteil: sie lebte auf, wenn sie Widersetzlichkeit spürte. Ihre kleinen grauen Mausaugen begannen dann zu glänzen, auf der fahlen Haut ihrer schlaffen Wangen erschienen hektische rote Flecke, und ihre Knubbelnase bebte, als wittere sie Bohnenkaffee. Wenn man sie so sah, konnte man sie sich gut mit einem Rohrstöckchen in der Hand als die Lehrerin vorstellen, die sie einmal gewesen war, bevor sie einen älteren Studienrat geheiratet hatte, von dem uns nur die knallblaue Strickweste in der Erinnerung haftete, die er zu allen Gelegenheiten zu tragen pflegte. Der Studienrat hatte fünfunddreißig Dienstjahren und einer Unzahl von unternehmungslustigen Schülern standgehalten, aber Tante Flora war er nicht lange gewachsen gewesen. Er kam heimlich und um ein paar Jahre zu früh um seine Pensionierung ein, verschwand eines schönen Tages, ohne vorerst seine künftige Adresse zu hinterlassen, aus seiner Wohnung und ließ sich später wegen böswilligen Verlassens mit Vergnügen schuldig scheiden. Er fand, es lohne sich, einen Haufen Geld zu berappen, nur um Tante Flora möglichst weit weg aus seinem Gesichtskreis zu wissen.

Wir Kinder fanden es auch und hätten freudig unser Taschengeld zusammengelegt, nur um uns in derselben ruhigen Gewißheit wiegen zu können, aber Mutters arglos-gutes Herz machte uns einen Strich durch die Rechnung. Sie meinte mitfühlend zu Vater, niemand könne wissen, was da zwischen Flora und Herrn Strahtmann – das war der freiheitslüsterne Studienrat – wirklich vorgegangen sei, und außerdem habe die Arme ohne uns so gut wie keine Familie, und es sei unsere Pflicht, ihr wenigstens einmal im Jahr die Gelegenheit zu gönnen, sich am Heranwachsen der Kinder zu erfreuen. Vater murmelte etwas davon, daß es ihr leicht möglich gewesen wäre, sich diese Freude im eigenen Heim und weniger strapaziös für die Nerven anderer Leute zu verschaffen, aber er könne es weder Herrn Strahtmann übelnehmen, daß er sich verdünnisiert, noch einem etwaigen geplanten künftigen Erdenbürger, wenn er von vornherein auf seine Materialisierung in einer Welt verzichtet hätte, die von einem solchen Besen beherrscht sei.

«Pfui, schäm dich», zischelte Mutter indigniert und sah sich ängstlich um, ob nicht einer von uns in Hörweite wäre. «Erstens ist es unrecht, und zweitens sagt man so was nicht, und drittens ist Flora immerhin die einzige Schwester von Cousine Paula.»

«Ob einzig oder nicht, es ist jedenfalls ziemlich entfernte Verwandtschaft», bemerkte Vater entschieden, «und meiner Ansicht nach hätten wir mit vierzehn Tagen im Jahr diesen Verwandtschaftsgrad reichlich abgebüßt. Demnach hat sie wenigstens für die nächsten fünf Jahre schon Vorschuß genommen.»

Mutter war im Grunde ihres Herzens der gleichen Meinung wie er, aber wenn Tante Flora sich erst einmal häuslich eingerichtet hatte, fand sie es immer schwierig, sie nach vierzehn Tagen zum Abrücken zu bewegen, und so blieb die Dauer ihrer Besuche unverändert. Manchmal dehnten sie sich sogar noch über die üblichen vier Wochen aus, und zwar immer dann, wenn Mutter aus irgendwelchen Gründen einmal allein verreiste und sonst niemand da war, der die Aufsicht über den Haushalt führen konnte.

Mit Mutters Stellvertreterinnen hatten sich nämlich trübselige Erfahren verbunden. Ein Jahr zuvor, mitten in der üppigsten Inflation, als die Mark täglich tiefer ins Bodenlose fiel und der Wert des Dollars sich mit einer respektablen, sprunghaft wachsenden Reihe von Nullen schrieb, hatte sie Vater zu einem Vortrag in die Schweiz begleitet und Frau Grabert herbeizitiert, die uns während ihrer Abwesenheit unter ihre etwas altersmüden und zerrupften Fittiche nehmen sollte. Frau Grabert war auf weitläufige Art mit uns verwandt und empfahl sich für die ihr zugedachte Aufgabe durch eine gewisse blasse, mürrische Würde, einen rheumatisch steifen Rücken, den man notfalls auch als einen Ausdruck von Charakterfestigkeit ansehen konnte, und den Ruf einer in der Ehe mit einem Beamten der mittleren Laufbahn weidlich erprobten Sparsamkeit.

Vater und Mutter reisten also beruhigt ab, nachdem sie Frau Grabert eine beachtliche Summe in die Hand gedrückt und ihr eingeschärft hatten, auf der Stelle in den nächsten Laden zu stürzen und nicht eher wieder zum Vorschein zu kommen, als bis sie das Geld bis auf den letzten Pfennig verputzt und alle notwendigen Nahrungsmittel für die nächsten vierzehn Tage beisammen habe. Frau Grabert war zwar besten Willens gewesen, aber beim nochmaligen Überzählen des Geldes mußten ihr heftige Bedenken in bezug auf Vaters Geisteszustand gekommen sein. Wenigstens reime ich mir's so zusammen. So viel schönes Geld, und das sollte sie alles für wucherhaft überzahlte Lebensmittel zum Fenster rauswerfen! Die ganze Erfahrung ihres langen Lebens, in dem sie immer nur ein beklagenswert schmales Wirtschaftsgeld zu verwalten gehabt hatte und eine Mark nie etwas anderes als hundert Pfennige gewesen war, die man zu ehren hatte, wenn man des Talers wert sein wollte, sträubte sich dagegen, und sie beschloß, Vater freudig zu überraschen.

Für uns sah die freudige Überraschung so aus, daß wir auf eine Diät von Brotsuppe und dünnbestrichenen Sirupstullen gesetzt wurden – etwas anderes hatte sie ja in ihrer Jugend auch nicht gekannt. Und Vater und Mutter standen sprachlos da, als wir ihnen bei der Rückkehr abgemagert entgegenschlichen, während ihnen Frau Grabert verschämt triumphierend das kaum angekratzte, längst wertlos gewordene Banknotenpäckchen zurückgab. Offenbar hatte sich ihnen die Freude auf die Stimme geschlagen.

So blieb also Tante Flora als einziger Ausweg. Wenigstens hatte sie nichts für Brotsuppe und Sirupstullen übrig. Nur Peter, unser Jüngster, war nicht bereit, sich auf Kompromisse mit ihr einzulassen. Sie konnte nämlich keine Hunde leiden, und Peter liebte Hunde über alles. Er kannte sämtliches hundeähnliches Getier in unserer Straße bei Namen, führte lange Gespräche mit allen Struppis, Mohrchens und Waldis, die er traf, und hatte alle Taschen voller Brotkrusten und Zuckerstückchen. Nur Tante Floras regelmäßige Besuche waren schuld daran, daß Vater ihm keinen eigenen Vierbeiner kaufte. Mutter meinte unsicher, diese Rücksicht sei man ihr wohl schuldig.

Ich weiß nicht, wie er schließlich darauf kam, sich einen Hund anzuschaffen, der nur in seiner Phantasie – aber da höchst lebensvoll – existierte. Eines Tages rief er jedenfalls nach «Pluto», bevor er auf die Straße ging, und als wir ihm verdutzt aus dem Fenster nachstarrten, hatte es den Anschein, als führe er etwas an der Leine, das außer ihm niemand sah. So ging es Monate hindurch. Pluto war unser Hausgenosse geworden, einer der angenehmsten, die man sich denken kann. Er trieb sich immer in Peters Nähe herum, ein stummer, folgsamer Schatten, der für uns allmählich Umrisse anzunehmen begann. Selbst Vater, der Peters Treiben anfangs mißbilligend zugesehen hatte, gewöhnte sich mit der Zeit daran, und gelegentlich kam es sogar vor, daß er nach Pluto fragte, worauf ihm Peter stets ernst und erschöpfend Auskunft gab.

Alles ging gut, bis wieder einmal Tante Floras Besuch bevorstand, einer von der verlängerten Sorte. Mutter war nach Karlsbad zur Kur gereist, Elsbeth nach Werneuchen in Urlaub gefahren, und wir hatten die Stadtwohnung mit einem für den Sommer gemieteten Häuschen bei Kladow vertauscht. Friedrich war gerade in einen ersten heftigen Flirt verstrickt und fühlte sich von Tante Floras bevorstehender Ankunft besonders betroffen. Es war klar, daß ihre Anwesenheit auf seine heimlichen Rendezvous mit Sabinchen von nebenan tiefschwarze Schatten werfen würde. Sie befanden sich noch im köstlichen Stadium zarter Bekenntnisse und konnten keinen Aufpasser brauchen. Wenn Vater sich bisher auch wenig darum gekümmert hatte, wohin er sich nach dem Abendbrot verdrückte – Tante Floras hellseherischem Spürsinn für alles, was sie mit Abscheu «unmoralisch» zu nennen pflegte, würde es nicht lange verborgen bleiben, und mit ihren stillen Stunden in der Laube war's dann wohl vorbei.

Trüber Gedanken voll, schaukelte er am Abend vor Tante Floras Ankunft in der Hängematte zwischen den beiden Apfelbäumen, kaute an einem Grashalm und sah Peter zu, der mit Pluto spielte. Peter hielt ein Stöckchen vor sich, ermunterte Pluto, drüberweg zu springen, und lobte ihn, als ihm das Kunststück zur Zufriedenheit gelang. Trotz Plutos Unsichtbarkeit war Friedrich seit so langer Zeit an die ständige Gegenwart des Hundes gewöhnt, daß er ihn geradezu freudig wedeln sah. Aber eins fiel ihm dabei zum erstenmal auf: daß er eigentlich gar nicht wußte, was für eine Sorte Köter er da vor sich hatte. Peter hatte sich nie genauer darüber ausgelassen, und er selbst hatte keinen Anlaß gehabt, darüber nachzudenken. Jetzt aber kam ihm eine Idee.

«Peter!» rief er, spuckte den Grashalm aus und schwenkte die Beine aus der Hängematte.

Peter sah auf, winkte Pluto und kam neugierig näher. Eine blonde Haarsträhne hing ihm in die Stirn, und die Wadenstrümpfe kringelten sich faltig um seine mageren Knöchel.

«Was für ein Hund ist Pluto wohl?» fragte Friedrich.

Peters runde Augen sahen ihn erstaunt an. «Wieso?» erkundigte er sich.

«Ich meine, was für ’ne Rasse?»

«’n Dackel», kam die Antwort wie aus der Pistole geschossen.

Friedrich schüttelte den Kopf. «Ausgeschlossen», sagte er. «Pluto ist nie im Leben ein Dackelname. Außerdem wär ein Dackel zu klein.»

Peter starrte ihn verständnislos an und beugte sich dabei ein wenig hinunter, um Pluto tröstend hinterm Ohr zu kraulen.

«Zu klein für Tante Flora», fügte Friedrich hinzu.

Es dauerte eine Weile, aber dann hatte Peter verstanden. Er warf mit einer schrägen Kopfbewegung die Strähne aus der Stirn und grinste. «Ein Schäferhund», gab er bereitwillig nach.

Friedrich war noch immer nicht zufrieden. «Schäferhund ist schon besser», sagte er, «aber noch nicht genug. Wie würde dir’n Bullenbeißer gefallen?»

Peters Mundwinkel gerieten in gefährliche Nähe der Ohren. «Bullenbeißer sind in Ordnung», kicherte er.

Friedrich spähte über ihn hinweg zur Terrasse, wo Vater mit übereinandergeschlagenen Beinen in seinem Korbsessel saß und im Schatten der Pergola die Zeitung las. «Komm näher ran», sagte er gedämpft. «Ernste Zeiten erfordern ernste Entschlüsse. Wir haben wichtig miteinander zu reden.»

Es war nicht schwer, den Kleinen für seine Pläne zu gewinnen. Zwar befand er sich in einem Alter, in dem Mädchen als untergeordnete Wesen gelten, aber die Aussicht, Tante Flora zu ärgern, war so verlockend, daß er sogar über Friedrichs albernes Verlangen, ungestört mit Sabinchen zusammenzusein, nachsichtig lächelnd hinwegsah. Als Friedrich wieder in der Hängematte lag, von der aus er unauffällig zum Nachbargarten hinüberlauschen konnte, schien ihm die nächste Zukunft jedenfalls nicht mehr ganz so düster.

Obwohl Tante Flora nun die nächsten vier Wochen im Hause kommandieren sollte, war Vater am Tage darauf beim Mittagessen in bester Stimmung. Es fiel ihm wohl auf, daß Peter sich nicht wie sonst mit Pluto beschäftigte, denn er fragte ihn zwischen zwei Bissen nach dem Hund.

«Er ist im Garten», sagte Peter mit todernster Miene. «Komisch, seit gestern will er nicht mehr ins Haus.»

«Wahrscheinlich hat er eine Freundin gefunden», meinte Vater.

Tante Flora blickte mißtrauisch vom einen zum anderen. «Ihr habt euch doch nicht etwa einen Hund angeschafft?» fragte sie und runzelte die Stirn. «Du hast mir nichts davon geschrieben, Heinz.»

Vater blinzelte ihr zu.

«Mach dir keine Sorgen, Flora, er wird dir nicht nach den Waden schnappen.»

Ich weiß nicht, was größer war: Tante Floras Entsetzen über Vaters beklagenswert leichtfertige Bemerkung oder ihr Abscheu vor dem Hund. Sie bedachte Vater mit einem durchbohrenden Blick, und während sie sich entrüstet wieder über ihren Teller machte, äugte sie verstohlen in die Zimmerecken.

An diesem Abend war Vater nicht zu Hause, und Friedrich war gegen neun Uhr mit Sabinchen in der Laube verabredet. Peter hatte sich den Nachmittag über wie immer mit Pluto im Garten vergnügt, und obgleich Vater Tante Flora aufgeklärt hatte, traute sie dem Frieden offenbar nicht; mehrmals war sie draußen erschienen, hatte sich aber über die Terrasse nicht hinausgewagt.

Nach dem Abendessen machte sich Friedrich heimlich davon, Bixi, Dreas und Thomas gingen nach oben, und Peter blieb bei der strickenden Tante Flora zurück. Eine Weile rutschte er unruhig auf seinem Stuhl hin und her, und schließlich verschwand er in der Küche. Als er mit einem Napf voller Speisenreste zurückkam und der Terrassentür zustrebte, wurde Tante Flora aufmerksam.

«Wo willst du hin?» fragte sie argwöhnisch.

Peter sah sie mit der Miene kindlich-erstaunter Unschuld an.

«In den Garten», sagte er. «Pluto muß doch was zu fressen kriegen.»

«Unsinn!» sagte Tante Flora aufgebracht. «Ihr habt keinen Hund. Du mußt dir nicht einbilden, daß du mich zum Narren halten kannst.»

«Ich kann's ja auch lassen», meinte Peter harmlos. «Aber dann würde ich mich an deiner Stelle nicht in den Garten trauen. Wenn Pluto hungrig ist, greift er glatt Menschen an.»

Tante Flora ging mit einem Achselzucken über die Besorgnis des Neffen hinweg. «Wo ist denn Friedrich?» forschte sie streng.

«Friedrich?» wiederholte Peter, und in seinen Augen schimmerte die sanfte Einfalt sündloser Jugend. «Hab keinen Dunst.»

«Na warte», murmelte Tante Flora drohend. «Wahrscheinlich treibt der Bengel sich mit dem Mädchen von nebenan herum. Dein Vater hat mir davon erzählt. Leider kennt seine Laschheit in dieser Hinsicht keine Grenzen. Aber wenn er nicht für Ordnung sorgt, werde ich tun, was bei einem siebzehnjährigen Lümmel noch sehr nötig ist.»

«Kann ich nicht wenigstens mal nach Pluto sehen?» fragte Peter betrübt. «Er wird sich wundern, daß ich mich gar nicht um ihn kümmere.»

Tante Flora blitzte ihn mit ihren Brillengläsern zornig an.

«Nein», sagte sie. «Du scherst dich ins Bett.»

Um diese Zeit ungefähr schlüpfte Sabinchen zu Friedrich in die Laube. Sie duftete nach Fliederseife, und ihr rundes, hübsches Gesicht sah in der Dunkelheit blaß und ängstlich aus. Friedrich zog sie schweigend auf die schmale Holzbank, drückte ihre Hand, und sie flüsterten, wie und was man bei dergleichen Gelegenheiten zu flüstern pflegt. Eng nebeneinander hockten sie da, kühn hatte Friedrich seinen Arm um sie gelegt, roch den Duft ihres Haares, spürte beseligt die Wärme ihres Körpers und wähnte sich seinem Ziele nah. Nie hatte er ihre Bereitschaft so sehr gefühlt. Durfte er's wagen? Vorsichtig beugte er sich zu ihr, näherte seinen

Mund ihrem blassen Gesicht – und plötzlich hörte er die Terrassentür gehen. Erschrocken fuhren sie auseinander.

«Friedrich!!» ließ sich Tante Floras schrille Stimme vernehmen.

Sie rührten sich nicht. Dann knirschten Schritte über den Kies. Friedrich bog das Blattwerk auf seiner Seite vorsichtig auseinander und spähte durch die Lücke. Tante Floras hagere, große Gestalt zeichnete sich drohend gegen das Licht aus dem Terrassenzimmer ab. Sie näherte sich zögernd und wandte bei jedem Schritt den Kopf. Offenbar dachte sie an Pluto.

Zitternd sank Sabine Friedrich an die Brust. Er preßte sie an sich und zischelte ihr verworrenes Zeug ins Ohr. Er war bereit, dem Unheil mit männlicher Fassung entgegenzusehen, ja er dürstete förmlich danach, allen Drohungen einer feindlichen Welt mutig zu trotzen.

Aber es kam nicht dazu, denn in diesem Augenblick bellte irgendwo in den Nachbargärten ein Hund. Es klang wild, heiser und ziemlich blutdürstig. Das war zuviel für Tante Flora. Sie glaubte, den verleugneten Pluto hungrig über die Gartenwege jagen zu sehen, und wandte sich entsetzt zur Flucht. Ein Brombeerzweig verfing sich in ihrem Rock, und es war ihr, als schnappe das Tier schon nach ihr. Mit einem gellenden Schreckensruf stürzte sie über die Terrasse und warf die Glastür hinter sich zu.

Sabinchen aber blieb, wo sie lag: an Friedrichs Brust. Als das Klirren der Glastür verhallt war, beugte er sich über sie und entdeckte den Schimmer eines Lächelns in ihren Augen. «Ich liebe Hunde», flüsterte sie. In der nächsten Sekunde spürte Friedrich ihre Lippen auf seinem Mund.

Vaters Beschwichtigungsversuche nutzten nichts, zumal sie nicht übermäßig nachdrücklich klangen: am nächsten Tag reiste Tante Flora ab. Sie könne, sagte sie, nicht in einem Haus bleiben, in dem man Raubtiere verheimliche und dann hinterrücks auf sie hetze.

Sie wurde von Vater in die Stadt zum Bahnhof eskortiert, und als er allein zurückkam, fiel uns allen hörbar ein Stein vom Herzen. Wir hatten es im Ernst nicht für möglich gehalten, daß Tante Flora vor einem Hund Reißaus nehmen würde, den es gar nicht gab, und es war uns klar, daß Vater, da es nun doch passiert war, heimlich unser Bundesgenosse gewesen sein mußte. Wenn er

Pluto nämlich kategorisch ins Reich der Fabel verwiesen hätte, wäre Tante Flora bestimmt nicht unerbittlich geblieben. Also hatte er nicht – und wenn ihm nicht schon vorher unsere Herzen gehört hätten, wären sie ihm jetzt zugeflogen.

Als er uns alle in der Tür zum Terrassenzimmer auftauchen sah, fiel es ihm schwer, ernst zu bleiben. Er wußte ja genau, was wir dachten und gefürchtet hatten. Und wir wiederum wußten, daß er es wußte, und scharrten verlegen mit den Füßen über das ohnehin schon ziemlich ramponierte Parkett.

Schließlich kam er zu uns ins Zimmer, machte die Tür hinter sich zu und sagte:

«Gut, daß ihr alle da seid. Ich habe mit euch ernsthaft zu reden.»

Er räusperte sich und fuhr fort: «Wie ihr seht, ist es mir trotz heißester Bemühungen nicht gelungen, Tante Flora zum Bleiben zu bewegen. Sie ist abgereist und hat uns schnöde unserem Schicksal überlassen. Mutter ist noch vier Wochen weg, Elsbeth kommt vor vierzehn Tagen nicht wieder, und wenn wir nicht selbst tatkräftig für den Haushalt sorgen, werden sie uns vermutlich verhungert unter einer dicken Staubschicht vorfinden.»

Er machte eine wirkungsvolle Pause, betrachtete angelegentlich seine Fingernägel und fügte dann gedehnt hinzu:

«Ich könnte allerdings noch einen letzten Versuch machen, Tante Flora mit einem Telegramm zur Rückkehr zu überreden.»

«Bloß nicht», ließ sich Bixi vernehmen. «Ich will gern kochen, wenn ihr's mir zutraut.»

«Und ich kauf ein», brüllte Dreas. «Und Teppichklopfen kann ich auch.»

«Und ich wisch Staub und putz die Stiefel», meldete sich Friedrich heroisch. Das Angebot mußte ihn große Überwindung gekostet haben, denn er war in seinem Äußeren mächtig penibel und hatte mit Schmutzarbeit nicht viel im Sinn.

«Und ihr?» wandte sich Vater nun an die Kleinen.

«Ich kann die Betten machen», bot Thomas an, und Peter sagte schlicht: «Und ich führ immer Pluto aus.»

«Das ist fein», sagte Vater. «Ich hab gar nicht gewußt, was ich für tüchtige Haushalts-Hilfskräfte habe. Es hat eben alles sein Gutes. Selbst wenn ein nicht vorhandener Hund einer vorhandenen Tante in die nicht vorhandene Wade beißt. Aber . . .» Er hatte das Grinsen auf unseren Gesichtern gesehen und wollte wohl die Stimmung nicht allzu üppig ins Kraut schießen lassen. «Aber wenn ihr eure freiwillig übernommenen Pflichten nicht anständig ausführt oder womöglich die Ferienarbeiten für die Schule drüber vergeßt, wißt ihr, daß Tante Flora nicht allzu weit weg wohnt. Und jetzt an die Arbeit.»

Er griff sich die Zeitung und setzte sich in Richtung des Korbstuhls auf der Terrasse in Bewegung, aber nach zwei Schritten drehte er sich wieder um und winkte Peter heran.

«Richtig», sagte er und zog sein Portemonnaie aus der hinteren Hosentasche. «Wir haben ja Pluto ganz vergessen.» Und während er Peter eine Mark in die Hand drückte, fügte er hinzu: «Hier, kauf ihm 'ne Bockwurst, eine recht lange.»

Alfred Polgar

Onkel Philipp

Onkel Philipp ist tot. Als er merkte, es ginge ans Sterben, regte er sich darüber so auf, daß er verschied. Ich glaube, Onkel Philipp ist der einzige, dem Onkel Philipps Tod naheging. Die andern nahmen das Ereignis mit großer Fassung hin, und es ist ja auch wirklich nicht danach, viel Jammerns und Klagens zu wecken.

Onkel Philipp war fünfundsechzig Jahre alt und während der letzten zwanzig Jahre seines Hierseins ein leidender, von argen Nöten geplagter Mann. Er brauchte Pflege und Wartung; also war sein Tod, wie man in solchen Fällen sagt, Erlösung. Alle um ihn atmeten auf, als er ausgeatmet hatte, und die Leiche selbst zeigte jenen Frieden im Antlitz, den gutmütige Tote gern zeigen, um die Hinterbliebenen zu beruhigen. Als wollten sie mitteilen, der Zoll an der Grenze sei nicht gar zu hoch gewesen.

Onkel Philipp war ein würdiger Mann und nahm bescheidenen Nutzen. Er verkaufte Briefpapier, Tinte, Notizbücher, Schreibfedern und Kalender. War ein Stück Ware defekt, so sagte er dem Kommis nicht, wie andere Kaufleute dies wohl tun: «Leopold, trachten Sie, das Ding der Kundschaft anzuhängen», sondern er sagte: «Leopold, legen Sie dieses Stück beiseite, damit Sie es nicht versehentlich einem Kunden geben.» So ein Mann war Onkel Philipp. Er wies auch mehrmals am Tage, indem er jene Anekdote erzählte, darauf hin, daß er so ein Mann sei. Aber nicht nur aus Ruhmsucht tat er dies, sondern wie ein Mensch, der gern ein bißchen in seinen Schätzen kramt.

Onkel Philipps Lebensführung war reell wie seine Geschäftsführung. Er nahm ein Weib und zeugte Kinder, die in die Schule gingen, Mumps und Masern bekamen, vielen Kummers Ursache wurden, aber diesen Kummer dadurch lohnten, daß sie da waren. Genau betrachtet ist nämlich der Sinn des Kinderzeugens – abgesehen von den flüchtigen Annehmlichkeiten, mit denen es verbunden ist – Entschädigungen zu schaffen für die Sorgen und Plagen, die durch Schaffung jener Entschädigungen heraufbeschworen werden.

Onkel Philipp kannte keine Freuden als die häuslichen. Abends saß die Familie um den runden Tisch, nach dem Essen spielten Vater und Mutter Karten, die Kinder machten ihre Schulaufgaben oder machten sie nicht, die Köchin draußen sang traurige slawische Lieder, und Onkel Philipp stand auf, ging ins Vorzimmer und schloß energisch die Küchentür. Als Mutter gestorben war, legte Onkel Philipp nur noch Patiencen. Die Kinder aber wurden groß, die Töchter gingen ins Konservatorium und die Söhne zu den Prostituierten. So wuchs, gedieh und verdarb diese kleine Gemeinschaft wie hunderttausend andere auch: ein paar winzige Tupfen in den Milliarden Farbflecken, die zum Bild der Menschenwelt ineinanderfließen wie Form und Farben der Buntblümchen zum Bild der Wiese.

«Ein Kaufmann muß solid sein bis in die Nieren», pflegte Onkel Philipp zu sagen. Und gerade dort war er's nicht. Aber konnte er etwas dafür, der Arme, daß seine Nieren mit einemmale fallit wurden, den Betrieb nur noch kümmerlich unter ärztlicher Zwangsaufsicht fortführen konnten? Ich will Gottes Pläne und Zwecke nicht verstehen wollen, aber die Spur eines Hauchs einer Antwort hätte ich doch gern auf die Frage, warum auf Onkel Philipps Haupt während seiner letzten zwanzig Lebensjahre so viel bittres Leid gehäuft werden mußte. Er war so unbedeutend, so ganz und gar nicht würdig himmlischen Zorns. Er war ein bescheidenes Herz, ein demütiger Geist, der nie fragte, was ihn nichts anging, stillgehorsam ewigem und zeitlichem Gesetz. Er war ein Molekül, das stieß und gestoßen wurde nach den Regeln des Stoßes. Gnade des Bewußtseins, die diesem Molekül zuteil geworden war, mußte es mit zwanzig Jahren der Schmerzen und Kümmernisse bezahlen. Vielleicht sollte Philipp geläutert werden? Aber es war an ihm nicht viel zu läutern, denn es war überhaupt nicht viel an ihm. Er, der Kleinsten einer, trug eine Dornenkrone, geflochten nach den Maßen eines Heiligenschädels. Kein Wunder, daß sie ihm kläglich über die Ohren rutschte. In seinen letzten Jahren redete Onkel Philipp kaum noch ein

Wort, hielt die Augen geschlossen und war abwesend. Oder sein Kopf auf der Fauteuil-Lehne fiel zur Seite und der Onkel schlief ein. Jedesmal sagte dann die Tante: «Liegt er nicht da wie ein Toter?» Als er tot war, sagte sie: «Liegt er nicht da wie ein Schlafender?»

Nachdem die Familie ihn begraben hatte, setzte sie sich um den runden Tisch, an dem schon mehrere Generationen gesessen waren, und plauderte mit gedämpfter Stimme von Onkel Philipp und seinen Eigenheiten. Das Bild des Verstorbenen hing über der altdeutschen Kredenz. Es zeigte ihn in der Blüte seiner Jahre, in der Fülle seiner Kraft, als das Papiergeschäft noch groß, die Kinder noch klein und die Nieren noch aktiv waren. Um jene Zeit hatte er einen schwarzen Bart, schwellende, dunkelkarminrote Lippen und eine dickgliedrige Uhrkette von Gold, die, durch das Knopfloch über den Hügel des Bauchs gezogen, rechts und links in eine Westentasche mündete. Sein Auge schielte freundlich nach der Trauerversammlung. «Da seid ihr also, meine Lieben», sagte der Blick, «in euch bin ich, wenn ich auch nicht mehr bin.»

Wenn dir das wirklich ein Trost ist, Onkel Philipp!

Kurt Kusenberg

Wo ist Onkel Bertram?

Es war erstaunlich, wie rasch und kräftig sich die Sippe der Wickenbergs vermehrt hatte. Die Urgroßeltern, zierliche Greise, glichen in zweifacher Hinsicht dem ersten Menschenpaar: zum einen wußte man nicht, woher sie gekommen, zum anderen war ihrem Beilager jener prächtige Familienbaum entsprossen, der sich hundertfältig verzweigte und jährlich junge Knospen trieb. Ein gutes Dutzend Kinder galt als Regel, zwanzig und darüber waren keine Seltenheit. Da meist Knaben in die Welt gerieten, ward der Name ausgestreut wie Saat. Es gab wenige Menschen, die mit den Wickenbergs nicht verwandt waren.

Wo lebte je eine Sippe, die so fest zueinander hielt wie diese? Das Haus der beiden Alten war gewiß groß, es barg an die dreihundert Zimmer, doch hatte man manchen Flügel hinzubauen müssen, um Kinder und Kindeskinder wohnlich unterzubringen. Wann irgend sie Zeit oder Geld zu erübrigen vermochten, reisten die Wickenbergs von nah und fern nach dem altgewohnten Sitz und blieben, so lange es anging, denn sie verkehrten am liebsten mit ihresgleichen. Daß man in Wickenberge, so hieß das Anwesen, seine Ferien zubrachte, war selbstverständlich. Viele rührten sich ihr Leben lang nicht fort, sie hausten und alterten im Haus der Väter und wurden von den Anderen beneidet, denn nirgends war es so schön wie dort.

Tagsüber durfte ein jeder treiben, was er mochte, doch hielt man darauf, daß er sich zu den Mahlzeiten einfand. Da saßen sie alle, groß und klein, in der riesigen Halle und tafelten nach Herzenslust. Die Urgroßeltern hatten ein Tischlein für sich allein; Diener betreuten das ehrwürdige Paar. Ihre Kinder, die Großeltern, thronten zu Häupten der langen Tische, an denen Eltern und Urenkel sich sättigten. Es walteten gute Sitten; wenn die Alten redeten, schwiegen die Jungen, und sobald Jene einer Handreichung bedurften, eilten viele Beflissene herbei, ihnen zu helfen. Der Speisesaal war jedoch nicht der einzige Ort, der die Sippe einträchtig beieinander sah; auch die Kapelle und der Friedhof wußten sie zu vereinen. War ein Kind geboren oder verschied jemand, so waren sie alle zur Stelle, und da es ihnen an Geistlichen nicht gebrach, kam manch erhebende Feier zustande. Taufen und Hochzeiten, Verlobungen und Leichenbegängnisse – das riß nicht ab, es begab sich viel in Wickenberge, doch nichts, was wider die Ehre verstieß. Bedenkt man, welch verschiedene Berufe ringsum vertreten waren, so wird ersichtlich, wie sehr jeder Einzelne sich einzufügen wußte. Der Reiche tat vor dem Armen bescheiden, der Kluge fand Worte, die den Dummen nicht beschämten, und ein Mann vom Range des Admirals Ottokar Wickenberg unterhielt sich ungezwungen mit Bruno Wickenberg, obwohl die Rede ging, daß dieser dem Straßenraub obliege. Es fiel dem Admiral wahrlich nicht leicht, dem Wegelagerer höflich zu begegnen, aber er zwang sich dazu, denn auch Bruno war ein Wickenberg, und darauf kam es an.

Als man eines Tages einträchtig beim Abendbrot saß, geschah es, daß ein junges Mädchen sich erkundigte, wo Onkel Bertram eigentlich stecke. Da gerade tiefe Stille herrschte, ward die Frage an allen Tischen vernommen. Die Mutter verwies dem Mädchen die vorlauten Worte, doch das half nun nichts mehr; schon befaßte sich die ganze Sippe mit dem Verbleib Onkel Bertrams – ein hartes Stück Kopfarbeit, denn wie sollte man so viele Verwandte im Gedächtnis behalten! Schließlich meinte jemand, wenn er sich recht erinnere, habe man Onkel Bertram vor drei Wochen zu Grabe getragen. Vor drei Jahren, verbesserte ihn ein Anderer; ihm sei die Grabpredigt, die man dem alten Junggesellen nachgeschickt, noch gegenwärtig. Doch jetzt regte sich Widerspruch. Es könne keine Rede davon sein, hieß es, daß Onkel Bertram gestorben sei; noch vor wenigen Tagen habe er bei Tisch gesessen und vernehmlich seine Suppe geschlürft. Ob sich denn niemand entsinne, wie ihm der Braten unter dem Messer weggerutscht und auf die Tischdecke gesprungen sei? Doch, das hatte sich wirklich zugetragen, das kam Vielen wieder in den Sinn, und es mehrten sich die Stimmen, die Onkel Bertram zu den Lebenden rechneten.

Einer wollte ihn beim Angeln, der zweite beim Pilzesuchen, der dritte ihn gar hoch zu Pferd gesehen haben, und ein vierter versicherte glaubwürdig, er sei dem schrulligen Burschen noch am Vortag begegnet, im nahen Städtchen, wo Jener eilig und ohne zu grüßen an ihm vorübergehastet sei. Wem sollte man nun glauben: denen, die Onkel Bertram längst unter die Erde getan, oder ihren Gegnern, die sich für seine Rüstigkeit verbürgten? Es war ein Glück zu nennen, daß das weise Alter sich des Streits annahm. Wie es denn wäre, meinte der Urgroßvater mit seinem dünnen Stimmchen, wenn man in Onkel Bertrams Stube forschte? Das ließen sich die Jungen nicht zweimal sagen, sie liefen, einige Hundert an der Zahl, eilends aus dem Saal und wußten bald darauf zu berichten, daß Onkel Bertram in seinem Zimmer ein Brieflein zurückgelassen habe, darin er bat, man möge sich nicht beunruhigen, wenn er auf kurze Zeit fortbleibe; es habe nichts auf sich, und er werde bald wieder, den Umsitzenden zum Ärger, kräftig seine Suppe schlürfen.

Das hörte sich harmlos an, erschien der Sippe jedoch verdächtig. Wie könne man wissen, meinte man, ob nicht arglistige Entführer den Armen gezwungen hatten, das Brieflein zu schreiben, damit die Spur verwischt werde? Nein, es sei aller Pflicht, dem sonderbaren Ereignis nachzuforschen, solange die Zeit es noch nicht mit ihrem Strauchwerk überrankt habe. Solches gehöre sich um so mehr, als Onkel Bertram, ein Junggeselle ohne jeden Anhang, niemand auf Erden habe, der sich seiner annehme. Und so wurden im allgemeinen Rate Drei bestimmt, die den Verschollenen suchen sollten: Ottokar, der Admiral, von dem man sich eine bedachte Führung des Unternehmens versprach, Bruno, der Straßenräuber, dem die Polizei Findigkeit und entschlossenes Handeln nachrühmte, und Großtante Martha, die für eine kluge Frau galt. Am folgenden Morgen kamen die Erwählten zu früher Stunde zusammen. Wo sollte die Suche beginnen? Im Städtchen, schlug der Admiral vor, denn dort habe man Onkel Bertram zuletzt gesehen. Die Drei bestiegen eine der zahllosen Kutschen, die im Hofe umherstanden, und fuhren davon. In der Stadt angelangt, beschlossen sie, getrennt zu fahnden und sich mittags im Gasthof zu treffen. Der Admiral wollte eifrig die Gassen durchstreifen und Zeitungshändler und Straßenkehrer ausforschen, Großtante Martha hatte es auf die Läden abgesehen, und Bruno ließ es sich nicht nehmen, bei den Behörden vorzusprechen, vor allem bei der Polizei.

Als man sich hungrig zum Mittagessen setzte, hatten die Männer nichts ausgerichtet. Der Admiral, der acht falschen Spuren nachgejagt war, zürnte den Bewohnern des Binnenlandes und schalt sie Wirrköpfe, die unfähig seien, sich ein Antlitz einzuprägen oder einen klaren Bescheid zu geben. Bruno hatte manches in Erfahrung gebracht, was ihm selbst dienlich sein mochte, aber der Verschollene war dabei leer ausgegangen. Man sah Großtante Martha an, daß sie Wichtiges zu melden hatte. Ihr Gesicht glänzte vor Eifer und Stolz, doch sie schwieg und weidete sich gehörig an dem Mißerfolg der Beiden, ehe sie ihr Wissen preisgab.

«Wie alt», fragte sie und blickte die Männer aus zusammengekniffenen Augen an, «mag Onkel Bertram sein?»

Ottokar, der Admiral, riet auf siebzig Jahre, Bruno war für fünfzig; man einigte sich auf sechzig.

«Das nur nebenbei», fuhr Großtante Martha fort und lächelte seltsam. «Dieser Vormittag hat mich einen Stoß Geld gekostet, denn schließlich mußte ich, um willige Auskunft zu erhalten, in jedem Laden eine Kleinigkeit erstehen – übrigens reizende Dinge, die ich samt und sonders gebrauchen kann. Man soll eben das Praktische mit dem Nützlichen verbinden.»

Hier ist einzuflechten, daß Großtante Martha sich gerne bildhafter Wendungen bediente, mit wechselndem Glück, denn nicht immer gelang ihr die Prägung, die man mit Fug und Recht erwarten durfte. Ottokar und Bruno wußten es, sie verzogen keine Miene und nahmen auch das Folgende willig hin.

«Ich will eure Fahndungen nicht räudig machen», sprach die Großtante, «aber zwei Ohren sehen mitunter mehr als vier. Gebt acht: Nachdem ich einen Teppich, ein fiebertreibendes Mittel, eine Uhr, einen Schinken und ein hübsches Hütchen erstanden hatte, ohne auch nur ein Jota über Onkel Bertram zu erfahren, geriet ich in einen Juwelierladen. Diese Brosche hier –» sie schlug sich an die Brust – «war teuer, aber der Zweck bringt die Mittel auf: ich habe Bertrams Spur gefunden!»

«Wer bringt die Mittel auf?» erkundigte sich Bruno spöttisch, doch der Admiral fuhr ihm dazwischen: «Es geht nicht um Worte! Laß sie erzählen, was sie entdeckt hat.»

Großtante Martha bedachte Bruno mit einem ärgerlichen Blick. «Er läßt an allem ein schlechtes Haar», sprach sie verächtlich und wandte sich Ottokar zu. «Der Juwelier verriet mir, daß Bertram allmonatlich bei ihm ein Geschmeide erstehe, ein Ringlein oder einen Armreif – Geschenke für seine Liebste. Wußtet ihr, daß Bertram so vermögend sei? Ich hielt ihn für einen armen Schlucker, der seine Dukaten zusammenkratzen muß.»

«Das wäre nicht so schlimm», fiel Bruno ein. «Dukaten kratzen sich besser als Pfennige.»

Jetzt wurde die Alte ernstlich böse. «Mach nur deine Tante lustig!» rief sie aus. «Ohne mich hättest du blindes Kalb bestimmt keine Spreu im Weizen gefunden.»

«Seid friedlich!» mahnte der Admiral. «Wir sind nicht zusammengekommen, um uns zu befehden, sondern um Onkel Bertram ausfindig zu machen. Sprich, Tante Martha, weißt du den Namen des Frauenzimmers?»

«Ich weiß ihn. Sie heißt Marianne Wunderlieb und wohnt in der Salzgasse.»

«Auf zu ihr!» Ottokar leerte entschlossen sein Glas.

«Nicht bevor Tante Martha einen Versöhnungstrunk mit mir geleert», entgegnete Bruno und winkte dem Bediener. Der brachte zwei Gläser herbei, in denen ein grünliches Labsal schimmerte. Großtante Martha zauderte, überwand sich und gab nach.

Als ihr der Trank durch die Kehle rann, verzog sich ihr Gesicht. «Pfui Teufel, das schmeckt ja knallbitter!»

«Aber gut», meinte Bruno und warf einen Geldschein hin, der die Zeche reichlich beglich. War es Sündengeld, war es ehrlich verdient? Der Bediener griff mit froher Miene danach, man erhob sich und machte sich auf den Weg.

«Auf fünfzig Jahre hat der Juwelier Bertram geschätzt», sprach Großtante Martha, als sie durch die Gassen schritten. «Ist das nicht drollig?»

«Ich bin nach wie vor für siebzig», antwortete der Admiral.

Marianne Wunderlieb war ein hübsches, junges Weib. Sie knickste tief vor Großtante Martha, lächelte den Männern zu und ließ die Drei bei sich ein. Man betrat ein Zimmer, in dem mehrere

Pfühle standen, die mit weißen Fellen bedeckt waren; einen Stuhl sah man nicht. Großtante Martha und der Admiral setzten sich steif nieder, Bruno sank wohlig auf das angenehme Lager. Marianne Wunderlieb aber zog ein winziges Schemelchen herbei und kauerte zu Füßen der Gäste nieder. Wie durch ein Zauberwort befohlen, glitt eine alte Dienerin herbei und brachte Kaffee, leckeres Gebäck und Likör. Derweil die Hände den Mund bedienten, musterte man einander. Es war der jungen Frau nicht anzusehen, ob der Besuch sie ehre oder erheitere; ihr Lächeln ließ beides zu.

«Sie wollen von mir hören», sprach Marianne Wunderlieb und rührte zierlich in ihrer Tasse, «wo Bertram sich befindet. Ich habe ihn seit Tagen nicht gesehen. Mag sein, daß er zu Hause ist.»

«In Wickenberge?» fragte der Admiral. «Dort wird er ja vermißt.»

Marianne Wunderlieb lachte. «In Wickenberge! Ja, wissen Sie denn nicht, daß er Weib und Kind hat und ein schönes Haus am Fischmarkt bewohnt? Der Spaßvogel: die eigene Familie hält er zum besten!» Das Lachen übermannte sie, und Bruno lachte mit, ihm gefiel Bertrams Liebste.

«Ihren Worten nach, liebes Kind», ließ sich Großtante Martha streng vernehmen, «müßte man glauben, Wickenberge sei eine Gegend, in der sich der Teufel gute Nacht sagt. Es ist die schönste Gegend der Welt: schreiben Sie es sich mit goldenen Griffeln in Ihr Geschichtenbuch. Selbstverständlich ist uns bekannt, daß Bertram Wickenberg in glücklicher Ehe lebt. Niemand anderes als die eigene Frau schickt uns her, nach seinem Verbleib zu forschen.»

Marianne Wunderlieb blickte die alte Frau belustigt an. «Hier verbirgt er sich nicht. Sein Temperament, das ich hinreichend kenne, hätte ihn längst hervorgelockt.»

«Sie machen ihn jünger, als er es verdient», fiel Bruno ein. «Welches Alter hat er Ihnen vorgegaukelt?»

«Ich halte mich an das, was ich sehe. Zudem haben wir vorige Woche seinen vierzigsten Geburtstag gefeiert.»

Die Besucher machten runde Augen, es wurde ihnen seltsam zumute.

«Das geht doch wohl nicht an», widersprach der Admiral. «In Wickenberge rechnen wir Bertram zu den Alten.»

«Er rechnet sich nicht dazu, und ich wünsche Ihnen seine Jugend.»

Bruno kam dem jungen Weibe zu Hilfe.

«Dann bleibt uns nur», meinte er höflich, «Ihnen für Auskunft und Bewirtung zu danken.»

Marianne Wunderlieb geleitete die Gäste zur Tür. «Der Dank gebührt dem Hausherrn, der es bedauern wird, daß Sie ihn verfehlt haben. Übrigens», sie wandte sich lächelnd an Großtante Martha, «Bertrams Frau bewohnt am Fischmarkt das Haus Nummer vier!»

«Vierzig Jahre!» rief Bruno aus, als sie wieder auf der Straße standen. «Ich möchte wissen, wie er das hinkriegt.»

Großtante Martha schüttelte den Kopf. «Die ganze Sache ist mir ein spanisches Dorf. Es wird immer größer, je mehr man darin herumrührt.»

Bertrams Haus war stattlich anzusehen. Unsere Drei läuteten voller Stolz und folgten dem Diener in einen Raum, der auf Wickenberge nicht seinesgleichen hatte.

«Endlich Stühle!» sprach der Admiral und nahm mit Behagen Platz. «Auf den weichen Lagern wurde man geradezu seekrank.»

Doch schon mußte er sich erheben, denn die Tür ging auf, und Onkel Bertrams Frau trat ein, an der Hand ihr kleines Töchterchen. Die junge Frau war so schön, daß den Besuchern der Atem stockte.

Großtante Martha empfing einen Handkuß, der Admiral neigte sich ehrerbietig über die Hand der Hausfrau, und Bruno tat es ihm nach, zu seinem eigenen Erstaunen.

«Wie freue ich mich», sprach die junge Frau, «daß ich endlich Gelegenheit finde, Gäste aus Wickenberge bei mir zu begrüßen. So nehmen Sie doch Platz, Sie sind hier zu Hause. Bislang scheute ich mich», sie lachte vergnügt, «es mit den Heerscharen aufzunehmen, die in Wickenberge meiner harren. Eine kleine Abordnung aber ist hochwillkommen und wird gewiß die lang ersehnte Brücke schlagen.»

Wie wenn sich der Tag in Wiederholungen gefiele, huschte eine Dienerin herein und brachte den Gästen Kaffee, Gebäck und Likör.

«Ich nehme an», fuhr die Hausfrau fort, «daß Sie mit Bertram etwas zu bereden haben. Er ist nicht hier, leider, er hat sich auf sein Schloß Wickenburg begeben, um dort nach dem Rechten zu sehen. Eilen Sie ihm nach – Überraschung erhöht die Freude.»

Die Gäste nahmen die Dinge, wie sie kamen; sie vermochten sich nicht mehr zu wundern. Dieses Mal war es Großtante Martha, die das Wort wiederfand.

«Mein armer Kopf», sprach sie, «läßt mich bisweilen im Stich, und die wirre Vielzahl unserer Familie tut das ihre. Wie alt, Herzchen, ist eigentlich Bertram?»

«Er wird morgen dreißig», gab die junge Frau zur Antwort. «So kommt man unversehens in die Jahre.»

Von nun an schwieg Großtante Martha und dankte es ihren Begleitern, daß sie das Gespräch auf schickliche Weise zu Ende brachten. Ein Viertelstündchen später nahm man Abschied von Bertrams Frau.

«Nach Wickenburg!» sprach der Admiral entschlossen; die beiden anderen nickten. Es traf sich günstig, daß der Kutscher das Ziel kannte. In schneller Fahrt rollte der Wagen davon.

«Wenn das so weitergeht», sprach Bruno sinnend, «werden wir Onkel Bertram im Kinderbettchen antreffen.»

Großtante Martha blickte ihn ärgerlich an. «Du abergläubischer Thomas! Ich stecke meinen Kopf dafür ins Wasser, daß Bertram ein guter Fünfziger ist. Er hat es eben verstanden, die Frauen über sein Alter zu täuschen.»

«Das glaube ich auch», pflichtete der Admiral bei. «Ich hatte einmal einen sechzigjährigen Steuermann, der es ärger trieb als der jüngste Matrose. Desgleichen kommt vor.»

«Warten wir ab», meinte Bruno.

Nach einer Stunde Weges erblickten sie von einem kleinen Bergrücken aus ihr Ziel. Das weiße Schloß nahm sich prächtig aus, es lag inmitten eines Parkes, der nicht enden wollte und sich mählich in dichte Wälder verlor. In scharfem Trab ging es auf Schloß Wickenburg zu. Kaum daß der Wagen hielt, liefen Diener herbei und waren den Gästen behilflich. Der Haushofmeister erschien, tat eine tiefe Verneigung und fragte, wen er melden dürfe.

«Verwandte aus Wickenberge», gab Großtante Martha zur Antwort.

«Familienbesuch», rief der Haushofmeister aus. «Das wird den jungen Herrn aufrichtig freuen. Er weilt im Park und verkürzt sich die Zeit mit Bogenschießen. Folgen Sie mir, ich eile ein wenig voraus.»

Sie durchschritten die Halle, überquerten eine herrliche Terrasse und gelangten in den Park. Windspiele jagten über die weite Rasenfläche, Springbrunnen warfen ihre Wasser glitzernd ins Licht, und wohin das Auge blickte, ward es von blühenden Sträuchern und Beeten beglückt. In der Ferne stand ein Jüngling, in weiße Seide gekleidet; er schickte sich soeben an, den Bogen zu spannen, und hielt inne, als der Haushofmeister zu ihm trat.

Die Drei waren stehengeblieben und starrten dem Jüngling entgegen. Indem er sich näherte, erkannten sie ihn. Ja, er war es und war es nicht, es war Onkel Bertram, viel jünger zwar als vor Tagen, doch von vertrauter Ähnlichkeit.

«Ach, ihr seid es!» rief der Jüngling und schüttelte seinen Gästen die Hand. «Wie habt ihr mich denn aufgespürt? Kommt, wir setzen uns auf die Terrasse und plaudern ein bißchen.»

Ganz benommen nahmen die Besucher Platz. «Jetzt bringt man Kaffee, Gebäck und Likör», flüsterte Bruno dem Admiral zu. Und so war es denn auch, nur daß in der frischen Luft die Erfrischungen würziger mundeten.

«Wir waren in Sorge um dich», begann Großtante Martha. «Die ganze Familie erwartet unruhig deine Rückkehr.»

Der Jüngling lehnte sich lächelnd zurück. «Ja, hat sich denn mein Brieflein nicht angefunden?»

«Gewiß doch, aber wer gibt etwas auf solchen Tand! Wir wollten wissen, woran du bist, und setzten uns mitten auf deine Spur, mit Erfolg, wie du siehst. Übrigens hat uns der Weg in die Salzgasse und zum Fischmarkt geführt.»

«Wie nett!» Der Jüngling spreizte die Hand und blickte durch seine Finger in den Himmel. «Dann habt ihr ja manchen Einblick in mein Leben getan. Wißt ihr denn jetzt, um mit dir zu reden, woran ich bin?»

«Du drehst einem das Wort im Leibe um!» gab Großtante Martha zurück. «Ich pflege keinen Unsinn zu sprechen.»

Bruno mischte sich ein: «Nein, wir wissen wirklich nicht, woran wir sind. Wie alt bist du eigentlich, Bertram?»

Der Jüngling seufzte: «Das möchte ich selbst gern wissen. Manchmal ist mir, als sei ich zwanzig, aber bisweilen kommt mir vor, als hätte ich längst die Siebzig überschritten. Ich weiß es nicht.»

«Das Leben ist wunderlich», meinte Bruno, «es läßt sich nicht über einen Leisten scheren.»

Großtante Martha lachte laut. «Über einen Leisten scheren!» rief sie. «Aber über einen Kamm läßt es sich schlagen, wie?»

«Diesmal hast du recht», bekannte Bruno. «Wie ist es, Bertram, kommst du mit? Du bist es der Sippe schuldig, heil und gesund in Wickenberge einzufahren.»

«Ich komme mit.» Onkel Bertram erhob sich. Er sah nicht mehr ganz so jung aus wie vorhin, als er den Bogen spannte, durfte aber für einen Dreißiger gelten.

Während der Fahrt ward wenig gesprochen. Der Tag hatte die Sucher erschöpft, und auch Onkel Bertram schien zu ermatten. Mit der Dämmerung, die sich langsam auf das Land ringsum senkte, alterte sein Antlitz, verlor seine Gestalt Wuchs und Kraft. Ein kurzes Abendbrot schenkte ihm noch einmal die straffen Züge eines Vierzigers; als es verging, ließ es einen Greis zurück. Die Drei blickten bald zu ihm hin, bald einander in die Augen und schwiegen.

In Wickenberge erwartete die Reisenden ein gehöriger Trubel. Späher hatten den Wagen von weitem gesichtet, Tausende strömten ihm entgegen, jauchzten den Heimkehrern zu, luden sie auf die Schultern und trugen sie in die große Speisehalle, denn es war die Stunde des Abendbrotes. Onkel Bertram durfte dem Urgroßvater die Hand geben, eine hohe Auszeichnung, die mit Staunen und Rührung vermerkt wurde. Dann führte man ihn an seinen Tisch, und bald darauf konnte man im ganzen Saal vernehmen, wie der Alte behaglich seine Suppe schlürfte.

Prächtig, daß Onkel Bertram wieder heimgekehrt war! Die ihn aufgespürt hatten, mußten viel Neugier über sich ergehen lassen. Doch sie verrieten nicht, was ihnen der Tag gebracht, sie erfanden irgendeine drollige Geschichte, die dankbar belacht wurde. Nein, die Wahrheit kam nicht über ihre Lippen; wäre es geschehen, so hätte ihnen auf Wickenberge nie wieder jemand ein Wort geglaubt.

Heinz Erhardt

Onkel Harry

Onkel Harry wohnte im achten Stock, weil im siebten schon jemand anders wohnte.

Er hatte eine schöne Wohnung – mit Zimmern drin und Wänden an den Seiten.

Es grenzte aber nicht nur ein Zimmer an das andere, sondern schon fast an Wahnsinn, wie viele Bilder seine Nägel zierten. Auch schöne Radierungen hatte er – besonders in den Geschäftsbüchern, wie er oft scherzhaft zu bemerken liebte.

Von seiner Frau, meiner Tante Luise, sagte er immer, ihre Eltern hätten, als sie noch ein Baby war, sehnsüchtig darauf gewartet, daß sie endlich sprach – nun wartete er ebenso sehnsüchtig darauf, daß sie endlich einmal damit aufhöre! Alle liebten Onkel Harry, weil er humorvoll war, und unzählbar waren seine Freunde, solange er Geld besaß.

Bevor er völlig verarmt in seinem Rauchzimmer – er nannte es so, weil dort der Ofen immer so rauchte – starb, schrieb er doppelzüngig in sein Tagebuch: «Ich hatte mehr Freunde, als ich verdiente . . .!»

James Thurber

Ein Porträt von Tante Ida

Vor kurzem ist drüben im Westen die Tante meiner Mutter, Ida Clemmens, im Alter von einundneunzig Jahren gestorben. Ich erinnere mich gut an sie, obwohl ich lange Zeit nicht an sie gedacht und sie nach meinem zwanzigsten Lebensjahr nie mehr gesehen habe. Ich weiß noch, wie sehr sie Katastrophen liebte, besonders solche von nationaler oder internationaler Bedeutung. Der Untergang der ‹Titanic› war vielleicht die wichtigste Tragödie der Jahre, in denen ich Tante Ida näher kannte. Im Gegensatz zu ihren älteren Schwestern Emma und Clara sah sie in solchen Ereignissen nicht die Rache einer Gottheit, die sich durch der Menschen Gier nach Schnelligkeit und Vergnügungen beleidigt fühlte. Nein, Tante Ida spürte die Ursachen im innersten Kern der Gesellschaftsinteressen auf. Sie weigerte sich beharrlich zu glauben, daß die ‹Titanic› auf einen Eisberg gestoßen war. Wer hatte denn je so etwas gehört! Das war doch nichts als eine fadenscheinige Ausflucht, die man ersonnen hatte, um die Wahrheit zu verschleiern. Wie diese Wahrheit aussah, konnte oder wollte Tante Ida nicht erklären, aber es steckte jedenfalls ein ungeheuerliches Geheimnis dahinter – Verrat, Korruption oder andere finstere Machenschaften. Die Menschen waren nun einmal schlecht. Später ging sie so weit, den Mut der tapferen Männer anzuzweifeln, die bis zuletzt Zigaretten rauchten und lächelnd zum Abschied winkten, als das Schiff in die Tiefe sank. Immer mehr festigte sich Tante Idas Überzeugung, daß die Schiffsoffiziere die meisten Männer hatten erschießen müssen, weil sie sich unbedingt vor den älteren oder weniger anziehenden weiblichen Mitreisenden in die Rettungsboote drängen wollten. Ansehen und Wohlstand führte Tante Ida beharrlich auf Betrug, Verschlagenheit und Gottlosigkeit zurück. Sie liebte das Unenträtselbare und das Ungeklärte. Geheimnisvolle Ereignisse beruhten ihrer Meinung nach darauf, daß in dieser Welt, die wir nicht ganz verstehen und nach Gottes Willen auch niemals verstehen sollen, eine unsichtbare Macht wirkte, eine Macht, die mit Elektrizität und Radio verwandt war – beides schien sie für irgendwie gotteslästerlich zu halten –, eine Macht, die niemals isoliert oder auf ihre Quellen zurückgeführt werden konnte. Diese Macht war verantwortlich für Morde, plötzliches Verschwinden und übernatürliche Erscheinungen. Alle Personen, die in irgendeinem Zusammenhang mit berühmten Prozessen standen, waren in Tante Idas Augen mit einem Makel behaftet. Selbst die Vertreter der Anklage bildeten da keine Ausnahme (Anwälte waren immer ‹gerissene› Leute).

Für Operationen und Leichenschauen zeigte Tante Ida besonderes Interesse, obowhl sie die Meinung vertrat, daß jede Operation unnötig sei und daß eine Leichenschau eher dazu dienen solle, etwas zu vertuschen, als etwas aufzudecken. Sie behauptete steif und fest, daß alle Ärzte die Gewohnheit hätten, durch falsche Angaben über Krankheit und Tod den wahren Sachverhalt zu verschleiern. Auch glaubte sie, viele ihrer Freunde und Verwandten seien bestattet worden, ohne daß man die wirkliche Todesursache in die ‹Bücher› eingetragen habe. Besonders gern erzählte sie eine lange und verwickelte Geschichte von dem Tod einer ihrer Kusinen, einer verheirateten Frau, die nicht älter als fünfundzwanzig geworden war. Tante Ida beteuerte dreißig Jahre lang, es «stecke etwas dahinter» und eines Tages werde ein bestimmter Arzt – ein Mann von bestem Ruf – «die Wahrheit über Ruth» offenbaren, wenn auch vielleicht erst auf seinem Sterbebett. Als er dann starb (natürlich ohne etwas zu beichten), sagte sie nach der Lektüre des Zeitungsberichts, sie habe einige Nächte zuvor von ihm geträumt. Anscheinend hatte er nach ihr gerufen und ihr etwas anvertrauen wollen, aber kein Wort herausgebracht.

Tante Ida hielt sich für überaus hellseherisch veranlagt. Sie empfing Mahnungen und Warnungen, und sie hatte ‹Gefühle›. Es handelte sich dabei ausnahmslos um Hinweise auf das Herannahen von Ungemach, Krankheit oder Tod. Eine Vorahnung, die Gutes verhieß, hatte sie nie. Immer ging es darum, daß Grace Soundso nicht den Mann heiraten würde, mit dem sie verlobt war, oder daß es Mr. Hollowell nicht bestimmt war, von seiner Geschäftsreise nach Südamerika zurückzukehren, oder daß die alte Mrs. Hutchins das Jahr nicht überleben würde (was diese letzte Weissagung betraf, so tippte sie zweiundzwanzig Jahre lang daneben, aber schließlich klappte es dann doch). Die meisten Vorahnungen von finanziellem Ruin und ehelichen Tragödien kamen Tante Ida tagsüber beim Einkaufen oder beim Erbsenpalen; die meisten Ankündigungen von Todesfällen erhielt sie in ihren Träumen. In Ohio paßten die Träume der Frauen aus Tante Idas Generation nicht in das Freudsche System: Sie waren rein prophetischer Natur und handelten von schwarzen oder weißen Leichenwagen, die lautlos durch die Nacht rollten, von Särgen, die aus Häusern getragen wurden, von Grabsteinen mit Namen und Daten darauf und von hochgewachsenen Frauen ohne Gesicht, mit schwarzen Schleiern und Handschuhen. Meistens sagten Tante Idas Träume das Geschick von Frauen voraus, denn was denen geschah, war ihr wichtiger als das, was Männern widerfuhr. Männer hatten sich ihr Unglück für gewöhnlich selbst zuzuschreiben; Frauen hingegen waren meistens die Opfer dunkler und abwegiger Vorgänge, die mehr oder weniger im Übernatürlichen wurzelten.

Die Geburt war für Tante Ida in mancher Hinsicht eine ebenso düstere Angelegenheit wie der Tod. Ihrer Meinung nach waren fast alle Babies ‹unwillkommen›, ganz gleich, was die Eltern oder Angehörigen darüber sagten. Sie glaubte auch, daß die Kinder berühmter Leute und solche von Vettern und Basen ersten, zweiten und dritten Grades idiotisch sein müßten. Starb ein Kind im Säuglingsalter, so schrieb sie das ohne Rücksicht auf die unmittelbare Todesursache seiner Abstammung zu. «In der Familie ist was», pflegte sie mit ihrer besten Beerdigungsstimme zu sagen. Dieses Etwas war ein vages, ominöses Ding, gleichzeitig weit weg und greifbar nahe, nebelhaft und dabei sprungbereit; niemand ahnte, woraus es eigentlich bestand. Eine ihrer Lieblingsvoraussagen war: «Die werden das Kleine niemals großziehen – denkt an meine Worte.» Die Tatsache, daß ‹die› es im allgemeinen doch großzogen, erschütterte Tante Idas Vertrauen zu ihren ‹Gefühlen› nicht im geringsten. Hatte sie von zwanzig Malen einmal recht, so nahm sie das als Beweis für ihre Unfehlbarkeit. Bei der Voraussage des Geschlechts von Ungeborenen behielt sie etwa in der Hälfte der Fälle recht.

Das Leben nach dem Tode war für sie eine Quelle des Kopfzerbrechens, der Besorgnis und des Trostes. Sie glaubte fest daran, daß Verstorbene ‹wiederkehren› könnten, und sie wußte von manchem Haus zu berichten, in dem es spukte – ich weiß noch, daß irgendwo immer Unmengen von Äpfeln die Dachbodentreppe herunterrollten; allerdings wurde nie klar, warum sie das taten. Von Medien und Séancen hielt Tante Ida hingegen gar nichts. Ihrer Meinung nach gingen die Toten lieber in die Häuser zurück, in denen sie gelebt hatten, und wanderten dort durch die Zimmer und Korridore. Vermutlich nahm Tante Ida an, daß sie in leiblicher Gestalt wiederkehrten, vollständig angekleidet, denn sie bezeichnete sie immer nur als ‹Tote›, nie als Geister. Der Grund für diese Wiederkehr war, daß sie irgend etwas nachholen mußten, was sie zu Lebzeiten nicht gesagt oder getan hatten. Obwohl Tante Ida von streng orthodoxen Methodisten abstammte, sympathisierte sie in ihren späteren Jahren mit den verschiedensten Religionen, Aberglauben oder sogar Kulten. Sie fand Geschmack an der Astrologie, der Theosophie und der Lehre von der Wiedergeburt, weil sie sich sagte, daß Leute, die in diesem Leben zu kurz gekommen waren, auf diese Weise noch eine Chance hätten.

Tante Ida rechnete fest damit, daß die Welt jeden Augenblick untergehen könnte. Als im Jahre 1910 der Halleysche Komet erschien, machte sie sich täglich darauf gefaßt, in der Morgenzeitung zu lesen, daß Paris in Flammen aufgegangen und New York in den Ozean gerutscht sei. Diese beiden Städte waren greuliche Schlupfwinkel des Lasters und mußten daher als erste vom Erdboden verschwinden; in den kleineren Städten würde die Zerstörung gemächlicher vor sich gehen, wobei den Frommen und Netten ein respektables, würdiges Ende gesichert war.

Zwei Redewendungen, die Tante Ida besonders liebte, waren: «So was habe ich noch nie gehört» und «Wenn ich auch nie wieder von diesem Stuhl aufstehe . . .» Sie erzählte ihre Geschichten von Tod, Mißgeschick, Kummer und Unheil mit viel Temperament und übertrieb dabei ganz gewaltig. Allerdings geriet sie von Zeit zu Zeit ins Stocken, weil sie nicht fähig war, Namen zu behalten – ich meine ganz einfache Namen wie Joe, Earl, Ned, Harry,

Louise, Ruth oder Bert. Meistens mußte ihr dann jemand den Namen der Kusine dritten Grades (oder wer es sonst war) soufflieren. Dafür hatte sie aber die bewundernswerte Gabe, sich an schwierige Namen zu erinnern, die wir anderen längst vergessen hatten. «Er hat in dem alten Sattlereigeschäft von Schirtzberger & Wallenheim in der Naugthon Street gearbeitet», sagte sie beispielsweise. «Wie hieß er doch bloß?» Und schließlich kam dann heraus, daß es sich um einen gewissen Frank Butler handelte.

Wie ich höre, konnte Tante Ida bis zuletzt ohne Brille lesen und wurde von keiner der üblichen Schwächen des Greisenalters geplagt. Sie litt weder an Verfolgungswahn noch an Gedächtnisschwund, sie schweifte nicht in die Vergangenheit zurück, und sie empfand keine unbegründete Abneigung gegen irgend etwas – es sei denn, daß man ihren wütenden Haß auf Zigaretten so nennen will. Aber ich glaube, in diesem Fall war die Abneigung begründet, denn Tante Ida wußte Geschichten von jungen Männern und sogar von jungen Frauen, die durch den Nikotingenuß an beiden Beinen gelähmt worden waren. Bis zu dem Tag, an dem die alte Dame bettlägerig wurde, pflegte sie ihre Begonien, und kurz bevor sie starb, schrieb sie noch einen Scheck für die Miete aus. Sie war sehr ärgerlich, daß sie nicht aufstehen durfte, und nannte ihren Hausarzt einen Ignoranten. Schließlich mußte sie doch einkaufen, Besuche bei Freundinnen machen und alles mögliche erledigen! Als Verwandte und Bekannte anfingen, sie zu besuchen, war sie empört. Bildeten die sich etwa ein, daß sie ernstlich krank sei? Die alte Mrs. Kurtz, eine zweiundsiebzigjährige Dame, kam am letzten Tag, und als sie fortging, blickte Tante Ida ihr mitleidig nach. «Die arme Cora», sagte sie seufzend, «sie verfällt doch zusehends, nicht wahr?»

Leo Slezak

Unsere Großmama

Sie heißt Antonie, wird aber respektlos und schlicht Tonerl genannt.

Die Kinder heißen sie: «O».

Abgeleitet von «Oma».

Seit vielen Jahren lebt sie in meinem Hause und ist achtundachtzig Jahre alt.

Ein geliebter Hausgenoß.

Wir können uns das liebe, gute Gesicht von unserem Tische gar nicht wegdenken.

Unsere O ist ein Original, von einer Urwüchsigkeit, die es heute nicht mehr gibt, einem gottbegnadeten Humor, und jetzt noch, in diesem hohen Alter, von geradezu verblüffender Schlagfertigkeit.

Sie ist meine Schwiegermutter, aber keine von denen, die in Couplets und Witzblättern gebrandmarkt werden, sondern eine gute, vernünftige.

Allerdings sind diese guten Eigenschaften, dank meines geradezu genialen Talentes, Schwiegermütter zu formen, zum größten Teile anerzogen.

Am frühen Morgen, wir waren ganz jung verheiratet, war sie schon da, um nach dem Rechten zu sehen und mit dem Personal Stunk zu machen.

Sie stierlte in allen Kasteln und Winkeln herum, fand immer etwas Beanstandenswertes, zog da und dort einige zur Seite gebrachte Eier, Butter, Kaffee oder Zucker heraus, kam selig entrüstet zu unseren Betten und teilte uns aufgeregt die Ergebnisse ihrer Forschungsarbeit mit.

Wenn ich nicht sofort energisch abgewinkt hätte, wären wir in der angenehmen Lage gewesen, dreimal täglich das Personal wechseln zu müssen.

Nun setzte meine Erziehung ein.

Mitten in den Frührapport mit seinen Anklagen und beigebrachten corpora delicti sagte ich sanft: «Liebe Mutter, das interessiert uns nicht, Schluß!»

Die ersten Male war sie beleidigt und meinte, es wäre ja nicht ihr Geld, es sei ihr wurscht, und rauschte von hinnen. Als dann jeder weitere Vorstoß in gleicher, männlich fester Weise abgewiesen wurde, sie die Zwecklosigkeit ihrer Spähunternehmungen einsah – einsah, daß uns der Verlust einiger Eier oder sonstiger Fressalien lieber war, als der des häuslichen Friedens, gab sie es auf.

Das heißt, sie stierlte weiter, teilte aber das Resultat nicht mehr uns, sondern den Verwandten mit, um sich Erleichterung zu verschaffen.

Als ich um Liesi freite, wußte ich, dank Tonerls Sprunghaftigkeit, niemals, ob ich noch verlobt bin oder nicht.

Man nennt die Brautzeit die schönste Zeit im Leben eines Sterblichen.

Das ist ein holdes Märchen.

Die meine war es nicht.

Mein Brautstand war ein Martyrium.

Märtyrer, wie etwa der heilige Sebastian – das ist der mit den vielen Pfeilen überall, waren Lebemänner gegen mich.

In diesen sechs Wochen, von der offziellen Verlobung bis zur Hochzeit, bekam ich mindestens zehn Absagebriefe.

Zum Glück traf es sich immer so, daß, wenn meine Braut abschrieb – Mama dagegen war und ihrer Tochter sagte: «So etwas macht man nicht, wenn man sich mit jemandem verlobt, dann nimmt man ihn auch.»

Ihre Einwendungen, ich sei zu wenig ernst und sie könne sich nicht entschließen, zerstreute sie mit dem Trost, daß ich mit jedem Tag älter werde und ernster.

War dieses Unheil abgewendet, bekam ich von Mama einen Brief, in dem sie schrieb, sie habe in der Elektrischen gehört, daß ich ein Hallodri bin, gegen den Casanova als ein Trappistenmönch anzusprechen ist, und die Verlobung sei gelöst.

Ich stürzte zu meiner Braut, wusch mich rein und gelobte, daß ich, bevor ich sie kennenlernte, überhaupt nicht gewußt habe, daß es zweierlei Geschlechter gibt.

Davon überzeugt, sagte sie ihrer Mutter, daß sie mich doch nimmt, denn ich sei unschuldig und das Opfer eines Tratsches in der Elektrischen.

So ging das fort.

Auch die Besuche als Bräutigam waren nicht sehr erbaulich.

Nie ließ man uns allein, immer saß Mama dabei, und war sie einmal nicht da, mußte ihre Schwester den Elefanten machen, um das Dekorum zu wahren.

Abends um dreiviertel zehn wurde mir mein Hut aufgestülpt und ich an die Luft gesetzt.

Daß immer etwas gegen mich vorlag, dafür sorgten schon die guten Nachbarn, Kollegen und Bekannten.

Wenn diese leckere Brautzeit noch länger gedauert hätte, wäre ich grinsendem Irrsinn verfallen.

Aber nichts dauert ewig, endlich war der Tag da, an dem ich meine Liesi endgültig bekam, nicht mehr weggeschickt werden konnte und diese wunderbare Brautzeit ein Ende hatte.

In Bälde hatte ich mich mit Mama so angefreundet, daß sie sogar bei Streitigkeiten, die besonders in der ersten Zeit der Ehe wegen der nichtigsten Sachen an der Tagesordnung sind, immer meine Partei nahm.

Sie hat eingesehen, daß sie mit mir als Schwiegersohn einen Haupttreffer gemacht, das heißt, ich habe es ihr so lange suggeriert, bis sie es glaubte.

Während unserer vielen Gastspielreisen in Europa führte uns Mama das Hauswesen, betreute die Kinder, die wir unter ihrer Obhut wohl geborgen wußten.

Tonerl war in ihrer Jugend eine große Schönheit, und erzählte gerne davon.

Besonders schilderte sie in den lebendigsten Farben, was sie für schöne Kleider hatte, beschrieb diese bis in die kleinsten Details, zählte alle Rüscherln und Ajourbesätze auf, und freudig bewegt hob sie hervor, wie sich die Weiber gegiftet haben, wenn die schöne Toni in ihrem Phaethon saß und diesen mit fester Hand lenkte.

Hinten saß ein Groom, ein in eine knallige Livree gesteckter Bauernjunge, der mußte die Hände übereinandergeschlagen haben und durfte nichts reden, damit man nicht gleich den Dorftrottel in ihm entdeckte.

Sie hatte die dünnste Wespentaille von ganz Wien, erzählte sie stolz.

«Ich hab mich aber auch zusammengeschnürt, daß ich oft ohnmächtig geworden bin», unterstrich sie als besonderes Verdienst.

Ein Besuch der Oper oder des Burgtheaters hatte immer sehr bald ein Ende gefunden, weil sie so zusammengeradelt war, daß ihr schon während des ersten Aktes schlecht wurde.

Außerdem hatte sie viel kleinere Schuhe, als ihre, wie sie sagte, berühmt kleinen Füße waren.

Sie zog sie aus, wenn der Akt begann, und fand sie nicht, wenn es im Theater wieder licht wurde.

Da mußte der liebe, gute Papa im Frack am Fußboden herumkriechen und Tonerls Schucherln suchen.

Nach ihren Erzählungen hatte ihr verstorbener Gatte nichts zu lachen.

Es war ein unsagbar gütiger, hochgebildeter Mann, der sechs Sprachen sprach und infolge seines Wissens als Konversationslexikon benutzt werden konnte.

Aber alle Bemühungen, seiner Toni etwas von seinen Kenntnissen abzugeben, scheiterten an ihrer hemmungslosen Unbelehrbarkeit.

Sie nannte ihren Gatten Huber.

Das kam so: Die Verwandten in Paris schrieben ihm immer: cher Guillaume.

Aus Guillaume machte sie erst Giderl.

Dann nannte sie ihn – Gidlhuber.

Endlich ließ sie das Gidl weg und er wurde Huber.

Sie führte ein strenges Regiment und war infolge ihres hochentwickelten Mangels an pädagogischer Begabung mit den Buben immer auf Kriegsfuß.

Vier Kinder hatte sie, zwei Knaben und zwei Mädchen.

Die Mädchen waren ihre Lieblinge, sie wurden verhätschelt, wie die Affen mit Bändern und Schleifen aufgeputzt, litten unter ununterbrochenem Gekämmtwerden und Aufpassen, mußten immer stillsitzen, um ja nichts von diesem Glanz zu zerdrücken. Sie wurden bei jeder Gelegenheit den Buben vorgezogen, was deren Neid erregte.

Kinderschlachten waren an der Tagesordnung, dazwischen stand der gute Hubersmann, wie er von den Kindern genannt wurde, und sollte auf Tonerls Befehl Ordnung schaffen.

Trotz der Häufigkeit der Kämpfe konnte sich dieser vornehme Mann an die Krachs am laufenden Band nicht gewöhnen und litt Qualen.

Als ihre zweite Tochter auch wegheiratete, kam sie zu mir in mein Haus und ist für uns alle eine Quelle von Frohsinn und Heiterkeit.

Sie ist die Zielscheibe aller Scherze, besonders die der Kinder, und auch für mich.

Ich habe sie durch Liebe und richtige Behandlung gezähmt.

Hie und da hatte sie, vor vielen Jahren allerdings, noch urwüchsige Anfälle, die aber immer seltener wurden, und auf einmal war sie die gute, liebe und brave O.

Mein Verdienst.

Ihre ungeschminkte Art, sich zu geben, ihre urwienerische Ausdrucksweise waren köstlich, und ich will einige kleine Proben folgen lassen.

Mein Greterl war zwölf Jahre alt und angefüllt mit fanatischer Liebe zur Musik, in der sie im Elternhaus aufgewachsen ist. Jede Opernvorstellung, in die sie gehen durfte, war ein Erlebnis.

Als wir wieder einmal auf Reisen waren, ging sie mit ihrer O in Tristan.

Die arme, alte Dame saß verständnislos da und langweilte sich zum Auswachsen.

Als im zweiten Akt das herrliche Duett: «Sink hernieder, Nacht der Liebe» erklang und mit gehauchtem Pianissimo gesungen wurde, sagte sie ganz laut: «Gredl, morgen nimm ich a Bad!»

Weinend erzählte das Kind uns dann, wie sie sich genierte, die Leute um sie herum haben Pst! gerufen, sie sei aus allen Himmeln gerissen worden – ach und es war so schön!

Als Backfisch war sie eines Abends in Gesellschaft und kam um zehn Uhr heim.

Auf ihrem Nachtkästchen fand sie einen Zettel: Es ist jetzt zwei Uhr nachts – Gretti. – Ich war da. – Du noch nicht! – O.

Es war der 18. August – mein Geburtstag.

Große Gratulationscour.

Die Kinder festlich geschmückt – sie die Haare mit Zuckerwasser eingedreht, in weißem Kleidchen, er im blütenweißen Matrosenanzug –, kamen mit Blumen und einem geschriebenen Wunsch herein und sagten die von meiner Frau einstudierten Verse unter Tränen auf, weil sie sonst meist steckenblieben und in ihrer Not zum Heulen Zuflucht nahmen.

Diese Geburts- und Namenstage vorzubereiten, war nicht so einfach.

Erstens mußte gedichtet werden.

Viermal im Jahr ein Gedicht – und man wollte doch immer etwas Neues sagen.

Als die Kinder noch ganz klein waren, war es nicht so kompliziert:

Ich bin klein, mein Herz ist rein, und ich gehöre meiner Mami ganz allein.

Aber später, als man an ihre geistigen Fähigkeiten höhere Anforderungen stellte, wurden die Gedichte länger, um endlich in ganze Eposse auszuarten.

Liesi machte es sich leicht, indem sie aus einem Wunschbuch die auf das Fest passenden Reime abänderte. Ich aber mußte ganze Arbeit leisten und Geistesblitze in die Wünsche weben.

Wochen vorher saß ich schon da und dichtete.

Das mußten dann die Kinder lernen, und waren diesem Lernen abhold.

Das Kinderfräulein stürzte herein und beschwerte sich, daß Walter seinen Wunsch für die Mami nicht lernen wolle.

Ein strenges Gericht setzte ein, man appellierte an seine Kindesliebe und machte alle möglichen Versprechungen, was er kriegen werde, wenn er gut gelernt hat.

Das geschah natürlich alles geheim.

Mit vielem Feingefühl mußte man die Krachs im Kinderzimmer überhören und durfte nicht fragen.

Wenn dann der Tag da war, die Lieben stotternd vor uns standen und man ihnen den ganzen Wunsch soufflieren mußte, nahm man sich immer vor, den Kindern diese Qual zu ersparen.

Aber wenn so ein Fest wieder in die Nähe kam, begann das Dichten und der Jammer von neuem.

Eines Tages streikten unsere Sprößlinge und erklärten, jetzt seien sie schon erwachsen und wollten sich auf einen selbstgewählten Dialog mit einem Bussi und Überreichung der Blumenspende beschränken.

Auch das Schreiben des Wunsches auf dem mit Blumen geschmückten Wunschpapier war eine aufreibende Sache.

Viele dieser Wunschpapiere wurden wegen schlechter Schrift und Tintenklecksen weggeworfen, bis endlich eines halbwegs würdig ausfiel.

Dann kam meist Greterl als Sprecherin, die fügsamer und fleißiger war als er, sagte die längsten Gedichte auf; Walter stand immer nur dabei und schloß sich seiner geehrten Vorrednerin an.

Entzückend war diese Zeit, die uns mit Helgalein, unserem Enkelkind, noch einmal geschenkt wurde.

Aber ich schwelge in Kindererinnerungen und will doch von unserer Großmama sprechen.

Nachdem die Wunschfolter absolviert war, gratulierte die O und überreichte mir eine dicke, silberne Bauernuhrkette als Geburtstagsgeschenk.

Ich dankte und sagte vorwurfsvoll: «Aber Mutterl, da hast du wieder viel Geld für mich ausgegeben, was hat denn die Kette gekostet?»

«Das sage ich dir nicht, denn wenn man etwas schenkt, sagt man nicht den Preis von dem Geschenk. Merk dir das!»

«Na Mutterl – dafür hast du wenigstens zwei Mark ausgegeben.»

«Ja freilich, dir gebens die Silberketten um zwei Mark. Zwölf Mark fuffzig habe ich gezahlt!»

Mit meinem Buben gab es immer Turniere zu jeder Tageszeit.

Er war sechzehn Jahre alt und benutzte die Abwesenheit seiner Eltern zum Ausfliegen.

Aber die O war immer hinterher und bei Walter, dem Roué, nicht beliebt.

Stets hatte er vielerlei Einfälle zur Hand, um sie zu täuschen und abzufahren.

Er versteckte seinen Smoking und alles, was dazugehört, in einem Paket unter dem Billard, legte sich ins Bett, machte auf sittsames Enkelkind und sagte der lieben O zärtlich gute Nacht.

Die liebe, gute O, die überall einen Braten roch, ließ ihr Forschertrieb nicht schlafen, sie erhob sich still von ihrem Pfühl, ging fahnden und entdeckte den Abendanzug.

Walters Enttäuschung war groß, als er diesen nicht fand. Er knirschte mit den Zähnen, war wütend, aber es nützte nichts, er mußte daheimbleiben und seine Abenteuer liquidieren.

Walter kam zum Film.

Es war Inflation, und ein englisches Pfund oder ein Dollar bedeutete ein Vermögen.

Da brachte er einmal aus dem Atelier Theatergeld nach Hause mit, auf dem zehn Pfund, fünf Pfund und ebenso Dollars aufgedruckt war.

Davon hatte er ein ganzes Paket und zeigte es stolz seiner Großmutter.

«Da schau her, O, was ich habe – ich bin ein reicher Mann. Aber ich beschwöre dich, sage kein Wort davon dem Papa, denn er nimmt es mir weg und legt es auf die Sparkasse.»

«Was fällt dir ein, kein Wort kommt über meine Lippen», versicherte sie mit treuherzigem Augenaufschlag.

Sie besah sich die Scheine, zählte sie ungefähr zusammen und stürzte schnurstraks zu mir ins Herrenzimmer: «Du Leo, der Bua hat a Massa Geld, lauter Pfund und Dollar, nimm ihm's weg, sonst verputzt er's mit die Weiber.»

«Aber Mutterl», beruhigte ich sie, «das ist ja wieder so ein Gspaß von dem Buben, das ist ja Theatergeld, wertloses Papier.»

«So ein Lausbub, ein miserabliger, der kriegt jetzt ein paar Trachteln!»

Unsere O war neugierig, sehr neugierig, und das in einem Ausmaße, daß es schon pathologisch wirkte.

Auf diese Neugierde waren alle Verhohnepipelungen aufgebaut.

Greterl sagte ihr zum Beispiel: «O, ich möchte dir gerne etwas anvertrauen, aber du erzählst ja alles den Eltern, ich traue mich nicht.»

Da bettelte und bat die Mutter: «Geh, sag mir's, ich sag nichts, ich schwör dir's, wie das Grab werde ich schweigen. Du kennst mich doch!»

Greterl ließ sie lange zappeln und sagte ihr dann irgend etwas ganz Belangloses oder erzählte ihr irgendeinen haarsträubenden

Roman, bis sie merken mußte, daß sie zum besten gehalten wurde.

Walter wurde Filmstar in Berlin und benutzte jede freie Zeit, um uns in Wien zu besuchen.

Bei seiner Abreise gab er O eine fest zugeknotete Schachtel mit der Bitte, ihm diese aufzubewahren, aber nichts den Eltern zu sagen, denn sie beinhalte ein Geheimnis.

«Aber bitte, liebe O – nicht aufmachen», sagte er dringend.

«Walter, wo denkst du hin – kennst du mich von dieser Seiten?»

«Hauptsächlich Papa darf von der Existenz dieser Schachtel nichts ahnen – versprich es mir!»

«Nein, nein, du kannst dich auf mich verlassen, so wie ich's krieg, so hebe ich dir's auf.»

Beim Abschied flüsterte er mir ins Ohr: «Papa, ich werde noch nicht unten beim Wagen sein, wird die O schon hüpfen.»

Richtig, wir stehen beim Fenster, um ihm zuzuwinken, er steigt in sein Auto – auf Monatsraten, die er nie einhielt – da kommt schon die O fauchend herein und gellt: «So ein Lausbub, gibt mir eine Schachtel zum Aufbewahren, schnürt sie zusammen, daß man die Knöpf nicht aufkriegt, drinnen sind wieder drei Schachteln, alle fest zugebunden, und in der letzten liegt ein Zettel – da schau her:

Wer ist neugierig?

Unsere O!

Wer verklatscht den lieben Walter? –

Unsere O!

Pfui, O!

Sie war kaum zu beruhigen, ich mußte ihr versprechen, daß ich dem Knaben bei seinem nächsten Besuche ein paar Ohrfeigen gebe.

Eine Mahlzeit an unserem Tisch war ein Theater für sich, wenn die Kinder zu Hause waren.

Die arme O wurde besonders von Walter aufs Korn genommen, so daß ich oft meine kümmerliche Autorität ins Treffen führen mußte, um ihn zu zügeln.

Älter geworden, wurde sie schwerhörig.

Das heißt, verlassen konnte man sich nicht darauf, denn wenn sie etwas nicht hören sollte, hörte sie gut, auch wenn wir noch so leise sprachen.

Weil sie von dem Buben immer gefrozzelt wurde, war sie gegen ihn ablehnend und mißtrauisch.

Da sagte ihr Walter: «Großmama, sei nicht unwirsch – sei wirsch, du schaust drein, wie der grimme Hagen.»

Wütend stand sie auf und kam Klage führen.

«Leo, der Bua hat grüner Hagen zu mir gesagt, du mußt ihm das verbieten, das ist sicher wieder eine Beleidigung!»

Ein andermal flüsterte er ihr ins Ohr: «O, der Papa läßt dir sagen: Honny soit, qui mal y pense.»

«Er mi a!» war ihre Antwort.

Jedes Jahr im Mai machte sie ihre einzige Reise.

Mit dem Schlafwagen nach München und dann mit dem Auto nach Egern.

Wochen vorher war sie schon aufgeregt und mußte beruhigt werden.

Walter sagte bei Tisch: «Der Fahrplan ist geändert, der Zug geht nur bis San Francisco.»

Entsetzt rief sie aus: «Jessas, da muß ich ja umsteigen!»

Walter war daheim, sein Urlaub war zu Ende.

Sie fragte: «Wo fahrst denn hin?»

«Nach Amerika, Großmutter!»

«Aber gelt, zum Nachtmahl bist wieder da?» –

Wenn es einmal zu dick kam, fragte sie meine Frau: «Is wahr, Liesi?»

«Ja, Mutterl.»

Ihre Liesi war für sie die höchste Instanz, die einzige, die sie immer bei all den Uzereien in Schutz nahm und unseren Humor etwas eindämmte.

Sie weiß nicht, wie alt sie ist.

Mit ihren achtundachtzig Jahren seufzte sie, daß sie schon alt sei und es bald dahin gehe.

Da wende ich immer ein: «Aber Mutterl, bu bist ja noch jung, du bist ja erst siebzig, das ist doch gar kein Alter.»

«Wieso bin ich siebzig?»

«Also paß auf: Du bist im zweiundfünfziger Jahr geboren, dividiert durch neun bleibt fünfunddreißig, mal zwei ist siebzig.»

«Is wahr, Liesi?»

«Ja, Mutterl.»

«Jessas, siebzig Jahr bin ich schon? Schrecklich!»

Wenn man älter wird, stellen sich allerlei Beschwerden ein, die stören.

Man wird zum Hypochonder.

Wahllos schluckt man alle Medizinen, die man von Bekannten und Verwandten empfohlen bekommt.

So auch unsere O.

Gottlob ist sie kerngesund, jammert aber unentwegt, daß es ihr überall weh tut.

Unser Hausarzt, der sie kennt, geht auf alles ein, hört aufmerksam ihre Klagen an, verschreibt ihr recht lange Rezepte, harmlos und nichtssagend, und versichert, daß es darauf bestimmt besser werden wird.

Dann ist sie zufrieden.

Einmal klagte sie wieder über irgendein eingebildetes Leiden, und der Doktor wurde gerufen.

Er war verreist, es kam sein Vertreter.

Wütend kam sie zu Tisch und berichtete: «Einen neuen Doktor haben sie mir geschickt – der Trottel darf mir nicht mehr herein!»

«Warum denn, Mutterl?»

«Er hat gesagt, es fehlt mir nix!»

Möge es die Vorsehung fügen, daß der Doktor noch lange sagen kann, es fehle ihr nichts, und daß unsere geliebte O noch viele Jahre gesund erhalten bleibt.

Der bunte Alltag

Chlodwig Poth

Szenen einer Ehe

DAS HÄLTSTE DOCH IM KOPP NICHT AUS! WANN HABE ICH HIER SCHON MAL MEINEN WILLEN DURCHSETZEN KÖNNEN?
DAS IST JA EBEN DIE RAFFINESSE! DU GIBST IMMER NACH UND WIRFST MIR DAS HINTERHER VOR UND PFLANZT MIR DAMIT EIN SCHLECHTES GEWISSEN EIN. SO BEHERRSCHST DU MICH.
ICH BEHERRSCHE DICH, JAWOLL! DEIN SCHLECHTES GEWISSEN IST DOCH NUR EINE NEUE WAFFE, MIT DER DU AUF MICH EINSCHLÄGST. SO ISSES DOCH.
RIIINING
UND WIEDER KRIEGT MAN EIN SCHULDGEFÜHL EINGEIMPFT. IMMER DRUFF! IST JA EGAL, WO ICH DIE LUFT ZUM ATMEN HERNEHME.

'N ABEND GENOSSEN. KOMMT JHR MIT INS KINO? BERGMANN: SCENEN EINER EHE.
AAUUUUUU!
GOTT IM HIMMEL! WAS HAT ER DENN?

DAS WILL ICH DIR SAGEN: SEIT 3 STUNDEN LÄUFT HIER EINE EHESCENE, NUR WEIL ICH ZU ÄUßERN WAGTE, ICH WILL DIE SCENEN EINER EHE NICHT SEHEN, DIE HABE ICH SELBER STÄNDIG ZU HAUSE.

Kurt Tucholsky

Herr Wendriner erzieht seine Kinder

«. . . Nehm Sie auch noch 'n Pilsner? Ja? Ober! Ober, Himmelherrgottdonnerwetter, ich rufe hier nu schon ne halbe Stunde – nu kommen Se doch ma endlich her! Also zwei Pilsner! Was willst du? Kuchen? Du hast genug Kuchen. Also zwei Pilsner. Oder lieber vielleicht – na, is schon gut. Junge, sei doch mal endlich still, man versteht ja sein eignes Wort nicht. Du hast doch schon Kuchen gegessen! Nein! Nein. Also, Ober: noch'n Apfelkuchen mit Sahne. Wissen Se, was einem der Junge zusetzt! Na, Max, nu geh spielen! Hör nicht immer zu, wenn Erwachsene reden. Zehn wird er jetzt. Ja, also ich komme nach Hause, da zeigt mir meine Frau den Brief. Wissen Sie, ich war ganz konsterniert. Ich habe meiner Frau erklärt: So geht das auf keinen Fall weiter! Raus aus der Schule – rein ins Geschäft! Max, laß das sein! Du machst dich schmutzig! Der Junge soll den Ernst des Lebens kennenlernen! Wenn sein Vater so viel arbeitet, dann kann er auch arbeiten. Wissen Se, es is mitunter nicht leicht. Dabei sieht der Junge nichts andres um sich herum als Arbeit: morgens um neun gehe ich weg, um halb neun, um acht – manchmal noch früher – abends komme ich todmüde nach Hause . . . Max, nimm die Finger da raus, du hast den neuen Anzug an! Sie wissen ja, die große Konjunktur in der Zeit, das war im Januar, dann die Liquidation – übrigens: glauben Sie, Fehrwaldt hat bezahlt? 'n Deubel hat er! Ich habe die Sache meinem Rechtsanwalt übergeben. Der Mann ist nicht gut, glauben Sie mir! Ja, also mein Ältester ist jetzt nicht mehr da. Max, laß das! Angefangen hat er bei . . . Also hören Sie zu: ich hab ihn nach Frankfurt gegeben, zu S. & S. – kennen Sie die Leute auch? – und da hat er als Volongtär angefangen. Ich hab mir gedacht: So, mein Junge, nu stell dich mal auf eigne Füße und laß dir mal den Wind ein bißchen um die Nase wehn – Max, tu das nicht! – jetzt werden wir mal sehn. Meine Frau wollte erst nicht – ich bin der Auffassung, so was ist materiell und ideell sehr gut für den Jungen. Er liest immer. Max, laß das! Ich habe gesagt: Junge, treib doch Sport! Alle deine Kameraden treiben Sport – warum treibst du keinen Sport? Ich komme ja nicht dazu, mit ihm hinzugehn, mir täts ja auch mal sehr gut, hat mir der Arzt gesagt, aber er hat in Berlin doch so viel Möglichkeiten! Max, laß das! Was meinen Sie, was der Junge macht? Er fängt sich was mit einer Schickse an aus einem Lokal; nem Büfettfräulein, was weiß ich! Max, was willste nu schon wieder? Nein, bleib hier! Du sollst hierbleiben! Max! Max! Komm mal her! Du sollst mal herkommen! Max, hörst du nicht? Kannst du nicht hören? Du sollst mal herkommen! Hierher sollst du kommen! Komm mal her! Hierher. Was hast du denn? Sieh dich vor! Jetzt reißt der Junge die Decke . . . ei weh, der ganze Kaffee auf Ihre Hose! Kaffee macht keine Flecke. Du dummer Junge, warum kommst du auch nicht gleich, wenn man dich ruft! Jetzt haste den ganzen Kaffee umgeworfen! Setz dich hin! Jetzt gehste überhaupt nicht mehr weg! Setz dich hin! Hier setzte dich hin! Nicht gemuckst! Gießt den ganzen Kaffee um! Hier – hasten Bonbon! Nu sei still. Ja – er war schon immer so komisch! Bei seiner Geburt habe ich ihm ein Sparkassenkonto angelegt – meinen Sie, er hats einem gedankt? Schule – das wollt er nicht! Aber Theater! Keine Premiere hat er versäumt, jede Besetzung bei Reinhardt wußte er, und dann Film . . . Nee, wissen Se, das war schon nicht mehr schön! Ja, nu hat er mit der . . . em . . . Max, sieh mal nach, ob da vorne die Lampen schon angezündet sind! Aber komm gleich wieder! Mit dieser Schickse geht er los! Natürlich kostet das 'n Heidengeld, können Se sich denken! Nu, es sind da Unregelmäßigkeiten vorgekommen – ich hab ihn wegnehmen müssen, und jetzt ist er in Hamburg. Ach, wissen Se, ich hab schon zu meiner Frau gesagt: Was hat einem der liebe Gott nicht zwei Mädchen gegeben! Die zieht man auf, zieht sie an, legt sie abends zu Bett, und zum Schluß werden sie verheiratet. Da hat man keine Mühe. Und hier! Nichts wie Ärger! Max! Max! Wo bloß der Junge bleibt! Max! Wo warst du denn so lange? Setz dich hierhin! Der Junge ist noch mein Grab – das sage ich Ihnen. Kommen Se, es ist kalt, wir wollen gehn.

Ich frage mich bloß eins: diese Unbeständigkeit, diese Fahrigkeit, diese schlechten Manieren – von wem hat der Junge das –?»

Heinrich Böll

Unberechenbare Gäste

Ich habe nichts gegen Tiere, im Gegenteil: ich mag sie, und ich liebe es, abends, das Fell unseres Hundes zu kraulen, während die Katze auf meinem Schoß sitzt. Es macht mir Spaß, den Kindern zuzusehen, die in der Wohnzimmerecke die Schildkröte füttern. Sogar das kleine Nilpferd, das wir in unserer Badewanne halten, ist mir ans Herz gewachsen, und die Kaninchen, die in unserer Wohnung frei herumlaufen, regen mich schon lange nicht mehr auf. Außerdem bin ich gewohnt, abends unerwarteten Besuch vorzufinden: ein piepsendes Küken oder einen herrenlosen Hund, dem meine Frau Unterkunft gewährt hat. Denn meine Frau ist eine gute Frau, sie weist niemanden von der Tür, weder Mensch noch Tier, und schon lange ist dem Abendgebet unserer Kinder die Floskel angehängt: Herr, schicke uns Bettler und Tiere.

Schlimmer ist schon, daß meine Frau auch Vertretern und Hausierern gegenüber keinen Widerstand kennt, und so häufen sich bei uns Dinge, die ich für überflüssig halte: Seife, Rasierklingen, Bürsten und Stopfwolle, und in Schubladen liegen Dokumente herum, die mich beunruhigen: Versicherungs- und Kaufverträge verschiedener Art. Meine Söhne sind in einer Ausbildungs-, meine Töchter in einer Aussteuerversicherung, doch können wir sie bis zur Hochzeit, oder bis zur Ablegung des zweiten Staatsexamens weder mit Stopfwolle noch mit Seife füttern, und selbst Rasierklingen sind nur in Ausnahmefällen dem menschlichen Organismus zuträglich. So wird man begreifen, daß ich hin und wieder Anfälle leichter Ungeduld zeige, obwohl ich im allgemeinen als ruhiger Mensch bekannt bin. Oft ertappe ich mich dabei, daß ich neidisch die Kaninchen betrachte, die es sich unter dem Tisch gemütlich machen und seelenruhig an Mohrrüben herumknabbern, und der stupide Blick des Nilpferds, das in unserer Badewanne die Schlammbildung beschleunigt, veranlaßt mich, ihm manchmal die Zunge herauszustrecken. Auch die Schildkröte, die stoisch an Salatblättern herumfrißt, ahnt nicht im geringsten, welche Sorgen mein Herz bewegen: die Sehnsucht nach einem frisch duftenden Kaffee, nach Tabak, Brot und Eiern und der wohligen Wärme, die der Schnaps in den Kehlen sorgenbeladener Menschen hervorruft. Mein einziger Trost ist dann Bello, unser Hund, der vor Hunger gähnt wie ich. Kommen dann noch unerwartete Gäste: Zeitgenossen, die unrasiert sind wie ich, oder Mütter mit Babies, die mit heißer Milch getränkt, mit aufgeweichtem Zwieback gespeist werden, so muß ich an mich halten, um meine Ruhe zu bewahren. Aber ich bewahre sie, weil sie fast mein einziger Besitz geblieben ist.

Es kommen Tage, wo der bloße Anblick frischgekochter, gelber Kartoffeln mir das Wasser in den Mund treibt; denn schon lange – dies gebe ich nur zögernd und mit heftigem Erröten zu – schon lange verdient unsere Küche die Bezeichnung bürgerlich nicht mehr. Von Tieren und von menschlichen Gästen umgeben, nehmen wir nur hin und wieder, stehend, eine improvisierte Mahlzeit ein.

Zum Glück ist meiner Frau nun für längere Zeit der Ankauf von unnützen Dingen unmöglich gemacht, denn wir besitzen kein Bargeld mehr, meine Gehälter sind auf unbestimmte Zeit gepfändet, und ich selbst bin gezwungen, in einer Verkleidung, die mich unkenntlich macht, in fernen Vororten Rasierklingen, Seife und Knöpfe in den Abendstunden weit unter Preis zu verkaufen; denn unsere Lage ist bedenklich geworden. Immerhin besitzen wir einige Zentner Seife, Tausende von Rasierklingen, Knöpfe jeglichen Sortiments, und ich taumele gegen Mitternacht heim, suche Geld aus meinen Taschen zusammen: meine Kinder, meine Tiere, meine Frau umstehen mich mit glänzenden Augen, denn ich habe meistens unterwegs eingekauft: Brot, Äpfel, Fett, Kaffee und Kartoffeln, eine Speise übrigens, nach der Kinder wie Tiere heftig verlangen, und zu nächtlicher Stunde vereinigen wir uns in einem fröhlichen Mahl: zufriedene Tiere, zufriedene Kinder umgeben mich, meine Frau lächelt mir zu, und wir lassen die Tür unseres Wohnzimmers dann offenstehen, damit das Nilpferd sich nicht ausgeschlossen fühlt, und sein fröhliches Grunzen tönt aus dem

Badezimmer zu uns herüber. Meistens gesteht mir dann meine Frau, daß sie in der Vorratskammer noch einen zusätzlichen Gast versteckt hält, den man mir erst zeigt, wenn meine Nerven durch eine Mahlzeit gestärkt sind: schüchterne, unrasierte Männer nehmen dann händereibend am Tisch Platz, Frauen drücken sich zwischen unsere Kinder auf die Sitzbank, Milch wird für schreiende Babies erhitzt. Auf diese Weise lerne ich dann auch Tiere kennen, die mir ungeläufig waren: Möwen, Füchse und Schweine, und einmal war es ein kleines Dromedar.

«Ist es nicht süß?» fragte meine Frau, und ich sagte notgedrungen, ja, es sei süß und beobachtete beunruhigt das unermüdliche Mampfen dieses pantoffelfarbenen Tieres, das uns aus schiefergrauen Augen anblickte. Zum Glück blieb das Dromedar nur eine Woche, und meine Geschäfte gingen gut: die Qualität meiner Ware, meine herabgesetzten Preise hatten sich rundgesprochen, und ich konnte hin und wieder sogar Schnürsenkel verkaufen und Bürsten, Artikel, die sonst nicht sehr gefragt sind. So erlebten wir eine gewisse Scheinblüte, und meine Frau – in völliger Verkennung der ökonomischen Fakten – brachte einen Spruch auf, der mich beunruhigte: «Wir sind auf dem aufsteigenden Ast.» Ich jedoch sah meine Seifenvorräte schwinden, die Rasierklingen abnehmen, und nicht einmal der Vorrat an Bürsten und Stopfwolle war mehr erheblich.

Gerade zu diesem Zeitpunkt, wo eine seelische Stärkung mir wohlgetan hätte, machte sich eines Abends, während wir friedlich beisammen saßen, eine Erschütterung unseres Hauses bemerkbar, die der eines mittleren Erdbebens glich: die Bilder wackelten, der Tisch bebte, und ein Kranz gebratener Blutwurst rollte von meinem Teller. Ich wollte aufspringen, mich nach der Ursache umsehen, als ich unterdrücktes Lachen auf den Mienen meiner Kinder bemerkte. «Was geht hier vor sich?» schrie ich, und zum erstenmal in meinem abwechslungsreichen Leben war ich wirklich außer Fassung.

«Walter», sagte meine Frau leise und legte die Gabel hin, «es ist ja nur Wollo.» Sie begann zu weinen, und gegen ihre Tränen bin ich machtlos; denn sie hat mir sieben Kinder geschenkt. «Wer ist Wollo?» fragte ich müde, und in diesem Augenblick wurde das Haus wieder durch ein Beben erschüttert. «Wollo»,

«Den Mächtigsten in der Familie
erkennt man daran . . .

... daß er bestimmt, welches Fernsehprogramm eingestellt wird», trägt der britische Komiker Peter Sellers zu diesem Thema bei. Viele von uns wissen natürlich aus Erfahrung, daß dies kein Witz ist.

Zum Glück gibt es aber in den meisten Familien auch einen Vernünftigen, der überlegt, wie man das Geld für ein Zweitgerät beschafft. Damit es nicht mehr vor, sondern nur noch auf und aus der Glotze Krach gibt.

sagte meine jüngste Tochter, «ist der Elefant, den wir jetzt im Keller haben.»

Ich muß gestehen, daß ich verwirrt war, und man wird meine Verwirrung verstehen. Das größte Tier, das wir beherbergt haben, war das Dromedar gewesen, und ich fand einen Elefanten zu groß für unsere Wohnung, denn wir sind der Segnungen des sozialen Wohnungsbaues noch nicht teilhaftig geworden.

Meine Frau und meine Kinder, nicht im geringsten so verwirrt wie ich, gaben Auskunft: von einem bankerotten Zirkusunternehmer war das Tier bei uns sichergestellt worden. Die Rutsche hinunter, auf der wir sonst unsere Kohlen befördern, war es mühelos in den Keller gelangt. «Er rollte sich zusammen wie eine Kugel», sagte mein ältester Sohn, «wirklich ein intelligentes Tier.» Ich zweifelte nicht daran, fand mich mit Wollos Anwesenheit ab und wurde unter Triumph in den Keller geleitet. Das Tier war nicht übermäßig groß, wackelte mit den Ohren und schien sich bei uns wohlzufühlen, zumal ein Ballen Heu zu seiner Verfügung stand. «Ist er nicht süß?» fragte meine Frau, aber ich weigerte mich, das zu bejahen. Süß schien mir nicht die passende Vokabel zu sein. Überhaupt war die Familie offenbar enttäuscht über den geringen Grad meiner Begeisterung, und meine Frau sagte, als wir den Keller verließen: «Du bist gemein, willst du denn, daß es unter den Hammer kommt?»

«Was heißt hier Hammer», sagte ich, «und was heißt gemein, es ist übrigens strafbar, Teile einer Konkursmasse zu verbergen.»

«Das ist mir gleich», sagte meine Frau, «dem Tier darf nichts geschehen.»

Mitten in der Nacht weckte uns der Zirkusbesitzer, ein schüchterner dunkelhaariger Mann, und fragte, ob wir nicht noch Platz für ein Tier hätten. «Es ist meine ganze Habe, mein letzter Besitz. Nur für eine Nacht. Wie geht es übrigens dem Elefanten?»

«Gut», sagte meine Frau, «nur seine Verdauung macht mir Kummer.»

«Das gibt sich», sagte der Zirkusbesitzer, «es ist nur die Umstellung. Die Tiere sind so sensibel. Wie ist es – nehmen Sie die Katze noch – für eine Nacht?» Er sah mich an, und meine Frau stieß mich in die Seite und sagte: «Sei doch nicht so hart.»

«Hart», sagte ich, «nein, hart will ich nicht sein. Meinetwegen leg die Katze in die Küche.»

«Ich hab sie draußen im Wagen», sagte der Mann.

Ich überließ die Unterbringung der Katze meiner Frau und kroch ins Bett zurück. Meine Frau sah ein wenig blaß aus, als sie ins Bett kam, und ich hatte den Eindruck, sie zitterte ein wenig.

«Ist dir kalt?» fragte ich.

«Ja», sagte sie, «mich fröstelt's so komisch.»

«Das ist nur Müdigkeit.»

«Vielleicht ja», sagte meine Frau, aber sie sah mich dabei so merkwürdig an. Wir schliefen ruhig, nur sah ich im Traum immer den merkwürdigen Blick meiner Frau auf mich gerichtet und unter einem seltsamen Zwang erwachte ich früher als gewöhnlich. Ich beschloß, mich einmal zu rasieren.

Unter unserem Küchentisch lag ein mittelgroßer Löwe: er schlief ganz ruhig, nur sein Schwanz bewegte sich ein wenig, und es verursachte ein Geräusch, wie wenn jemand mit einem sehr leichten Ball spielt.

Ich seifte mich vorsichtig ein und versuchte, kein Geräusch zu machen, aber als sich mein Gesicht nach rechts drehte, um meine linke Wange zu rasieren, sah ich, daß der Löwe die Augen offenhielt und mir zublickte. «Sie sehen tatsächlich wie Katzen aus», dachte ich. Was der Löwe dachte, ist mir unbekannt: er beobachtete mich weiter, und ich rasierte mich, ohne mich zu schneiden, muß aber hinzufügen, daß es ein merkwürdiges Gefühl ist, sich in Gegenwart eines Löwen zu rasieren. Meine Erfahrungen im Umgang mit Raubtieren waren minimal, und ich beschränkte mich darauf, den Löwen scharf anzublicken, trocknete mich ab und ging ins Schlafzimmer zurück. Meine Frau war schon wach, sie wollte gerade etwas sagen, aber ich schnitt ihr das Wort ab und rief: «Wozu da noch sprechen!» Meine Frau fing an zu weinen, und ich legte meine Hand auf ihren Kopf und sagte: «Es ist immerhin ungewöhnlich, das wirst du zugeben.»

«Was ist nicht ungewöhnlich?» sagte meine Frau, und darauf wußte ich keine Antwort.

Inzwischen waren die Kaninchen erwacht, die Kinder lärmten im Badezimmer, das Nilpferd – es hieß Gottlieb – trompetete schon, Bello räkelte sich, nur die Schildkröte schlief noch – sie schläft übrigens fast immer.

Ich ließ die Kaninchen in die Küche, wo ihre Futterkiste unter dem Schrank steht: die Kaninchen beschnupperten den Löwen, der Löwe die Kaninchen, und meine Kinder – unbefangen und den Umgang mit Tieren gewöhnt, wie sie sind – waren längst auch in die Küche gekommen. Mir schien fast, als lächle der Löwe: mein drittjüngster Sohn hatte sofort einen Namen für ihn: Bombilus. Dabei blieb es.

Einige Tage später wurden Elefant und Löwe abgeholt. Ich muß gestehen, daß ich den Elefanten ohne Bedauern schwinden sah; ich fand ihn albern, während der ruhige, freundliche Ernst des Löwen mein Herz gewonnen hatte, so daß Bombilus' Weggang mich schmerzte. Ich hatte mich so an ihn gewöhnt: er war eigentlich das erste Tier, das meine volle Sympathie genoß. Er war von unendlicher Geduld den Kindern gegenüber, innige Freundschaft verband ihn mit den Kaninchen, und wir hatten ihn daran gewöhnt, sich mit Blutwurst zu begnügen, einem Nahrungsmittel, das ja nur scheinbar eine Fleischspeise ist.

Es tat mir so weh, als Bombilus ging, während Wollos Verschwinden mir eine Erleichterung bedeutete. Ich sagte es meiner Frau, während wir beobachteten, wie der Zirkusmann die Tiere verlud. «Oh», sagte meine Frau, «du kannst hart sein.» – «Findest du?» sagte ich. «Ja, manchmal kannst du es sein.» Aber ich bin nicht sicher, daß sie recht hat.

e. o. plauen

Wie die Jungen zwitschern

3
4

5
6

Ursula Haucke

Papa, Charly hat gesagt ...

Das große Familienspiel

SOHN: Papa? Charly hat gesagt, seine Schwester hat gesagt, dieses Werbefernsehen, das schmeißt uns um Jahre zurück!

VATER: Du schmeißt mich auch noch um Jahre zurück, wenn du mich nie in Ruhe arbeiten läßt.

SOHN: Arbeiten kannst du doch in deinem Büro.

VATER: Wenn man weiterkommen will, muß man schon etwas mehr tun, als sich in den Bürostunden erledigen läßt.

SOHN: Aber wegen dem Weiterkommen, da wollte doch Mama halbtags arbeiten gehen.

VATER: Das hat Mama nicht nötig. Wenn sie sich mit dem Haushalt nicht völlig ausgelastet fühlt, dann kann sie ja irgend etwas tun, was ihr Spaß macht.

SOHN: Das würde ihr ja gerade Spaß machen, so wie früher zu arbeiten, als Bürohilfe.

VATER: Bürohilfe! Deine Mutter war Sekretärin, und zwar eine sehr qualifizierte.

SOHN: Und warum soll sie das dann nicht wieder machen?

VATER: Weil wir dann alle ständig auf ihre Arbeit Rücksicht nehmen müßten.

Kurze Pause.

SOHN: Mama will doch nicht immer bloß Hausfrau sein.

VATER: Jetzt misch dich gefälligst nicht in unsere Angelegenheiten! Wolltest du nicht über ganz etwas anderes reden?

SOHN: Ganz was anderes eigentlich nicht. Weil Charlys Schwester sagt, daß das Werbefernsehen uns um Jahre zurückschmeißt!

VATER: Wobei soll uns das denn «zurückschmeißen»? Charlys Schwester redet mal wieder von Dingen, von denen sie nichts versteht, wie?

SOHN: Gar nicht! Weil doch die Familien im Werbefernsehen sich immer so unmöglich benehmen; und weil die richtigen Familien dann denken, daß das ganz in Ordnung ist!

VATER *bereits genervt*: Kannst du das vielleicht etwas näher erläutern?

SOHN: Das hast du doch auch schon gesehn, Papa! Wie die Männer sich immer anstellen, wenn ihr Hemd nicht ganz weiß ist, und wie die Frauen dann bloß sagen, es tut ihnen so leid und sie haben sich solche Mühe gegeben!

VATER: Und was soll daran so verkehrt sein??

SOHN: Na, Charly sagt, seine Schwester sagt, wenn ihr Mann so mit ihr reden würde, dann würde sie sagen, er soll sich sein Hemd gefälligst selber waschen!

VATER *lacht ironisch*: Der Mann, der auf Charlys Schwester mal reinfällt, der kann mir heute schon leid tun! Der darf dann wahrscheinlich das Geld verdienen und noch den ganzen Haushalt machen!

SOHN: Aber Charlys Schwester hat dann doch auch einen Beruf und verdient Geld. Sie sagt, das ist es ja gerade: daß die Frauen im Werbefernsehen nie einen Beruf haben. Entweder cremen sie sich dauernd bloß ein und waschen sich die Haare und baden in Schaum, oder sie haben nur ihren Küchenfußboden im Kopf!

VATER: Ja nun – wenn für Haushaltswaren geworben werden soll, dann ist es ja wohl logisch, auch Hausfrauen zu zeigen, die damit umgehen! Immerhin gibt es ja einstweilen noch Hausfrauen!

SOHN: Aber nicht solche wie im Werbefernsehen!

VATER: Und warum nicht?

SOHN: Weil die immer so aussehen, als wären sie gerade aus einem Schönheitsladen gekommen. Mitten im Großreinemachen!

VATER: Ja, mein Gott, soll man sich vielleicht lauter abgerackerte, verschwitzte Frauen ansehen, denen die Socken rutschen und die Haarsträhnen ins Gesicht hängen?

SOHN: Aber so denken die Zuschauer vielleicht, Hausarbeit ist gar keine richtige Arbeit, und da brauchen die Männer auch nicht zu helfen.

VATER: Genau das habe ich aber schon in den Werbeszenen gesehen: daß der Ehemann sich angeboten hat, seiner Frau zu helfen. Beim Abtrocknen zum Beispiel.

SOHN: Ja, und dann hat die Frau gesagt, daß man gar nicht mehr abtrocknen muß, weil das neue Spülmittel das von allein macht. Und dann ist der Mann gleich wieder gegangen.

VATER: So genau kann ich mich daran natürlich nicht erinnern. Ist ja auch nicht so wichtig.

SOHN: Und dann die Sache mit den kuschelweichen Pullis . . .

VATER *abwesend*: So . . .

SOHN: Ja. Ein Mädchen sagt da immer, daß ihre Freundinnen viel kuschligere Pullis haben. Und die Mutter guckt dann ganz traurig und grübelt, woran das wohl liegen könnte!

VATER: Die echten Mütter werden schon anders reagieren, da mach dir mal keine Sorgen . . .

SOHN: Aber wenn die Kinder so was sehen, dann denken sie vielleicht, ihre Mutter hat sie nicht richtig gern, bloß weil die nicht so viel Theater mit der Wäsche macht!

VATER: So schlimm wird's ja nicht gleich kommen . . .

SOHN: Und wenn sie nicht dauernd die tollen Speisen und gesunden Schokoladenstangen und all so was kriegen, dann denken sie vielleicht, die Eltern gönnen ihnen nichts!

VATER: Da hast du allerdings ganz recht. In dieser Hinsicht wird ziemlich verantwortungslos verfahren mit der Werbung. Da könnten die Eltern sich ja armkaufen, wenn sie das alles nachmachen wollten!

SOHN: Ja. Und überhaupt sehen die sich im Fernsehen nie vor und machen alles dreckig, weil die Mutter ja so tolle Putzmittel hat! Die kann das ja dann wieder wegmachen!

VATER *ungeduldig*: Ja doch, ja! Du hast ja recht.
Immerhin sieht man doch auf den ersten Blick, daß in der Werbung mit völlig unrealistischen Mitteln gearbeitet wird. Frühstücken wir etwa mitten auf einer Wiese? Oder machen wir erst Wellenreiten oder eine Wildwasserfahrt, bevor wir Limonade trinken? Die Werbung nimmt doch keiner ernst!

SOHN: Ich weiß ja nicht . . .

VATER: Was weißt du nicht?

SOHN: Ich glaub, Mama war ziemlich enttäuscht an ihrem Geburtstag . . .

VATER: In welcher Hinsicht denn, bitte?

SOHN: Weil sie bloß solche Sachen gekriegt hat, wie sie die Männer im Fernsehen immer schenken: Parfum und Seife und Badeöl – alles bloß zum Schönsein!

VATER: Und der neue Saugklopfer?? Hat sie sich darüber etwa nicht gefreut?

SOHN *beruhigend*: Doch, doch, sie fand das sicher ganz gut. Aber von den Büchern, die sie aufgeschrieben hat, hast du ihr keins geschenkt.

VATER: Das macht mir auch keinen Spaß, wenn sie sich das vorher selbst aussucht. Und außerdem – diese merkwürdigen, halbwissenschaftlichen Neuerscheinungen alle . . . Das kann Mama ja gar nicht beurteilen, ob es sich dabei um wirkliche Erkenntnisse handelt oder nur um Spinnereien!

SOHN: Du denkst eben auch, Frauen sind so, wie's im Werbefernsehen gezeigt wird!

VATER: Rede keinen Unfug! Ich bin sehr wohl imstande, mir meine eigene Meinung zu bilden! Dazu brauche ich kein Werbefernsehen!

SOHN: Charly sagt aber, das ist gerade das Schlimme, daß man gar nicht merkt, wie man puliert wird.

VATER: «Puliert» vor allen Dingen! Noch nicht mal die Worte kennen, aber über ihre Bedeutung klug reden! Ma-ni-pu-liert heißt das, und verstehen tut ihr das sowieso noch nicht.

SOHN: Versteh ich wohl.

Pause.

Und die Männer im Fernsehen – da soll man auch immer denken, das sind alles Supermänner!

VATER *gleichgültig*: Na und? Soll doch jeder denken, was er will.

SOHN: Aber Charly sagt, seine Schwester sagt, wenn sich jemand Löcher in die Schuhe läuft, bloß um 'ne Zigarette zu kriegen, dann ist das ein ganz kaputter Typ! Weiter nichts!

VATER: Lieber Himmel, Charlys Schwester kann einen ja krank machen mit ihrem wichtigen «psychologischen» Geschwätz!

Gerade dieser Werbeeinfall war nun wirklich ganz originell und gut gemacht.

SOHN: Und du findest nicht, daß der Mann 'ne Macke haben muß?!

VATER *hartnäckig*: Nein, das finde ich nicht.

SOHN: Dann versteh ich eins nicht . . .

VATER: Und das wäre?

SOHN: Warum *ich* dir immer deine Zigaretten holen muß!

Noretta

Die Schule

Nun war es soweit. Man hatte mich in eine Schule eingeschrieben. Ich konnte mir darunter gar nichts vorstellen und wartete erst einmal ab. Alle redeten wunderschön auf mich ein, es sei ein neuer Lebensabschnitt, und man müßte jetzt ganz brav sein und dürfte keine Dummheiten mehr machen. Das kann ja nett werden, dachte ich bei mir, und alle schöngesetzten Reden glitten von mir ab wie Tropfen von einer Regenhaut.

Dann bescherten sie mir eine Tasche. Darin steckte eine Schiefertafel, auf die müsse ich besonders aufpassen, die sei sehr leicht zerbrechlich. An der Tafel baumelte an einer Schnur ein kleiner gelber Schwamm und hing fröhlich flatternd aus der Tasche heraus.

So zogen wir los. Die Schule lag in einer Seitengasse, gar nicht weit von unserem Haus weg. Alles war dort ruhig und gediegen. Es war eine Privatschule, die von zwei alten Damen geführt wurde. Mich erinnerten sie entfernt an die Pariserinnen.

Meine Mutter gab mich mit allen guten Wünschen und einem heimlichen Stoßgebet nebst tiefem Aufatmen dort ab. Ich wurde sofort in ein Zimmer geschubst, in dem schon etliche Mädchen herumsaßen, die genausowenig anzufangen wußten wie ich jetzt auch.

Wir beschnupperten uns sozusagen erst einmal und prüften vorsichtig, ob darunter vielleicht Gleichgesinnte wären. Und merkwürdig, man fand sich gleich richtig zusammen. Irgendwie voneinander angezogen. Und alles, was außerhalb dieses Gefühles lag, wurde zurückgewiesen. Man bündelte sich sozusagen von den ersten Minuten an in Gleichschaltung.

Die Lehrerin war sehr nett. Sie begrüßte uns mit der Feststellung, daß sie sich freue, so nette Mädchen in der Klasse zu haben.

Abwarten, dachte ich mir, du kennst uns ja noch gar nicht! Sie hieß Frau Tisch, und das war wenigstens leicht zu merken. Sie erzählte uns von ihren drei Kindern und welch ein Wunder an Bravheit die wären. So suchte sie Kontakt mit uns. Daß sie ihn sich aber mit der Schilderung ihrer drei Musterexemplare restlos verschüttete, merkte sie gar nicht, denn sie leierte das wahrscheinlich jedes Jahr herunter, bis sie es dann selbst glaubte. Sie hatte nämlich immer die erste Klasse.

Frau Tisch ging nach einer Weile, und dann kam eine andere Lehrerin. Die war mager und grauhaarig. Man wurde einfach nicht warm mit ihr. Farblos und glatt wie ihr Haar. Sie fuhr mich auch sofort als vorlauten Fratzen an, empört und hochrot, als ich sie fragte, wie viele Kinder sie habe. Wie soll man aber auch wissen, daß man dazu verheiratet sein mußte. Sie war ledig und das wohl unfreiwillig. Jedenfalls mochte sie mich auf Anhieb nicht. Überflüssig, von gleichen Gefühlen auf meiner Seite zu reden. Aber vielleicht hatte ich mit meiner Frage eine Ecke berührt, die leicht den Mörtel verlor.

Anders unser Herr Katechet. Der kam lachend wie die Sonne selber bei der Tür herein, wenn er auch viel mehr einem Vollmond gleichsah. Sein Gesicht war rötlich, mit blauen Äderchen durchsetzt, sein Haar borstig und kurz und seine Nase wie eine Karotte im Schneemann.

Er sprudelte etwas von guter Zusammenarbeit. Ich erfühlte mehr, was er sagen wollte, denn mit seinem Wortschwall konnte ich nicht viel anfangen. Da war es mir schon lieber, daß er uns von einem Heiligen erzählte, der sich viel mit Viechern abgab. Er zeigte uns ein Bild, und da lag der Löwe so friedlich zu Füßen des Heiligen wie der Hüon vor dem Großvater.

Soweit wäre ja alles in bester Ordnung gewesen, aber an und für sich war die Schule eine Qual. Immer das lange Stillsitzen, nicht reden dürfen, nicht aufstehen, wenn man wollte, und eine blödsinnige Fragerei. Wenn eins und eins beim erstenmal zwei ist, wird es auch beim zweiten- und drittenmal nicht anders sein. Und wenn einer das nicht kapiert, dann soll er die Zehen noch zu den Fingern dazunehmen. Da muß man doch verrückt werden, wenn so eine Pflanze vor der Lehrerin steht und, hochrot im Gesicht, zu stottern und zu gicksen anfängt. Und warum einen die Lehrerin wie eine wilde Katze anfaucht, wenn man es in die Klasse schreit, das verstand ich auch nicht so ganz. Sie war überhaupt immer gereizt, das Fräulein Sturm, das hagere und haarglatte. Und wenn nur halbwegs ein Anlaß war, hat sie mich aus der Bank herausgerufen und in die Ecke gestellt. Mit dem Rücken zur Klasse, still und aufrecht. Und es war gar nicht so leicht, sich umzudrehen, ohne daß sie es bemerkte, und die Zunge herauszustrecken. Die blöden Gänse waren immer schadenfroh, wenn ich in diese Strafe gekommen bin. Nur zwei waren gleichgesinnt und auch mehr in der Ecke als in der Bankreihe. Das mußte sich im Konferenzzimmer herumgesprochen haben, denn auch die gute Frau Tisch, sonst sanft wie ein Lamm, sah mich oft recht komisch an. Nur der Katechet war immer gleich lustig und vergnügt. Ihm waren alle Mädel gleich, und wenn einmal eine etwas laut war, überhörte er es einfach. Merkwürdig, in seiner Unterrichtsstunde habe ich meinen Sport, blitzschnell unter die Bank zu rutschen und irgend jemand in die Waden zu kneifen, nie ausgeübt. Er hat viel zu interessant erzählt. Wenn es nämlich in der biblischen Geschichte wirklich so zugegangen ist, dann muß es eine tolle Zeit gewesen sein. Viel wilder und aufregender als bei Schneewittchen und den sieben Zwergen. Die Hexe bei Hänsel und Gretel war ja eine müde alte Dame gegen die Geschichte von Sodom und Gomorrha! Wenn doch nur wieder einmal so ein Feuer vom Himmel regnen wollte, aber das müßte gerade über der Schule sein!

Daheim haben sie mich immer gefragt, wie es mir in der Schule gefiele. Das war immer die gleiche Frage, wenn eine der unzähligen Tanten zu Besuch kam. Und jede war entsetzt, wenn ich entzückt sagte: «Einfach scheußlich.» Und jede hat dann gesagt, daß die Schule zum Leben gehört und man fest lernen muß, damit man später etwas wird. Ich weiß nicht, was sie sich vorgestellt haben, das man werden muß und kann, denn sie sind alle daheim gesessen und haben gestickt, Klavier gespielt und gesungen, wenn es auch manchmal fürchterlich war. Ein paar haben auch gemalt. Und wozu man da noch lernen solle, ist mir nicht eingegangen. Man wird doch auch so eine Frau und Mutter. Aber ich werde es schon sehen, wenn ich erst größer bin, jetzt hilft mir sowieso nichts, ich muß eben weiter jeden Tag in die Schule wandern.

So gingen die ersten drei Wochen dahin. Wir kratzten auf der

Tafel, daß einem die Ohren steif standen, malten Strich um Strich, einen dünn, einen dicker, sie nannten das Haar- und Schattenstrich, und nie waren sie schön genug. Und nicht genug damit, wir mußten sogar daheim noch auf der Tafel kratzen, wir malten ein Wort an den Rand, und dann mußte die ganze Zeile so ausgefüllt werden. Es war ein himmlisches Leben. Nicht einmal daheim hatte man seine Ruhe.

Ein paarmal habe ich versucht, abzuhauen. Aber es war unmöglich. Auf dem Hinweg hat die Mimi mich an der Hand gehalten wie einen Schwerverbrecher, und wenn man einmal in der Schule abgegeben war, war es hoffnungslos. Denn vor der Tür hockte ein altes Männchen und bewachte sie, schärfer als ein bissiger Hund. Und wenn einer denkt, diese ausgedörrte Figur sei nicht flink gewesen, irrt er sich. Der konnte aufschnellen und hinterhersausen wie ein Windhund. Und bellen konnte er auch so. Es war meist unverständlich, was er uns nachschrie. Aber Hüon hatte eine Götterstimme gegen dieses Gekrächze.

Fräulein Sturm konnte uns überhaupt nicht verstehen. Wir waren für sie eine lästige Zugabe zu ihrem Gehalt. Sie keppelte an uns herum, wie ein Storch an einem Frosch zwickt, ehe er ihn frißt. Die Stunden bei ihr arteten stets zu einem Tiefpunkt der Gefühle für die Schule aus. Es war sinnlos, brav und still zu sein, sie brachte einen, der mit den besten Vorsätzen das Klassenzimmer betrat, in wenigen Minuten auf die höchste Baumspitze. Schon allein ihre Stimme. Sie schrillte wie eine Sirene über uns hin. Es tat in den Ohren richtig weh.

Sie ließ uns stets die Finger beim Rechnen einbiegen, und während wir diese Turnübungen durchführten, schubste sie, auf ihrem Katheder sitzend, in einem Rahmen auf Drahtzeilen grüne und rote Kugeln hin und her. Und im Chor ließ sie uns alles wiederholen. Es war einfach gräßlich, und wenn man von einer Hexe träumt, dann steht sie bestimmt Modell.

Sie hatte kein Verständnis dafür, daß ich es unter der Bank so spannend fand. Und dennoch übersah sie es etliche Male. Und erst wenn dann irgendeine aufschrie, kam sie dahinter, daß ich wieder einmal eine Unterweltexpedition gemacht hatte. Sie zerrte mich aus der Bank wie ein Schlächter das Kalb und stellte mich der Klasse als einmaliges Ungeheuer vor. Da aber diese Expeditionen auch von zwei anderen getätigt wurden, gab es in der nächsten Zeit mehr Aufschreie wegen gezwickter Waden als Aufzeiger zum Abraspeln der vorgesagten Weisheiten. Gleich, ob ich nun wirklich an dem Unternehmen beteiligt war oder nicht, sie zerrte mich auf jeden Fall hervor. Da half kein Sträuben, kein Wehren, sie zog, und wenn die Bank nicht so fest gefügt gewesen wäre, hätte sie sie auch noch mitgezogen.

Wieder einmal mußten wir rechnen. Schön nebeneinander die Zahlen malen, keine höher, keine tiefer. Das hätte sie nie geduldet. Bei mir aber fielen die Zahlen immer auf der Schiefertafel herum, als wären sie betrunken. Sie stand oft hinter mir, beugte sich über mich und zischte bösartig wie eine Schlange:

«Auslöschen! Neu schreibenn! Verstaaaanden?» Diese Frau war mein Alptraum. Aber was soll ich machen, man ist auf jeden Fall in der Schule immer der schwächere Teil. So habe ich ausgelöscht und neu geschrieben. Und das immer und immer wieder. Zugegeben, ich habe mich auch nie sonderlich bemüht, die Besoffenen aufzurichten. Das hat sie wieder zum Kochen gebracht. Also kurz gesagt, wir verstanden uns prima.

Und dann war es ein besonders lustiger Tag. Fräulein Sturm kam in die Klasse, hatte einen schiefen Haarknoten und die Brille verlegt. Sie suchte und suchte in allen Himmelsrichtungen, aber die Brille kam und kam nicht zum Vorschein. Schon verlor sie die Geduld, schon kribbelte es sie in allen Fingern, denn sie wurde den bösen Verdacht nicht los, daß wir die Brille versteckt hätten. Zwar hätte ich nicht gewußt, wie ich an ihr Heiligtum hätte herankommen können, aber es gibt eben auch in der Kriminologie dunkle Fälle, in denen Verbrecher die reinsten Zauberer sein müßten, um Dinge durchzuführen, die den Gesetzeshütern so und nicht anders als Tatsache erscheinen.

Und als die schwer gesuchte Brille sich dann tatsächlich im Klosett in dem Körbchen für das Papier wiederfand, stand es unverrückbar fest: Dorthin kann sie nur eine boshafte Seele gesteckt haben! Und wie viele boshafte Seelen gibt es in den Klassen, die sie zu unterrichten hat? Gottlob nur ganz wenige, und die sind ja so bekannt, daß man sie im Dunkeln greifen kann wie die Eule eine Maus.

Irgend jemand muß der Guten noch dazu ins Ohr geflüstert

haben «Das war Noretta», denn sie stürmte im Laufschritt auf mich zu, zerrte mich an den Zöpfen hoch und brüllte mit überschlagender Stimme:

«Du boshaftes Ungetüm, du! Warte, das wird noch ein Nachspiel haben!»

Ich wehrte mich mit Händen und Füßen, denn diesmal war ich wirklich unschuldig.

«Fräulein Sturm», würgte ich unter ihrem Griff hervor, «ich war es wirklich nicht. Diesmal tun Sie mir Unrecht!»

«Waaas . . .» schrie sie im höchsten Diskant. «Waaas . . . ich weiß es aus sicherer Quelle, du bist dabei gesehen worden!»

«Nein, das ist eine Gemeinheit! Ich war es nicht! Ich hab Ihre Brille nicht versteckt, ich nicht!»

«Du . . . du . . . abgefeimte Lügnerin, du!» keuchte sie etwa einen halben Meter über mir. Das reichte mir, denn ich hatte nicht gelogen. Und wenn ich diese verdammte Brille wirklich versteckt hätte . . . aber leider hatte ich sie nicht versteckt!

«Eine ganz gemeine Lügnerin bist du!» schrie sie erneut.

«Was bin ich?» schrie ich zurück, und ehe mir bewußt wurde, was geschah, hatte sie die Schiefertafel auf dem Kopf. Es klirrte und schepperte, und der Rahmen hing auf ihrem schiefen Haarknoten. Es war kein besonders schönes Bild, das da gerahmt vor mir stand.

Sie war kreidebleich geworden, riß sich den Tafelrahmen vom Haupt und stürmte damit aus der Klasse.

In dem Tumult, der nach ihrem rapiden Abflug entstand, gab es sofort zwei Parteien. Die einen, die sie verteidigten, und die anderen, die mich als Heldin feierten, weil sie die Hagere auch nicht riechen konnten. Wir schrien und tobten wie verrückt.

Wir überhörten in dem Geschrei natürlich völlig, daß der Direktor mit der Glatthaarigen zurückkam. Als wir ihn dann doch bemerkten, war es sofort mucksmäuschenstill. Ich stand noch immer neben der Bank auf den Scherben der Schiefertafel wie auf den Trümmern einer gestürmten Festung. Ich harrte der Dinge, die da kommen sollten. Und diese Dinge kamen in Form der beiden Wütenden auf mich zu. Der Direktor schaute mich erst einmal von oben bis unten an, wahrscheinlich war es in seiner ganzen Schulzeit noch nie vorgekommen, daß ein solcher Dreikäsehoch eine Schiefertafel auf dem hehren Haupte eines Lehrers zerschmettert. Er bemerkte aber anscheinend sofort meine neuerlich aufsteigende Wut und fuhr mich deshalb gleich an:

«Was, in aller Welt, fällt dir denn ein, so etwas zu machen! Wenn das deine Mutter erfährt! Und was stellst du dir denn jetzt vor?»

«Nichts», sagte ich so ruhig, als ginge mich das alles überhaupt nichts an. Ich bin keine Lügnerin, ich lasse mich keine schelten, und damit ist für mich der Fall erledigt. Also sagte ich einfach «Nichts».

Fräulein Sturm hatte anscheinend auch einen Knoten im Hals, sie stand da wie unser Hüon, wenn er gebadet wird, todunglücklich und mit angelegten Ohren. Sie erkannte jetzt wohl, daß sie mit ihren Beschimpfungen doch zu weit gegangen war und nur auf Gerede und Klatscherei gehört hatte. So ganz wohl war ihr nicht mehr in ihrer Haut.

«Anscheinend ist es doch eine Verwechslung», stotterte sie mühsam heraus, als ich so dastand und kein Wort zu meiner Verteidigung sagte. Es war ihr unheimlich und wahrscheinlich auch ungewohnt. Der Direktor schaute sie verwundert an. Was macht sie dann so einen Wirbel? Er sah von ihr zu mir zurück, und dann meinte er:

«Und was sagst du jetzt zur Entschuldigung?»

«Nichts», meinte ich ebenso seelenruhig und überraschend friedfertig. «Nichts. Ich bin keine Lügnerin. Das lasse ich mir nicht gefallen.»

«Aber man hat es mir gesagt . . .» wisperte die Hagere müde.

«So. So also. Gesagt. Bitte, kommen Sie mit.»

Ehe er mit der Unglücklichen durch die Tür entschwebte, trug er uns auf, ruhig und still zu sein. Seine langjährige Schulerfahrung hätte ihm aber sagen müssen, daß diese Worte reine Verschwendung waren. Kaum hatte er die Tür hinter sich geschlossen, kochte es neuerlich los. Und zwar hatten einige bemerkt, daß eine Mitschülerin während der ganzen Debatte abwechselnd rot und weiß und weiß und rot angelaufen war und sich merklich unbehaglich fühlte. Also mußte die es gewesen sein, die der Lehrerin den Verdacht «Noretta» ins Ohr geflüstert hatte. Die beiden Parteien fingen an, sich gegenseitig zu verdreschen. Ich holte mir die Rot-Weiße hervor und verhaute sie nach Strich und Faden. So lange, bis sie atemlos wimmerte, ich möge doch aufhören, sie gebe alles zu. Da stieß ich sie sanft in die Bank, daß es krachte. War es jetzt endlich einmal lustig in der Schule! Schultafeln zersplitterten, Griffel brachen entzwei, Bücher wirbelten als Wurfgeschosse durch die Luft, Haarschleifen wurden in Fetzen gerissen, Haarsträhnen fielen auf den Boden, und die Gerupften brüllten und plärrten vor Wut und Schmerz, der Stuhl auf dem Katheder brach krachend zusammen, das Pult der Lehrerin schwankte bedenklich, zum Absturz bereit, kam aber doch wieder ins Gleichgewicht. Herrlich! Jetzt fing die Schule an, mir zu gefallen!

Aber mitten in dies prachtvolle Durcheinander kam Frau Tisch herein. Sie schrie um Ruhe. Wir überboten sie aber an Lautstärke. Sie brüllte, wir hörten nichts. Sie drosch mit beiden Händen auf ihren hölzernen Namensbruder ein, sie schrie, bis sie heiser war, so daß sie nicht mehr schreien konnte. Sie kommandierte Halt, aber niemand scherte sich darum. So mußte sie tatenlos zusehen, bis sich das Knäuel entwirrte. Eingreifen wäre Wahnsinn gewesen, sie hätte vielleicht zuunterst herumgelegen.

Schnaufend und nur ungern ließen die Kämpfenden voneinander ab. Mich musterte die Lehrerin von Kopf bis zu den Füßen wie einen Affen im Zoo, und dann murmelte sie: «Unmöglich.» Sie befahl uns, die zertrümmerten Gegenstände aufzulesen, die verwirrten Haare in Ordnung zu bringen und auf die Plätze zu gehen. Das dauerte eine gute Weile, und inzwischen schrillte die Pausenglocke.

Mimi bekam wieder einmal einen Brief für meine Mutter in die Hand gedrückt. Darin stand, sie möge sich bitte morgen in die Schule bemühen. Und mich möge man inzwischen daheim lassen.

Sie bemühte sich. So ungefähr war sie ja schon durch mich unterrichtet, aber sie konnte sich kein klares Bild machen. Der Zusammenhang fehlte bei meinem Bericht.

In der Schule hat man sie aber sofort aufgeklärt. Und das rückhaltlos. Freilich war es nicht richtig, mich vor der ganzen Klasse eine abgefeimte Lügnerin zu heißen, auch sei die Reaktion eines Kindes darauf verschieden, aber es ginge doch wohl nicht an, daß man deshalb der Lehrerin gleich die Tafel über den Kopf schlüge. Man redete etwas gewunden herum, aber meine Mutter steuerte gleich richtig los:

«Ich kann mein Kind verstehen. Noretta lügt nie. Der Vorwurf hat sie getroffen. Mehr als alles andere. Ich glaube, es ist für alle besser, ich nehme sie aus der Schule heraus. »

Sie haben sichtbar aufgeatmet, daß meine Mutter es ihnen so leicht machte. Es wäre schwer gewesen, einfach zu sagen, Noretta ist für die Schule untragbar. Denn es war eine arge Beleidigung für ein Kind.

Und weil man mich nicht aus der Schule hinauswerfen wollte und konnte, besprachen sie sich dahin, daß ich, da ich drei Wochen jünger war als die anderen Schulanfänger, ein Jahr zurückgestellt werden solle.

So war ich also die Schule los und sie mich. Meine liebe Familie hatte mich wieder. Mein Großvater lachte Tränen über das gerahmte Lehrerinnenbild, mein Vater empörte sich über die Art, ein Kind zu beschuldigen, ohne Beweise zu haben, und meine Großmutter nahm, an Überraschungen bei mir gewohnt, alles mit einem duldenden Lächeln hin. Nur Tante Klara biß sofort gegen meine Mutter los, daß dies erst der Anfang sei und sie noch schreckliche Dinge mit mir erleben würden. Wenn sie meine Wildheit nicht endlich bändigten, sehe die Zukunft für mich und meine Familie trostlos aus.

Man nahm aber weder sie noch ihren Orakelspruch ernst.

Alexander Wolf

Schüleraustausch

Im Sommer kommt wieder die große Schüleraustauschwelle, und meine Schwester Marion, siebzehn, ist ganz wild darauf. Sie will auch endlich ihren Ausländer haben, und zwar einen Franzosen, und zwar aus Paris.

Aber mein Vater sieht nicht ein, wozu sie jetzt schon einen Ausländer braucht. Sie hat ihr deutsches Elternhaus, hat ihren deutschen Freundeskreis und ihre Fünf in Französisch. Da soll sie mit zufrieden sein, denn die Franzosen, ruft mein Vater, hat er ein für allemal kennengelernt, sie sind ein dekadentes Volk. Er war 1940 in Paris, da hat er es gesehen. Und dann noch mal 1960, da war es noch viel schlimmer.

Aber einen Engländer, schlage ich meinem Vater vor, einen Engländer könnte man vielleicht mal ausprobieren?

Über die Engländer, sagt mein Vater, weiß man nichts Genaues. Er war noch nie in England, will auch gar nicht hin, darum soll ich mir ruhig einen Austauschengländer bei der Schule bestellen, wenn ich unbedingt will.

Pah, lacht meine Schwester Marion, sie hat gehört, die Engländer sind unappetitlich und haben Plattfüße wie Charly Chaplin.

Charly Chaplin ist ein Amerikaner, du Rindvieh, sage ich.

Er ist ein jüdischer Mensch, sagt mein Vater.

Er ist ein Schweizer, sagt meine Mutter, und hat dort mit 80 Jahren noch was Kleines gekriegt.

Da kann man wieder mal sehen, sagt mein Alter. Aber jetzt ist Schluß damit, ruft er, ein Engländer, ja. Ein Franzose – nein. Höchstens eine Französin, das wäre ein Gedanke, die würde er nehmen, aber einen Franzosen? – auf gar keinen Fall.

Da hat die Marion angefangen zu heulen, weil sie schon ein

Foto von einem Franzosen hat, ein schwarzer mit Locken, den will sie haben und darum geht sie sich beim Stockhase beschweren, welcher das Austauschverfahren unter sich hat.

Der Stockhase ist noch ein Jungpauker. Er schäkert mit den Mädchen auf dem Schulhof, trägt spitze Schuhe und eine rote Weste mit Parfum. Er gibt Franz und Englisch, und wir haben ihm einmal einen alten Handkäse unters Pult genagelt. Nun ist die Marion zu ihm gerannt, und als sie nach einer Weile nach Hause kam, hat sie gepfiffen und gesagt, der Stockhase hat sie überzeugt, sie braucht gar keinen Franzosen, es geht auch so und sie kriegt eine weibliche Pariserin angewiesen. – Da wars mein Alter zufrieden. Obwohl der Norden, meinte er, der skandinavische Bereich immer zu kurz kommt, eine Schwedin z. B. wäre auch nicht zu verachten ... Jetzt ist es aber genug, rief da meine Mutter, an mich denkt keiner, ich darf immer nur kochen ...

Eines Tages, ein halbes Jahr später, gegen 3 Uhr sollte der Zug mit den Engländern kommen. Mein Engländer sollte David heißen, und ich war sehr gespannt, weil ich keine Ahnung hatte, wie so ein Inselmensch aussieht. Wahrscheinlich ist er dick wie Churchill

und hat eine Flasche Whisky durchgeschmuggelt. Oder er ist lang und hat einen karierten Anzug.

Als der Zug dann am Bahnsteig hielt, kletterten die Engländer umständlich aus den Wagen. Sie hatten alle miteinander grasgrüne Jacken an und guckten ganz gespannt zu uns herüber, als wenn sie keine Ahnung hätten, wie so ein Deutscher aussieht. Ihr Lehrer hatte ebenfalls eine grasgrüne Jacke an und schenkte dem Stockhase eine Flasche durchgeschmuggelten Whisky. Ehe der Stockhase was sagen konnte, kamen ein paar Reporter und fragten ihn, was er dazu zu sagen hätte?

Der Stockhase räusperte sich und reckte seinen Kopf und rief, Versöhnung, Völkerverständigung, Europa, Freundschaft und Frieden und so.

Darauf fragten sie den englischen Pauker, was er dazu zu sagen hätte? Der Engländer sagte, *a porter, a taxi, and a cup of tea, please.*

Danach sah ich meinen David. Er war lang und dürr und hatte ebenfalls eine grasgrüne Jacke an mit einem goldenen Wappen auf einer Seite, welches lange nicht mehr angenäht worden war, sowie einen großen Fettfleck auf der anderen Seite. Aber sonst war er ganz mager.

Als wir später dann mit dem David um den Abendbrottisch

herumsaßen, starrten wir ihn alle an. Der David starrte die Bratwurst an, und man konnte sehen, daß seine Zähne vor Schreck ganz durcheinander standen. Als er fertig war, starrte er auf die Marion.

Mein Vater wollte auch etwas sagen und fragte ihn: Sprechen Sie Deutsch?

Der David guckte mich an und fragte: *What?*

Ich sagte: *Do you speak German?*

Da sagte der David: *Yes, of course.*

Das fand ich schon ganz gut, wenn man bedenkt, daß so ein Engländer von Natur aus ein vornehmer Charakter ist und nicht mit jedem spricht. Danach mußte er uns von den englischen Sehenswürdigkeiten berichten, wie z. B. Scotland Yard, Prinzessin Margret sowie den wertvollen historischen Wachsfiguren im Buckingham-Palace.

So ging der Abend schnell herum.

Ein paar Tage später kam dann auch der Zug aus Paris mit lauter Franzosen und Französinnen. Da war natürlich der Bahnsteig voll von Menschen, alle wollten sie was sehen, und wenn eine besonders schicke Französin vorbeikam, riefen alle «Ahhh», und mein Vater war auch auf dem Bahnsteig.

Unsere hieß Nicole und war die Schönste von allen. Sie war eine ganz smarte Hummel. So etwas gibt es bei uns überhaupt nicht. So was habe ich überhaupt noch nicht gesehen, und als wir dann später mit der Nicole um den Abendbrottisch herumsaßen, mußten wir sie alle angucken. Auch mein Vater guckte sie immer an und rief ganz eifrig, er war schon mal in Paris, *o là là*, und später noch einmal, *o là là là*, dort schlagen die Wellen der Lebensfreude hoch und ob er ihr noch eine Tasse Tee machen soll?

Aber meine Mutter rief, er soll lieber an seine Herzverfettung denken. Den Tee kann sie selber. Auch der David hat jetzt statt der Marion immer die Nicole angeguckt, und diese die Kochwurst auf dem Teller. Nur die Marion guckte an die Decke, weil sie eingeschnappt war.

So ging der Abend schnell herum, bis sich die Nicole bedankte und auf ihr Zimmer zu ihren fünf Koffern ging.

Da hatten wir auch alle keine Lust mehr und gingen auch alle auf unser Zimmer.

In den nächsten Tagen klingelte dauernd das Telefon, der Jonny rief an und der Benno Rübel: Wie es der Französin geht, und ob sie vielleicht mal . . . ? – Der Französin, sagte ich, geht es danke. Sie ist in festen Händen, und sie können sich das Telefongeld sparen.

Auch der Stockhase rief an; da wußte ich, was los war. – Der Französin, sagte ich, geht es blendend. Sie ist in besten Händen und er soll sich keine Sorgen machen.

Einmal gab es einen bunten Abend mit Ringelpietz und Anfassen und hinterher großen Rabbatz und Geschwofe. Da mußte ich höllisch aufpassen, ob vielleicht einer was mit der Nicole wollte. Auf einmal kam sie zu mir gelaufen und kicherte, daß der Stockhase nachher spazieren geht, um nach frischer Luft zu schnappen, da soll sie mit ihm kommen, weil er sich mit ihr über französische Lyrik unterhalten muß, und zwar am Kriegerdenkmal im Park.

Und der Benno Rübel, hat sie geflüstert, hat sie ebenfalls bestellt, und um dieselbe Zeit und ebenfalls am Kriegerdenkmal. Das wird ein Spaß, da hat sie zwei Deutsche auf einmal, ist das nicht *merveilleux*? Ich bin ihr brüderlicher Freund und soll ihr sagen, wo das Kriegerdenkmal ist . . .

Das hat sie mir ganz dicht ins Ohr geflüstert, daß es mich bis im untersten Wirbel kitzelte: deshalb habe ich ihr erklärt, wo das Kriegerdenkmal ist, damit sie glücklich war.

Daraufhin zog sie ab.

Aber ich bin doch nicht blöd. Ich lasse mich so schnell nicht ausmanövrieren. Wir haben zum Glück jede Menge Kriegerdenkmäler in unserer Stadt, weil wir alle paar Jahre einen Krieg mit Frankreich hatten – deshalb habe ich sie zu einem anderen Denkmal hingeschickt. Dort kann sie warten und an die Deutschen denken.

Ich aber habe mich zum richtigen Denkmal im Park geschlichen, wo sich die Pärchen immer treffen, und habe mich dort im Dunkeln versteckt.

Es dauert auch nicht lang, und der Stockhase kommt angeschlichen, äugt vorsichtig herum und flüstert: «Mademoiselle Nicole?» Ich mache ganz leise «*Oui, Oui*», darauf geht er auf Zehenspitzen ums Denkmal herum. Dann bleibt er stehen und haucht «*Hallo?*» Ich pfeife «*Alouette*», da kommt er wieder links ums Kriegerdenkmal herum und sagt «Kleiner Schelm». Aber ich sage

gar nix – ich verstehe nix von französischer Lyrik – deshalb sucht er jetzt ein Stück in die Hecke hinein, und ich verstecke mich auf der anderen Seite. Von dort sehe ich den Rübel herankommen, er schleicht ebenfalls und glotzt angestrengt umher und ruft ganz leise: *«Chérie?»*

Da pfeift jemand auf der anderen Seite zärtlich *«Alouette»*, und es kommen Schritte ums Denkmal. «Aha, da ist der Schäker», flüstert der Rübel ganz süß und schnalzt mit der Zunge und drückt sich an die Mauer. Er will sie scheinbar von hinten überraschen, da wird sich *chérie* aber freuen.

Währenddessen kommt der Schatten von Stockhase näher – sein Parfum ist schon zu riechen –, er pfeift noch mal kurz und macht zwei schnelle Schrittchen . . . «Nun hasch ich dich», flötet der Rübel und huscht auf den Stockhase zu, daß es einen sanften Zusammenprall gibt, Backe an Backe, und eine zärtliche Schrecksekunde, bis daß der Groschen fällt und sie merken, was sie sich eingefangen haben.

Da starren sie sich nur noch an. Sie können es gar nicht fassen und bringen vor Entsetzen kein Wort hervor.

Auch mir verschlägt dies die Sprache, erschüttert gehe ich zwischen den beiden hindurch, schüttele den Kopf und schaue sie strafend an.

Aber ich habe jetzt keine Zeit zu verlieren. Ich muß zum Denkmal von 14/18, zu einem dringenden Rendezvous, denn das habe ich mir verdient. Dort wird die Nicole noch sitzen, hoffe ich, und auf einen von uns warten.

Aber wie ich ans Denkmal komme, trifft mich der Schlag. Ich sehe, wie die Nici mit dem David um die Ecke verschwindet und wie sie sich dabei an seinen Fettfleck schmiegt. Da sinke ich zähneknirschend auf die noch warme Bank: *Foul Play!!*

«Gott strafe England», steht auf dem Denkmal.

Hans Fallada

Familienfahrt

Dann ist es endlich soweit!

Obwohl unser Zug vom Stettiner Bahnhof erst gegen acht Uhr fährt, ist die ganze Familie, Vater einschließlich, schon um halb sechs aus den Betten gejagt worden, denn auch die Betten müssen noch eingepackt werden! Während die Mutter sie mit der alten Minna in einen ungeheuren Bettsack aus rotem Segeltuch stopft und propft, ist Christa in der Küche damit beschäftigt, Stapel Butterbrote anzuhäufen. Brote mit Wurst. Brote mit Ei. Brote mit kaltem Braten. Brote mit Käse. Aber so eifrig Christa auch schmiert und belegt, die Stapel wollen nicht recht wachsen, denn immer wieder machen wir Kinder einen Einbruch in die Küche und holen uns neue Frühstücksbrote. Unser Appetit ist ebenso ungeheuer wie unsere Aufregung. Nun geht es also wirklich los!

Plötzlich fällt mir ein, daß ich noch mit dem Portier reden muß. Zur Freude aller Hausgenossen rasen Ede und ich morgens um halb sieben die Treppen mit Donnergepolter hinunter und begrüßen den immer recht griesgrämigen wahren Herren des Hauses. Kein Wunder, daß er griesgrämig ist – er fährt ja nicht an die See, er hat ja keine Ferien!

Zum zehntenmal mindestens lege ich ihm meine Kaninchen ans Herz, ich halte sie unten im Keller. Besonders, daß Mucki auch jeden Abend seine gewohnte Mohrrübe bekommt, ist so wichtig!

Der Portier ist eitel Ablehnung. «Ach, deine ollen Karnickel, die haben ja Lause!»

Ich protestiere gekränkt.

«Und doch haben se Lause! Wenn de keene Oojen nich hast, mußte sie mal mit de Lupe in de Ohren kieken! Det sind schon keene Lause mehr, det is en janzet Lauseleum!»

Nachdem der Portier mich so zerschmettert hat, wendet er sich an meinen Bruder Ede. «Und du mit deinem Hamster! Ich sare dir, ich komme for nischt nich uff! Futtern will ick em woll und ooch Wasser jeben, aber de Kiste is zu schwach, det sare ick dir! Wenn der stiften jeht, ick sitfte nich hinterher! Ick nich!»

Wirklich hält Ede seit einem Vierteljahr in seiner Stube einen Hamster, der in einer drahtbespannten Kiste wohnt! Vater weiß offiziell nichts davon, wie Vater offiziell auch nichts von meiner Karnickelei weiß! Aber meine Karnickel sind sanfte anhängliche Tiere, während Edes Hamster, Maxe genannt, ein Ausbund von Bosheit ist. Bisher ist Ede von der Bestie nur angefaucht, angespuckt und gebissen worden, trotzdem hängt er mit tiefer Liebe an diesem Geschöpf. Er bildet sich ein, er werde dem Hamster mit der Zeit das Pfeifen und das Tanzen beibringen – wie einem Murmeltier!

Jetzt versichert Ede dem Portier, daß der Hamster sich in seiner Kiste sehr wohlfühle, er habe noch nicht einen Ausbruchversuch gemacht.

«Ach, red bloß keenen Stuß!» sagt der Portier mürrisch. «Wenn de erst weg bist, wird det Tier sich schon Jedanken machen. Ick hab keene Zeit, bei ihm zu sitzen und ihm Jeschichten zu erzählen, wie schön et in deine Kiste is! Wenn ick und wäre euer Vater, ick erloobte det nich, det jrenzt ja an Tierquälerei, die Karnickel in 'nem dunklen Keller und det Hamsterjeschöpf in 'ne Kiste! Aber mir jeht det nischt an. Ich bin nich im Tierschutz! Aber wat sonst mit die passiert, da bin ick Nante! Det vasteht ihr doch?!»

Da wir's verstehen mußten und da ein anderer Tierfütterer nicht greifbar war, verstanden wir es auch. Etwas bedrückt stiegen wir die Treppe wieder hinauf. Als ich aber den herrlichen Wirrwarr in der Wohnung sah, vergaß ich sofort meinen Kummer. Der ganze Haushalt war in Auflösung begriffen. Fünf weibliche Wesen rannten – anscheinend ziellos – hin und her, setzten hier etwas ab, trugen dort etwas fort.

Minna rief: «Frau Rat, ich muß noch mal den Schlüssel haben für den großen Schließkorb!»

Fiete trug ein Zigarrenkistchen mit Puppenkleidern herbei und verlangte von Mutter, sie sollten noch in den verschlossenen

Koffer. Itzenplitz suchte zwischen Vaters Büchern Reiselektüre. Christa schmierte noch immer Stullen.

Auf der Diele stand Vater und versuchte, das Gepäck zu zählen, ein fruchtloses Beginnen, denn immer wenn er die endgültige Zahl ermittelt zu haben glaubte, wurde ein Stück wieder weggeschleppt und zwei neue kamen hinzu.

«Louise!» rief Vater. «Es wird Zeit, die Gepäckdroschke zu holen! Kann ich Hans jetzt schicken?»

«Einen Augenblick noch, Arthur! Ich muß erst mal nachsehen, ob die Badetücher auch eingepackt sind.»

«Aber beeil dich!» rief Vater mahnend, und nun bestürmten Ede und ich ihn, wer von uns beiden bei dem Kutscher auf dem Bock fahren durfte. Vater wollte mal sehen; er war von dem ungewohnten Trubel bereits ziemlich nervös, wollte aber unbedingt seinen Ruf als glänzender Organisator, bei dem alles wie am Schnürchen geht, aufrechterhalten.

«Ich schicke jetzt Hans!» rief er nach einem neuen Blick auf die Uhr. «Es wird höchste Zeit!»

«Einen Augenblick bitte noch, Arthur! Wir kriegen den Bettsack nicht zu!»

«Lauf los, Hans!» sagte mein Vater leise und machte sich auf den Weg, beim Verschnüren des Bettsackes zu helfen.

Ich lief die Treppe hinunter. Ganz ohne Auftrag schloß sich Ede mir an. Ich mußte es schon dulden, aber lieb war es mir nicht. Es hatte so etwas Pompöses, wenn man allein in einer Droschke fuhr. Zu zweien wirkte es lange nicht so überwältigend.

Es war der erste Tag der großen Ferien. Ganz Berlin, soweit es Kinder hatte und es sich leisten konnte, war im Aufbruch. Wir sahen wohl Gepäckdroschken, aber sie waren alle besetzt. Wir liefen hin und her, wir suchten mit immer größerem Eifer, denn wir wußten, mit welcher Ungeduld der pünktliche Vater auf unsere Rückkehr wartete. Aber es war wie verhext. Leere Droschken sahen wir genug, aber keine, deren Fassungsvermögen unserem Auszug angemessen war. Es mußte durchaus eine Gepäckdroschke sein, also ein schwarzer verschlossener Kasten mit stabilem, von einem Gitter begrenzten Dach, auf das die Mehrzahl der Koffer zusammen mit dem Bettsack getürmt werden konnte.

Endlich erwischten wir am Nollendorfplatz solch Ungetüm.

Stolz stiegen wir ein und ließen uns vornehm in die dunkelblauen Kissen zurücksinken. Aber gleich waren wir wieder aufrecht und sahen zu den Fenstern hinaus. Es war erhebend anzuschauen, wieviel schweißtriefende Familienväter, Jungen, Dienstmädchen und Portiers nach Gepäckdroschken liefen.

«*Beati possidentes!*» sagte ich zu Ede und war stolz, daß er noch nicht so viel Latein konnte, sondern daß ich es ihm übersetzen mußte. «Glücklich, wer da hat!»

Ja, wir waren viel beneidet. Überall standen auf den Bürgersteigen hinter Kofferbastionen Familientrupps. Alte Großmütter winkten unserm Kutscher verzweifelt mit Regenschirmen. Jungens sprangen einfach auf das Trittbrett unserer Droschke und boten dem Kutscher eine Mark extra, wenn er sie fuhr. Wir schlugen sie so lange auf die Finger, bis sie loslassen und abspringen mußten.

Auch Vater stand in der Luitpoldstraße hinter einigen Koffern, hielt nach uns Ausschau und wollte schelten, weil wir so spät kamen. Aber der Kutscher nahm uns in Schutz. «Lassen Se man die Jungens!» sagte er. «Die haben noch Schwein jehabt, det se mir jekriegt haben! Heute jibts in janz Berlin keine freie Jepäckdroschke. – Na, Herr Portier», wandte er sich an unseren Hausgewaltigen, der eben mit Minna einen Riesenkoffer heranschleppte, «is det det jrößte Stück? Na, denn wolln wa mal anfangen mit's Bauen!»

Und sie fingen an, den Koffer über Rad und Bock auf das Verdeck hinaufzustemmen. Aus dem Hause kamen immer neue Familienmitglieder mit Gepäckstücken, Plaidrollen, Schirmbündeln, zwischen denen unsere Strandschippen vom Vorjahre steckten. Aber Ede und ich beteiligten uns nicht mehr an der Schlepperei, wir begutachteten «unsere Gäule». Winnetous berühmter Zucht entstammten sie bestimmt nicht, aber ich war dafür, daß es doch Ostpreußen seien. Ede stimmt für Hannoveraner – eine Ahnung hatten wir beide nicht.

Vater versuchte unterdes das Verstauen des Gepäcks durch Ratschläge zu unterstützen. Aber das Familienoberhaupt wurde jetzt nicht beachtet, selbst Minna hörte nicht auf seine Worte. So verschwand Vater plötzlich im Haus, um Mutter auf Trab zu bringen.

Endlich waren alle unten, endlich waren alle Koffer verladen und festgebunden. Endlich saßen alle, ich recht schmollend, denn ich hatte mich in den Wagen zwischen die Schwestern klemmen müssen, während Ede auf dem Bock thronte. Aber auch nicht eigentlich auf dem Bock, sondern auf einigen neben dem Kutscher untergebrachten Koffern: das Fassungsvermögen des Wagenverdecks hatte sich doch als zu gering erwiesen.

Mutter lehnte aus dem Fenster und gab Minna, die erst die Wohnung in Ordnung bringen wollte, ehe sie auf Urlaub ging, jene letzten Ratschläge, die wohl schon vor einigen Jahrtausenden die verreisende Hausfrau ihrer Schafferin gegeben hat: «Und sehen Sie, Minna, daß die Wasserleitung nicht tropft. Und der Gashaupthahn muß noch zugemacht werden. Ehe Sie im Speisezimmer einwachsen, reiben Sie die Stelle auf dem Parkett, wo Christa Glut verloren hat, mit Stahlspänen ab. Hänschen holt sich Frau Tieto selbst. Und die Blumen stellen Sie alle zusammen auf den Boden vom Balkon, dann hat es Frau Markuleit einfacher mit dem Gießen. Es wird ja auch einmal regnen. Und vergessen Sie nicht, die Schrippen und die Milch abzubestellen. Und die Zeitung soll der Junge solange bei Eichenbergs abgeben . . .»

«Los!» rief Vater dem Kutscher zu, und mit dem Anziehen der Pferde sank Mutter in ihren Sitz zurück.

«Ach, Vater!» rief sie ängstlich. «Ich habe sicher noch was vergessen . . . Da war bestimmt noch was . . .»

«Wenn noch was ist», sagte Vater entschlossen, «kannst du ja Frau Tieto eine Karte schreiben. Wir müssen jetzt los, sonst versäumen wir den Zug!»

«Im nächsten Jahr werde ich noch eine Stunde früher aufstehen», sagte Mutter. «Man wird nie in Ruhe fertig. Ich bin ganz abgehetzt . . . Was ich nur vergessen habe? Da war doch noch was!»

Und sie versank in Grübeln.

Unterdes war die Droschke, ächzend und klappernd, die Martin-Luther-Straße hinaufgefahren und bog jetzt auf den Lützowplatz ein. Der lag ganz in der Morgensonne. Auf dem Herkulesbrunnen rauschte und strömte schon die Wasserkunst und blinkte im Licht mit tausend grünen, gelben und blauen Tropfen. Kinder saßen schon in den Sandkisten und spielten. Wir aber würden heute abend schon im Seesand spielen!

Und während der Wagen nun rascher die grüne Hofjägerallee hinunterrollte, kam mir plötzlich alles ganz unwirklich vor. Jawohl, ich saß hier in einer Droschke, ich fuhr mit meinen Eltern und Geschwistern in die Sommerfrische – aber tat ich das wirklich? Das ein Jahr hindurch gelebte Stadtleben saß so fest in mir, daß dies, was jetzt wirklich geschah, mir ganz unwirklich erschien.

Mir war so seltsam, als sei ich noch zu Haus in der Luitpoldstraße. Ich meinte, mich dort stehen zu sehen in meinem Zimmer, mich und doch nicht mich, denn ich fuhr ja auch hier in einer Droschke durch den Tiergarten! Und es überkam mich, wie es mir schon einige Male – aber nur schwach – geschehen war, daß es eigentlich zwei Hans Fallada gebe, zwei ganz gleiche Hans Fallada, und sie erlebten beide genau das gleiche, aber sie ertrugen es nicht gleich.

Ich hatte schon versucht, diesen Gedanken zu Ende zu denken, aber ich war nicht damit zustande gekommen. Denn wenn es zwei ganz gleiche Hansen gab, so mußten sie bei denselben Eltern in derselben Stadt leben, und nicht nur in derselben Stadt. In der gleichen Straße mußten sie wohnen, im gleichen Haus und – immer mehr verengte sich der Kreis – im gleichen Zimmer. Im gleichen Bett mußten sie schlafen, in der gleichen Haut stecken, mit dem gleichen Munde reden – der andere Hans Fallada mußte also auch in mir sein.

Aber das stimmte nicht, denn ich fühlte ihn nicht in mir, sondern ich sah ihn außer mir. Wohl war er ganz gleich, aber er war doch wieder ein anderer, denn ich konnte ihn mit meinem inneren Auge außerhalb von mir sehen. Er war auch ich, aber er war ein Ich, das nicht ganz so wirklich war wie ich, der hier in einer Droschke fuhr, er war wie ein Schatten oder ein Gespenst. Oder wie ein Doppelgänger.

Manchmal konnte diese Erscheinung etwas sehr Beängstigendes haben, so wenn dieses zweite Ich etwas tat, was mir gar nicht recht war, und mein erstes Ich hatte dafür einzustehen, als habe es dies selbst getan. Aber in diesem Augenblick, eingezwängt in der übervollen Droschke an einem frischen Sommermorgen, war es fast erlösend, daß ich dies andere Ich dort in der Wohnung zurückließ, mürrisch und unzufrieden. Ein tiefes Glück überkam mich, daß ich fort von ihm fuhr, in den Sommer hinein, an einen Ort, wo es dieses andere Ich bestimmt nicht gab.

Ich wußte, es würden glückliche Ferien. Ich sah auf die Bäume des Tiergartens, ich sah das Grün und die hellen Kleider, ich war plötzlich so fröhlich wie noch nie. In mir sang es: ‹Ich fahre in die Ferien! Berlin ist erledigt! Ich fahre von der Schule fort! In meinem Zimmer steht der andere Hans Fallada, dessen ich mich immer schämen muß, und ich fahre fort von ihm! Was bin ich glücklich!›

Ein deutliches Mal fühlte ich mich in diesen Jahren ganz im Einklang mit mir. Es gab keine Zerrissenheit, keinen Zweifel mehr . . . Ich war wirklich glücklich . . .

Wir sind noch manches Mal nach dieser Reise durch Berlin in einer Gepäckdroschke zur Sommerfrische gefahren. Jedesmal habe ich mich dieses Gefühls von damals erinnert. Ich habe versucht, es mir zurückzurufen. Ich habe mir vorgesagt: ‹Ich reise. Ich reise wirklich! Ich fahre in die Ferien! Ich fahre von allem fort!› Aber dieses Gefühl des Wirklich-Unwirklichen ist nie wieder in mir entstanden, nie wieder habe ich das gleiche Glück empfunden.

Auch an jenem Tage schwand es viel zu rasch dahin.

Wir nähern uns nun dem Stettiner Bahnhof. Wir sind nicht mehr nur eine einzelne Gepäckdroschke, wir sind ein ganzer Heerestroß geworden. Aus jeder Querstraße biegen sie in die Invalidenstraße ein.

Fiete und ich liegen halb aus den Fenstern, wir halten Ausschau nach einer noch höher beladenen Droschke, als unsere ist, aber wir entdecken keine, uns gebührt die Palme!

Mutter hat endlich gefunden, was sie vergessen hat: «Im Büfett steht noch ein halber Napfkuchen, ich wollte ihn doch auf die Reise mitnehmen! Ich werde sofort Tatie eine Karte schreiben, daß sie ihn sich holt. Schade –!»

Und Vater gibt etwas nervös seine Instruktionen. «Ihr Kinder bleibt alle bei Mutter! Sie auch, Christa! Louise, du bleibst mit den Kindern in der Halle am Fuß der Treppe. Die Gepäckaufgabe besorge ich allein. Hoffentlich hat sich niemand in unser bestelltes Abteil gesetzt!»

Und wir halten vor dem Stettiner.

«Gepäckträger!» ruft der Vater.

Aber der Stettiner Bahnhof ist ein wallender, wogender Strudel. Vor uns Gepäckdroschken, die halb ausgeladen sind, hinter uns Gepäckdroschken, die abladen wollen und schon zu drängeln beginnen. Und kein Gepäckträger, der auf Vaters Ruf hört!

«Ihr da, macht en bißken dalli, wat?!» ruft der Kutscher hinter uns. «Oder habt ihr Stehplatz bezahlt –?!»

Vater wirft alle seine Dispositionen um.

«Kutscher, geben Sie die Koffer herunter. Christa, wir beide wollen sehen, daß wir sie ihm abnehmen. Louise, halte die Kinder bei dir und nimm das Handgepäck an dich. Zähle die Stücke!» Wir sind nur Teilchen einer wirbelnden, laufenden, scheltenden, lachenden Menschenmenge. Plötzlich stecke ich mit der Nase im Bauch eines Herrn. Der Bauch ist weich. Der Herr hebt mich in die Luft, ruft: «Junge, träume nicht!» und setzt mich auf einen Koffer, von dem ich sofort wieder weggejagt werde, denn es ist nicht unserer.

Papa müht sich im Verein mit Christa an dem Riesenkoffer. Seine Zähne sind zusammengebissen, seine spitzen Schnurrbartenden zittern.

«Achtung Christa! Setzen Sie den Koffer doch nicht auf den Hund ab!»

Ein «Blauer» drängt sich gemächlich durch das Gewühl, nimmt grade bei uns Posto und sagt, meinem Vater auf die Schulter tippend: «He Sie! Hier dürfen Sie Ihre Koffer aber nicht abstellen! Der Eingang muß freigehalten werden!»

Ich bin entsetzt, daß mein Vater von einem gewöhnlichen Schutzmann mit «He Sie!» angesprochen und einfach auf die Schulter getippt wird. Wäre ich der Vater, würde ich mich mit einer großen Gebärde zu erkennen geben: «He Sie! Ich bin Kammergerichtsrat!»

Aber Vater sagt nur ein wenig verzweifelt: «Es sind gar keine Gepäckträger zu kriegen!»

«Hätten Sie früher aufstehen müssen!» sagt der Schutzmann, ganz unberechtigt, denn wir sind sehr früh aufgestanden. «Jedenfalls müssen die Koffer hier weg! Und das dalli!»

Damit entschwindet der Blaue, ehe ihm Vater noch antworten kann.

Unterdes ist ein kleiner Streit zwischen Mutter und Ede ausgebrochen. Ede soll ein Handköfferchen und ein Schirmpaket tragen, weigert sich aber. Er trägt einen Arm, als sei er frisch geimpft, im Ausschnitt seines Sommermantels und behauptet, ihn sich oben auf der Droschke gestoßen zu haben. Er könnte mit ihm nichts tragen. Mutter will die gestoßene Stelle sehen, aber Ede weigert sich, öffentlich seinen Arm zu entblößen. Er hält sich fern von Mutter. Er kommt mir komisch vor, wie er da seinen Arm im Mantel hält ...

Vater ist verschwunden, und wir müssen ohne männlichen Schutz die Beschimpfungen und Flüche der Kutscher und Mitreisenden ertragen. Ich zittere davor, daß der Blaue zurückkommt und uns noch immer bei diesem Kofferberg findet. Vorsichtshalber schiebe ich mich zwischen andere Leute, ich will lieber nicht zu einer so beschimpften Familie gehören. Aber Mutters scharfes Auge, das ununterbrochen die Küchlein zählt, merkt sofort mein Verschwinden. Sie ruft mich, und ich muß nun direkt neben ihr stehen, im Brennpunkt aller Beschimpfungen. Ich entdecke, daß ich Vater beschuldige, alles verkehrt zu machen. Bei uns geht immer alles schief, was bei anderen glatt geht. Die hinter uns haben längst Gepäckträger ...

Jetzt fängt auch der Kutscher an zu rebellieren. Er will und muß fortfahren, er verlangt von Mutter das Fahrgeld. Mutter wagt es ihm nicht ohne Vaters Einverständnis zu geben, vielleicht braucht Vater den Mann noch. Der Kutscher wird immer gröber, statt mich über ihn zu ärgern, schäme ich mich nun auch meiner Mutter ...

Gottlob, da kommt Vater! Er ist begleitet von zwei Gepäckträgern, die einen großen Karren schieben. Vater wirkt etwas bleich und aufgelöst, aber seine Schnurrbartspitzen zittern nicht mehr. Im Umdrehen ist das Gepäck aufgeladen und rollt durch den Eingang. Unterdes hat Vater den Kutscher gelöhnt, der sich sofort aus einem groben in einen höflichen Mann verwandelt hat. Er tippt sogar zum Abschied an seinen Lackzylinder und wünscht uns Glückliche Reise und Gute Erholung.

Wir drängen uns unter Mutters Kommando an die Treppe, die zu den Bahnsteigen hinaufführt. Jedes von uns – außer Ede, der seinen Kopf durchgesetzt hat – trägt mindestens zwei Handgepäckstücke, Christa und Mutter sogar drei oder vier. Am Fuß der

Treppe angekommen, wird alles abgesetzt, eine Bastion gebildet – und sofort wieder eingerissen, denn schon wieder werden wir als Verkehrshindernis beschimpft.

Ich klettere zwei oder drei Stufen hoch und halte mich an dem Geländer fest. So erhöht sehe ich auf die brausende Halle hinab, auf dieses endlose, immerfort wechselnde Gewühl von Köpfen. Ich versuche, an der langen Schranke der Gepäckabfertigung Vater zu erkennen unter den Hunderten, die dort in drei, vier Gliedern stehen. Aber das ist ein vergebliches Bemühen. Ungeheure Kofferberge versperren jede Aussicht. Dann blicke ich nach den Schaltern hin. Vor allen Schaltern drängen sich die Leute. Gottlob, dorthin braucht Vater wenigstens nicht. Wir haben schon unsere Fahrkarten, wir haben sogar ein bestelltes Abteil!

Aber wie, wenn sich andere hineingesetzt haben wie im vorigen Jahr? Es gab Schamlose, die rissen einfach den «Bestellt»-Zettel vom Fenster und behaupteten, es hätte nichts daran gestanden. Das führte dann immer zu endlosen, immer erregter werdenden Verhandlungen, denen Vater, wie ich fand, nie gewachsen war. Vater blieb immer leise und höflich, die andern konnten noch so sehr schimpfen. Ich hätte an Vaters Stelle noch doller geschimpft! Ach, es war nicht zu leugnen: so oft wir die manchmal lästig empfundene Ordnung des eigenen Heims verließen, war alles bedroht. Wir galten nichts mehr. Vor unserm uns solchen Respekt einflößenden Vater schien niemand Respekt zu empfinden, alles Sichere war unsicher geworden.

«Hans!» rief die Mutter und – siehe da! – Vater war wieder bei uns! Das Gepäck war aufgegeben. Noch erregt vom eben überstandenen Kampf erzählte Vater, daß es bestimmt noch mit diesem Zug mitkommen würde, die Gepäckträger hätten es ihm fest versprochen. «Und ich gehe, sobald ihr eure Plätze habt, sofort an den Packwagen und passe auf, daß es auch wirklich mitkommt!»

«Hoffentlich!» sagte Mutter mit einem tiefen Seufzer. «Wie sollen wir sonst nächste Nacht schlafen?»

Der Marsch zum Bahnsteig, zum Zuge beginnt. «Bahnsteig sieben!» ruft Vater noch der Mutter zu. Sie macht mit Fiete die Führerin, während Vater mit mir die Nachhut bildet. Es ist aber unmöglich, in geschlossener Formation zu marschieren. Immerzu drängen sich Leute dazwischen. Wir sammeln uns erst wieder am

Häuschen des Billettknipsers. Vater zeigt das Fahrscheinheft und läßt uns vorangehen, während er die Häupter seiner Lieben zählt. Plötzlich stößt er einen Schrei aus. «Louise!» ruft er über die Sperre fort. «Wir müssen doch sieben sein und sind nur sechs! Wo ist Eduard?»

«Ede?!» ruft die Mutter. «Ede!! Er war doch vorhin noch da! Hast du ihn denn nicht auf der Treppe gesehen?»

«Ich weiß nicht!» ruft Vater und sieht sich verzweifelt um.

«Los! Los!» ruft der Billettknipser. «Machen Sie hier keine Verstopfungen! Sie müssen die Sperre freimachen!»

«Wann hast du Ede zum letztenmal gesehen?» ruft Vater.

«Ich weiß doch nicht! Als wir zur Treppe gingen, war er noch da – glaube ich!»

«Also jetzt raus oder rein!» wird dem Vater energisch gesagt. «Ihretwegen könne wir nicht den ganzen Betrieb stillegen!»

«Ich suche den Jungen!» ruft der Vater wie ein letztes Vermächtnis. «Nehmt immer eure Plätze ein!»

Und er stürzt sich wie ein Schwimmer in die Fluten.

Sehr bedrückt gehen wir den endlosen Zug entlang. Mutter versucht durch Befragen festzustellen, wann wir Ede zum letztenmal gesehen haben, als ob das jetzt noch irgendeine Bedeutung hätte! «Ist denn sein Handkoffer da? Nein? Auch nicht! Ach Gott, der Junge, der Junge! Was der nur immer anstellt! Er wird doch nicht schlechten Leuten in die Hände gefallen sein! Und der arme Vater! Er hat es so gerne, wenn alles still und glatt zugeht! Und heute klappt rein gar nichts . . .»

«Mutter», sage ich. «Hier fangen die Bestellt-Abteile an. Wir wollen mal sehen, ob wir unsern Namen finden.»

Wirklich, wir brauchen gar nicht lange zu suchen, da steht schon unser Name an einer Scheibe.

«Gottlob!» sagt Mutter. «Ist wenigstens das in Ordnung! Und das Abteil scheint auch noch leer zu sein!»

Aber als wir die Tür öffnen, sitzt doch schon jemand drin, und wer kann das anders sein als unser lieber Bruder Ede –?!!

«Ede!» ruft die Mutter ganz verblüfft. «Wie kommst du denn hierher?»

«Och!» sagt Ede. «Auf der Treppe haben sie mich egalweg gestoßen. Da hab ich gedacht, ich geh lieber voraus und halt uns das Abteil frei. Und das war gut, Mutter, dreimal haben hier andere einsteigen wollen!»

«Aber wie bist du denn ohne Karte durch die Sperre gekommen, Ede –?»

«Och, Mutter», sagt Ede wieder. «Das war ganz einfach! Ich hab dem Knipser gesagt, Vater kommt hinterher – und das war nicht gelogen. Vater ist doch hinterhergekommen!»

«Dein Vater ist nicht hinterhergekommen», sagt die Mutter streng. «Dein Vater sucht dich auf dem ganzen Bahnhof. – Hans, laufe los, und sage Vater . . . Nein, du bist noch zu klein. Fiete – nein, besser Itzenplitz – nein, du kannst auch nicht über die Leute wegsehen! Christa, gehen Sie und sagen Herrn Rat . . .»

«Ach, Frau Rat, bitte, bitte, lassen Sie mich nicht gehen! Ich verlauf mich sicher und ich find den Herrn Rat bestimmt nicht! Und dann fährt der Zug ab, und ich hab keine Bekannten in Berlin, und nach der Luitpoldstraße finde ich auch nicht zurück . . .»

Sie weint schon.

«Also gehe ich!» sagt Mutter gottergeben. «Aber daß sich keines von euch aus dem Abteil rührt! Und wenn jemand einsteigen will, sagt, daß alle Plätze bezahlt und besetzt sind. Und wenn der Schaffner kommt und die Karten verlangt, sagt ihr, Vater kommt gleich. Und den Vordersitz in der Fensterecke kannst du nicht haben, Ede, den bekommt Vater . . .»

Ehe noch der Streit zwischen uns Geschwistern um die Fensterplätze recht in Gang ist, verschwindet Mutter im Gewühl des Bahnsteigs. Wir fühlen uns recht verloren und verlassen. Wenn der Zug nun abfährt, ehe die Eltern kommen? Kein Geld, keine Fahrkarten – was sollen wir denn nur machen?

«Hans!» tuschelt Ede mir geheimnisvoll zu. «Gib mir deinen Fensterplatz, ja –?»

«Ich denke ja gar nicht daran!»

«Doch!» sagt er bittend. «Ich muß ihn einfach haben! – Kuck mal hier runter!»

Und er zeigt auf den Fensterplatz, von dem ihn Mutter vertrieben hat.

Ich sehe darunter, und sofort ertönt mir ein bekanntes, aber schwaches Fauchen entgegen. «Hast du wirklich deinen Hamster mitgenommen?» frage ich erstaunt.

«Aber klar doch, Mensch! Ich werde ihn doch dem Markuleit nicht lassen, wo er so dämlich geredet hat! Die ganze Fahrt habe ich ihn vorne im Mantel gehabt, die Schnauze natürlich mit einem Lappen zugebunden. Beißen kann er nicht, aber er kriegt genug Luft!»

«Wenn das Vater merkt –!»

«Och –! Wenn wir erst fahren, schmeißt ihn Vater bestimmt nicht mehr raus! Und wenn ich ihn erst in Graal habe, stört er überhaupt nicht mehr. Ich fang mir'n Weibchen dazu, und wenn ich Junge kriege, verklopp ich sie an die Tierhandlung. Für junge Hamster gibt's 'ne Masse Geld!»

«Na, denn steck ihn unter meinen Platz!» sage ich entschlossen. «Aber paß auf, daß die Gänse nichts merken, die schnattern sonst gleich los!»

Die Gänse oder die Schwestern waren gottlob völlig damit beschäftigt, aus dem Fenster zu schauen, einerseits nach den Eltern, andererseits nach der Uhr.

«Nur noch acht Minuten!» sagt Itzenplitz. «Wenn sie nicht kommen, habe ich das Kommando. Ich bin die Älteste!»

«Bist du nicht!» sage ich. «Christa ist es!»

«Christa, willst du kommandieren?» fragt Itzenplitz unsere siebzehnjährige Seniorin. «Siehst du, Hans! Sie will gar nicht und sie kann auch nicht. Sie hat ja von nichts eine Ahnung!»

«Und was willst du kommandieren?»

«Daß wir alle noch schnell aussteigen, ehe der Zug abfährt!»

«So! Du bist ja mächtig helle heut!» sage ich mit aller brüderlichen Höflichkeit. «Wo Mutter uns extra verboten hat, aus dem Abteil zu gehen!»

«Aber wir können doch nicht ohne die Eltern fahren!»

«Und warum können wir es nicht? Lassen das Abteil leer fahren, wo Vater es bezahlt hat, und er muß für alle sieben noch einmal nachbezahlen, wo er ganz gut mit Mutter allein uns nachfahren kann. Vielleicht holt er uns vor Gelbensande sogar noch ein, wenn er D-Zug fährt. Ich finde es direkt schick, wenn wir mal allein fahren! Wir würden einen Deebs machen, was Ede –?»

«Natürlich!» echote Ede, der an seinen nun unter meinem Sitz verwahrten Hamster denkt. «Du kannst es mir zehnmal sagen,

Itzenplitz, ich steig doch nicht aus, wo Mutter es uns extra verboten hat.»

«Und wir können doch nicht fahren!» springt Fiete jetzt ihrer Schwester bei. «Wir haben ja gar keine Fahrkarten!»

«Nur noch vier Minuten! Sieh mal, die Schaffner fangen schon an, die Türen zuzumachen! Christa, sollen wir fahren oder sollen wir aussteigen?»

«Ich weiß doch nicht!» jammert Christa los. «Aber wenn ich allein mit euch zu fremden Leuten gehen soll, das tue ich nicht! Und allein fahre ich auch nicht mit euch, ihr laßt euch ja doch nie was von mir sagen!»

«Siehst du, Hans», sagt Itzenplitz triumphierend. «Christa sagt auch, wir müssen aussteigen!»

«Nein, nein, ich steig nicht aus mit euch!» jammert die Heulliese. «Ich geh nicht mit euch unter die vielen Leute! Ihr lauft mir gleich alle weg, und ich steh da und weiß nicht wohin!»

«Ich stelle fest», verkünde ich stolz auf meine Geistesschärfe, «daß Christa nicht mitfahren und nicht aussteigen will. Was willst du nun eigentlich, Christa?»

«Ich weiß doch nicht! Warum fragt ihr mich denn immerzu? Aber das sage ich euch, wenn der Herr Rat nicht gleich kommt, dann fahre ich nach Haus! Ich hab's nicht nötig, so in der Welt herumzufahren wie 'ne Waise, ich hab richtige Eltern, bei denen ich bleiben kann!»

Gott sei Dank kam der Herr Rat mit seiner Rätin nun wirklich gleich. Er war so froh, den Zug noch erreicht zu haben, daß Ede nicht mehr als ein paar scherzende Scheltworte abbekam, nebst einem Zupfen am Ohrläppchen. Während Mutter dem Vater seinen Eckplatz gemütlich mit Kissen herrichtete – wir fuhren selbstverständlich Dritter –, während Vater das schwere Tuchjackett mit einem leichten aus Lüster vertauschte und auf den Kopf statt des Filzhutes ein leichtes Käppi setzte, das den schon blaß zwischen licht werdenden Haarsträhnen durchschimmernden Schädel vor Erkältungen schützte, während Itzenplitz schon mit Marlitts Goldelse anfing und Fiete von Christa ihre große Puppe verlangte, die doch auch etwas von der Reise sehen sollte, während Ede ungewohnt steif auf «meinem» Eckplatz saß, die Beine gewissermaßen als Gitter vor dem Versteck des Hamsters, den er mit einem Bindfaden ans Heizrohr gebunden hatte, während ich zum offenen Türfenster hinausschaute – während alledem hatte es auf dem Bahnsteig einen letzten Tumult, ein letztes hastiges Rennen und Schleppen gegeben. Die letzten Türen waren zugeschlagen, die Pfeife des Zugführers hatte geschrillt, und mit lautem Puffen und Dampfausstoßen hatte die Lokomotive unsern Zug in Gang gebracht.

Nun rollte er schon etwas freier, klapperte aber immer noch über Dutzende von Weichen, und ich sah neugierig in all die engen, rauchgeschwärzten Hinterhöfe, die mir bei dieser Ferienfahrt ins Freie besonders abscheulich vorkamen. All die Leute, die in ihnen hausen mußten, schienen mir beklagenswert. Ich begriff fast nicht, daß wir fast ein ganzes Jahr im dritten Stock eines solchen Hauses an der Luitpoldstraße gewohnt hatten!

Nun wurde der Blick etwas freier, ich sah in den Friedhof der Französischen und Hedwigs-Gemeinde und – plötzlich ganz traurig – wendete ich mich ins Abteil zurück und sagte zu Vater: «Wenn wir den Kirchhof wiedersehen, sind die großen Ferien schon vorbei!»

«Und die nächsten sind dir sechs Wochen näher!» lachte Vater und streckte sich behaglich auf seinem Fensterplatz aus. «Werde bloß nicht elegisch, mein Sohn, sondern freue dich dessen, was du hast! Das Dunkle der Zukunft, wie auch die unvermeidliche Fünf in deiner nächsten Algebraarbeit, darfst du jetzt ohne Sorge schlummern lassen. Sechs Wochen sind eine mächtig lange Zeit, Hans, und wir wollen sie genießen und uns nicht die Laune verderben lassen.»

Dieses mit einem Blick auf Ede, den Übeltäter.

Eben fuhr stolz in viel rascherem Tempo ein D-Zug an uns vorüber. Ich sah ihm neidisch nach, hatte schon wieder meinen kleinen Kummer über die Vergänglichkeit irdischer Freuden vergessen, und rief: «Ach, Vater, warum fahren wir eigentlich nie D-Zug? Ich würde furchtbar gern mal D-Zug fahren!»

Vater lächelte mit all seinen Augenfältchen. «Aber warum denn, mein Sohn? Du sitzt hier wie dort auf Holz, aber du mußt es teurer bezahlen und hast weniger davon, denn du bist drei Stunden eher am Ziel. Warum sollen wir der Eisenbahn drei Stunden schenken?»

Ich bin nicht einmal sicher, ob nicht Vater wirklich so dachte. Vielleicht war es nicht nur Sparsamkeit, daß er stets mit uns den Personenzug benutzte. Seine ganze Natur war allem Hasten und Hetzen abhold. Er liebte es wirklich, wenn der Zug an jedem kleinen Bahnhof hielt. Dann sah er gemächlich aus dem Fenster zu, wie ein paar Bauersfrauen mit ihren Körben sich beeilten einzusteigen, und zog er den Kopf zurück, hatte er immer eine kleine Beobachtung gemacht, aus der sich ein Geschichtchen spinnen ließ. Ein hastiges Abschiedswort, die schwerwiegende Frage, was die Frauen in ihren Körben gehabt hätten, eine einsame Kuh, die aus dem Türspalt des Güterwagens ihre feuchte Schnauze gesteckt hatte, all dies und tausend anderes gab ihm den Stoff, aus dem er seine Plaudereien spann.

Richtig, jetzt fällt es mir wieder ein, mein Vater hatte eine besondere Vorliebe für die Bücher von Heinrich Seidel, diesem Behaglichkeitsphilosophen der kleinen Leute, des Alltagsglücks, dessen gar zu billiger Optimismus uns heute schon ein wenig fade schmeckt. Aber wie Seidels Leberecht Hühnchen beim Verzehren eines einzigen Eis sich an dem Gedanken ergötzte, daß er mit diesem einen Ei Hunderte von Hühnergenerationen vom Erdball nur zur Ernährung seines Wanstes tilge (er nannte das Schlampampen) und sich dadurch seine überragende Stellung als fast gottgleicher Mensch bewies, so sog mein so selten von seiner Arbeit fortkommender Vater aus jeder Blume Honig. Jeder Mensch war ihm interessant, jeder Vogelruf erfreute ihn, und noch auf jedem Schutthaufen entdeckte er Blumen, die niemand sonst sah! Warum sollte er da nicht auch mit besonderem Vergnügen die dritte Klasse eines Personenzuges benutzen –?!

Meine Mutter kam von ihrer Entdeckungsreise zurück. Sie hatte nach der «Örtlichkeit» oder, wie wir Kinder es einfacher nannten, nach dem «Örtchen» gesucht. Wenn man mit vier, eigentlich mit fünf Kindern (denn Christa konnte man wirklich nicht für voll rechnen!) sieben bis acht Stunden auf der Bahn sitzt, war die Frage nach diesem Ort schon brennend. Aber Mutter brachte eben die beruhigendsten Nachrichten.

«Es liegt gleich hier nebenan», erzählte sie in dem halben Flüsterton der Diskretion, den das Thema gebot. «Wir teilen es nur mit den Leuten aus dem Abteil neben uns, da wird es doch nicht immer besetzt sein. Freilich, sie fahren mit fünf Kindern, und keines ist älter als zehn. Recht nette Leute, Vater, ich habe ein paar Worte mit ihnen geredet, aber die Frau trägt zu viel Schmuck, um wirklich fein zu sein. Sie fahren nach Brunshaupten, schon den fünften Sommer, denke dir! Sie sind sehr zufrieden mit Brunshaupten, Vater, sie sagen, es ist dort alles viel leichter zu kriegen als in Graal. Sie haben dort auch eine Landungsbrücke, so was macht den Kindern doch immer sehr viel Spaß, wenn ein Dampfer kommt, sagen sie. Wirklich angenehme Leute, trotz des vielen Schmucks. Kinder, ihr müßt im Nebenabteil ordentlich grüßen, wenn ihr ‹dahin› geht, hört ihr!»

Ich hörte es, aber ich war nur mit halbem Ohr bei Mutters Bericht über die Abteilnachbarn. Ich dachte an frühere Reisen, als wir noch kleiner waren. Zu den damaligen Zeiten muß noch keinesfalls jeder Bahnwagen über ein Örtchen verfügt haben, und was machte eine unselige Mutter mit ihren Kindern, wenn sie «dahin» müssen und es gibt kein «Dahin»!

Nun, *wir* fuhren mit einem Gerät, das wir das Gummipötterchen nannten. Wie es zu uns gekommen ist, ob durch Kauf oder Geschenk, das weiß ich nicht mehr. Aber jedenfalls war es da, war Familienbesitz, war sicher einmal nicht billig gewesen, und so blieb es denn auch bei uns, trotz offensichtlicher Fehler in der Konstruktion. Der Erfinder dieses Reisetopfes war nämlich von dem Gedanken beherrscht worden, daß Reisende wenig Platz in ihren Koffern haben. Er hatte also seinen Topf nach dem Prinzip des Chapeau claque konstruiert: auf einen Druck an den beiden Seitenrändern ließ er sich flach zusammenlegen wie solch ein Seidenhut. Drückte man wieder, so sprang er auf, seine derbe graue Gummihaut strammte sich, und er bot willig seine Wölbung – nebenbei ein sehr verlockendes, aber nie erlaubtes Spielzeug für uns Kinder.

Aber der Erfinder hatte nicht bedacht, daß die Benutzer diese Raumersparnis teuer mit großer Unsicherheit bezahlen mußten. Es war ein Reisetopf, Reisen werden aber vorwiegend in nicht stille stehenden Behausungen ausgeführt, sondern meist in Wägen, die sich, mit Rädern versehen, mehr oder weniger schnell fortbewegen. Selbst auf der Eisenbahn, deren Schienen den menschlich denkbar glattesten Weg darstellen, gibt es nicht selten häufig plötzliche Stöße, Schwankungen in den Kurven, einen Ruck, den die auf der Lokomotive zu rasch gezogene Bremse auslöste.

Wohlan! Einen mäßigen gleichbleibenden Druck ertrug das Pötterchen willig, besonders dann, wenn sein Benutzer eine längere halb schwebende, halb hockende Stellung einzunehmen wußte. Verstärkte sich der Druck auf die Seitenwände aber plötzlich, hervorgerufen etwa durch das Schleudern des Wagens in einer Kurve, so wurde aus dem Töpfchen ein Chapeau claque. Plötzlich legte es sich zusammen und sein Inhalt . . .

Nein, ich muß sagen, ich hatte schon als Kind das Gefühl, es sei ein Pötterchen mit ausgesprochen boshaftem Charakter. Es wartete immer, bis sein Zusammenklappen auch Übles anrichtete. Es ertrug bis dahin auch stärkere Stöße willig, um seinen Benutzer in Sicherheit zu wiegen, ihn zu einem *Laisser faire laisser aller* zu verführen – und alle schrien auf!

Meine hart geprüften Eltern hatten sich eine große Gewandtheit im Umgang mit diesem Unhold angeeignet. Sie gaben uns Kindern Hilfestellung. Eines hielt unter dem rechten, eines unter dem linken Arm.

Vater sprach mahnend: «Mach nur schnell, Hans! Ich habe eben aus dem Fenster gesehen, wir haben ein Stück ganz grade Strecke vor uns!»

Und ehe wir uns noch versahen, bremste der Zug oder ging doch in eine Kurve –, und wir schrien alle, alle auf!

Mancher wird fragen, warum meine Eltern nicht nach solchen Erfahrungen das moderne Gummitier wegwarfen und zum bewährten emaillierten Blech zurückkehrten, das wohl mehr Platz beanspruchte, dafür aber auch größere Sicherheit bot. Ich weiß es eigentlich auch nicht – aber der Mensch ist wohl so, daß er schließlich auch seine Plagen lieben lernt und ohne sie nicht mehr leben mag. Und dann wurden wir ja auch immer größer, das war nicht zu übersehen. Ein Emailletopf wäre eine Neuanschaffung gewesen, zu Haus hatten wir nur Steingut, das Porzellan genannt wurde und mit Blumen in verschiedener Zusammenstellung geziert war. Mutter sagte: «Es ist ja nur noch dieses eine Jahr, Vater. Dann sind die Kinder groß und können an einer Station auf den Bahnsteig. Und wir werden besser aufpassen . . .»

Ja, Pustekuchen, aufpassen! Das Pötterchen paßte viel besser auf. Da haben wir wieder den Salat!

Nun haben wir schon zweimal gefrühstückt, wir haben bereits dreimal so viel gegessen wie sonst zu Haus, und sind alle recht schläfrig oder schlafen auch schon. Mir gegenüber sitzt Christa, auf ihrem Schoß liegt Fietes schlafender Kopf, an ihrer Schulter lehnt Itzenplitz, schlummernd, mit offenem Mund. Christa sitzt steil aufrecht. Als Stab und Stütze hat sie vor sich zwischen den Knien ihren derben, ländlichen Schirm eingepflanzt in den Boden des Abteils. Ihre breiten roten Hände liegen fest auf dem Griff, der einen Vogelkopf darstellt. Aber trotz dieser aufrechten Haltung schläft auch Christa. Sie hat den Mund geschlossen und schnurkelt friedlich durch die Nase.

Ede schläft in seiner Ecke, um sich vor der Sonne zu schützen, hat er sich die Gardine über das Gesicht gelegt. Auch Vater hat die Augen geschlossen und die Beine weit von sich ausgestreckt. Er kann das gut, denn Mutter ist auf einen kleinen Plausch zu den Abteilnachbarn gegangen.

Der Zug fährt unermüdlich. Sein regelmäßiges «Rattata Rattata» bilde ich mir im Einschlafen in «Bald sind wir da – bald sind wir da!» um. Ich blinzle nur noch, ich werde auch sofort hinüber sein. Aber ganz kann ich doch nicht zur Ruhe kommen. Da ist irgendein Geräusch im Abteil, das mich stört. Es ist ein Geräusch, das hier nicht hergehört. Ich sage mir vor: «Bald sind wir da! Hurra!», aber ich horche dabei schon wieder. Ich mache die Augen wieder auf, die schon fest geschlossen waren. Ich sehe mich um, ich versuche festzustellen, woher dieses ungewohnte Geräusch kommt.

Da sehe ich etwas auf dem Boden des Abteils. Es sitzt da, hat einen Griepsch in den Vorderpfoten und nagt daran, ganz schnell und stoßweise. O Gott, der Hamster! Wir haben ja ganz den Hamster vergessen, Ede wie ich! Der Hamster ist los!

Ich sehe nach Ede hin, aber Ede ist ganz hinter seiner Gardine verschwunden, er schläft tief. Wollte ich einen Versuch machen, ihn zu wecken, würde eher das ganze Abteil wach. Ich kenne das bei Ede. Wir haben schon eine Weckuhr neben ihm aufgebaut, die lauteste Weckuhr des ganzen Hauses, und die haben wir auch noch auf einen umgestülpten Teller gestellt, den Lärm zu erhöhen. Ede schläft immer weiter. Ede ist nur zu wecken, wenn man ihn mit reichlich Wasser begießt oder aus dem Bett auf den Fußboden rollt.

Nein, Ede kann ich nicht wecken und will es auch nicht. Der Hamster sieht recht possierlich aus. Da ich doch nicht wieder einschlafen kann, sehe ich ihm lieber zu. Die ungewohnte Lebenslage, das Poltern und Rollen des Zuges scheinen unsern Maxe nicht zu stören, er benimmt sich friedlich und vertraut, als säße er vor der Tür seines Baues im heimischen Weizenacker.

Der Apfelgriepsch hat seine Schuldigkeit getan, er ist hinüber. Der Hamster nähert sich Christas Schuhen, beschnüffelt sie, wobei er seine rosa-weiße gespaltene Nase rasch über den langen gelben Schneidezähnen auf und ab zieht, und nun hat er entdeckt, daß zwischen Christas Schuhen ein Weg hindurch in das Dunkel unter ihrem Sitz führt! Er benutzt diesen Weg und verschwindet aus meinem Gesichtsfeld.

Eine Weile horche ich. Aber nichts läßt sich vernehmen, nichts geschieht. Es ist ein ausgesprochen langweiliger Hamster, ich habe das Ede schon immer gesagt. Ein Karnickel würde nie so lange tatenlos im Dunkeln sitzen! Der Hamster kann ruhig etwas tun, um mir die langweilig schläfrige Mittagsstunde zu vertreiben, ich habe seinetwegen meinen Eckplatz an Ede abgetreten!

Ich sehe mich suchend um. Über mir im Gepäcknetz liegt Vaters Stock. Ich hole ihn mir, und nun versuche ich, durch Christas eng beieinander stehende Beine ins Dunkle vorzustoßen. Hell erklingen die Eisenrohre der Heizung, aber ein ärgerliches Fauchen verrät mir, daß ich nicht nur sie getroffen habe. Der Hamster, der ein mutiges Tier ist, erscheint wieder und attackiert meinen Stock. Er sitzt auf den Hinterbeinen, zornig hat er die Zähne entblößt, er schnappt nach dem Stock. Dieses große, braungelbe Dings kann ihn nicht in Schrecken versetzen, es ärgert ihn, er wird immer wütender. Sieh da, diese Handvoll Fett und Fleisch und Zähne möchte den meterlangen Stock einfach verschlingen!

Ich ziehe den Stock vor und zurück, ich berühre den Hamster bald am Kopf, bald an der Brust – wie er sich bläht vor Zorn, wie seine Backentaschen anschwellen! Es ist ein wunderbares Spiel: ich bin ein kleiner Herrgott. Ich bin mit etwas Neuem in diese kleine Hamsterwelt eingebrochen. Aber Maxe gibt sich nicht geschlagen, nein, immer wieder nimmt er den Kampf mit dem nie gesehenen Ungeheuer auf. Er ist nicht feige. Ich aber bin ein milder Herrgott, der Hamster hat keine Ahnung, daß ein einziger Schlag dieses Stockes, gegen den er so verbissen kämpft, seinem kleinen Dasein für immer ein Ende bereiten würde – ich berühre ihn nur sanft . . .

Dann lasse ich den Stock sinken. Maxe begreift sofort, daß die Drohung vorbei ist. Mit seinen handförmigen Vorderpfoten schlägt er nach dem Stock, er zerrt an ihm mit den Zähnen . . . Aber der Stock bleibt ruhig, er will nicht mehr. So wird auch der Hamster sachte friedlicher, er beschnuppert den Stock: ach, es ist nur so ein blödes totes Stück Holz, wie er es schon draußen auf den Feldern gefunden hat, es hat kein Leben in sich, es ist kein Gegner! Der Hamster dreht dem Stock verächtlich den Rücken.

Nun läuft er schnuppernd durch das Abteil. Wo es geht, bleibt er auf dem Boden, windet sich zwischen all den Schuhen hindurch, wo es nicht anders zu machen ist, überklettert er sie auch. Die Schläfer schlafen fest. Auf seinem Marsch findet der Hamster bald hier, bald dort ein paar Brotkrumen, die wir bei unserm Mahl verloren haben. Jedesmal beriecht er sie erst, dann schiebt er sie in seine Backentaschen.

Nachdem ich ihn als Gott in Zorn versetzt habe, bin ich jetzt gerne bereit, ihn zu füttern, denn sicher hat er Hunger. Aber er hat sich jetzt zu weit von mir entfernt, er ist am andern Ende des Abteils, in Vaters Nähe. Ich beobachte gespannt, was er nun tun wird, denn Vaters ausgestreckte Beine bilden eine Barriere.

Maxe beriecht zuerst Vaters Schuhe. Obwohl er mir den Rücken zukehrt, kann ich deutlich erkennen, wie sehr ihn der Geruch der Stiefelwichse anekelt. Einen Augenblick scheint er zu zögern, dann wendet er sich den Beinkleidern zu. Sie scheinen ihm sympathischer, vielleicht erinnern sie ihn an all das flockige weiche Zeug, das seine Hamsterin einst zum Wochenbett zusammentrug. Einen Augenblick wird meine Spannung riesengroß: Der Hamster scheint bereit, in die warme dunkle Höhle von Vaters Hosenbein hineinzusteigen, aber Maxe entschließt sich dann doch anders. Er klettert auf den Fuß. Ich denke natürlich, er will die Barriere nur überqueren, wie er die Schuhe überquert hat, um an die Grenzen seines Reiches zu kommen. Aber Maxe ist von einem Drang zur Höhe erfaßt: er beginnt an Vaters Beinen hochzuklettern.

Es ist ein wahrer Jammer, daß Ede schläft, daß ich keinen Gefährten bei diesem Anblick habe, mit dem ich den Überschwang meiner Gefühle teilen kann. Hinterher wird es mir keiner glauben, daß Maxe an Vaters Beinen hochgeklettert ist, sie werden mich mal wieder ermahnen, meine Phantasie zu zügeln. Aber da ist er! Da ist er im schönsten Sonnenlicht, klar am Tage, ohne alle Phantasie, der Hamster, der an Vaters Bein hochklettert, an einem kammergerichtsrätlichen, freilich mageren Bein!

Vater ist ein leiser Schläfer, zwar erwacht er noch nicht, aber das Kitzeln beunruhigt seinen Schlaf; er bewegt das Bein, nimmt es aus der gestreckten Ruhelage und stellt es aufrecht. Fast wäre Maxe abgestürzt, aber seine Krallen haben sich im Stoff festgeklammert, er sitzt still da, überlegend, was nun eigentlich passiert ist.

Dann setzt er seinen Weg fort. Es gelingt ihm, die überhängende Wand der Kniescheibe zu bezwingen, nun ist er auf dem Knieplateau, sichtlich atemholend. Er überschaut, scheint's, die Landschaft, die sich von hier oben ihm darbietet. Es ist ihm nicht anzusehen, ob sie ihm zusagt, aber jedenfalls ist sein Wissensdurst noch nicht gestillt. Er setzt die Reise fort.

In meines Vaters Schoß liegen friedlich und entspannt die beiden Hände. Es sind sehr kleine, zierliche Hände, ich bewundere sie. Ich habe sie nie schmutzig gesehen, die Nägel waren immer gepflegt, während meine Hände Pfoten waren, und durchaus nicht immer sauber. Vielleicht lockt das Weiß dieser Hände Edes Hamster, vielleicht aber auch Vaters ererbter Siegelring mit dem schönen roten Stein, in den unser Familienwappen geschnitten ist. In vier Feldern sieht man darauf: einen Kesselhaken, ein Gartenhäuschen, auf das eine Baumreihe zuführt, eine Schafschere und den Reiher als Wächter: er hält einen Stein in der Kralle, schläft er ein, wird der Stein ihm auf den andern Fuß fallen und ihn wecken.

Sicher lockt den Hamster der Ring. Er huscht zu den Händen, eine Weile beschaut er sie, hebt die Nase und prüft den Geruch, dann senkt er sie und beschnobert die Hand. Diese Hand macht eine leise abwehrende Bewegung. Der Schläfer hat die Berührung der Nase gespürt, vielleicht meint er, eine Fliege zu verscheuchen.

Der Hamster sitzt sofort in Angriffsstellung da, aber die Hand schläft schon wieder mit dem ganzen Schläfer. Sie kann dem Maxe ganz und gar nicht unsymphatisch sein, er schnobert noch einmal – wieder leichte Bewegung der Hand –, dann erklettert sie der Hamster und sieht ins Ärmelloch.

In diesem Augenblick verläßt die Hand ihren Platz und schüttelt sich. Maxe ist in den Schoß gefallen. Die Hand hat ganz blind drei-, viermal zugeschlagen, der Hamster faucht, nun beißt er zu . . .

– – Und ganz schnell schließe ich die Augen, versinke in tiefen Schlaf . . .

Ich höre Vaters Ausruf: «Was ist denn das –?! Ich bin ja gebissen!»

Lauter: «Was ist das? Willst du mal loslassen, du kleine Bestie du?!» Ich höre ein leichtes Klacksen auf den Boden des Abteils, ein Quieken von Maxes Stimme, voller wütendem Protest, und nun sagt Vater höchst erstaunt: «Ein Hamster! Ein Hamster hier im Abteil! Gottlob! Ich dachte wahrhaftig schon, es wäre eine Ratte . . .»

An den Geräuschen merke ich, daß jetzt die Schwestern und wohl auch Christa erwacht sind, ich aber schlafe fort, und auch Ede scheint geruhig weiter zu schnurkeln.

«Ja, Kinder, ich bin gebissen!» sagt Vater. «Es ist aber nur ein Hamster gewesen. Ich will hoffen, daß er saubere Zähne hatte, sonst bekomme ich noch eine Blutvergiftung. – Nein, ihr könnt ihn nicht sehen, er ist irgendwo unter einen Sitz gekrochen. – Sagt mal, weiß jemand von euch, ob Eduard (siehe da! Schon wieder Eduard statt Ede!) seinen Hamster etwa mitgenommen hat? Aber ich bitte mir aus, daß ihr die Wahrheit sagt!»

«Eduards Hamster? Nein, Vater», sagt Itzenplitz. «Ich glaube das nicht. Er wollte ihn doch Herrn Markuleit in Pflege geben.»

«Ja, hat er das aber auch getan?»

«Runtergelaufen ist er heute früh noch mit Hans zu Markuleit», meldet Fiete. «Aber vielleicht, Vater . . . Wie wir auf dem Stettiner Bahnhof noch allein im Abteil waren, ohne dich, da hat Ede immerzu mit Hans getuschelt!»

Oh, du Petze, warte nur! Wenn wir erst in Graal sind, setze ich dir so viel Kletten in die Haare!

Vater hat nachgedacht, er ist ja nicht umsonst einmal Untersuchungsrichter gewesen. «Tat Ede nicht auf dem Stettiner so, als hätte er sich den Arm verletzt, trug ihn immer vorne im Mantel? Und nachher hier im Abteil hat er überhaupt nicht mehr über den verletzten Arm geklagt – das sieht Ede so gar nicht ähnlich!»

«Und Vater, daß Ede vorgelaufen ist auf den Bahnsteig – da hat er ihn doch sicher hier im Abteil versteckt», gibt nun auch Itzenplitz ihren Senf dazu. (Auch du wirst noch dein Teil bekommen! Bestimmt packen wir dir einen Regenwurm aufs Butterbrot!)

«Ja», sagte Vater. «Es scheint immerhin ein begründeter Verdacht vorzuliegen.»

Mit erhobener Stimme: «Ede!»

Schnurkeln.

«Ede!!»

Schnurkeln.

«Ede!!!»

Schnurkeln.

«Itzenplitz, sieh, daß du ihn wachschüttelst. Du darfst ihm ruhig stark auf den Fuß treten. Mein Finger tut ziemlich weh.»

Und lauter: «Und du, mein Sohn Hans, tu ruhig deine Guckäugelein auf! Ich sehe doch, daß du nicht schläfst, du mußt nicht so mit deinen Lidern zucken! – Nun, wie ist es, Hans? Hat Ede seinen Hamster hier ins Abteil gebracht?»

«Welchen Hamster?» frage ich und gähne dabei herzhaft. «Ist hier 'n Hamster? Das ist ja mächtig komisch!»

«Ich warne dich, Hans!» sagt mein Vater liebevoll. «Laß dich nicht in Lügen ein, du warst immer ein schlechter Lügner, wenn du nicht selbst an deine Lügen glaubtest. Und diesmal glaubst du nicht daran.»

«Aber ich habe wirklich keine Ahnung, Vater! Ein Hamster –? Ich habe ganz fest geschlafen . . .»

Gottlob erlöste mich Ede. Mit einem kombinierten Wut- und Schmerzensschrei fuhr er hinter der Gardine hervor.

«Du bist wohl verrückt geworden –?!» schrie er seine Schwester Itzenplitz an. «Mich so in den Arm zu kneifen –! Warte mal, ich werde dich noch ganz anders kneifen –!»

«Ede!» sprach Vater streng. «Ede – wo ist dein Hamster?»

Ede warf einen ängstlich-raschen Blick durch das Abteil und schwieg.

«Ede!» fuhr Vater mit erhobener Stimme fort. «Ich frage dich: wo ist dein Hamster –?! Ist er, wie du deiner Mutter versprochen hast, bei Markuleits – oder ist er vielleicht unser Reisekamerad?»

Ede lief immer röter an. Ihm schwante, daß etwas geschehen war. Aber er war ganz unsicher, wie weit er sich schon in Geständnisse einlassen sollte.

«Ede!» rief der Vater jetzt. «Ich frage dich zum drittenmal: wo ist dein Hamster –?!!! Willst du ihn etwa verleugnen –? Sieh dir dies an!» Und Vater wickelte ein blutiges Taschentuch von seinem blutigen Finger. «Eduard, ein Hamster hat mich gebissen – war es vielleicht dein Hamster?!»

«Vater!» sagte Eduard etwas überstürzt. «Mein Hamster beißt keinen. Bestimmt nicht! Hat mich noch nie gebissen! Und Markuleit hat so gemein von ihm geredet, heute früh, sicher hätt er ihn verhungern lassen. Das ist doch Tierquälerei, und da hab ich gedacht . . .»

«Eduard!» sprach Vater. «Du hast heute bereits mehrfach gelogen. Weder war dein Arm verletzt, noch bist du in dieses Abteil vorausgegangen, um uns die Plätze zu sichern. Es ist nicht empfehlenswert für dich, auf dieser Bahn fortzuschreiten, eine starke Trübung deiner Ferien könnte eintreten. – Ede, sag ganz einfach: du hast uns angeschwindelt?»

«Ja, Vater.»

«War dir klar, daß ich nie erlauben würde, den Hamster auf die Reise mitzunehmen?»

«Ja, Vater.»

«Und ist es etwa keine Tierquälerei, einen Hamster in einer kleinen vergitterten Kiste zu halten? Überlege es dir gut, Ede!»

«Ja, Vater, vielleicht . . . Aber er kam mir immer ganz vergnügt vor – für einen Hamster, Vater. Ein bißchen brummig sind die alle . . .»

«Mir kam er nicht vergnügt vor», sagte der Vater und betrachtete seinen Finger. «Ede, du hast eine Viertelstunde Zeit, deine sämtlichen heutigen Vergehen zu tilgen. Du wirst den Hamster einfangen – nein, du allein! Nicht ihr alle! – und du wirst ihn auf der nächsten Station in Freiheit setzen. Wir halten jetzt nur an ländlichen Orten, da wird dein Hamster sich schon glücklicher fühlen . . .»

«Vater», bat Ede. «Darf ich ihn nicht wenigstens bis Graal mitnehmen? Ich dachte, wenn ich ein Weibchen für ihn fange, würde er sich nicht mehr so einsam fühlen . . .»

«Ich weigere mich», sagte der Vater strenge, «ich weigere mich, mir unsern Berliner Haushalt als eine Hamsterhecke zu denken. Mein Kopf weigert sich, meine Phantasie weigert sich, mein ganzes Wesen empört sich dagegen. Du weißt Bescheid Ede! Eine Viertelstunde . . .»

Und Vater setzte sich. Er zog seine *Tägliche Rundschau* aus der Tasche und verschwand ganz hinter ihr, zum Zeichen, daß er jede weitere Diskussion über diesen Fall ablehne.

Das sah Ede auch ein. Seufzend beugte er sich unter die Sitze und fing an, den Hamster zu locken. Aber Maxe war verstimmt, er weigerte sich, auf die Stimme seines Herrn zu hören. Blind und taub wie alles Erdgeborene ahnte er nicht, daß diese Stimme ihm zum erstenmal Angenehmes verkündete: die nahe Freiheit. Er beharrte widerborstig in einem äußersten Winkel, wo ihm die Heizrohre einen fast unangreifbaren Schutz boten. Nur sein wütendes Fauchen war zu hören.

Ich bot Ede wortlos Vaters Stock an. Er stocherte, und das Fauchen wurde grimmiger. Dann gab der Hamster seine unhaltbar gewordene Position auf, aber nur, um unter Vaters Platz eine ganz ähnliche zu beziehen. Vater mußte in seiner Lektüre gestört werden. Schließlich erwies sich Vaters Befehl, Ede solle seinen Maxe allein fangen, als unhaltbar. Wir beteiligten uns alle an der Jagd, Vater nicht ausgenommen.

Es ist für sechs Personen nicht ganz leicht, im engen Abteil eines fahrenden Zuges ein zähnefletschendes, rasendes Ungeheuer einzufangen. In der Hauptsache mußte die Jagd auf den Knien durchgeführt werden, nicht zum Vorteil unserer Reisegarderobe, die wir am Morgen fleckenfrei angezogen hatten.

Das fand Mutter auch, als sie von ihrem nachbarlichen Plausch zurückkehrte. Sie stieß einen Schreckensschrei aus, als sie diesen staubaufwirbelnden Tumult sah, mit Stöcken und mit Stangen, den bösen Feind zu fangen . . .

«Aber Vater!» rief sie. «Itzenplitz, willst du mal! Fiete, dein

Kleid! Hans laß das, Ede, aber ... Christa, nein, was macht ihr bloß –?! Wir wundern uns schon immer nebenan über das Gepolter ...»

Vater klärte Mutter auf, indes wir die Jagd fortsetzten. Mutter seufzte tief. «Junge, Junge, was machst du nur immer für Geschichten –!»

Der Zug fuhr langsamer, hielt. Wir warfen einen flüchtigen Blick hinaus: Kiefernwald. Ein kleiner Schuppen nur als Haltestelle.

«Macht doch mal die Tür auf!» rief einer.

Die Tür flog auf.

«Daß aber keiner hinausfällt!» warnte Mutter.

Schon fiel einer, aber es war nur der Hamster, den ein zielgerechter Stoß ins Freie befördert hatte. Einen Augenblick war er unseren Blicken durch die Trittbretter entzogen. Dann sahen wir ihn wieder. Rasch lief er über den gelblich bekiesten Bahnsteig und stutzte einen Augenblick vor dem Lattenzaun. Aber schon hatte er sich durchgezwängt ...

Einen Augenblick sahen wir ihn noch, wie er die Böschung zum Wald hinauflief. Dann verschwand er zwischen Heidekraut und Ginster – in der Freiheit ...

«So Louise», sagte Vater und setzte sich wieder behaglich in seine Ecke, während der Zug schon weiter fuhr. «Und jetzt kannst du uns etwas zu Mittag geben. Ich habe von Brathühnchen flüstern gehört. Ich glaube, wir könnten jetzt ungestört essen, falls du nicht deine Karnickel, Hans, noch irgendwo im Hintergrund hältst –?»

Ich protestierte entrüstet.

«Bei euch weiß es nie jemand», sagte Vater friedlich. «Am besten ist man immer auf das Schlimmste gefaßt und genießt die ruhigen Stunden bis dahin als unverdientes Glück. Meistens pflegst du doch in jeder Sommerfrische mit einem kleinen Unfall zu debütieren, Hans!»

Ursula Haucke

Papa, Charly hat gesagt . . .

Reisen bildet

SOHN: Papa . . . Charly hat gesagt, sein Vater hat gesagt, wenn er auf seinem Balkon bleibt und Zeitung liest, dann ist er gebildeter, als wenn er sich am Mittelmeer 'n Sonnenbrand holt!

VATER *abwesend*: Ich versteh kein Wort . . .

SOHN: Wieso denn nicht?

VATER: Weil in diesem Satz kein Sinn steckt. Schließlich kann er sich genausogut auf dem Balkon einen Sonnenbrand holen und am Mittelmeer Zeitung lesen, und mit Bildung hat das eine wie das andere nicht das geringste zu tun.

SOHN: Er meint ja bloß, weil man doch immer sagt: «Reisen bildet» . . .

VATER: Allerdings, das sagt man. Und? Will er vielleicht auch diese unbestreitbare Tatsache in Frage stellen? Na ja . . . saure Trauben –

SOHN: Was??

VATER: Wahrscheinlich kann er sich keine Reise leisten. Ist ja auch kein Unglück. Muß ja auch ein paar Leute geben, die zu Hause bleiben. Werden sowieso zuviel Devisen ins Ausland verschleppt.

SOHN: Bleiben wir denn dieses Jahr zu Hause?

VATER: Natürlich nicht. Du weißt doch genau, daß wir eine Mittelmeerkreuzfahrt machen werden.

SOHN: Hätt ja sein können, du hast das abbestellt.

VATER: Vielleicht, damit Charlys Vater keinen Grund hat, neidisch zu sein? So weit kommt's noch.

SOHN: Der ist ja gar nicht neidisch. Der sagt, in seinem Betrieb, da hat er das ganze Mittelmeer zusammen: Italiener, Jugoslawen, Griechen, Türken . . . was du willst. Wenn er sich mit denen unterhält, sagt er, ist er gebildeter, als wenn er in jedem Hafen 'n Souvenir kauft!

VATER: Du hast ihm also schon von unserer Reise erzählt . . .

SOHN: Nur Charly. Weil der doch Briefmarken sammelt, und damit er sich schon auf meine Briefe freuen kann.

VATER: Wobei zu hoffen ist, daß er sich über den Inhalt deiner Briefe mehr freuen wird als über die Briefmarken.

SOHN: Weiß ich nicht. Viel schreib ich bestimmt nicht . . .

VATER: Das solltest du aber. Erstens wird man sich über seine eigenen Beobachtungen viel besser klar, wenn man sie einem anderen mitzuteilen versucht, und zweitens kann Charly auf diese Weise etwas dazulernen. Auch ohne selbst verreist zu sein.

SOHN: Aber Charly sagt doch gerade, sein Vater sagt, was man auf diesen Null-acht-fuffzehn-Reisen lernt, das ist sowieso alles Quark.

VATER: So! Vielleicht würde er nur «Quark» dazulernen, das ist schon möglich! Es kommt nämlich immer darauf an, was man selbst aus einer Reise macht, um welche Erkenntnisse man sich selbst bemüht!

SOHN: Er sagt aber, den Touristen, denen machen sie bloß Folklore und heile Welt vor und nehmen sie aus wie 'ne Weihnachtsgans. Aber wie die Leute wirklich sind – das Volk und so –, das erfährt man nicht!

VATER: Man erfährt so viel, wie man erfahren will!

SOHN: Wie soll man das denn machen, wenn man die Sprache überhaupt nicht versteht?

VATER: Da . . . finden sich immer Mittel und Wege. Außerdem, wer eine Reise vernünftig plant, der informiert sich ja schon vorher entsprechend. Du wirst dich vielleicht erinnern, wie viele Bücher ich besorgt habe, bevor ich mit Mama nach Italien gefahren bin.

SOHN: Da stand aber nichts von drin, daß alle Italiener hinter blonden Frauen her sind wie der Teufel hinter der armen Seele!

VATER: Wer sagt denn auch so was?!

SOHN: Na du. Hast du allen Freunden erzählt, als ihr zurück wart.

VATER: Das war natürlich nur ein Scherz. Außerdem war das

wirklich ein Problem, deine Mutter mal eine Stunde allein zu lassen . . .

SOHN: Und daß ganz Italien ein einziges Ganovennest ist, war das auch nur 'n Scherz?

VATER: Ein bitterer Scherz, würde ich sagen, ein sehr bitterer! Schließlich mußten wir eine Woche früher zurückkommen, weil man mir die Brieftasche gestohlen hatte!

SOHN: Und nun kannst du die Italiener nicht mehr riechen, oder?

VATER: So primitiv reagiere ich natürlich nicht! Immerhin hatten wir ja auch ganz unvergeßliche Eindrücke. Da brauche ich nur an den Markusplatz zu denken, und . . .

SOHN: Auf den ist Mama nun wieder sauer!

VATER: Wieso denn das?

SOHN: Weil sie bis heute den Taubendreck nicht aus ihrem Kostüm gekriegt hat!

VATER: Ja, so kann man natürlich nicht reisen! Mit dem Blick auf den Taubendreck, anstatt auf den Dogenpalast! Das ist ja wirklich traurig!

SOHN: Traurig find ich was ganz andres . . .

VATER: Und das wäre?

SOHN: Na, diese Bergbauern in Sizilien zum Beispiel, von denen Winklers erzählt haben. Wo sie das so toll fanden, wie die Frauen die riesigen Grasbüschel auf dem Kopf den Berg runter getragen haben!

VATER: Ja und? Was ist dagegen zu sagen? Diese Menschen sind doch von kleinauf mit den Bergen verwachsen. So einen Berg rauf und runter zu steigen, das macht denen nicht mehr aus, als ob unsereiner vier Treppen zu seiner Wohnung hochgeht!

SOHN: Vier Treppen! Da könntest du wenigstens schon ein Hochhaus nehmen. Mit zwanzig Treppen oder so!

VATER: Da gibt's dann ja Fahrstühle.

SOHN: Eben. Aber die da in den Bergen, die müssen . . .

VATER: Das sind ja auch Bergbauern und keine . . . keine Buchhalter! Hast du nicht auf den Filmen gesehen, mit welcher Leichtigkeit diese Frauen ihre Lasten tragen?

SOHN: Charlys Vater sagt aber, denen geht's ganz dreckig, und die müssen sich totschleppen für ein paar Pfennige! Und die Frauen sehen mit dreißig schon aus wie fünfzig!

VATER: Das ist also die «Balkonbildung» von Charlys Vater! Und natürlich hast du wieder mal ausposaunt, bei wem wir eingeladen waren und was dort gesprochen wurde!

SOHN: Na und? Du erzählst deinen Freunden doch auch so was alles.

VATER: Das ist ja wohl ein kleiner Unterschied.

SOHN: Find ich nicht. Aber glaubst du denn eigentlich, daß es gesund ist, so 'n schweres Zeug auf dem Kopf zu tragen?

VATER *wütend*: Das weiß ich doch nicht!

SOHN: Siehste.

VATER: Was «siehste»?! Schließlich bin ich doch nicht für die sozialen Zustände in den Ländern verantwortlich, in denen ich vielleicht mal meinen Urlaub verbringen will! Bin ich der liebe Gott?!

SOHN: Sagt ja keiner. Charlys Vater sagt ja bloß, daß man bei der ganzen Reiserei nie mitkriegt, was wirklich Sache ist . . .

VATER: Es kommt ja wohl drauf an, was man mitkriegen will! Wenn man sich für Kultur interessiert, für die Geschichtsdenkmäler und die Kunstwerke eines Landes, dann kann man sehr wohl genau das erfahren, was man erfahren will!

SOHN: Charlys Vater sagt, Kirchen und so was kann man sich alles in Büchern angucken . . .

VATER: Natürlich! Bäume kann man sich auch in Büchern angucken, braucht man also nicht mehr in den Wald zu gehen! Was maßt sich Charlys Vater da eigentlich wieder an?! Will er allen Menschen das Reisen vermiesen? Und was ist mit der von ihm so dringlich empfohlenen Völkerverständigung, wie?? Mit den vielgepriesenen «zwischenmenschlichen Beziehungen»?!

SOHN: Das meint er doch gerade, daß man in den Touristenhotels gar keine kriegt!

VATER: Und was soll man seiner Meinung nach tun?? In die Lauselöcher der Einheimischen kriechen?? Und vor jeder Reise erst drei Jahre lang die Landessprache lernen? Oder was?

SOHN: Weiß ich doch nicht.

VATER: Eben. Du weißt es nicht und er weiß es auch nicht. Und jetzt laß mich in Frieden. Schließlich wird man sich ja noch erholen dürfen wo und wie man will, ohne Charlys Vater um Erlaubnis zu bitten!

SOHN: Klar kann man sich erholen. Bloß nicht denken, daß man nun gleich 'n Durchblicker ist!

VATER: Durchblicker! Schon wieder so ein dämliches neues Wort. Also auf jeden Fall weiß man ein bißchen mehr als vorher!

SOHN: Ein bißchen schon. Aber die meisten Leute reden dann so wichtig, als ob sie schon hundert Jahre da gewohnt haben.

VATER: Wer bitte redet dann «so wichtig»? Vielleicht die Stammtischbrüder von Charlys Vater. In unserem Bekanntenkreis hab ich noch keine unqualifizierten Äußerungen gehört! Und ich will dir mal was sagen: Vermutlich würde es Charlys Vater in der Tat nichts nützen, mal ins Ausland zu fahren! Vermutlich muß er immer erst Lohnsteuertabellen und Tarifverträge sehen, um sich ein Bild von einem Volk zu machen. Aber es gibt auch Menschen, die haben Antennen für das Wesen anderer Menschen. Und ein Gespür für die Atmosphäre eines Landes. Für das Fluidum!

SOHN *sachlich*: Fluidum? Ist das die Luft?

VATER *ernüchtert*: Sozusagen. Jedenfalls ... über ein Land, in dem man nicht selbst gewesen ist, sollte man besser kein Wort verlieren. Man muß die Dinge schon mit eigenen Augen gesehen haben, und mit eigenen Ohren gehört ...

SOHN: ... und mit eigener Nase gerochen ...

VATER: Genau, ja. Das ist das Entscheidende. Und durch nichts zu ersetzen!

SOHN: Zu Mama hast du aber ganz anders geredet.

VATER: Wann, bitte?

SOHN: Na, als sie zu dir gesagt hat, sie würde für ihr Leben gern mal nach Ägypten fahren; da hast du ...

VATER: Da habe ich sie wahrscheinlich darauf aufmerksam gemacht, daß das eine besonders aufwendige und anstrengende Reise wäre!

SOHN: Nee, da hast du gesagt, über Ägypten ist alle Naselang was im Fernsehen. Da soll sie mal schön aufpassen, und dann kann sie sich die ganze Reise sparen! ...

Wolfdietrich Schnurre

Die Leihgabe

Am meisten hat Vater sich jedesmal zu Weihnachten Mühe gegeben. Da fiel es uns allerdings auch besonders schwer, drüber weg zu kommen, daß wir arbeitslos waren. Andere Feiertage, die beging man oder man beging sie nicht; aber auf Weihnachten lebte man zu, und war es erst da, dann hielt man es fest; und die Schaufenster, die brachten es ja oft noch nicht mal im Januar fertig, sich von ihren Schokoladenweihnachtsmännern zu trennen.

Mir hatten es vor allem immer die Zwerge und Kasperles angetan. War Vater dabei, sah ich weg; aber das fiel meist mehr auf, als wenn man hingesehen hätte; und so fing ich dann allmählich doch wieder an, in die Läden zu gucken.

Vater war auch nicht gerade unempfindlich gegen die Schaufensterauslagen, er konnte sich nur besser beherrschen. Weihnachten, sagte er, wäre das Fest der Freude; das Entscheidende wäre jetzt nämlich: nicht traurig zu sein, auch dann nicht, wenn man kein Geld hätte.

«Die meisten Leute», sagte Vater, «sind bloß am ersten und zweiten Feiertag fröhlich und vielleicht nachher zu Silvester noch mal. Das genügt aber nicht; man muß mindestens schon einen Monat vorher mit Fröhlichsein anfangen. Zu Sylvester», sagte Vater, «da kannst du dann getrost wieder traurig sein; denn es ist nie schön, wenn ein Jahr einfach so weggeht. Nur jetzt, so vor Weihnachten, da ist es unangebracht, traurig zu sein.»

Vater selber gab sich auch immer große Mühe, nicht traurig zu sein um diese Zeit; doch er hatte es aus irgendeinem Grund da schwerer als ich; wahrscheinlich deshalb, weil er keinen Vater mehr hatte, der ihm dasselbe sagen konnte, was er mir immer sagte.

Es wäre bestimmt auch alles leichter gewesen, hätte Vater noch seine Stelle gehabt. Er hätte jetzt sogar wieder als Hilfspräparator gearbeitet; aber sie brauchten keine Hilfspräparatoren im Augenblick. Der Direktor hatte gesagt, aufhalten im Museum könnte Vater sich gern, aber mit Arbeit müßte er warten, bis bessere Zeiten kämen.

«Und wann, meinen Sie, ist das?» hatte Vater gefragt.

«Ich möchte Ihnen nicht wehtun», hatte der Direktor gesagt.

Frieda hatte mehr Glück gehabt; sie war in einer Großdestille am Alexanderplatz als Küchenhilfe eingestellt worden und war dort auch gleich in Logis. Uns war es ganz angenehm, nicht dauernd mit ihr zusammen zu sein; sie war jetzt, wo wir uns nur mittags und abends mal sahen, viel netter.

Aber im Grunde lebten auch *wir* nicht schlecht. Denn Frieda versorgte uns reichlich mit Essen, und war es zu Hause zu kalt, dann gingen wir ins Museum rüber; und wenn wir uns alles angesehen hatten, lehnten wir uns unter dem Dinosauriergerippe an die Heizung, sahen aus dem Fenster oder fingen mit dem Museumswärter ein Gespräch über Kaninchenzucht an.

An sich war das Jahr also durchaus dazu angetan, in Ruhe und Beschaulichkeit zu Ende gebracht zu werden. Wenn Vater sich nur nicht solche Sorge um einen Weihnachtsbaum gemacht hätte.

Es kam ganz plötzlich.

Wir hatten eben Frieda aus der Destille abgeholt und sie nach Hause gebracht und uns hingelegt, da klappte Vater den Band *Brehms Tierlieben* zu, in dem er abends immer noch las und fragt zu mir rüber: «Schläfst du schon?»

«Nein», sagte ich, denn es war zu kalt zum Schlafen.

«Mir fällt eben ein», sagte Vater, «wir brauchen ja einen Weihnachtsbaum.» Er machte eine Pause und wartete meine Antwort ab.

«Findest du?» sagte ich.

«Ja», sagte Vater, «und zwar so einen richtigen, schönen; nicht so einen murkligen, der schon umkippt, wenn man bloß mal eine Walnuß dranhängt.»

Bei dem Wort Walnuß richtete ich mich auf. Ob man nicht vielleicht auch ein paar Lebkuchen kriegen könnte zum Dranhängen?

Vater räusperte sich «Gott –», sagte er, «warum nicht; mal mit Frieda reden.»

«Vielleicht», sagte ich, «kennt Frieda auch gleich jemand, der uns einen Baum schenkt.«

Vater bezweifelte das. Außerdem: so einen Baum, wie er ihn sich vorstellte, den verschenkte niemand, der wäre ein Reichtum, ein Schatz wäre der.

Ob er vielleicht eine Mark wert wäre, fragte ich.

«Eine Mark –?!» Vater blies verächtlich die Luft durch die Nase: «Mindestens zwei.»

«Und wo gibt's ihn?«

«Siehst du», sagte Vater, «das überleg ich auch gerade.»

«Aber wir können ihn doch gar nicht kaufen», sagte ich; «zwei Mark: wo willst du die denn jetzt hernehmen?«

Vater hob die Petroleumlampe auf und sah sich im Zimmer um. Ich wußte, er überlegte, ob sich vielleicht noch was ins Leihhaus bringen ließe; es war aber schon alles drin, sogar das Grammophon, bei dem ich so geheult hatte, als der Kerl hinter dem Gitter mit ihm weggeschlurft war.

Vater stellte die Lampe wieder zurück und räusperte sich. «Schlaf mal erst; ich werde mir den Fall durch den Kopf gehen lassen.»

In der nächsten Zeit drückten wir uns immer an den Weihnachtsbaumverkaufsständen herum. Baum auf Baum bekam Beine und lief weg; aber wir hatten noch immer keinen.

«Ob man nicht *doch* –?» fragte ich am fünften Tag, als wir gerade wieder im Museum unter dem Dinosauriergerippe an der Heizung lehnten.

«Ob man *was*?» fragte Vater scharf.

«Ich meine, ob man nicht doch versuchen sollte, einen gewöhnlichen Baum zu kriegen?»

«Bist du verrückt?!» Vater war empört. «Vielleicht so einen Kohlstrunk, bei dem man nachher nicht weiß, soll es ein Handfeger oder eine Zahnbürste sein? Kommt gar nicht in Frage.»

Doch was half es; Weihnachten kam näher und näher. Anfangs waren die Christbaumwälder in den Straßen noch aufgefüllt worden; aber allmählich lichteten sie sich, und eines Nachmittags waren wir Zeuge, wie der fetteste Christbaumverkäufer vom

Alex, der Kraftriemen-Jimmy, sein letztes Bäumchen, ein wahres Streichholz von einem Baum, für drei Mark fünfzig verkaufte, aufs Geld spuckte, sich aufs Rad schwang und wegfuhr.

Nun fingen wir doch an, traurig zu werden. Nicht schlimm; aber immerhin, es genügte, daß Frieda die Brauen noch mehr zusammenzog, als sie es sonst schon zu tun pflegte, und daß sie uns fragte, was wir denn hätten.

Wir hatten uns zwar daran gewöhnt, unseren Kummer für uns zu behalten, doch diesmal machten wir eine Ausnahme, und Vater erzählte es ihr.

Frieda hörte aufmerksam zu. «Das ist alles?»

Wir nickten.

«Ihr seid aber komisch», sagte Frieda; «wieso geht ihr denn nicht einfach in den Grunewald einen klauen?»

Ich habe Vater schon häufig empört gesehen, aber so empört wie an diesem Abend noch nie.

Er war kreidebleich geworden. «Ist das dein Ernst?» fragte er heiser.

Frieda war sehr erstaunt. «Logisch», sagte sie; «das machen doch alle.»

«Alle –!» echote Vater dumpf. «Alle –!» Er erhob sich steif und nahm mich bei der Hand. «Du gestattest wohl», sagte er darauf zu Frieda, «daß ich erst den Jungen nach Hause bringe, ehe ich dir hierauf die gebührende Antwort erteile.»

Er hat sie ihr niemals erteilt. Frieda war vernünftig; sie tat so, als ginge sie auf Vaters Zimperlichkeit ein, und am nächsten Tag entschuldigte sie sich.

Doch was nützte das alles; einen Baum, gar einen Staatsbaum, wie Vater ihn sich vorstellte, hatten wir deshalb noch lange nicht.

Aber dann – es war der dreiundzwanzigste Dezember, und wir hatten eben wieder unseren Stammplatz unter dem Dinosauriergerippe bezogen – hatte Vater die große Erleuchtung.

«Haben Sie einen Spaten?» fragte er den Museumswärter, der neben uns auf seinem Klappstuhl eingenickt war.

«Was?!» rief der und fuhr auf. «Was habe ich?!»

«Einen Spaten, Mann», sagte Vater ungeduldig; «ob Sie einen Spaten haben.»

Ja, den hätte er schon.

Ich sah unsicher an Vater empor. Er sah jedoch leidlich normal aus; nur sein Blick schien mir eine Spur unsteter zu sein als sonst.

«Gut», sagte er jetzt; «wir kommen heute mit zu Ihnen nach Hause, und Sie borgen ihn uns.»

Was er vorhatte, erfuhr ich erst in der Nacht.

«Los», sagte Vater und schüttelte mich, «steh auf.»

Ich kroch schlaftrunken über das Bettgitter. «Was ist denn bloß los!»

«Paß auf», sagte Vater und blieb vor mir stehen: «Einen Baum stehlen, das ist gemein; aber sich einen borgen, das geht.»

«Borgen –?» fragte ich blinzelnd.

«Ja», sagte Vater. «Wir gehen jetzt in den Friedrichshain und graben eine Blautanne aus. Zu Hause stellen wir sie in die Wanne mit Wasser, feiern morgen dann Weihnachten mit ihr, und nachher pflanzen wir sie wieder am selben Platz ein. Na –?» Er sah mich durchdringend an.

«Eine wunderbare Idee», sagte ich.

Summend und pfeifend gingen wir los; Vater den Spaten auf dem Rücken, ich einen Sack unter dem Arm. Hin und wieder hörte Vater auf zu pfeifen, und wir sangen zweistimmig ‹Morgen, Kinder, wird's was geben› und ‹Vom Himmel hoch, da komm ich her›. Wie immer bei solchen Liedern, hatte Vater Tränen in den Augen, und auch mir war schon ganz feierlich zumut.

Dann tauchte vor uns der Friedrichshain auf, und wir schwiegen.

Die Blautanne, auf die Vater es abgesehen hatte, stand inmitten eines strohgedeckten Rosenrondells. Sie war gut anderthalb Meter hoch und ein Muster an ebenmäßigem Wuchs.

Da der Boden nur dicht unter der Oberfläche gefroren war, dauerte es auch gar nicht lange, und Vater hatte die Wurzeln freigelegt. Behutsam kippten wir den Baum darauf um, schoben ihn mit den Wurzeln in den Sack, Vater hing seine Joppe über das Ende, das raussah, wir schippten das Loch zu, Stroh wurde drüber gestreut, Vater lud sich den Baum auf die Schulter, und wir gingen nach Hause.

Hier füllten wir die große Zinkwanne mit Wasser und stellten den Baum rein.

Als ich am nächsten Morgen aufwachte, waren Vater und

Frieda schon dabei, ihn zu schmücken. Er war jetzt mit Hilfe einer Schnur an der Decke befestigt, und Frieda hatte aus Stanniolpapier allerlei Sterne geschnitten, die sie an seinen Zweigen aufhängte; sie sahen sehr hübsch aus. Auch einige Lebkuchenmänner sah ich hängen.

Ich wollte den beiden den Spaß nicht verderben; daher tat ich so, als schliefe ich noch. Dabei überlegte ich mir, wie ich mich für ihre Nettigkeit revanchieren könnte.

Schließlich fiel es mir ein: Vater hatte sich einen Weihnachtsbaum geborgt, warum sollte ich es nicht fertigbringen, mir über die Feiertage unser verpfändetes Grammophon auszuleihen? Ich tat also, als wachte ich eben erst auf, bejubelte vorschriftsmäßig den Baum, und dann zog ich mich an und ging los.

Der Pfandleiher war ein furchtbarer Mensch; schon als wir zum erstenmal bei ihm gewesen waren und Vater ihm seinen Mantel gegeben hatte, hätte ich dem Kerl sonst was zufügen mögen; aber jetzt mußte man freundlich zu ihm sein.

Ich gab mir auch große Mühe. Ich erzählte ihm was von zwei Großmüttern und ‹gerade zu Weihnachten› und ‹letzter Freude auf alte Tage› und so, und plötzlich holte der Pfandleiher aus und haute mir eine herunter und sagte ganz ruhig: «Wie oft du *sonst* schwindelst, ist mir egal; aber zu Weihnachten wird die Wahrheit gesagt, verstanden?»

Darauf schlurfte er in den Nebenraum und brachte das Grammophon an. «Aber wehe, ihr macht was an ihm kaputt! Und nur für drei Tage! Und auch bloß, weil du's bist!»

Ich machte einen Diener, daß ich mir fast die Stirn an der Kniescheibe stieß; dann nahm ich den Kasten unter den einen, den Trichter unter den anderen Arm und rannte nach Hause.

Ich versteckte beides erst mal in der Waschküche. Frieda allerdings mußte ich einweihen, denn die hatte die Platten; aber Frieda hielt dicht.

Mittags hatte uns Friedas Chef, der Destillenwirt, eingeladen. Es gab eine tadellose Nudelsuppe, anschließend Kartoffelbrei mit Gänseklein. Wir aßen, bis wir uns kaum noch erkannten; darauf gingen wir, um Kohlen zu sparen, noch ein bißchen ins Museum zum Dinosauriergerippe; und am Nachmittag kam Frieda und holte uns ab.

Zu Hause wurde geheizt. Dann packte Frieda eine Riesenschüssel voll übriggebliebenem Gänseklein, drei Flaschen Rotwein und einen Quadratmeter Bienenstich aus, Vater legte für mich seinen Band *Brehms Tierleben* auf den Tisch, und im nächsten unbewachten Augenblick lief ich in die Waschküche runter, holte das Grammophon rauf und sagte Vater, er sollte sich umdrehen.

Er gehorchte auch; Frieda legte die Platten raus und steckte die Lichter an, und ich machte den Trichter fest und zog das Grammophon auf.

«Kann ich mich umdrehen?» fragte Vater, der es nicht mehr aushielt, als Frieda das Licht ausgeknipst hatte.

«Moment», sagte ich; dieser verdammte Trichter – denkst du, ich krieg das Ding fest?»

Frieda hüstelte.

«Was denn für ein Trichter?» fragte Vater.

Aber da ging es schon los. Es war ‹Ihr Kinderlein, kommet›; es knarrte zwar etwas, und die Platte hatte wohl auch einen Sprung, aber das machte nichts. Frieda und ich sangen mit, und da drehte Vater sich um. Er schluckte erst und zupfte sich an der Nase, aber dann räusperte er sich und sang auch mit.

Als die Platte zu Ende war, schüttelten wir uns die Hände, und ich erzählte Vater, wie ich das mit dem Grammophon gemacht hätte.

Er war begeistert. «Na –?» sagte er nur immer wieder zu Frieda und nickte dabei zu mir rüber: «Na –?»

Es wurde ein sehr schöner Weihnachtsabend. Erst sangen und spielten wir die Platten durch; dann spielten wir sie noch mal ohne Gesang; dann sang Frieda noch mal alle Platten allein; dann sang sie mit Vater noch mal, und dann aßen wir und tranken den Wein aus, und darauf machten wir noch ein bißchen Musik; und dann brachten wir Frieda nach Hause und legten uns auch hin.

Am nächsten Morgen blieb der Baum noch aufgeputzt stehen. Ich durfte liegenbleiben, und Vater machte den ganzen Tag Grammophonmusik und pfiff zweite Stimme dazu.

Dann, in der folgenden Nacht, nahmen wir den Baum aus der Wanne, steckten ihn, noch mit den Stanniolpapiersternen geschmückt, in den Sack und brachten ihn zurück in den Friedrichshain.

Hier pflanzten wir ihn wieder in sein Rosenrondell. Darauf traten wir die Erde fest und gingen nach Hause. Am Morgen brachte ich dann auch das Grammophon weg.

Den Baum haben wir noch häufig besucht; er ist wieder angewachsen. Die Stanniolpapiersterne hingen noch eine ganze Weile in seinen Zweigen, einige sogar bis in den Frühling.

Vor ein paar Monaten habe ich mir den Baum wieder mal angesehen. Er ist jetzt gute zwei Stock hoch und hat den Umfang eines mittleren Fabrikschornsteins. Es mutet merkwürdig an, sich vorzustellen, daß wir ihn mal zu Gast in unserer Wohnküche hatten.

Kurt Kusenberg

Der Einbrecher

(Die Türklingel schrillt)

MUTTER: Es hat geklingelt, Sabine. Mach mal auf. Ich bin so müde.

TOCHTER: Ich bin auch müde.

MUTTER: Ich bin aber fünfundzwanzig Jahre müder als du. Geh schon.

TOCHTER: Na gut.

(Die Tochter geht zur Wohnungstür und öffnet. Man hört die Stimmen entfernt)

TOCHTER: Guten Tag. Wollen Sie zu uns?

EINBRECHER: Ach, ihr seid zu Hause? Hm. Ja, ich will zu euch. Darf ich eintreten? Oder störe ich?

TOCHTER: Gar nicht. Kommen Sie bitte herein.

EINBRECHER: Danke, mein Kind. (*Stimmen nahe*) Guten Abend.

MUTTER: Guten Abend. Was führt Sie her?

EINBRECHER: Ich will bei Ihnen einbrechen.

MUTTER: Kann ich dabei sitzen bleiben?

EINBRECHER: Gewiß. Eigentlich wollte ich ja fachmännisch einbrechen – vom Balkon aus. Aber ich war zu müde.

MUTTER: Wir haben auch gar keinen Balkon.

EINBRECHER: Ach, Sie haben keinen. Dann wär's ja sowieso nicht gegangen. Aber ich hätte wenigstens die Wohnungstür von außen öffnen müssen, mit einem Dietrich. Leider habe ich meinen Schlüsselbund vergessen, aus lauter Müdigkeit.

TOCHTER: Wir sind auch so müde.

EINBRECHER: Zurück nach Hause, den Schlüsselbund holen: das wollte ich nicht. Ich war zu müde. Da hab ich mir gesagt: du klingelst einfach.

MUTTER: Dazu ist ja die Klingel da. *(Sie gähnt)*

EINBRECHER: Eben. *(Er gähnt)* Tja, wie gesagt, ich will bei Ihnen einbrechen. *(Pause)* Es ist nämlich mein Beruf.

MUTTER: Ein Beruf wie jeder andere. Und bequem.

EINBRECHER: Sagen Sie das nicht. Man ist immer unterwegs, abends und in der Nacht. Und man weiß nie genau, ob die Leute zu Hause sind oder nicht. Wenn sie zu Hause sind, wird's oft ungemütlich.

MUTTER: Nicht bei uns. Wir haben nichts gegen Einbrecher. *(Sie gähnt)*

EINBRECHER: Ich hatte heute gar keine Lust, einzubrechen. *(Er gähnt)* Aber Sie stehen auf der Liste, und ich hatte Sie angekreuzt.

MUTTER: Auf welcher Liste?

EINBRECHER: Ach, wir kriegen da immer so Listen mit Adressen, wo sich ein Einbruch lohnt. Man ist auf diese Liste abonniert.

MUTTER: Es ehrt mich, daß ich auf der Liste stehe. Ich frage mich nur, warum.

TOCHTER: Schauen Sie sich doch die Wohnung an: finden Sie, das lohnt?

EINBRECHER: Nein, das sieht ziemlich dürftig aus, fast ärmlich. *(Pause)* Sonderbar. Sie waren mit einem hohen Betrag eingesetzt.

MUTTER: Mit wieviel denn?

EINBRECHER: Mit 200 000 Mark. Stimmt das nicht?

MUTTER: Überhaupt nicht. Ich habe es zu nichts gebracht. Ich verdiene sehr wenig, weil ich nicht gerne arbeite.

TOCHTER: Sie ist arbeitsscheu.

MUTTER: Wir schlafen am liebsten.

EINBRECHER: Ich bin auch nicht der Fleißigste.

MUTTER: Aber sicher fleißiger als ich.

EINBRECHER: Immerhin bin ich viel unterwegs – und oft vergebens, wie jetzt, bei Ihnen. Das mit der Liste ist ärgerlich. Entweder war da ein Druckfehler, oder ich habe falsch hingeschaut. Und dafür zahlt man 4 Mark 50 im Monat.

MUTTER: Das Geld würde ich zurückverlangen.

EINBRECHER: Wissen Sie genau, daß Sie nicht reich sind? Manche Leute vergessen das einfach.

MUTTER: Nein, ich bin ziemlich sicher, daß ich nicht reich bin. Fast könnte man sagen, daß wir darben.

TOCHTER: Und wie! Kein Eis, keine Lutschbonbons.

EINBRECHER: Haben Sie denn *gar* kein Geld im Haus?

MUTTER: Nur ein bißchen.

EINBRECHER: Dieses bißchen möchte ich haben. Wieviel ist es denn?

MUTTER: 36 Mark. Die liegen für's Gaswerk bereit.

EINBRECHER: 36 Mark sind wenig.

MUTTER: Besser als nichts. Und schnell verdient.

EINBRECHER: Na, hören Sie mal! Sie wohnen im vierten Stock. Ich bin all die Treppen heraufgestiegen. Das Geld ist sauer verdient.

TOCHTER: Da hat er recht.

MUTTER: *Ihnen* gebe ich es jedenfalls lieber als dem Gaswerk. Hier sind die 36 Mark.

EINBRECHER: Danke. Brauchen Sie eine Quittung?

MUTTER: Nein. Das Gaswerk verlangt Barzahlung. Da nutzt mir die Quittung nichts.

EINBRECHER: Haben Sie denn keine Wertsachen? Gold? Silber?

MUTTER *(gähnt)*: Haben wir Wertsachen, Sabine?

TOCHTER: Ja, einen alten Silberlöffel. Aber der ist schon ganz schwarz.

MUTTER: Wollen Sie ihn haben? Ihre Frau kann ihn ja putzen.

EINBRECHER: Ich bin unverheiratet. Ich müßte ihn selbst putzen, und das zahlt sich nicht aus. Haben Sie wenigstens einen Pelzmantel? Nerz oder Chinchilla?

TOCHTER: Im Keller haben wir einen alten Pelzmantel. Aber der ist von den Motten schon ganz zerfressen. Wollen Sie den haben?

EINBRECHER: Nein, danke.

MUTTER: *Ganz* zerfressen ist er nicht. Sie könnten sich noch einen Muff draus machen lassen.

EINBRECHER: Ich brauche keinen Muff.

MUTTER: Auch nicht im Winter? Sie sind doch auch an kalten Tagen unterwegs.

EINBRECHER: Sicher. Aber ein Muff ist zu auffällig. Das spricht sich herum, das kommt in den Steckbrief: Einbrecher mit Muff. Haben Sie denn nicht wenigstens einen Persianer? In Ihrem Alter trägt man doch Persianer.

MUTTER: Vom Alter allein wächst einem kein Pelz.

EINBRECHER: Persianer finde ich sonst überall. Aber man kriegt nicht viel dafür.

MUTTER: Wenn Sie mal einen billigen an Hand haben, bringen Sie ihn mir doch vorbei. Ich kann ihn ja abzahlen.

EINBRECHER: Sie sind gut! Jetzt mischen Sie sich auch noch in mein Geschäft!

MUTTER: Wollen Sie eine Tasse Kaffee? Gegen die Müdigkeit?

EINBRECHER: Gern.

MUTTER: Sabine, bring dem Herrn eine Tasse Kaffee. Einen Schnaps auch?

EINBRECHER: Ich sage nicht nein. Es ist ein anstrengender Beruf. Und dann noch die vier Treppen ... *(Er gähnt)*

MUTTER: *(gähnt)* Wenn ich gewußt hätte, daß Sie kommen, wäre ich seinerzeit ins Parterre gezogen.

EINBRECHER: Parterre-Einbrüche sind mir die liebsten. Man ist dann rasch wieder weg. Bei Ihnen hat man das ganze Treppenhaus vor sich.

MUTTER: Wenn ich die Wohnung wechseln sollte, ziehe ich bestimmt ins Parterre. Ich schreibe Ihnen dann eine Postkarte.

EINBRECHER: Nett von Ihnen.

TOCHTER: Hier ist der Kaffee. Und hier ist der Schnaps.

EINBRECHER: Danke, Kind. Darf ich *Ihnen* auch einschenken?

MUTTER: Ich bitte darum.

EINBRECHER: Prost! – Haben Sie Bettzeug?

MUTTER: Nur das, auf dem wir liegen. Sehr sauber ist es nicht mehr.

TOCHTER: Es ist dreckig und ausgefranst.

EINBRECHER: Nichts für mich. Haben Sie wertvolle Gemälde? Rembrandt? Oder Picasso?

MUTTER: Nicht, daß ich wüßte. Aber schauen Sie sich ruhig um, da hängt ja einiges an der Wand. Vielleicht ist ein Rembrandt dabei.

EINBRECHER: Das kann ich doch nicht beurteilen. Sie müssen mir schon eine Expertise vorlegen.

MUTTER: Lernt man denn in Ihrem Beruf keine Warenkunde?

EINBRECHER: Nein, man lernt nur das Einbrechen, und das ist schwierig genug.

MUTTER: Wieso? Sie haben ja nur geklingelt, und Sabine hat Ihnen aufgemacht.

EINBRECHER: Es gibt eben verschiedene Methoden. Gewöhnlich nehme ich nur Bargeld mit – da braucht man keine Warenkunde. Wie ist das eigentlich: haben Sie auch kein Perlenkollier?

MUTTER: Leider nicht. Aber meine Tochter hat ein kleines Kettchen aus Gold. Würdest du das dem Herrn überlassen?

TOCHTER: Gern. Bei mir liegt es ja doch nur herum. Moment mal, ich hole es.

EINBRECHER: Nettes Kind. So gefällig.

MUTTER: Ja – und ohne jede Erziehung.

TOCHTER: Hier ist das Kettchen.

EINBRECHER *(enttäuscht)*: *So* klein!

MUTTER: Ja – eben für ein Kind. Ein Kinderkettchen.

EINBRECHER: Ich habe das Gefühl, daß ich heut abend draufzahle.

MUTTER: Entschuldigen Sie mal. Sie haben 36 Mark kassiert. Sie haben eine Tasse Kaffee und einen Schnaps bekommen. Wieso zahlen Sie drauf, wenn Sie meinen Schnaps trinken?

EINBRECHER: Wenn Sie gestatten, nehme ich noch einen.

MUTTER: Sabine, schenk dem Herrn einen Schnaps ein. Und überlege mal, ob wir nicht *doch* etwas Wertvolles im Hause haben.

TOCHTER: Das wäre schon längst im Pfandhaus!

EINBRECHER *(eifrig)*: Haben Sie Pfandscheine?

MUTTER: Ja, aber die Sachen sind schon versteigert. Meine Tochter hat sehr schöne, lange Haare. Wir könnten ihr die Zöpfe abschneiden. Haare kann man verkaufen.

EINBRECHER: Nein, das bringe ich nicht übers Herz! Ich habe ein weiches Gemüt. Ich will auch die 36 Mark nicht. Wenn Sie nicht zahlen, dreht das Gaswerk den Hahn zu, und sie können nicht mehr kochen. Immer nur kalt essen, das ist doch nichts. Man will doch auch mal ein Süppchen zu sich nehmen.

MUTTER: Ich kann ja elektrisch kochen. Oder wollen Sie meinen elektrischen Kocher haben?

EINBRECHER: Was soll ich damit?

MUTTER: Mitnehmen, verkaufen. Er ist allerdings ziemlich schwer.

EINBRECHER: Ich bin doch kein Lastträger! Außerdem ist das zu auffällig – genau wie der Muff.

TOCHTER: Vielleicht mag er die alte Nähmaschine. Aber die ist auch schwer.

MUTTER: Oder das Büffet?

EINBRECHER: Sie haben keine guten Einfälle.

MUTTER: Es war gut gemeint. *(Sie gähnt)* Kann ich sonst etwas für Sie tun?

EINBRECHER: Sie könnten Ihre Vermögenslage ändern. Ist keine reiche Heirat in Sicht?

MUTTER: Jetzt schon gar nicht. Mein Jahrgang ist nicht mehr gefragt.

EINBRECHER: Na, mir gefallen Sie ganz gut. Und es ist auch gemütlich bei Ihnen. Der Kaffee war gut, der Schnaps war gut. Und hier sind Ihre 36 Mark.

MUTTER: Danke. Wollen Sie eine Quittung?

EINBRECHER: Nicht nötig. Der Betrag ist noch nicht durch meine Bücher gegangen. Ich betrachte diesen Abend als außerdienstlich, als privat. Es war sehr nett bei Ihnen. Wenn ich mal einen billigen Persianer an Hand habe, komme ich vorbei.

MUTTER: Es fehlt auch sonst manches. Was Sie nicht verwenden können, kann ich sicher gut gebrauchen. Wir nehmen alles.

TOCHTER: Vor allem Süßigkeiten.

EINBRECHER: Ich bin doch nicht euer Ernährer!

MUTTER: Natürlich nicht. Ich meine nur: wenn Sie mal etwas haben, das sich schlecht verkaufen läßt . . .

EINBRECHER: Na klar! Dann kriegen Sie es. Ich muß ja immer mit Haussuchung rechnen – deshalb leg ich mir nicht gern was hin. Bei Ihnen macht man keine Haussuchung, jetzt noch nicht, höchstens später, wenn wir enger zusammenarbeiten. Dann müssen Sie die Sachen eben rechtzeitig verstecken, in den Keller oder – noch besser – in den Keller Ihres Nachbarn. Tja, wie gesagt, es war sehr nett bei Ihnen. Es war ein gelungener Abend. Und nun darf ich mich verabschieden.

MUTTER: Schade, daß Sie schon gehen. Und wenn Sie selbst mal keine Zeit haben oder nicht abkömmlich sind, dann schicken Sie einen Kollegen vorbei.

EINBRECHER: Wird gemacht. Also: Auf Wiedersehen!

MUTTER: Auf Wiedersehen!

TOCHTER: Auf Wiedersehen!

Claire Bretécher

Ach, die Linken sind auch nicht besser.
Aber diese Gangster wiederwählen?
Wo gibt's noch 'ne Werkstatt, die einem die Karre repariert...
Wir fahren im Sommer nach Nyassaland.
In Betschuanaland ißt man aber besser.

Und was macht der Papi mit dem Samen-körnchen?

Er tut es in den Bauch von der Mami. Das habe ich dir schon hundertmal erklärt.
Aber wie macht er das?

Schluß jetzt, Raoul! Iß deinen Joghurt und geh spielen.

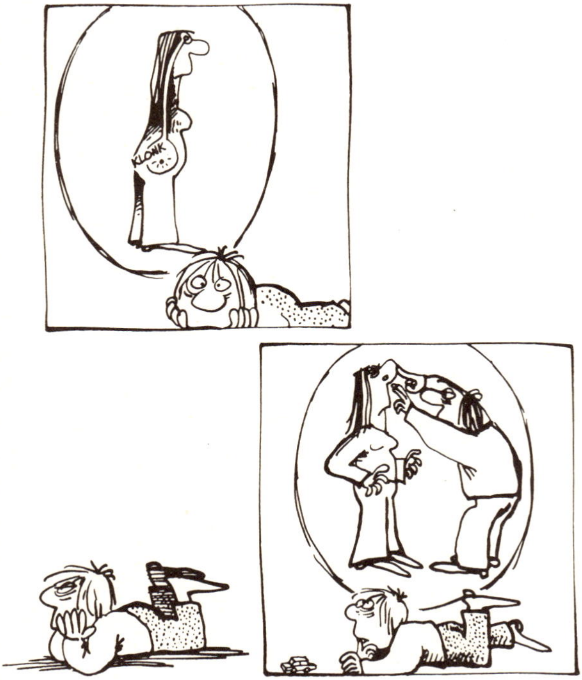
KLONK

TCHîii
PLONK

Wetten, du weißt nicht, wo der Papi das Samenkörnchen hintut, wenn er ein Baby haben will.

Weiß ich wohl! In das Loch von der Mutti, ätsch!

Aber du hast es nicht gewußt, Blödmann!
Hab ich doch.

Was für'n Loch?
Mädchen haben ein Loch, wo bei uns der Pimmel sitzt.

Soll ich dir mal meinen Pimmel zeigen?
Ich hab schon welche gesehen.

Aber du kannst
ihn mir nachher
ja mal zeigen.

Und jetzt du.
Nein!

Warum nicht?
Darum nicht!

Doch!
Doch! Doch!
Nein!
Nein! Nein!

Dann eben
nicht.
Warte.

Das geht entschieden zu weit, Raoul!

Jetzt sind wir verlobt. Gib mir einen Kuß.

Zeigst du's mir
noch mal
richtig?
Ja, Chéri.

Mädchen haben gar kein Loch, sie haben einen Schlitz.
Da ist das Loch doch drin, du Idiot!

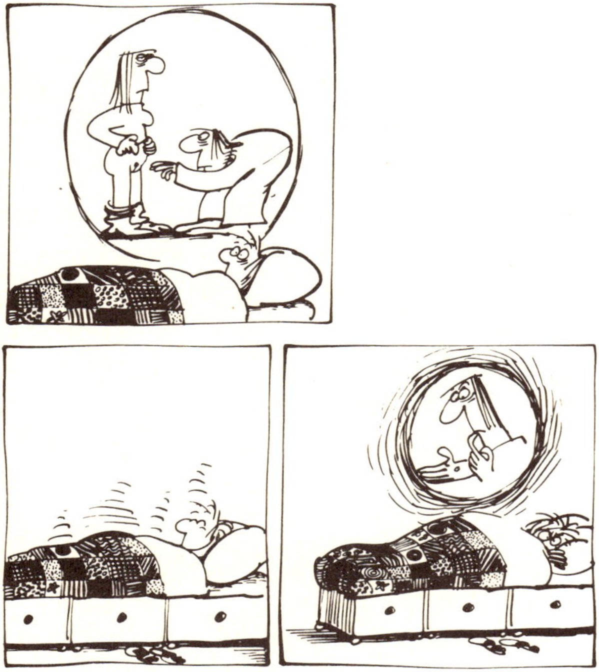

Du weißt genau, wen ich meine. Ihre Mutter war Lehrerin im Stift zu Unserer Lieben Frau.
Der kleine häßliche Rotfuchs...
Sie hat einen Inspektor geheiratet.

Wo hat der Papi das Samenkörnchen her, was er in den Bauch von Mami tut?

Was hat der Kleine gesagt?
Raoul, iß deinen Apfel und geh auf dein Zimmer. Ich komme gleich nach.

Du sollst doch so was bei Tisch nicht fragen! Ich erzähl dir's nochmal. Paß schön auf, mein Schätzchen.

Wenn der Papi die Mami liebhat, dann umarmt er sie ganz fest, und dabei kommt das Samenkörnchen, das in seinem Bauch ist, in den Bauch von der Mami, und dort wächst es, und daraus wird ein süßes kleines Baby.

Klar? Dann zieh jetzt deinen Mantel an, wir gehen zu Ida.

Ida, geh mit Raoul in dein Zimmer, aber macht keine Dummheiten.

Soll ich dir meine Eisenbahn zeigen?
Du weißt bestimmt nicht, wie man ein Baby macht.

Der Papi tut in den Bauch von der Mami ein Samenkörnchen, weil er sie sehr liebhat, und dann...
Was redste da für'n Quatsch.
Wenn man ein Kind haben will, setzt man erst mal die Pille ab oder läßt sich die Spirale rausnehmen.

Wenn dann der Mann seinen Penis in die Vagina der Frau einführt, kommen die Spermatozoen in den Uterus und befruchten das Ei. Ist doch kinderleicht.
Sollen wir jetzt mit meiner Eisenbahn spielen?

Soll ich dir meinen Pimmel zeigen?
Danke bestens.
Meine Mutter will dauernd, daß ich mit dem Pimmel von den Jungs spiele. Soll gut sein für meine Entwicklung. Das nervt ganz schön.

Ida ist doof.
Ich will nicht mehr mit ihr spielen.

Raoul, Scheißziege sagt man nicht.
Sie ist eine Scheißziege.

Scheißziege!
Scheißziege!
Scheißziege!

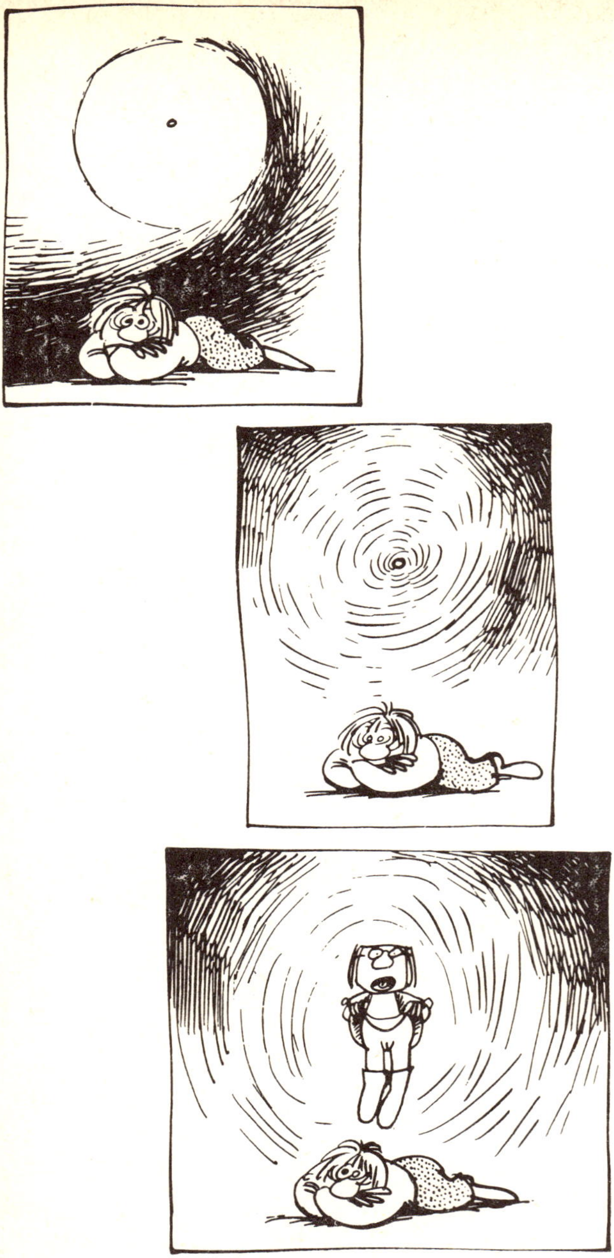

Du weißt bestimmt nicht, wie der Papi das Samenkörnchen aus seinem Bauch holt.

So dämlich möchte ich auch mal sein!

Das kommt doch aus dem Pimmel, du Spasti!

Hast du vielleicht schon mal Samenkörnchen aus deinem Pimmel kommen sehen?
ffff ff

Das sind winzig kleine Dinger, die man nicht sieht.
Stimmt ja gar nicht.

Soll ich dir mal was zeigen?
Hast du ja schon.

Warum machst du denn daneben? So'n Schweinkram.

Was soll denn die Putzfrau denken!
Da sind gar keine Samen-körnchen drin.

Sie sind winzig klein, darum sieht man sie nicht.

Und jetzt mußt du mir einen Kuß geben.

Man muß sich immer einen Kuß geben, wenn man zusammen auf dem Klo war. Sonst braucht man ja gar nicht verlobt zu sein.

Mutti, darf Zina morgen zum Spielen kommen?
Wenn ihre Mutter einverstanden ist.

Raoul, du mußt gleich baden. Der Onkel Erzbischof und die Tante kommen zum Abendbrot, und da mußt du putzsauber sein.

Papa, wenn du in Mamis Loch Pipi machst, wie weißt du dann, ob sie dein Samenkörnchen erwischt hat?
BRETECHER

Peter M. Thouet

Wenn Mutter verreist ist

I

Familie findet bei den Wadas am Abend statt. Eva-Maria Wadas ist Studienrätin für Französisch und Deutsch – ihr Sohn Peter ist schlecht in Mathematik und Physik, ihr Mann Manfred zu gut für diese Welt.

Darum hat sie ihn auch geheiratet.

Manfred ist der Schutz der Familie, den die Familie dauernd in Schutz nehmen muß. Manfred Wadas arbeitet als freiberuflicher Graphiker mit etlichem Erfolg.

Von den Damen eines gewissen Gewerbes unterscheidet er sich nach eigenen Angaben nur gering: «Bei mir geht es um – die gehen auf den Strich!»

Eva-Maria kann die Sachen ihres Mannes so erledigen, daß er annehmen muß – er habe sie selber erledigt. Das bekommt seinem Stolz und ihrem notwendigen Sinn für Ordnung.

Peter Wadas fühlt sich mit knapp sechzehn Jahren schon so erwachsen, wie er es den Umständen entsprechend für notwendig hält – und noch so kindlich, daß er sich von Zeit zu Zeit den ersten Ansprüchen, die man an Erwachsene zu stellen pflegt, entziehen kann. Da es Abend ist, findet Familie statt.

Eva-Maria hat sich Mühe gegeben, den Abendbrottisch so zu decken, daß auch ein zufällig des Wegs kommender Fachmann für Eßkultur zufrieden gewesen wäre.

Manfred sieht so etwas nicht. Manfred sieht nur, wenn etwas schlecht ist.

Peter ringelt sich um den Stuhl wie ein Schlangenmensch. Eva-Maria ärgert das sehr, aber sie sagt nie etwas, wenn sie sich ärgert.

Sie sagt es hinterher – dafür dann um so ärger, weil man ihr keine Prozente für Erregung abziehen kann.

Peters Spezialität ist der Käse-Wurst-Turm. Aus Gründen der Rationalisierung – und auch weil es schöner aussieht – schichtet er Wurst aufs Brot, auf die Wurst wieder Brot, dann Käse, dann Wurst, dann Brot, bis er die Schichthöhe einer repräsentativen Torte erreicht hat. Dann langt er zu.

Manfred und Eva-Maria schauen so diskret wie möglich weg, denn der Einsturz des locker gefügten Eßgebäudes ist unausweichlich und endet in Balanceakten zwischen Mund und Teller, die auch von den nachsichtigsten Eltern als entsetzlich unmanierlich bezeichnet werden müßten.

Peter verspricht dann: «Beim nächstenmal klappt es bestimmt!»

In dieser Hinsicht haben die Wadas jegliche Hoffnung aufgegeben.

Eva-Maria hat an diesem Abend eine Neuigkeit für ihre Männer: «Ich habe mich beim deutsch-kanadischen Lehreraustausch beworben – mal sehen, ob die mich nehmen!»

«Natürlich», braust Manfred auf, «natürlich nehmen die dich!»

Eva-Maria ist da nicht so sicher. Das Angebot ist interessant, und viele Bewerber mindern die Aussichten.

Manfred erläutert seine Zuversicht: «Hohe Bildung und gutes Aussehen – das mag man auch in Kanada. An studienrätlichen Schreckschrauben ist denen nicht gelegen!»

Eva-Maria nimmt das Kompliment mit fröhlicher Selbstverständlichkeit hin. Peter säbelt bereits an den Fundamenten seines Käse-Wurst-Turms und mampft Mutter an: «Schreib uns wenigstens mal ab und zu!»

«Von wo?» will Eva-Maria wissen.

«Sprachst du nicht eben von Kanada?» tadelt Peter.

Eva-Maria lacht erleichtert. «Wenn ich jetzt schon nicht mehr daran denke!»

Auch Manfred hat vordringlichere Sorgen. «Brauchen wir wirklich einen Mikrowellenherd?»

Eva-Maria ist dafür. Sie ist überhaupt für alles, was ihr die Arbeit erleichtert – zumindest die Arbeit, die sie nicht sonderlich mag. «Rein ernährungsphysiologisch», beginnt sie – aber Manfred läßt sie nicht ausreden.

Mit einer Sanftmut, die beängstigend wirkt, erläutert er: «Ich bin auch für den Fortschritt, aber nicht unbedingt in unserer Küche – der alte Herd ist doch noch so gut wie neu!»

Eva-Maria lächelt nachsichtig und holt etwas weiter aus. Wenn Eva-Maria etwas weiter ausholt, hat Manfred schon verloren. «Den Kühlschrank konnten wir uns erst kaufen, als die anderen schon längst eine Waschmaschine hatten – unsere Waschmaschine wurde geliefert, als die Nachbarn schon Trockner aufstellten – ich möchte auch mal unter den ersten sein!»

Für derlei Wünsche hat Manfred nicht das geringste Verständnis. Die ersten, das sind für ihn immer die schwitzenden, hechelnden Renner, denen der Erfolg den Atem verschlägt. Manfred hat nichts gegen Sieger, weil er immer zu den Verlierern gehört – er hat lediglich etwas gegen die Stürmer und Dränger, die dann schließlich doch nur am Ramschtisch des Erfolges landen.

«Außerdem», belehrt ihn Eva-Maria nachsichtig, «außerdem würde ein Mikrowellenherd das Leben in dieser angenehm zerrütteten Familie erleichtern – wir hätten mehr Zeit füreinander!»

Jetzt muß Peter seinen Vater ganz schnell in Schutz nehmen, denn der Argumentation seiner Mutter ist sein Vater nicht gewachsen – weil er dieser Frau einfach nicht gewachsen sein will. Peter deutet diese Eigenschaft seines Vaters noch als Feigheit, weil seine Vorstellungen von Liebe noch etwas robuster sind – vom Reiz des Nachgebens spricht man in seinen Kreisen nicht.

«Du hättest mehr Zeit für uns!» stellt Peter fest.

«Na und – wäre das schlimm?»

«Und ob», kontert Peter, «eine tüchtige Frau wie dich kann man doch nur stundenweise ertragen!»

Eva-Maria kratzt mißmutig mit dem Messer über den Teller. Sie wollte immer alles mögliche sein – nur nicht tüchtig. Aber sie ist es nun einmal – darum auch ißt sie weiter, ohne eine Auseinandersetzung herauszufordern. Manfred dankt ihr das mit einem Blick, den nur eine liebende Frau von dem eines dankbaren Dobermanns unterscheiden kann.

Peter motzt vor sich hin. Wie gerne hätte er provoziert – so ein kleiner Streit ist doch etwas Erfrischendes, besonders, wenn man ganz unbeteiligt tun kann, vom Tisch aufsteht und sagt: ‹Bis dann!›

Sollen die doch sehen, wie weit sie kommen. Aber weder seine Mutter noch sein Vater lassen sich provozieren. Also gibt es auch keine unerquicklichen Szenen im Hause Wadas – Peter kann daher nicht rumpöbeln wie andere in seiner Klasse. Und auf dem Schulhof muß er regelmäßig Märchen über die beknackten Typen, die nun mal seine Eltern sind, erfinden, wenn er bei den Seinen nicht als asozial gelten will.

Warum ist auch auf Eltern kein Verlaß? Benehmen sie sich so, wie alle Eltern sich benehmen, dann ist das schon Scheiße – benehmen sie sich aber nicht wie alle Eltern, dann ist das erst recht Scheiße. Diese ekelhaften heranwachsenden Nonkonformisten wie Peter und die Seinen sind schon jetzt zu faul, sich die Wand zu bauen, an der man sich die Köpfe einrennen kann.

Diese Herren von morgen erwarten von ihrer Um- und Mitwelt, daß sie sich jederzeit so benimmt, daß man bequem Ärgernis daran nehmen kann.

Eva-Maria weiß das. Tagtäglich versucht sie, einer Gruppe dieses Alters und dieser Haltung die Schönheiten der französischen Sprache beizubringen. Ihr gelingt das nie – Maupassant und Saint-Exupéry zuweilen. Eva-Maria segnet dann still den Unterschied zwischen Paukern und Poeten.

Vorerst also kein Mikrowellenherd. Manfred atmet erleichtert auf und gesteht: «Also – so ein Ding ist mir unheimlich – so was habe ich nicht gern im Haus!»

Eva-Maria und Peter schauen sich verblüfft an. Und sie beide hatten gedacht, daß Vater Manfred ganz sachliche und unwiderlegbare Gründe gegen den technischen Fortschritt haben würde . . .

Manfred steht nun schnell vom Tisch auf und nuschelt etwas von dringenden Terminarbeiten. Manfred ist mit seiner dringenden Terminarbeit schon längst fertig – aber er kennt die ungeheure Gefahr für einen Vater, die immer dann heraufzieht, wenn Mutter und Sohn sich wortlos verbünden.

Der Job als Lehrer zerrt an den Nerven. Die Pausenaufsicht auf dem Schulhof aber zerrüttet die angezerrten Nerven vollends – und Eva-Maria hat heute Aufsicht.

Man muß alles sehen – und gleichzeitig auch alles übersehen, was noch nicht so ärgerlich ist, daß man Ärgernis daran nehmen müßte. Prügeleien gehören zu den Dingen, die man übersieht, wenn nicht gerade ein Starker so unerbittlich zuschlägt, daß man den Schwachen in Schutz nehmen muß. Schlimmer sind schon die cleveren Manager von morgen – da wird alles verhökert, was man für Taschengeld und Raten, die man vom Taschengeld bezahlt, haben kann: vom Transistor über die Pille bis zum Joint. Eva-Maria haßt diese miesen Typen von ganzem Herzen. Aber eben nur von Herzen. Eingreifen tut sie mit Verstand – so cool, wie man das eben sein kann, wenn man gerade die Vierzig überschritten hat.

Heute scheint der Markt neben dem Fahrradschuppen geschlossen zu sein – oder die kleinen Gauner haben den Schauplatz ihrer frühen Niedertracht schon wieder verlegt. Eva-Maria ertappt sich bei dem Gedanken, daß eine Pause ohne Zwischenfall doch sehr langweilig ist.

Dr. Simons, der Direktor der Schule, kurvt aufgeregt um die Pulks der Schülerinnen und Schüler herum auf Eva-Maria zu. Der alte Herr – dem Aussehen nach zart und ganz sicher auch zu schade für diese Welt – wedelt mit einem Brief. «Post für Sie!»

Eva-Maria nimmt den Brief und will ihn in die Rocktasche stecken.

«Sind Sie denn überhaupt nicht neugierig, Eva-Maria?» will Dr. Simons wissen.

Natürlich ist Eva-Maria neugierig – aber sie will den alten Herrn ein wenig auf die Folter spannen. «Was kann das schon sein – irgend so ein Rundschreiben!»

Es ist kein Rundschreiben, und der Brief brennt Eva-Maria in der Tasche.

«Schauen Sie doch nach!» bittet der Direktor geradezu. «Dann haben Sie es hinter sich!»

Eva-Maria öffnet den Brief – liest und hätte beinahe einen Freudenschrei ausgestoßen. «Es hat geklappt – es hat mit Kanada geklappt! Aber warum nehmen die ausgerechnet mich?» Es ist einer der ganz großen Vorzüge von Eva-Maria, daß sie schöne, wichtige und gute Dinge immer in Frage stellt – das schafft Distanz zum Glück und macht glücklicher.

«Als Sie vor achtzehn Jahren zu mir an die Schule kamen»,

erinnert sich Dr. Simons, «da waren Sie unter der Horde pädagogisch halbgebildeter Besserwisser die einzig vernünftige Person. Vielleicht hat sich das im Laufe der Zeit auch in Kanada rumgesprochen!»

Eva-Maria ist verwirrt – ein Zustand, den sie sich normalerweise nur ganz selten gestattet. So hatte es sie zum Beispiel sehr verwirrt, daß sie Manfred bitten mußte, sie zu heiraten. Nicht etwa weil Peter sich anmeldete, sondern weil es einfach Zeit war, wenn sie als Liebespaar im Laufe der Zeit nicht verlottern wollten.

Dr. Simons konnte schon immer außerordentlich unüberhörbar schweigen. Jetzt tut er es auch.

Bis Eva-Maria gestehen muß: «Ich hab überhaupt nicht mehr daran gedacht!»

«Es gibt eben Träume und Wünsche, die man behalten möchte – und es gibt diese herrlich verwegenen Wünsche und Träume, die man ganz schnell vergessen will. Weil es Dinge gibt, die man sich weder wünscht noch erträumt – aber Kanada haben Sie gewollt, Mädchen, das haben Sie ganz kräftig gewollt!»

Dr. Simons kann so freundlich lächeln, daß man ihm allein schon deshalb zustimmt, weil man dieses Lächeln nicht vermissen möchte. Eva-Maria stimmt ihm zu – wegen des Lächelns und weil er vollkommen recht hat.

Dr. Simons muß natürlich wissen. «Wie werden Vater und Sohn darauf reagieren?»

Eva-Maria stellt sich ihm ein wenig in den Weg. «Interessiert es Sie denn überhaupt nicht, warum mich die Entscheidung glücklich macht?»

Dr. Simons legt der Kollegin die Hand auf die Schulter und gesteht: «Sie, Eva-Maria, Sie sind die seriöseste Abenteurerin, die ich kenne – das Abenteuer ‹Beruf›, das Abenteuer ‹Ehe›, das Abenteuer ‹Kind› – und jetzt fehlt eben noch das Abenteuer ‹Freiheit› für Eva-Maria Wadas. Und das leisten Sie sich – wie alles in Ihrem Leben – auch zur richtigen Zeit!»

Eva-Maria befreit sich durch das Lachen von jeglichem Druck und flüstert dem alten Herrn zu: «Erraten, Doktor – ich muß noch mal auf den Prüfstand – ganz allein –, bevor ich in die Jahre komme, in denen ich zufrieden bin mit dem, was ist, und mit dem, wie es ist!»

Die Pausenklingel schrillt ein Ausrufezeichen hinter diese Erkenntnis.

Manfred Wadas liebt die Natur – aber er haßt seinen Garten. Wegen der Gartenarbeit. Eine Müllkippe voll Löwenzahn und Buschwindröschen sieht zauberhaft aus, darüber die bekannten Vögel des Himmels, die nicht säen und doch ernten. Und was tut der Mensch als anständiger und angepaßter Gartenbesitzer – er stranguliert die freigebige Natur in kleinen Beeten. Da werden mit den Rosen die Vorurteile weitergezüchtet, daß es edle und unedle Blumen gibt. Und die Bande der auserwählten Blüten steht dann arrogant im Garten herum und verlangt, vom Unkraut erlöst zu werden wie von einem Übel – Amen!

Manfred würde den Garten gern verwildern lassen – mal sehen, was der Wind so angesät hat. Aber in einer Gegend, die auf Ordnung hält – wo ein Rasen nicht wie ein Rasen, sondern wie ein Teppich auszusehen hat und wo jeder unweigerlich in den Ruf der Unzuverlässigkeit kommt, der das dreiste Gelb des Löwenzahns nicht mit der Wurzel ausrottet –, sollte man nicht durch gärtnerischen Leichtsinn auffallen.

Also pflegt Manfred seinen Garten mit zähneknirschender Hingabe.

Für jede Störung ist er aufrichtig dankbar. Er arbeitet sich auf den Jägerzaun zu, in der Hoffnung, daß der Nachbar sich zu einem kleinen Plausch bereit findet. Natürlich nur der Nachbar zur Linken; die Nachbarn zur Rechten haben Sichtblenden aufgestellt – nicht etwa, um nicht gesehen zu werden, sondern um nicht sehen zu müssen!

Manfred ist immer wieder vom Gesicht der alten Dame gefesselt, die er von Zeit zu Zeit am großen Fenster des Nachbarhauses sehen kann. Ein Gesicht, das so sanft leuchtet wie ein Lampion, der in einer Sommernacht mit dem Wind tanzt. Manfred mag Gesichter – natürlich auch die Menschen, die dazugehören –, aber wenn für ihn ein Gesicht ‹stimmt›, dann ‹stimmt› eben das andere auch.

Die Augen der alten Dame lassen Manfred eine Sehnsucht spüren, von der er weiß, daß sie grenzenlos ist – schließlich kennt er sich in Sehnsüchten aus. Besonders in den Sehnsüchten, die sich nicht erfüllen. Wenn man van Gogh übertrumpfen wollte und dann schließlich als Werbegraphiker mit dem Spezialgebiet ‹Pralinenschachteldeckelmalerei› zu einigem Ruf gekommen ist, dann hat man den Knall im Ohr, mit dem die Sehnsüchte platzen.

Manfred möchte der alten Dame hin und wieder zuwinken. Aber er ist sich nicht so ganz sicher, ob sie ihn überhaupt sieht. Vielleicht steht er nur störend in dem Bild herum, das sie sich von der Welt draußen macht – und da grüßt man besser nicht! Oder doch?

«Hallo, Herr Nachbar – was haben Ihnen denn die Dahlien getan?»

Manfred schaut hoch und freut sich am Anblick des Herrn Gerber, der ein netter Mensch und ein netter Nachbar ist. Willem Gerber kann auf dreierlei Arten lachen: mit dem Mund, mit den Augen und mit dem rechten Auge anders als mit dem linken.

Manfred gibt zu: «Wenn mir alles im Leben soviel Spaß machen würde wie Rasen-, Strauch- und Gartenpflege, dann würde ich ein freudloses Dasein fristen. Aber wieso Dahlien – ich denke, das ist wilder Wermut?»

«Ich sollte Ihnen mal Grund in die Sache bringen, wenn ich Zeit habe!» schlägt Herr Gerber vor.

Manfred faßt gleich nach: «Vielleicht haben Sie bald Zeit?»

In absehbarer Zeit hat Willem Gerber leider keine Zeit. «Meine Frau braucht viel Pflege – außerdem spielen Elisabeth und ich ein wenig Komödie! Sie tut so, als ließe sie mir die Freude – und ich lasse ihr das Gefühl, daß sie alles noch allein kann. Es gibt Augenblicke, da möchten wir uns sagen, wie schön das ist – aber dann schweigen wir doch wieder, denn der Rest wäre pure Verzweiflung!»

Willem Gerber spricht über sein Leid wie über das Wetter. Manfred möchte etwas Liebes, etwas Nettes, etwas Herzliches sagen, aber es fallen ihm nur alberne Floskeln und blöde Allerweltsfragen ein – da schweigt er besser. Willem Gerber ist diese Art von Anteilnahme auch wesentlich lieber, denn die Kranken sind immer der schöne Grusel für die Gesunden.

Wenigstens eins will Manfred wissen: «Es gibt aber noch Hoffnung?»

Willem Gerber schüttelt den Kopf. «Viel Hoffnung sogar,

Hoffnung auf einen barmherzigen Tod und einen allgemeinen Erlaß zur Verkürzung der Leidenszeit für alle, die leiden – so oder so!»

Manfred drischt plötzlich mit der kleinen Hacke auf den Boden ein, als wolle er der Erde wehtun für das, was Menschen angetan wird.

«So ist's richtig!» lobt Willem Gerber. «Lockern Sie den Boden, und reißen Sie endlich mal die Stachelbeersträucher raus!»

«Und dann?» will Manfred wissen.

«Dann», belehrt ihn Herr Gerber, «pflanzen wir Blumen!»

Manfred will das Versprechen überhören – aber Herr Gerber mag es überhaupt nicht, wenn man etwas überhört, was er gesagt hat. «So vertrottelt bin ich nun auch wieder nicht, Herr Nachbar! Die Blumen müssen erst in sechs Wochen in die Erde – und bis dahin . . .»

Natürlich will Manfred jetzt wieder etwas sagen – etwas Liebes, etwas Nettes, etwas Herzliches, wie immer, wenn man nicht weiß, was man sagen soll.

Herr Gerber verbittet sich das: «Ersparen Sie mir Ihr Mitleid – ich hasse diese lauwarme Brühe, die einem über den Kopf gekippt wird, und man muß auch noch danke sagen!»

Willem Gerber wuchtet seine beiden Einkaufstaschen hoch und geht auf das Haus zu. Am Fenster erscheint das Gesicht der alten Dame. Sie lächelt. Willem Gerber stellt die beiden Taschen ab und winkt ihr zu.

Manfred verdrückt sich in eine andere Ecke des Gartens. Er kommt sich vor wie ein unfreiwilliger Spanner, der etwas sieht, was er nicht sehen soll.

Manfred mag diese Stunden in Moll. Er ist gern ein bißchen traurig, denn es stimmt ihn fröhlich, daß er nicht fröhlich sein muß. So ein Vollbad in Selbstmitleid ist ungeheuer anregend. Hinterher fühlt man sich immer so angenehm aufgemöbelt. Manfred reißt Unkraut aus dem Boden und denkt ein wenig an den Tod. Wie wird das einmal sein, wenn Eva-Maria – oder er . . .

Wird Peter sehr weinen und traurig sein?

Vorerst hat Peter keinen Grund zur Trauer, und Tränen vergießt er auch nicht. Schließlich hat er in dieser verdammten Penne wieder einen Tag abgerissen und eine Menge für die Schule und wenig fürs Leben gelernt. Der Junge, dem man wohl endlich einmal das Wachsen verbieten muß, stakst auf seinen Vater zu, der jeglicher Unterbrechung der ungeliebten Arbeit mit größtem Wohlwollen entgegensieht.

«Na, wie war's in der Schule?» erkundigt sich Manfred mit eben jener väterlichen Leutseligkeit, die aus einem relativ harmlosen Sohn einen Amokläufer machen kann.

«Frag nicht so doof», weist Peter seinen Vater zurecht. «Man lernt etwas, das man nicht lernen will – und was man lernen will, das wird nicht gelehrt, weil es dafür keinen Plan gibt. Außerdem ist das keine Schule, sondern eine Zuchtanstalt für Fachidioten mit möglichst hohem Notendurchschnitt. Sonst noch was?»

«Ja», überlegt Manfred, «warum gehst du denn dann noch hin?»

Peter gönnt seinem Vater einen jener Blicke, die von Überheblichkeit nur so strotzen. «Weil mir im Augenblick nichts Besseres einfällt – darum gehe ich noch hin!»

Dann geht er in die kleine Garage, in der Vaters Auto und sein Moped die Nacht verbringen.

Das soll ihm mal einer nachmachen – zugleich schlaksig wie Robert de Niro und verhuscht wie Woody Allen verschwindet Peter im Vaterhaus, derweil Manfred den Mutterboden beharkt.

Eva-Maria kommt aus der Schule und hat das sichere Gefühl, daß sie gleich losheulen wird. Sie geht langsamer und setzt sich auf den Treppensockel. Das wirkt ganz entspannt und völlig unverdächtig. Außerhalb der Schule ist man als Lehrerin eine Null, und Eva-Maria fühlt sich ab und zu gern mal als Niete oder Versager – nur hat sie leider nie einen triftigen Grund, sich als Niete oder Versager zu fühlen. Aber jetzt hat sie sich diese idiotische Sache mit Kanada eingebrockt. Eigentliche wollte sie gar nicht nach Kanada – sie wollte nur mal versuchen, ob die sie wollten. Mit dem aufsteigenden Grusel vor der eigenen Gewissenlosigkeit schnurrt in ihrem Kopf ein Katastrophenfilm erhabener Dimensionen ab – Titel: ‹Manfred und Peter allein!› – Laufzeit: drei Monate – Verlängerung: durchaus möglich – Inhalt: dramatisch – Form: unter aller Kritik! Sodom und Gomorrha sind gegen das, was Eva-Maria vor ihrem inneren Auge sieht, wohlgeordnete und blühende Gemeinden gewesen.

Eva-Maria schiebt gern eine kleine Leidenszeit zwischen die langanhaltenden Perioden der Tüchtigkeit und der Zuverlässigkeit, die ihre beiden Männer und die restliche Menschheit von ihr erwarten. Drei Monate – was heißt hier drei Monate: ein ganzes Vierteljahr!, und das Wort läßt sie wie Zürcher Marzipan auf der Zunge zergehen – wird sie weg sein. Einfach weg! Zweiundneunzig Tage ist sie weg – was für ein Geschenk, gemessen an den zwei oder drei Tagen im Jahr, an denen sie abhauen und familienflüchtig werden will.

Eva-Maria zerfließt in Mitleid für den großen und den kleinen Wadas! So eine Chance kommt nie wieder – Vater gegen Sohn und Sohn gegen Vater, und das alles zu einer Zeit, in der der Sohn sich daran gewöhnen muß, erwachsen zu werden, und der Vater nicht umhin kann zu begreifen, daß die Show, die man Leben nennt, so gut wie gelaufen ist. Also macht Eva-Maria ihren Männern ein Geschenk: sie verschwindet einfach. Natürlich verschwindet eine Frau und Mutter nicht einfach, sondern kompliziert. Wohin, bitte, mit dem Gefühl der Unabkömmlichkeit – wo gibt man das schlechte Gewissen in Pension, und wie verzichtet man auf den Gedanken, unersetzbar zu sein? Einfach weg – das gibt es nicht. Wenigstens nicht für Eva-Maria. Warum eigentlich nicht? Sollen sie doch mal aufeinanderrasseln, daß die Fetzen fliegen! Sollen sie doch mal sehen, in welchen Graben sie fallen, wenn der Prellbock ‹Mutter› weggezogen worden ist!

Eva-Maria wünscht ihren Männern nichts Schlechtes – aber sie schämt sich auch nicht des Gedankens, daß sich jetzt schon Vorfreude und Schadenfreude mischen.

Versehen mit den Tröstungen der Eva-Maria Wadas steht Eva-Maria Wadas auf und beschließt, sich ein Jackenkleid zu kaufen, in dem sie eine Menge Lärm machen kann – in Kanada!

Peter schwimmt gut. Er hat dieses gewisse Timing zwischen den Armen und Beinen, mit denen andere Schwimmer ohne Effekt ihre Bahnen abstrampeln. Stephan ist Peters Freund. Stephan schwimmt nicht gut, aber weil Peter schwimmt – schwimmt Stephan auch. Mit der gleichen Inbrunst und Angst würde Stephan auch Drachen fliegen – vorausgesetzt, Peter fliegt mit dem Drachen. Ohne Brot und Wasser würde er mit Peter durch die Kalahari wandern, wenn Peter sicher wäre, daß man weder Wasser noch Brot braucht.

Bei Erwachsenen nennt man diesen Zustand schlichtweg Hörigkeit. Bei Stephan und Peter ist es noch Freundschaft – ziemlich einseitig zwar, aber für beide nicht unbedeutend. Stephan gibt Peter ein Gefühl der Stärke – weil er schwach ist. Peter genießt Stephans Demut, weil sie ihn stark erscheinen läßt. Also ist Peter der Gewinner. Stephan ist der Verlierer, aber das weiß er noch nicht.

Stephan schwimmt wie ein vergnatzter Delphin in einem zu kleinen Aquarium. Das macht die anderen Sportsfreunde rasend, denn sie wollen die Vier-mal-hundert-Meter-Lagenstaffel gegen die Scheiche vom Wacker 04 unbedingt gewinnen. Aber wie gewinnt man mit so einer Niete in der Staffel?

Der dicke Gerd, der auch nicht gut schwimmen, aber prima mosern kann, baut sich vor Peter auf. «Dieser besengte Typ verpatzt glatt jeden Wechsel. Geh doch mit dem Schnulli ins Hundebad – vielleicht lernt er wenigstens noch Stöckchenfangen!»

Da kann nun Stephan so schlecht schwimmen, wie es ihm paßt – wenn Peter ihn schon zur Sau macht, dann bitte unter vier Augen: öffentlich läßt er Stephan nicht anmeiern. «Wenn du Pampsack nicht gleich das Maul hältst, schramm ich dir eine um die Backen, daß deine Püppi dich für King-Kong hält!» Peter entwickelt so etwas wie Autorität.

Stephan schlabbert sich aus dem Wasser und bittet Peter: «Laß ihn – recht hat er!»

Das ist für Peter zuviel. «Natürlich hat er recht. Aber das gibt man doch nicht zu – nur weil so ein Minimaler die Schnauze ölt!»

Gerd will die Argumentation handgreiflich beenden. Peter schaut ihn ganz ruhig an und stellt fest: «Zieh Leine, Zombie – ab in die Urne!» Zu Stephan sagt er: «Komm!» Und Stephan geht – weil er immer geht, wenn Peter ‹Komm› sagt.

Im klatschnassen Gang zwischen den Umkleidekabinen und den Schränken wäre Stephan beinahe hingefallen. Er kann gerade noch um die Ecke schlittern und landet auf einem Vater, der damit beschäftigt ist, seinen Sprößling in die Hosen zu stecken.

Stephan fingert den Schlüssel am roten Band von seinem Fußgelenk und bittet Peter: «Frag doch den Markus, der ist in Form und wird die Staffel retten.»

Peter will aber keinen Markus – er will Stephan. «Wir brauchen dich!» Das stimmt natürlich nicht, aber Peter kann doch seinem Freund nicht sagen, daß er ihn auch für einen Versager hält. Also dreht Peter mächtig auf: «Du bist ja geradezu verliebt in den Gedanken, ein Versager zu sein – du scheinst dich wirklich wohl zu fühlen, wenn die anderen dich zur Sau machen!»

Dieser Ansicht ist Stephan keineswegs – um die Angelegenheit für ihn zu vereinfachen, flüchtet er sich in das Bekenntnis: «Ich hab einfach Angst!»

Jetzt geht Peter der Draht aus der Mütze, ohne Rücksicht auf die übrigen Badegäste brüllt er Stephan an: «Das ist doch wieder eine deiner verdammten Ausreden. Schlag dir doch selber in die Schnauze – aber dreh dich zur Wand, daß ich's nicht sehe!»

Stephan trocknet sich so intensiv ab, als müßte nicht nur das Wasser von der Haut, sondern auch die Haut vom Menschen runter.

Stephan kann ganz klein werden, ganz unscheinbar und mickrig, wenn man auf ihn zielt. Darum ist er auch nicht viel gewachsen – denn irgendwer hat immer auf ihn gezielt.

Peter möchte ihm entschuldigend auf den Rücken klatschen – aber was hilft das: nur die geringste Aufmunterung, und der liebe Stephan nimmt Generalamnestie für sich in Anspruch.

Auf dem Heimweg muß Peter immer wieder über Stephan nachdenken. Mal könnte er ihn hochnehmen und wegwerfen – mal möchte er ihn in Watte packen, damit ihm nur ja nichts passiert. Gibt es eigentlich Menschen, die als Versager auf die Welt kommen?

«Nein, aber es kommt sehr oft vor, daß diese Welt schon sehr früh anfängt, einen Menschen zum Versager zu stempeln!» sagt Eva-Maria beim Abendessen. «Ein paarmal verzeiht man dir, wenn du die erwartete Leistung nicht bringst. Aber wehe dir, du willst diese Leistung nicht bringen, dann setzt so ein vertrackter Mechanismus ein, der dich ganz langsam an den Rand drängt – und dann bist du im Aus!»

Eva-Maria ist froh, daß Peter außer den schmutzigen Händen auch noch ein Thema auf den Tisch gelegt hat, über das man reden kann. So hat sie eine Galgenfrist, denn die Sache mit Kanada muß nun unaufschiebbar an die Männer gebracht werden.

Auch Manfred hat zu diesem Thema etwas zu sagen: «Und wenn du nicht höllisch aufpaßt, wirst du geschlachtet, bekommst einen Stempel aufgedrückt: ‹Außenseiter, zum alsbaldigen Verzehr bestimmt›!»

Peter will das nicht einsehen: «Unsinn, Stephan kann sich doch ein bißchen anpassen – etwas mehr Courage, und alles wäre in Ordnung!»

Eva-Maria legt das Butterbrot hin und fragt Peter ganz direkt: «Was erwartest du von dem armen Kerl denn nun wirklich? Mut oder Anpassung?»

«Ich weiß es nicht!» räumt Peter ein und pellt die Wurst, als müsse er einen Feind skalpieren. «Aber der stellt sich immer schon in die Ecke – bevor die anderen ihn reinschubsen!»

Eva-Maria erkennt, daß die Diskussion bald einschlafen wird, denn mehr kann man zu Stephan beim besten Willen nicht sagen. Also schneidet sie mit dem Brot schnell ein anderes Thema an. «Und seine Eltern?»

Mit dieser Frage scheint Eva-Maria den Nerv getroffen zu haben. Peter springt auf, als hätte er in diesem Augenblick eine Karbidflasche unter seinem Stuhl entdeckt, und brüllt los: «Bei denen möchte ich nicht mal Kind sein, wenn sie mich jedes Jahr in Gold aufwiegen würden!»

Eva-Maria schaut Manfred an, Manfred schaut Peter an, und Peter schaut plötzlich seine Eltern an, als wollte er fragen: ‹Kann mir einer von euch sagen, warum ich mich so aufrege?›

Peter setzt sich wieder, und nun beginnt das große Schweigen. Jeder der drei langt kräftig zu, um für sich die Behauptung zu bekräftigen, daß man mit vollem Mund nicht spricht.

Manfred schluckt, legt Messer und Gabel hin und verlangt kategorisch: «Raus damit – ich warte!»

Eva-Maria und Peter schalten auf den professionellen Unschuldsblick – aber Manfred läßt sich nicht übertölpeln. Eva-Maria erkundigt sich zaghaft: «Raus womit?» Und Peter grinst unsicher. «Soweit ich weiß, ist mein Gewissen rein!»

Eva-Maria will noch eine kleine Schonzeit bis zum Geständnis herausschinden, also fragt sie mit wallender Freundlichkeit: «Worauf wartest du denn?»

Manfred stellt zur Wahl: «Daß die Bombe hochgeht – daß mir jemand eine Mitteilung machen wird – daß uns eine Nachricht erreicht, vermutlich eine unangenehme. Jedenfalls braut sich hier irgendwas zusammen!»

Eva-Maria hat sich noch nie in die Defensive drängen lassen. Sie legt los: «Es ging ganz schnell – es hat schneller geklappt, als ich gedacht habe. Das mit dem Lehreraustausch nach Kanada. In drei Tagen um 16 Uhr 45 startet mein Flugzeug nach Montreal!» Eva-Maria setzt sich in Positur und erwartet scharfen Tadel für ihre Eigenmächtigkeit. Vorsichtig schaut sie ihren Mann an und muß feststellen: Der Typ lächelt, der lächelt so gelassen und heiter, als habe sie ihm soeben mitgeteilt, daß sie beide in einem Preisausschreiben drei Wochen Bahamas gewonnen hätten. «Das freut dich?» sagt Eva-Maria verwirrt.

Manfred nickt und strahlt sie an. «Ich habe keinen Augenblick daran gezweifelt, daß man dich nehmen wird – mit Kußhand sogar!»

Ganz schnell muß Eva-Maria dem Strahlemann die Schau stehlen, sonst könnte er überheblich werden. «Aber Manfred – du hast doch schon längst vergessen, daß ich mich für Montreal beworben habe!»

«Natürlich!» sagt Manfred und kostet es schamlos aus, seine Frau verlegen zu machen. «Wenn ich es nicht vergessen hätte, wäre ich vor Angst und Aufregung vergangen – und vielleicht wären mir eine Menge dummer Gedanken gekommen, zum Beispiel diese: Gibt es so etwas wie eine Midlife-Crisis auch für Frauen? Oder: Hat sie vielleicht von uns die Nase voll? Jetzt freu ich mich einfach, daß ein großer Wunsch für dich in Erfüllung gegangen ist!»

Eva-Maria will verbindlich wissen: «Und du freust dich wirklich?»

Manfred läßt seine rechte Hand mit Ring- und Mittelfinger auf Eva-Maria zumarschieren und verklickert der verblüfften Gattin: «In jedem Leben gibt es einmal eine ganz große Reise – das läßt sich nicht nach Kilometern berechnen. So ist es zum Beispiel für einen Mann eine große und umständliche Reise, die er machen muß, um zu erfahren, daß er die Nähe seiner Frau braucht!»

Eva-Maria ist so glücklich wie lange nicht mehr; wenn sie jetzt einer fragen würde, ob sie überhaupt noch nach Montreal möchte – sie würde bestimmt nein sagen.

Manfred läßt seine Gedanken weiterreisen: «So ist es zum Beispiel auch ein weiter Weg, den man mit einem Kind geht – bis es erwachsen ist!»

Eva-Maria möchte jetzt so richtig glücklich losheulen, aber vorher muß sie noch etwas sagen. Manfred läßt sie diesmal nicht zu Wort kommen. Er steht auf, stellt sich hinter seine Frau und hält ihr ganz zärtlich den Mund zu: «Sag jetzt nichts, Mädchen, sag nichts . . .! Wo ist übrigens unser Sohn hin?»

Erst jetzt bemerken die beiden, daß Peter verschwunden ist. Aber nur mal kurz – Peter hat sich ein Buch besorgt und kommt dozierend ins Zimmer: «Montreal gilt als die fortschrittlichste Stadt in Kanada. Montreal ist nach Paris die zweitgrößte französisch sprechende Stadt der Welt – ungefähr zweieinhalb Millionen Einwohner. Die Sankt-Helena-Insel im Sankt-Lorenz-Strom beherbergt die berühmte Wohnsiedlung Habitat. Unter der ‹Place Ville Marie› entstand ein Geschäftskomplex mit Ladenstraßen, Restaurants und Theatern. Hunderttausend Menschen besuchen täglich die annähernd sechzig Geschäfte!»

Peter schließt das Buch und erwartet Beifall. Aber der Beifall bleibt aus.

«Mehr hast du dazu nicht zu sagen?» erkundigt sich Eva-Maria, die natürlich auch mal ganz gern gehört hätte, daß man sie anfleht und inständig bekniet, dieses Vorhaben aufzugeben. Nichts – reinweg nichts: Die beiden Kerle freuen sich entweder wirklich, oder sie sind die brillantesten Schauspieler, die Eva-Maria je erlebt hat.

Peter weiß genau, was Mutter hören möchte – also tut er ihr etwas herablassend den Gefallen.

«Ach so, Mama: Du willst wissen, ob ich dich sehr vermisse – und wenn ja, wie sehr?»

Eva-Maria möchte jetzt aufspringen und dem Rotzjungen eine kleben, aber Manfred hält sie zurück. «Gewöhn dich ganz schnell daran, daß Kinder undankbar sind – das tröstet ungemein!»

Etwas verwirrt räumt Eva-Maria den Abendbrottisch ab. «Ich komm mir so abgeschrieben vor. Also gut – ich fahre nach Kanada. Aber ihr könntet doch wenigstens so tun, als würdet ihr vor Gram und Abschiedsschmerz umkommen!»

«Liebling», flüstert Manfred seiner Frau zu, «wie sehr uns das grämt, können wir doch erst sagen, wenn du fort bist – oder wiederkommst!»

Peter ist in sein Zimmer gegangen; und wie immer, wenn er mit seiner Welt nicht zufrieden ist, stürzt er sich in Musik.

Manfred stellt fest: «Ich war früher rücksichtsvoller – ich hab gelesen!» Etwas verwirrt schaut er auf Eva-Maria, die in Peters Zimmer rennt.

Als Eva-Maria das Zimmer betritt, das eine Mischung aus Schallplattenladen und Postershop ist, liegt Peter auf dem Bett und drückt sich die Kopfhörer gegen die Ohren.

Zuerst hebt Eva-Maria mal den Plattenarm an.

Peter öffnet die Augen und brüllt: «Was ist los?» Dann legt er die Kopfhörer beiseite und wiederholt die Frage leise: «Was ist denn los?»

Eva-Maria setzt sich zu ihrem Jungen, der nun schon bald groß ist, aufs Bett. Vor zehn Jahren hat er seine Ärmchen um ihren Hals geschlungen, wenn er Schwierigkeiten hatte – jetzt wirft er sich aufs Bett und wickelt sich in Musik ein. Aber das tut er nur, weil er seiner Mutter nicht um den Hals fallen will, denn heute hat er mehr Schwierigkeiten als vor zehn Jahren. Eva-Maria wünscht sich das in diesem Augenblick sehr: Soll er doch zu ihr kommen – bis er eine andere Frau findet, die das für lange Zeit besser kann als eine Mutter.

Eva-Maria tippt dem Herrn Sohn auf die Nase und erkundigt sich: «Meinst du, ihr werdet das schaffen?» Natürlich werden sie das schaffen – warum auch nicht? Behutsam legt Eva-Maria den Köder aus: «Du schon – aber Vater? Er lebt in einer Welt, die nicht diese Welt ist. Hinter seinem Rücken – und auch hinter meinem – hat man schon gesagt, er sei ein Spinner!»

Peter fährt hoch und bestätigt: «Natürlich ist Papa ein Spinner – aber wenn einer zu Papa Spinner sagt, der kriegt eins vor die Pfanne, daß sein Kleinhirn scheppert!» Damit ist das Problem für Peter aus der Welt.

Für Eva-Maria nicht: «An größere Schlägereien habe ich eigentlich nicht gedacht – dein Vater empfindet die Dinge einfach tiefer als wir. Oder er empfindet sie schon, wenn wir Tränentiere noch nicht einmal ahnen, daß da was im Busch ist!»

Peter hat die Belehrungen satt. «Ich beschütze ihn schon – da hab ich eben ab sofort zwei Kummerkinder – Papa und Stephan!»

Jetzt hat Peter aber die sentimentalen Faxen dicke – er steht auf und zieht sich so ostentativ die Hose aus, daß auch eine freizügige Mutter das Zimmer besser verlassen sollte.

Als Eva-Maria aufatmend in der kleinen Diele landet, sitzt ein restlos verstörter Manfred auf den Stufen zum Atelier und erkundigt sich weinerlich: «Kann ich dir helfen?»

«Wobei?» will Eva-Maria wissen.

«Na, beim Packen natürlich.»

«So eilig ist es nun auch noch nicht!»

«Wie ich dich kenne, vergißt du doch wieder die Hälfte!»

«Na gut», schlägt Eva-Maria vor, «ich denke an die eine Hälfte und du an die andere!»

Manfred steht auf, nimmt Eva-Maria in die Arme und gibt ihr einen Kuß, der beweist, daß sie zusammen eben doch ein beachtliches Ganzes sind.

Manfred und Peter haben schon viel überstanden, Hausputz und Renovierung, einen Wasserrohrbruch und Verwandtenbesuche – aber das alles ist nichts im Vergleich zum Chaos, das Eva-Maria anrichtet. Die charmante Frau verwandelt sich in einen Traktor, der unentwegt durch das Haus kurvt – Ordnung macht, um gleich wieder Unordnung zu machen. Eva-Maria schüttelt das Reisefieber in Wellen – was heißt hier Wellen? – es sind Wogen, gegen die man sich nicht schützen kann. Wenn Peter aus der Schule kommt, liegt da eine Liste mit Erledigungen, Botengängen und sogenannten kleinen Handreichungen. Peter muß auf jegliches Privatleben verzichten. Als unbezahlter Botenjunge seiner Mutter schaukelt er sich manchmal derartig in Wut, daß er die Mama nicht nach Kanada wünscht, sondern schlicht dahin, wo der Pfeffer wächst.

Manfred verweigert beharrlich jegliche Anteilnahme am Rummel. Er hat sich in sein Atelier unter dem Dach zurückgezogen und werkelt mit äußerster Sorgfalt an den unerhört zierlichen Figurinen für den Menzinger-Katalog.

Schließlich flieht Peter zu seinem Vater. Atemlos ist er ins Atelier gestürzt. «Hier bleibe ich, Papa, hier bleibe ich, bis sie weg ist – bis sie ganz bestimmt weg ist!» Aufatmend und rücksichtslos läßt Peter sich auf das alte Sofa fallen, das sein Vater noch aus seiner Studentenbude in die Ehe hinübergerettet hat. Manfred arbeitet weiter.

Aber wenn es die beknackten Erwachsenen schon geben muß, warum stellen sie dann immer so saudämliche Fragen wie: ‹Werden wir zwei es schaffen?›

Peter räkelt sich auf dem Sofa und fragt gelangweilt zurück: «Fürchtest du Komplikationen mit uns?» Peter gibt sich die Antwort selber: «Mit dir ist es nicht einfach, und ich bin gegenwärtig auch nicht ganz mein Typ!»

Manfred wechselt die zierliche Tuschfeder aus und schaut zu seinem Sohn hinüber, der vergeblich versucht, sich auf dem Sofa zusammenzuringeln.

Peter mag nicht, wenn man ihn beobachtet, deswegen faucht er den Vater an: «Falls du versuchen solltest, mich zu erziehen, dann kann das ganz nett in die Hose gehen! Hab ich mich deutlich genug ausgedrückt?»

Manfred überhört die aggressiven Untertöne und gesteht zu: «Erziehen – wer spricht denn schon von Erziehen? Erzogen wird in diesem Haus nur auf besonderen Wunsch und Antrag!»

Peter atmet erleichtert auf und signalisiert mit einem kleinen Lachen, daß er an einer Zuspitzung der Situation nicht interessiert ist: «So könnte das hinhauen – wenigstens für den Anfang reagierst zu ziemlich vernünftig!» Peter springt auf und stürzt aus dem Atelier.

An der Tür nagelt ihn sein Vater fest: «Nichts macht Väter glücklicher als das Lob ihrer Söhne!»

Natürlich möchte Peter jetzt ganz cool reagieren, aber das schafft man eben mit knapp sechzehn nicht immer – deswegen dreht er seinem Vater eine lange Nase.

Mit sich, der Welt und dem Sohn zufrieden, revanchiert sich Manfred, indem er sich nachsichtig an die Stirn tippt.

So viel Hände hat Manfred nicht, um sich an den Kopf zu

fassen, als er ein paar Stunden später die Koffer in der Diele stehen sieht. «Möchtest du nicht die Möbel auch noch mitnehmen?» ruft er ins Schlafzimmer hinein.

«Es ist nur das Notwendigste», klärt ihn Eva-Maria auf.

Manfred sagt ergeben: «O je!» und setzt sich auf einen der Koffer.

Aber das Wesen, das da aus dem Schlafzimmer kommt, das er bisher mit seiner Frau teilte, kann nicht seine Frau sein. Zu seinem großen Glück ist sie es doch, nur ein wenig verkleidet, wie ihm scheint. Die Verkleidung ist ein Jacquardkostüm in der raffinierten Farbmischung zwischen Grau und Türkis. Dazu gibt es eine eierschalenfarbene Bluse mit schwarzen Hanfknöpfen und einen kleinen Hut, der so sensationell wirkt wie sonst allenfalls drei Hüte.

Manfred will sich zunächst mit der Begeisterung noch etwas zurückhalten, darum brummt er Eva-Maria an: «Alles für Kanada?»

Eva-Maria nickt: «Weißt du – ich habe mich entschlossen, erfolgreich zu sein – und nachdem ich mich innerlich so aufgemöbelt hatte, mußte ich auch was für mein Äußeres tun!»

«Etwas zuviel!» wirft Manfred ein.

«Unsinn!» kanzelt Eva-Maria ihn liebevoll ab. «Hier muß ich nur einem Mann gefallen. In Montreal aber – sprach Peter letztlich nicht von zweieinhalb Millionen?»

Manfred korrigiert: «Einwohner, meine Taube – nicht Männer!»

Eva-Maria stört das nicht. «Was macht das schon: einer mehr oder weniger!»

Manfred erkundigt sich: «Willst du mich ärgern?»

Natürlich will Eva-Maria ihn ärgern, sie will ihn aufrütteln, sie will ihn verunsichern – sie möchte ihn zu gern restlos am Boden zerstört sehen, um ihn dann liebevoll wieder aufzurichten. Aber dieser Mann tut ihr den Gefallen nicht. Er bleibt ruhig, gelassen, freundlich bis liebevoll – so als führe sie nur mal eben zu einer Freundin um die Ecke.

Eva-Maria setzt sich zu Manfred auf die Koffer und nimmt den Hut ab. Etwas kleinlaut gibt sie letzte Instruktionen: «Versprich mir, daß du den Jungen ernst nimmst!»

Manfred nickt und gibt zu bedenken: «Bisher haben wir auch nicht gerade Tränen über ihn gelacht!»

Eva-Maria ist nicht nach Albern zumute. «Du weißt ganz genau, was ich meine – er wird erwachsen!»

Manfred nickt und gibt zu bedenken: «Das sagt man immer – wenn man schon erwachsen ist! Sonst noch was? Da wären nämlich noch vier schwere Koffer, ein verdammt kleiner Wagen, ein langer Weg zum Flughafen und ein Flugzeug, das nicht wartet.»

Eva-Maria hatte wohl etwas Poetischeres, etwas Unvergeßliches erhofft – sozusagen das Wort zur Reise. Darum fragt sie – zickiger, als sie eigentlich wollte: «Ist das alles?»

Manfred nickt, stemmt den ersten Koffer hoch – und gibt zu: «Nicht ganz!»

Eva-Maria setzt sich den Hut wieder auf und mit ihm die Sicherheit, daß alles gut ausgehen wird. Was heißt gut? Es wird sogar bessergehen, als man annehmen darf. Das ist genau der Optimismus, ohne den kein Mensch auf der Welt eine große Reise antreten könnte!

2

«Wenn ich den Quatschkopf treffe, der behauptet hat, Morgenstund hätte Gold im Mund, dem geb ich eine aufs Maul!» Mit spitzen Fingern klatscht Peter Wurst und Schinken auf einen Teller.

Manfred steht am Tisch und schneidet Brot. So sagt man – in Wirklichkeit reißt er es mit Hilfe eines Messers in Stücke. «Warum hast du auch kein geschnittenes Brot gekauft?» faucht er Peter an.

In der Mathematik ergibt minus mal minus plus – aber Morgenmuffel und Morgenmuffel ergibt noch lange keine fröhliche Stimmung.

Mit bösartiger Zielstrebigkeit köpft Manfred sein Frühstücksei, um festzustellen: «Hart.»

Was Peter zu der Bemerkung veranlaßt: «Besser ein hartes Ei als eine weiche Birne!»

Die Zeichen stehen auf Kampf!

Manfred stöhnt: «Wenn das schon am ersten Tag passiert!»

Peter peitscht Butter auf sein Brot und mault: «Ich glaube, wir haben uns übernommen.»

Vater und Sohn sehen sich an und dann ein, daß es so nicht weitergehen kann – auch wenn es gerade erst angefangen hat.

Manfred schlägt vor: «Ich werde ab morgen eine halbe Stunde länger schlafen und warten, bis du aus dem Haus bist!»

Peter findet den Vorschlag gut. «Dann bleibst du abends eine halbe Stunde länger auf und machst den Abwasch!»

Manfred verweist auf die Spülmaschine. Peter kontert mit fröhlicher Erbarmungslosigkeit: «Muß alles nachgewischt werden – sonst gibt's Flecken und Ränder!»

Manfred möchte das harte Ei aus der Schale pellen – aber die Pelle läßt sich nicht schälen.

Peter weiß es schon wieder besser: «Wenn man Eier pellen will, muß man sie abschrecken!»

«Ich wollte mein Ei aber nicht pellen!» blafft Manfred trotzig.

«Man muß eben mit allem rechnen!» sagt Peter philosophisch und mit jener Überheblichkeit, die den Vater eines Sechzehnjährigen zur Verzweiflung treiben kann.

Peter wackelt ausgiebig mit dem Stuhl hin und her. Manfred kann das nicht leiden. Erstens, weil man es ihm früher auch verboten hat – zweitens, weil man wirklich ekelhaft hinschlagen kann.

Manfred hat einen Vorschlag zu machen. «Ab heute decken wir für morgens schon abends.»

«Gut so!» sagt Peter. «Dann wird es eine aktive halbe Stunde!»

«Welche?» will Manfred wissen.

«Die, die du abends länger aufbleibst!» erklärt ihm Peter und springt hoch. Dabei fängt er den Stuhl so geschickt auf, daß er nicht umfällt.

Peter geht zum Fenster, um das Wetter zu prüfen. Wird es schlecht, zieht er Nicki und Jeans an – ist es gut, zieht er auch Nicki und Jeans an.

Vor der Gartentür, die man vom Küchenfenster aus sehen kann, steht eine sonderbare Gestalt. Erste Blicke lassen durchaus die Vermutung zu, daß es sich um eine Frau handelt. Aber um eine, die sich gut verkleidet hat. Der altmodische graue Mantel mit dem aufgesetzten Plattstück an der Schulter verleiht ihr die Statur eines Feldwebels unter grauen Mäusen. Den Abschluß nach oben bildet ein Hut, der vermutlich schon seit Generationen im Familienbesitz ist. Geradezu erschreckend aber ist die große Tasche an ihrem Arm. So hat sich Peter früher immer die Frau vorgestellt, von der man sagte, daß sie blonde Kinder klaut, um sie an Zigeuner zu verkaufen. Natürlich eine völlig idiotische Geschichte – aber unerhört wirkungsvoll, wenn man noch nicht weiß, wie bösartig es ist, alte Damen und Zigeuner als Buhmänner für mangelhafte Kindererziehung aufzubauen.

Solch eine Buhfrau steht nun vor der Tür.

Peter verhält sich ruhig, denn noch hegt er die Hoffnung, daß es sich um einen Irrläufer handelt – oder um eine jener Damen, die ab und zu an den Haustüren Restposten von Seife verkaufen, die nach Rosen und Veilchen riechen statt nach der kühlen Frische eines irischen Morgens.

Peters Hoffnung zerrinnt. Die Dame geht jetzt so zielstrebig auf die Klingel am Gartentor zu, daß er seinem Vater nur hastig zuflüstern kann: «Da kommt was, Papa – da kommt was auf uns zu!»

Und Manfred – mit dem Laster der Neugier ebenso behaftet wie alle Männer, die natürlich nicht und nie neugierig sind – stürzt zu Peter ans Fenster, um zu sehen, was da Einlaß begehrt.

Noch nie hat die Klingel derart schrill gescheppert.

Manfred schleicht zum Türknopf, als würde er damit entsetzliche Mechanismen in Bewegung setzen. Dann wird er vorübergehend mutig und sagt: «Was soll schon sein? Die will uns was verkaufen!»

Aber als Peter und Manfred sich ansehen, wissen sie genau, daß ihnen nichts verkauft werden soll – im Gegenteil, wenn das stimmt, was beide denken, dann sind sie sogar verraten und verkauft.

Mit einer verhuschten Geste überzeugt sich Manfred, daß sein Hausmantel überall schicklich schließt, dann gibt er sich einen Ruck. Peters gute Wünsche für Standfestigkeit und Überlebenschancen begleiten ihn.

Wer noch nie einen Bach gestaut und den Damm anschließend eingerissen hat, weiß auch nicht, was ein Schwall ist. Manfred Wadas wird weggespült, als er die Haustür gerade einen Zentimeter geöffnet hat.

«Guten Tag, meine Herren! Ich bin Eleonora Hagenau – da wundern Sie sich, was? Na, das ist uns ja gelungen! Die nette Frau Wadas hat gesagt, wenn ich so gegen sieben käme, würde ich Sie überraschen!»

Zögernd erkundigt sich Manfred: «Wobei denn!?»

«Nur so», plappert Frau Hagenau freundlich und schält sich aus dem Offiziersmantel für graue Mäuse. Darunter kommt ein großblumiges Kleid zum Vorschein, wie es mit wahrer Inbrunst von Frauen getragen wird, die sich besser auf kleine Muster zurückziehen sollten.

Dabei schwallt sie weiter: «Keine Angst, meine Herren – morgen erscheine ich eine halbe Stunde früher. Dann steht der dampfende Kaffee schon auf dem Tisch, wenn Sie aus dem Bad kommen!» Und mit einem leicht tadelnden Blick auf die verlotterte Garderobe der beiden Wadas-Männer fährt sie fort: «Sie sind frisch rasiert – gutgelaunt und angezogen! Wo darf ich anfangen?»

Peter und Manfred weichen schutzsuchend zurück. Wenn sie auch nur einen von ihnen auf den Stuhl hebt, um ihn auszuziehen – dann geschieht ein Mord!

Aber Frau Hagenau ist an den beiden Männern nicht sonderlich interessiert. «Wo ist das Putzzeug, wo der Staubsauger? Haben Sie eine Waschmaschine, ist Scheuerpulver im Haus?»

Erwartungsvoll und von einer Freundlichkeit, die Schrecken verbreitet, steht sie vor Peter und Manfred. Steht da wie ein bebender Rennwagen vor dem Start. Gleich wird sie losrasen – zuerst Peter und Manfred überrollen, um dann das ganze Haus zusammenzuklappen und in die chemische Reinigung zu bringen, nach dem alten Hausfrauenslogan: ‹Zuerst muß mal Grund rein!›

Peter flieht in sein Zimmer. Manfred fühlt sich sehr verraten und sehr verkauft.

Frau Hagenau hat Mitleid mit ihm. «Ihre Frau ist äußerst umsichtig, Herr Wadas – wir haben alles genau besprochen!»

«So?» knurrt Manfred. «Mit mir hat sie aber nicht gesprochen!»

«Das weiß ich», antwortet Frau Hagenau geradezu kumpelhaft lächelnd. «Ich bin ja auch eine Überraschung!»

«O ja!» druckst Manfred hüstelnd hervor.

Er will sich jetzt auch verkrümeln, aber Frau Hagenau nagelt ihn zunächst noch mit Worten fest: «‹Seien Sie ruhig und bestimmt›, hat Ihre Frau gesagt, ‹dann klappt es mit Manfred› – Manfred sind Sie, nicht wahr?»

Manfred nickt zustimmend.

«Also», röhrt Frau Hagenau wieder los, «dann wollen wir beide mal das Haus besichtigen! Sie zeigen mir, wo alles ist – ich weiß dann, was ich zu tun habe. Sagen Sie mal . . .» Frau Hagenau schaut Manfred sehr kritisch und tadelnd an. «Sind Sie eigentlich schon gewaschen?»

Manfred beginnt zu stottern: er will – er wollte – er hätte und er könnte . . .

Frau Hagenau deutet auf eine Tür mit Glasfenster, hinter der man das Bad vermuten kann, und sagt: «Soviel Zeit muß sein!»

Wie ein bußfertiger Sünder begibt sich Manfred ins Badezimmer. Da kommt Peter angerast.

Frau Hagenau kommentiert gelassen. «Das hab ich mir gedacht!»

Mit eisglatter Arroganz fragt Peter: «Was haben Sie sich gedacht?»

Fröhlich antwortet Frau Hagenau: «Daß Sie auch noch nicht gebadet haben. Ich weiß, aus dem Bett zum Frühstück ist viel bequemer – aber», und jetzt wird die Stimme der Frau Hagenau etwas strenger, «ein Bad erfrischt den Geist. Das ist wichtiger, als den Magen zu befriedigen!»

Peter rammelt an der Klinke. «Papa – ich muß zur Schule!» Wenn Peter das Wort Papa mit scharfem ‹a› ausspricht, dann ist das Vater-Sohn-Verhältnis mal wieder einer Krise ausgesetzt. Sagt er aber Papa mit einem satten ‹a› wie Amen, Alleluja oder Abraham, dann kommt auf Vater und Sohn eine seelische Schönwetterfront zu. Heute ist das ‹a› sehr scharf!

Frau Hagenau sieht sich zum Eingreifen veranlaßt. «Das muß sich gründlich ändern! Abends hängen wir einen Zettel an die Tür: Jeder trägt darauf ein, wann er baden will, und der andere hat sich danach zu richten.»

«Wir?» erkundigt sich Peter. «Wollen Sie denn auch hier baden!»

Frau Hagenau strahlt die Gutmütigkeit der Geduldigen aus, während sie erklärt: «Ich springe schon jeden Morgen um sechs ins Nordbad!»

Peter klotzt pampig zurück: «Und warum tauchen Sie wieder auf?» Damit hat Peter das Kriegsbeil ausgegraben. Peter fühlt sich übergangen. Er ist enttäuscht, daß seine Mutter ihnen nicht wenigstens die Chance gelassen hat, sich miteinander einzurichten. Und diese Frau ist sofort an allem schuld!

Die arme Frau Hagenau! Sie meint es doch bloß gut – wie alle guten Frau Hagenaus auf dieser Welt. Aber Güte kann ein Mensch nur in kleinen Dosen vertragen – oder vom lieben Gott. Gegen den kann man sich nicht wehren – wie gegen Frau Hagenau.

Unversöhnt und ungewaschen verläßt Peter das Haus. Manfred werkelt im Bad, als plane er einen längeren Aufenthalt am feuchten Ort.

Frau Hagenau übt sich mühelos in Geduld. Sie setzt sich in den kleinen Sessel in der Diele und harrt des Hausherrn. Die erzwungene Untätigkeit läßt ihre Hände zwar arbeitswütig zucken – aber bei einer Frau Hagenau darf nichts zucken, dem sie nicht ausdrücklich das Zucken erlaubt hat. Also falten sich auch die Hände ergeben im Schoß dieses professionellen Muttertiers.

Wie ein Verbrecher, der wissen will, ob die Luft rein ist, schaut Manfred durch einen Türspalt auf die Diele hinaus. Noch hat er nicht die Hagenau – da hat die Hagenau bereits ihn entdeckt. Mit einem fröhlichen Laut springt sie hoch und reißt die Badezimmertür vollends auf. «Das hab ich mir gedacht! Ich habe immer schon den Verdacht gehabt, daß Männer nie in, aber immer neben der Wanne baden. Nun schauen Sie sich mal die Überschwemmung an!»

Manfred schaut und versucht, seinem Gesicht ein paar schuldbewußte Züge zu geben. Er weiß es noch nicht – aber schon das kleinste Zeichen von Reue stimmt Frau Hagenau selig und fröhlich!

Noch einmal flackert Manfreds Wille zum Widerstand auf. «Ich kann Sie aber nicht bezahlen!»

Frau Hagenau macht eine Geste, die jegliche Gedanken an

Geld, wie die nach verbotenen Genüssen, verbannt. «Aber Herr Wadas – das ist doch schon längst geregelt! Den Lohn für drei Monate hat Ihre Gattin bereits überweisen lassen. Und was drübergeht – das rechnen wir später ab!»

Wenn es nach Manfred ging, dann wäre der Tag der Abrechnung schon da: Eigenmündig würde er die Posaunen von Jericho blasen – sozusagen als Ouvertüre für den Rausschmiß der Frau Hagenau. Wie konnte Eva-Maria ihm das antun: Vater und Sohn auf dem Prüfstand! ‹Werdet miteinander selbständig!› Das müssen doch nur leere Phrasen gewesen sein, denn wer so denkt, der kann nicht gleichzeitig eine Hagenau engagieren.

Aber Manfred – kompromißbereit wie immer – wird schon wesentlich friedlicher, als ihm einfällt, daß Eva-Maria ja auch seine Mutter hätte bitten können! Diese gute Mutter, diese liebe Mutter, die wie eine Bienenkönigin nur darauf wartet, glückbringend ausschwirren zu können. Vermutlich sitzt und schläft die gute Dame auf gepackten Koffern – denn wenn man sie wirklich einmal bittet zu kommen, dann ist sie schon da, noch bevor man den Telefonhörer aus der Hand gelegt hat!

Also beschließt Manfred, seiner Eva-Maria dankbar zu sein, die Sache auf sich beruhen zu lassen und Frau Hagenau hinfort zu ertragen. Wobei der Gedanke an die Erträglichkeit der Frau bereits durch erste Überlegungen, ihren Nutzwert betreffend, merklich gestützt werden.

Frau Hagenau scheint über wunderwirkende Hände und den magischen Blick zu verfügen. Alles glänzt, alles strahlt – diese tüchtige Tante von Meister Propper und anderen Generälen schenkt dem Haus eine so aprilfrische Sauberkeit, daß man sich darin kuschelweich, wie in Schmusewolle gehüllt, fühlen kann.

Und Manfred – der außer seiner Bequemlichkeit nur noch besonders viel Bequemlichkeit liebt – läßt sich von Frau Hagenau stillschweigend adoptieren.

Manfred hat sich immer von den Frauen adoptieren lassen. Das ist wesentlich bequemer als dieses nerven- und kostenzehrende Erobern; es macht aus einem Mann zwar keinen strahlenden Sieger – aber selbt als Verlierer wirkt er noch ungeheuer liebenswürdig.

Manfred ist vermutlich auch nicht in einer Wiege großgezogen worden, sondern in der wohlgepolsterten Trickkiste der freundlichen Passivität. Er verhält sich gerne ausgleichend, weil es ihm viel zu mühselig ist, einen Streit zu führen – sogar wenn er im Recht wäre. Manfred gibt immer nach – nicht um der Klügere zu sein, sondern um seine Ruhe zu haben. Und die braucht er dringend, um im Geiste all die Bilder anzuschauen, die er im Leben noch malen will.

Daß es Pralinenschachteln, Versandhauskataloge und Prospekte werden, grämt ihn nur mäßig. Eines allerdings hat er mit Rembrandt gemeinsam: Mit den Werbeagenturen hat er ähnlichen Ärger wie der Meister mit der Schützengilde von Leyden. Und diesen verrückten Vincent van Gogh, diesen Besessenen der Farben und der Formen – den liebt er mit der unmäßigen Verehrung derer, die es sich selber nie gestatten würden, maßlos zu sein. Und zu einer Hagenau sagt solch ein Mann nicht nein. Hauptsache, sie respektiert sein Reich und hält, wenn schon nicht den Ärger, dann doch den Schmutz der Welt von ihm fern.

Ähnlich denkt Frau Hagenau, als sie sich das Haus der Wadas erklären läßt. Ein Mann wie dieser Wadas will wie ein Kind behandelt werden. Den Jungen hingegen – den muß man wie einen Mann behandeln, wenn man bei ihm nicht überkippen will.

Die arme Frau Hagenau hat das Pech, nicht besonders hübsch zu sein! Es ist auch schon ein kleines Unglück, daß sie ihren Typ nicht wenigstens ein bißchen kultiviert – sonst könnte man sie als freundliche Dame bezeichnen! Frau Hagenau gehört zu jener Sorte von Menschen, denen das Leben nicht gestattet, durch Lernen, sondern nur durch Schaden klug zu werden. Alle ihre Erfahrungen hat sie ein wenig schmerzhafter als andere machen müssen. Und weil sie von Natur aus nicht böse ist, bleibt ihr gar nichts anderes übrig, als gut zu sein. Güte wiederum kann man nur von jenem lieben Gott ertragen, der auch schon seit Tausenden von Jahren immerfort geneigt ist, den guten Willen für die Tat zu nehmen. Ach Gott, Frau Hagenau! Und so freut sie sich denn, die ihr Leben lang unter weißem Leinen geschlafen hat, an der bunten Bettwäsche der Wadas . . .

Peters Zimmer erinnert sie zwar an ein Schreckenskabinett – aber auch derlei Etablissements haben sauber zu sein!

Das Wohnzimmer mit den zusammengestoppelten Möbeln findet sie lediglich hübsch. Wenn sie die alte Kommode und das geschnitzte Vertiko poliert, legt sie eben jegliche Schrankwandideologie zu den persönlichen Akten.

Und während all ihrem fröhlichen Werkeln und Rühren findet sie noch Zeit für eine zukunftsträchtige Prognose: «Wenn die Drogistenfibel wieder mal den idealen Haushalt sucht – wir melden uns!»

Peter haßt jegliche Art von Arrangements. Diese verdammte Putze fängt ihn nicht mit dem Staublappen ein! Wenn schon einer eingefangen werden soll, dann bitte sein Vater – der Waschlappen!

Folglich sinnt Peter auf Rache. Eine Rache, die die völlig unschuldige Frau Hagenau trifft – und seine Mutter treffen soll, die ihm diesen freundlichen Stolperstein namens Eleonora Hagenau auf den Weg zur Selbständigkeit gelegt hat.

Peter denkt in den kargen Kategorien der phantasielosen Bösewichter. Mit sechzehn ist man weder Schelm noch Gauner, da gibt es keine Zwischentöne. Es gibt nur Hin oder Her – aber kein Dazwischen.

Natürlich nur bezogen auf die Dinge, deren man ganz sicher sein kann. Und Frau Hagenau kann sicher sein, daß Peter gegen sie zu Felde ziehen wird!

In den ersten Tagen versucht sie es noch mit den weltbekannten Tricks der nachsichtigen Freundlichkeit und der liebenswürdigen Großmut. Allerdings muß sie ihre guten Eigenschaften schon mächtig zusammenhalten – denn auch die Geduld einer Frau Hagenau hat ihre Grenzen gegenüber einem Sechzehnjährigen, der nun einmal wild entschlossen ist, vorübergehend nicht Mensch, sondern Kotzbrocken zu sein.

Charakterlos wie alle Bösewichter ißt Peter die Suppe, die sie ihm vorsetzt, mit ungeschmälertem Appetit. Gleichmütig wie alle Rächer schlingt er morgens das Rührei in sich hinein, das Frau Hagenau so sorgfältig mit rohem Speck und gekochtem Schinken angerichtet hat. Und stumm wie alle Trottel verweigert er auch das kleinste Wort des Dankes!

Am Imbißwagen vor der Schule – jenem wohlgefüllten Silo sinnlosester Dinge, die für Jungen und Mädchen jeglichen Alters unverzichtbare Kostbarkeiten sind – haut Peter mächtig auf den Putz.

All diesen kleineren und größeren Autoritätsgeschädigten

schildert er die Hagenau – dieses Weib, diese Furie, diese Jahrhundertklaffte – als den Ausbund reaktionärer Fraulichkeit: eine, die sich einschleicht, indem sie himmlische Pfannkuchen auf den Tisch bringt – eine, die mit Wurstsalat korrumpiert und einen wie ein Tintenfisch umklammert, der auf jedem freien Tentakel ein Erdbeertörtchen balanciert.

Derlei Typen werden gern gehaßt – besonders von denen, die durch elterliche Brot- und Peitschen-Taktik einen ausgeprägten Sinn für Repressalien entwickelt haben.

Darum hat Peter nicht die geringsten Schwierigkeiten, einen Stoßtrupp zusammenzustellen, der gewillt ist, diese Hagenau zu vertreiben – mit allen Mitteln und Möglichkeiten, die man in breitgefächerter Bosheit anzuwenden in der Lage ist.

Peter – der clevere Taktiker seiner eigenen Gemeinheit – hat seine Kumpels so stark motiviert, daß sie inzwischen nicht mehr gegen eine armselige Frau Hagenau, sondern im Geiste bereits gegen eine ganze Welt verklemmter Konformisten antreten wollen!

So züchtet ein jeder seine kleinen Pogrome, und hinterher wundern sich die Historiker, wie groß sie geworden sind: die Kinder und die Pogrome!

Manfred säubert seine Problemzonen geräuschloser. Am Zaun zwischen den Häusern Gerber und Wadas ist so etwas wie ein nachbarlicher Thingplatz entstanden. Manfred und Willem treffen sich da oft zu einem kleinen Plausch. Es ist ein weitverbreitetes Vorurteil, daß nur Frauen dieser nutzlosen Tätigkeit an Straßenecken und in Treppenhäusern frönen: Männer tun es ihnen gleich, mit Wonne und einer gewissen Leidenschaft für verbalen Exhibitionismus. Nur haben es die Männer von vornherein besser verstanden, diese Tätigkeit als Gespräch zu tarnen.

Manfred und Willem sprechen hingegen völlig ungetarnt zusammen. Manfred hat sich arrangiert; Willem Gerber findet das eigentlich bedauerlich. «Wann hat ein Vater schon die Chance, mit seinem Sohn mal richtig zusammenzurasseln – nicht in großen Dingen, sondern in diesen vertrackten Kleinigkeiten, die man erst mal abtragen muß, um an den Kern der Sache zu kommen.»

Rein theoretisch will Manfred schon zustimmen – aber praktisch . . .

«Praktisch sind Sie ein Feigling, der eine Herausforderung nicht angenommen hat!» erklärt Gerber in aller Ruhe. «Peter wird ab sofort jede Ihrer Schwächen ausnutzen – rücksichtslos, wie man das in seinem Alter tut!»

Manfred kann diese Schreckensvision nicht mit dem Nachbarn teilen. «Natürlich», gibt er zu, «ist es schade! Aber wenn ich mittags mal eben durchs Haus gehe – das Arrangement mit Frau Hagenau bekommt den Möbeln, und die Küche sieht immer aus wie geleckt!»

Gerber begreift durchaus, was Manfred meint – aber er will ihn nicht so schnell in die Selbstgefälligkeit entlassen.

«Dreck hat den unschätzbaren Vorteil, daß man ihn wegschaffen muß – wenn es geht, gemeinsam. Was tun Sie denn noch mit Peter gemeinsam?»

«An Gemeinsamkeit ist der Junge nicht interessiert – zumindest nicht mit seinem Vater!» belehrt Manfred den kinderlosen Nachbarn.

«Das Stück spielen die kleinen Luder mit Bravour. Wenn sie etwas nicht bekommen, das sie haben wollen, dann tun sie so, als wollten sie das überhaupt nicht haben, was sie eigentlich haben wollten! Begriffen?»

«Nein», muß Manfred zugeben.

«Soll Peter denn zu Ihnen kommen und bitten: ‹Papa, können wir nicht . . .?› Nein, der Junge hat auch seinen Stolz!»

«Und das reichlich», erkennt Manfred.

«In dem Alter haßt man nichts mehr als Kompromisse!»

Nun wird es Manfred zuviel der Belehrung. Etwas vergnatzt meiert er den freundlichen Nachbarn an: «Und woher wollen Sie das wissen?»

Gerber hat auf diesen Einwand schon gewartet. «Nur weil ich keine eigenen Kinder habe, muß ich die der anderen ja nicht übersehen! Als Elisabeth und ich in frühen Jahren erfuhren, daß wir keine Kinder bekommen könnten – da haben wir Kinder erst recht liebgehabt. Und ich hab mich immer mehr für die Augen der Kinder als für ihre schmutzigen oder sauberen Fingernägel interessiert – wenn Sie verstehen, was ich meine!»

«Natürlich», gibt Manfred sofort zu, «Eltern haben gar keinen Grund, so stolz darauf zu sein, daß sie Eltern sind!»

«Das», meint Herr Gerber, «sollten Sie mal Ihrem Sohn sagen.»

«Warum?»

«Weil er Ihnen vermutlich vor Freude um den Hals fallen würde!»

«Und was soll er da?»

«Sich festhalten, Verehrtester – sich festhalten! Übrigens ein viel besserer Platz als Mutters Rockzipfel.»

Wotans wilde Horden, Lützows gleichermaßen wilde wie verwegene Jagd und Attilas Hunnensturm sind ein müder Statistenaufzug, gemessen am Auftritt Peters mit seinen Freunden und Freundinnen. Der Clan der Schlawiner besetzt das Haus. Ein Grüppchen unter Stephans Leitung läßt sich auf der Terrasse nieder und grölt nach der alten Melodie vom Schnaps, der gegen Cholera gut ist: «Jeder Mann braucht eine Frau – juppheidi, juppheida – aber keine Hagenau!»

Der stille Stephan, der an der Staffelwende immer wieder versagt, benimmt sich so, daß jeder Elefant in einem Porzellanladen auf der Stelle erstarren würde. Aus dem netten Jungen ist plötzlich ein Rabauke geworden, den man mit steigender Wonne ohrfeigen könnte – ein biestiges, kleines Ungeheuer, das mit hochrotem Kopf und schriller Stimme lauter Gemeinheiten gegen Frau Hagenau ausscheidet.

Manfred sieht das mit Entsetzen, er will den rasenden Stephan zur Rede stellen.

«Was soll denn das?»

Stephan wirft sich in Positur und brüllt die Parole: «Weg mit der Hagenau!»

Manfred ist verblüfft über diesen böse dampfenden Knilch, den er bisher nur als netten Jungen kannte. «Wer sagt das?» will er wissen.

Stephan antwortet, taumelig vor Begeisterung: «Peter natürlich!»

Manfred wendet sich ab und murmelt: «Du armes Schwein!»

Peter kommt auf die Terrasse herausgeschossen und macht die Bande an. «Los – brüllt nach Broten – und Durst habt ihr auch, verstanden? Aber nicht auf das, was sie bringt!» Peter dreht sich schnell um und rempelt Annette an, der der ganze Trubel nicht so recht paßt.

«Ist doch ein Scheißspiel, das!» motzt sie den obersten Kriegsherrn dieses sinnlosen Feldzuges an. Aber Peter hört nicht.

Frau Hagenau hat sich im Bad eingeschlossen. Nicht vor Angst – nein, sie tut etwas, was sie ganz selten tut: Sie legt ein diskretes Make-up auf, und aus der schlichten Knotenfrisur macht sie das, was man vor Jahren einen ‹Grace-Kelly-Kopf› nannte.

Als Frau Hagenau aus dem Badezimmer kommt und freundlich lächelnd an dem tänzelnden Trupp menschlicher Bedürfnisfreude vorübergeht, sagen alle ganz lieb: «Guten Tag!»

Wenn nicht feststünde, daß es drei Mädchen und zwei Jungen sind, würde man vermuten, in der Küche ist der Teufel los! Die Suchaktion gilt drei kostbarsten Gütern, mit denen man junge Mäuler stopfen kann: Nudeln, Tomatenmark und Käse.

Frau Hagenau kommt hinzu, nimmt aus dem Kesselschrank unter dem Spülbecken einen Riesentopf, füllt ihn mit Wasser und wirft Salz hinein . . . «Wenn das Wasser kocht, höchstens noch sieben Minuten kochen lassen – Spaghetti schmecken besser ‹al dente›, das heißt, wenn sie noch knackig sind – und ein paar Tropfen Öl ins Wasser, dann pappen die Nudeln nicht zusammen!»

Ein Mädchen bedankt sich freundlich und erkundigt sich: «Wo ist denn die Hagenau, diese Kackstelze?»

Frau Hagenau zuckt ein wenig zusammen – aber wo die Hagenau ist, das weiß sie auch nicht!

Das scheint für diese Frau Hagenau nur gut zu sein, denn einer der Jungen verrät: «Die miese Zutsche wollen wir nämlich in die Mangel nehmen!»

Frau Hagenau zuckt erneut zusammen – aber schon etwas weniger heftig. Sie geht aus dem Zimmer.

Das Mädchen bricht die Spaghetti und erklärt: «Wenn die so eine nette Person im Haus haben – warum schießen die dann die Hagenau nicht in den Wind?»

Im Wohnzimmer haben sich Götz und Knuth mit ihren Gitarren eingerichtet. Die beiden Zupfgeigenhanseln sind derzeit auf einem Swing-Trip. Sie jazzen, bis ihnen die Fingerkuppen glühen. So was bringt natürlich Publikum.

Völlig entnervt vom Ernst der Aufgabe kommt Stephan angewieselt und trumpft auf: ««Das ist kein Baby-Schwoof – das ist eine Demonstration!» Und sich selber zum verordneten Protest rufend, brüllt er aus dem Stand: «Nieder mit der Hagenau!» Dann macht er eine abrupte Drehung, reitet wie der von Pirovano vom Hofe – und stößt mit Frau Hagenau zusammen.

Bevor Stephan etwas sagen kann, überrumpelt ihn die Hagenau: «Wer hilft mir denn beim Brotemachen?»

Hungrige Mäuler findet man immer, helfende Hände selten – Irrtum! Wie ehedem der Rattenfänger lockt Frau Hagenau, zwar ohne süße Flötentöne, aber mit kulinarischen Versprechungen, einen kleinen Helfertrupp aus dem Wohnzimmer in die Küche.

Die Aussicht auf Butterbrote hat auch Stephans Kampfeslust etwas gebrochen. Nett, wie er immer war und auch immer sein wird – wenn er nicht gerade für jemanden, den er für seinen besten Freund hält, seinen Charakter verleugnet –, sagt er: «Ich bin Stephan Hütter!»

Und Frau Hagenau sagt ohne Umschweife und genauso zutraulich: «Ich bin Eleonora Hagenau!»

In der Bibel erstarrte lediglich Lots Weib zur Salzsäule; nach dieser Auskunft sind im Hause Wadas vorübergehend sieben Säulen ähnlicher Art zu besichtigen.

Das Schiff der Flibustier gegen Hagenau dümpelt ab sofort in einer Flaute. Da hilft es auch nicht, wenn Peter noch soviel Wind macht: «Laßt euch von der nicht drankriegen! Das ist es doch gerade – die lullt euch ein! Alles pure Mache!» Die Mitstreiter sind desertiert – mit knurrendem Magen in das Lager dessen übergelaufen, der ein Patentrezept gegen knurrende Mägen hat.

Annette, die ruhigste und vernünftigste aus Peters Klasse, lehnt am Türpfosten und genießt sichtlich die Niederlage des großen Zampano. Triefend vor gespieltem Mitleid flüstert sie dem wütenden Peter zu: «Wenn ein schlechter Charakter weh täte – du müßtest wirklich schreien!»

Genauso ist ihm auch zumute – nur hängt es nicht mit einem schlechten, sondern mit seinem guten Charakter zusammen!

Frau Hagenau siegt auf der ganzen Linie. Und wie immer, wenn die Sieger zu siegreich sind, verzieht sich Manfred. Er mag an dieser Auseinandersetzung nicht teilhaben und flüchtet zu seinem

Spezi Willem, der die Belagerung des Nachbarhauses mit unverhohlener Neugierde betrachtet.

Ohne den Blick von der erfolgreichen Gartenparty der Frau Hagenau zu wenden, sagt Willem Gerber: «Auch Hochwasser läuft mal ab. Nur tun Sie mir einen Gefallen – enttäuschen Sie den Jungen nicht!»

Manfreds Gesicht ist eine einzige Frage.

«Machen Sie ihm eine Szene – brüllen Sie ihn an – hauen Sie auf die Pauke! Das erwartet er jetzt – und ich an seiner Stelle wäre auch stinksauer, wenn ich einen Vater hätte, der auf so eine bodenlose Frechheit mit Güte reagieren würde. Oder noch schlimmer: mit Verständnis!»

Manfred schaut ebenfalls zu Frau Hagenau hinüber. Vor ihr tanzt Stephan in einer Mischchoreographie aus Derwisch und Rumpelstilzchen. «Wer ist eine tolle Frau?» singt er vor, und die anderen grölen gesättigt und zufrieden: «Die Hagenau – die Hagenau!»

Frau Hagenau ruft Manfred und Herrn Gerber zu: «Darf ich die Herren zum Resteessen einladen?»

Manfred gesteht unaufgefordert ein: «Die ist unheimlich.»

Sofort stimmt Gerber zu: «Finde ich auch – unheimlich gut!»

Und der arme Peter steht da – verklemmt zwischen Baum und Borke –, wütend darüber, daß es ihm beim ersten Anlauf nicht gelungen ist, ein Demagoge von hohen Graden zu werden. Auf negative Ehrentitel würde er ja verzichten – wenn er wenigstens sein Ziel erreicht hätte! Daß seine Aktion an mangelnder Gewissenlosigkeit scheitern mußte, kann er noch nicht einsehen. Nichts ist erregender, als das erste Lot in die Abgründe der eigenen Seele zu werfen: Man hofft auf dunkle Tiefen – und was passiert? Bauchklatscher in seichtem Wasser!

«So was nennt man einen Angriff, der ins Leere läuft!» stellt Manfred fest.

«Ich brauche keine Hilfe!» zischt Peter.

«Die wollte ich dir auch nicht anbieten», sagt Manfred.

Mit dem Mut der Verzweiflung attackiert Peter seinen Vater – ein Opfer muß sich doch noch finden lassen! «Du – du willst dich ja nur drücken – für deine Bequemlichkeit tust du alles – sogar bezahlen!»

«Vergiß nicht», mahnt Manfred sachte, «Mutter hat uns diese Perle hinterlassen – und im voraus bezahlt! Vielleicht können wir uns einigen? Frau Hagenau kommt nur noch ein- bis zweimal in der Woche – sozusagen als Katastrophenschutz!»

Peter spielt da nicht mit. «Wie nett – und immer einen kleinen Kompromiß zur Hand, ein kleines Ausweichmanöver. Du willst das eine, ohne auf das andere zu verzichten. Und von so einem hab ich mich belatschern lassen – Partnerschaft und so!» Peter macht eine Geste, die Verachtung ausdrücken soll.

Manfred läßt sich diesmal jedoch nicht in die Ecke drängen. Es fällt ihm zwar schwer – aber er entscheidet sich für die Offensive. «Was verlockt dich denn so an unserem Abkommen? Vermutlich genau die Freiheiten, die man sich nehmen kann, wenn man den anderen um seine Freiheiten gebracht hat! Du bist mir vielleicht ein mieser Vogel – spielst Hase und Igel mit mir – bist immer schon da, wenn ich abgezappelt ankomme. Aber vermutlich macht es Spaß, einen vertrottelten Vater gegen die Wand laufen zu lassen! Es stört mich nicht weiter, wenn du überlegen bist – aber ich hasse diese verdammte Überheblichkeit, die sich als Umsicht tarnt! Bitte, wehr dich, wenn dir etwas nicht paßt – aber sei um Gottes willen etwas wählerischer in den Methoden! Was für ein Aufwand an böser Intelligenz gegen diese harmlose Frau, die dich mit einem Berg Butterbrote und einem Kessel Nudeln ohne Kampf aufs Trockne setzt.»

Manfred ist fast außer Atem. Aber es tut gut – es tut unheimlich gut, mal loszubrüllen, mal nicht jedes Wort auf die Goldwaage zu legen. Mal so rücksichtslos zu sein, wie man es sich seit Jahren gewünscht hat.

Peters verständlicher Mißmut kippt schnurstracks in Begeisterung um. «Mann – hör sich das einer an! Der Alte ballert zurück – legt an und schießt scharf. Du bist ja plötzlich nicht mehr der große Tolerante – du kannst ja wütend werden – so richtig wütend mit Zoff und Schmackes!» Peter treibt das Spielchen noch ein wenig weiter. «Vorhin hättest du mir doch am liebsten eine geknallt!?»

Manfred hat sich das unverschämte Grinsen mal eben von Peter geborgt und gesteht: «Ja – und ich bedaure unendlich, es nicht getan zu haben!»

Peter nimmt sich das unverschämte Lächeln von Vater zurück und sagt: «Der allgemeine Mangel an Spontaneität bei Vätern und Erwachsenen ist schon sehr zu beklagen!»

Dann geht Peter nach draußen, und Manfred hat einen Augenblick Zeit zu überlegen, wer denn nun wen geohrfeigt hat, ohne ihn zu ohrfeigen.

Wäre Frau Hagenau ein Revuestar, dann müßte ihr Gastspiel nach diesem Riesenerfolg auf unabsehbare Zeit verlängert werden.

Peter und Konsorten haben ein Gefühl für echte Herzlichkeit. Und fremder Leute Güte ist immer so herrlich erfrischend, weil sie nicht in Dankbarkeit umgemünzt werden kann.

Der engere Kreis der Vertrauten, die sich um Peter scharen – oder Peter schart sich mit ihnen nach Bedarf um jemand anderen –, ist der einhelligen Meinung, daß Peter sich verdammt beschissen aufgeführt hat. Annette spricht es aus. Und wenn Annette mit ihrer samtenen Altstimme etwas sagt, dann klingt das schon überzeugend vernünftig – obgleich Annette nicht älter ist als Peter & Co. Aber Mädchen in dem Alter sind eben nicht mehr die harmlosen Pischken, als die sie von Jungen in diesem Alter noch verschlissen werden.

«Zu feig, um zu der Frau zu gehen und zu sagen: ‹Wir wollen Sie nicht!›»

Peter verteidigt sich: «Aber ich seh doch auch, wie perfekt die ist. Bei der läuft der Laden!»

Götz hängt sich dran: «Erst recht ein Grund, die Lady zu behalten! In ein paar Wochen hast du das Partnerspiel mit deinem Vater bis Oberkante Unterlippe.»

Stephan macht den üblichen – und wie üblich erfolglosen – Versuch, Peter beizustehen: «Peter weiß genau, was er will!»

Annette schiebt erst einmal Stephan zur Seite. «Die Stimme seines Herrn!» Dann wendet sie sich an Peter: «Also, Amigo – die Aktion ist abgeblasen. Die Frau hat mir nichts getan – warum soll ich der Frau was tun? Das hätte ich mir übrigens vorher überlegen sollen, aber irgendwann muß ja auch mal die liebe Annette reinfallen!»

Annette hat gesprochen, und niemand hat dem etwas hinzuzufügen. Nur Peter. Er fühlt sich verlassen und mißverstanden. «Die nistet sich doch hier ein! Wenn wir nicht höllisch aufpassen, beginnt die – uns noch zu lieben!»

Annette lacht höhnisch und meint abschließend: «Wenn ich dich so ansehe, ist die Gefahr nicht besonders groß!»

Peter brüllt den Freunden hinterher: «Dann verpißt euch doch, ihr miesen Säcke!» Stephan bleibt zurück. Peter faucht ihn an: «Das gilt auch für dich! So lästig ist kein Straßenköter!»

Stephan folgt der Aufforderung. Peter hat bei ihm Generalamnestie bis weit in die nächste Eiszeit.

Am Morgen nach der Schlacht haben Sieger und Besiegte wie immer keinen besonderen Grund zur Freude. Dafür, daß vermutlich alles so bleibt, wie es war, sind die Verluste zu hoch. Frau Hagenau hat die Küche wieder auf Hochglanz gebracht: die Spaghetti-Oper ist verrauscht. Manfred kommt – fertig angezogen – in die Küche und erklärt: «Ich muß meine Entwürfe abliefern. Sehen wir uns noch?»

Frau Hagenau sagt ganz ruhig: «Nein.»

Und Manfred meint darauf leise: «Schade!»

So unkompliziert kann ein Abschied sein.

Peter erscheint in der Küche – den Schweinehund von gestern hat er so gründlich abgeseift, daß man für seine Haut fürchten muß. Um nur ja keine unangenehme Stimmung aufkommen zu lassen, beginnt er schon in der Tür mit seiner Ergebenheitsadresse: «Wollen Sie nicht bleiben, ich meine – ich hab mich benommen wie der letzte Heuler!»

Frau Hagenau schaut etwas verwirrt auf den Jungen.

Peter verbessert sich: «Wie eine gesengte Sau hab ich mich benommen. Es ist natürlich Unfug mit Vereinnahmen und so. Nicht wahr – Sie bleiben?» Peter ist sich der charmanten Unwiderstehlichkeit seines Sündenbekenntnisses durchaus bewußt und setzt auf Sieg.

Aber die Hagenau will es anders: «Nein – ich gehe. Aber nicht, weil ich dir böse bin, mein Junge. Die verhuschte Jule hat gestern 'ne Menge gelernt – von dir!»

Es ehrt Peter so sehr, daß ihn nun wirklich ein Gefühl glückseliger Bescheidenheit durchflutet – denn was kann man von ihm schon lernen?

Frau Hagenau belegt es: «Ich wollte immer nur so sein, wie die Menschen mich haben wollten: immer freundlich, immer gütig, immer verständnisvoll! Und ich dumme Kuh hab überhaupt nicht gemerkt, wie unausstehlich ich dadurch geworden bin. Daran hätte sich auch nichts geändert, wenn du nicht gekommen wärst! Du erschienst mit diesen netten jungen Leuten, und ich wußte plötzlich, daß du mein Feind bist. Na und, hab ich mir gesagt, Eleonora Hagenau, leiste dir endlich mal einen echten Feind, nach all den falschen Freunden! Da war es ganz einfach, dich zu besiegen!»

Dem Genuß des neuen Selbstgefühls hingegeben, gießt sich Frau Hagenau noch eine Tasse Kaffee ein.

Peter hat aufmerksam zugehört und bittet erneut: «Bleiben Sie – bitte, bleiben Sie!»

«Aber Junge!» sagt Frau Hagenau ganz ernst. «Du hast dich entschieden – und ich finde es richtig, wie du dich entschieden hast. Es soll mal nicht der leichte und bequeme Weg sein! Bravo! Du willst deinen Vater einmal ganz für dich haben – und du mutest deinem Vater zu, daß er das auch muß. Das ist gut so, das ist sehr gut! Väter und Söhne haben auf Zeit nur eine Chance: Entweder werden sie Freunde, oder sie bleiben, was sie sind – Väter und Söhne!»

Frau Hagenau belegt Peters Pausenbrote. Peter steht beherzt auf, geht auf Frau Hagenau zu – und gibt ihr einen Kuß.

Frau Hagenau leistet sich die kleine Pause der Rührung. Dann rollt sie die Pausenbrote in Papier und sagt: «Viel Glück, Junge! Mach es dir weiterhin schwer – auch wenn man dich dann manchmal für einen – für einen ...» Frau Hagenau findet das richtige Wort nicht.

Peter hilft ihr gern: «Kotzbrocken – Miesmotz – Nalle – Scheißkerl ...»

Frau Hagenau lacht und meint: «Such dir das Passende aus.»

In diesem Punkt wird Peter bestimmt nicht die falsche Wahl treffen. Er stopft die Brote in die große Tasche seines Parka und verläßt Frau Hagenau.

Jeder Mensch hat bei einem anderen Menschen seine Zeit. Peter und Frau Hagenau sind einmal heftig zusammengerasselt. Andere

Menschen haben das Pech, ein Leben lang nicht aus dem Clinch zu kommen.

Peter und sein Vater sind zum Kampf über die vollen Runden bereit. Denn eines Morgens findet Peter an der Badezimmertür eine säuberlich geschriebene Hausordnung. Vater Manfred kommt frisch wie der Frühling aus dem Badezimmer.

Peter will wissen, was der Unsinn denn zu bedeuten hat. «Hausordnung . . .» Er spricht das Wort vorn auf der Zunge, damit er es auch gleich wieder ausspucken kann.

Manfred bleibt gelassen: «Jawohl, mein Kleiner, ich habe versucht, deinen Eifer und meine Schusseligkeit durch verbindliche Abmachungen zusammenzubringen!»

Peter sagt, was ein Sohn eigentlich nicht sagen darf und wofür er einen anderen so verprügeln würde, daß dem das Kleinhirn scheppert: «Spinner!»

Manfred hat seinen friedlichen Tag. «Natürlich. Aber der Spinner hat ab sofort beschlossen, sich in Zukunft selbst zu schützen – und zwar gegen einen Sohn, der drauf und dran ist, ihn auszutricksen!»

Vorübergehend ist Peter wortlos, dann jubelt er los: «Geschafft – der Alte wird aktiv! Er stellt eine Hausordnung auf. Das heißt, die Dinge laufen nicht mehr so, wie sie laufen, sondern wie du es willst?!»

Dazu kann Manfred nur «Ja!» sagen.

Ganz leise fügt Peter noch hinzu: «O je!» Denn eine Ahnung von der Unordnung, die sein Vater meint, wenn er von Ordnung spricht, kommt plötzlich über ihn wie die Gabe der Prophetie über ältere Herren vorchristlicher Zeitrechnung.

Chlodwig Poth

Die Maske muß runter

HALLO JUNGS! ES IST HALB ZEHN. SEID DOCH BITTE VIELLEICHT SO NETT UND SCHRAUBT EURE PHON EIN BISSELCHEN RUNTER. DIE KUNERTS ÜBER UNS SIND SO BEKNACKTE TYPEN, DIE MACHEN SONST WIEDER TERROR.
YOU CAN'T ALLWAYS GET WHAT YOU WAAANT

REINE VERSCHLEIERUNGSTAKTIK, SO WIE DIE HERRSCHAFTSVERHÄLTNISSE IN DIESEM HAUS LIEGEN. DEN GEFALLEN TU ICH IHM NICHT, DAß ER SICH DEN GANZEN ABEND ALS ANTIAUTORITÄRER FORTSCHRITTS-BAPPA FÜHLEN KANN. DIE MASKE MUß RUNTER UND DARUM BLEIBT DIE MUSIK, WIE SIE IST.
YOU CAN'T ALLWAYS GET...

HIMMELDONNERWETTER! RUHE JETZT! DAS IST IMMER NOCH MEINE WOHNUNG UND DA WERD ICH WOHL BESTIMMEN KÖNNEN, WIE LAUT DIE MUSIK ZU SEIN HAT. VERSTANDEN?!
SAG ICH'S NICHT, DIE MASKE IST GEFALLEN.
GET WHAT YOU WAAANT

EINS MUß ICH NOCH IM LEBEN ERREICHEN: DAß ICH SO ALT WERDE, BIS DER SELBER KINDER HAT. UND DANN SITZ ICH ALS OPA DANEBEN UND FEIX MIR EINS.

Frank B. Gilbreth / Ernestine Gilbreth Carey

Lynch-Justiz

oder
Wie verjagt man einen Freier

Mutters Kursus setzte während der Weihnachtsferien aus. Anne kam am 19. Dezember vom College nach Hause, und am nächsten Tag sollte Al Lynch zu Besuch kommen.

Ernestine hatte uns schon vier Wochen lang instruiert, wie wir uns in seiner Gegenwart zu benehmen hätten.

Niemand durfte mit Essen anfangen, bevor nicht alle sich bedient hatten. Frank sollte nicht vergessen, Mutter den Stuhl zurechtzurücken. Martha sollte sich etwas zusammennehmen und bei den Mahlzeiten nicht die Preise der einzelnen Speisen aufzählen. Mutter sollte darauf achten, daß Bob und Jane nicht mit offenen Hosen rumliefen. Die Jungen sollten Al im Badezimmer den Vortritt lassen.

«Ich hab nur eine Bitte», betonte Ern immer wieder, «versucht mal vier Tage lang so zu tun, als wären wir einigermaßen zivilisiert.»

Diese Forderung schien nur recht und billig zu sein. Unser erster Eindruck von Al war zwar nicht günstig gewesen, aber auf erste Eindrücke kann man sich nicht immer verlassen, und wenn Ernestine nun einmal daran gelegen war, ihm zu imponieren, so war es nicht zuviel verlangt, daß wir sie dabei unterstützten.

«Wir werden uns bemühen, daß alles glatt geht», versprach Mutter ihr. «Mach dir nur keine Sorgen.»

Frank und Bill räumten ihr Schlafzimmer und zogen zu Fred und Dan. Anne und Martha halfen Ernestine, das Bett frisch zu überziehen, das Zimmer sauberzumachen und die Habseligkeiten der Jungen zu verstauen – wie Radioteile, Pfeilspitzen, Hockeyschläger und einige mit Formaldehyd gefüllte Gläser, in denen undefinierbare Dinge schwammen. Dann wurde auch im Wohnzimmer saubergemacht, denn Ern wollte eine Abendgesellschaft mit kaltem Büfett geben, um Al mit ihren Freunden aus Montclair zusammenzubringen.

Wir wußten, daß Al direkt vom College kam, und stellten uns vor, er würde in einem alten Ford, die Karosserie vermutlich mit Inschriften bemalt, ankommen. Wir saßen im Eßzimmer und waren gerade mit dem Lunch fertig, als ein neuer Packard-Sportwagen, Modell 1925, vorfuhr. Von Inschriften keine Rede, nur auf beiden Wagentüren die fünfzehn Zentimeter großen Initialen A. L. Am Steuer saß Al in dem elegantesten Waschbärmantel, den wir je gesehen hatten.

«Der Mantel hat seine sechshundert Dollar gekostet, mindestens», zischelte Martha. «Und was der Packard kostet, wissen die Götter.»

«Wehe, wenn du ihn danach fragst!» warnte Ernestine.

«Verlaß dich auf mich, ich werd mich schon zivilisiert benehmen», versicherte Frank. «Wenn du bei dem landen kannst, brauchen wir alle nicht mehr zu arbeiten.»

«Geht doch vom Fenster weg», flehte Ernestine, die selber hinter einem Vorhang hinausspähte. «Donnerwetter, ist das ein schnittiger Wagen!»

«Alle hinsetzen!» befahl Mutter. «Wo sind eure Manieren?»

Wir setzten uns wieder an den Tisch und hörten draußen Tom aufmachen. Gleich darauf öffnete er die Tür von der Halle und steckte den Kopf herein.

«Für dich, Prinzessin», verkündete er. «Der hat ja 'n Mantel an – ein Glück, daß heut keiner auf Jagd ist.»

«Genug Tom», sagte Mutter streng.

«Henk, henk», meckerte Tom. «Den kenn ich doch aus Nantucket.»

Ernestine warf ihm einen Blick zu und legte den Zeigefinger an die Lippen, bemühte sich aber, fröhlich zu lachen.

«Wie er reinkam, hab ich ihn gefragt, ob ich sechs Dosen Erbsen haben kann», sagte Tom. «Da ist er gleich gesprungen und hat gesagt: ‹Jawohl, mein Herr, sonst noch was gefällig?› Henk, henk.»

«Mit Tom gibt's doch immer was zu lachen, findet ihr nicht?» sagte Ernestine laut. «Würdest du mich wohl einen Augenblick entschuldigen, Muttchen? Ich lauf eben mal raus und seh nach, wer da ist.»

«Bring ihn nur rein», sagte Mutter. «Vielleicht mag er ein bißchen Nachspeise.»

Ernestine ging zur Tür. «Nein, so was – Al!» rief sie. «Wie reizend!»

Sie schloß die Tür hinter sich, und wir hörten in der Halle ein Hin- und Hergelaufe.

«Ich wußte gar nicht, daß er aus so 'ner reichen Familie ist», flüsterte Anne.

«Er hat's Ern geschrieben», erklärte Martha. «Sein Vater hat sein Produktengeschäft verkauft und sein Geld in Aktien angelegt.»

Ern und Al erschienen eng umschlungen in der Eßzimmertür. Al hatte seinen Waschbärmantel und seinen runden Hut abgelegt; auf seinem Lacklederhaar war die ringförmige Druckstelle des Hutes zu sehen.

«Deine Koffer und die Ukulele lassen wir in der Halle», sagte Ern. «Ich laß sie dann von unserm Diener ins Gastzimmer bringen.» Sie warf einen besorgten Blick zur Anrichte, aber Tom war glücklicherweise in der Küche und außer Hörweite.

Al befleißigte sich, genau wie in Nantucket, etwas zu ausgesprochener College-Manieren. Außerdem fanden wir seinen Luxus ziemlich aufdringlich. Er hatte lauter neue, teure und streng moderne Sachen an. Seine überweiten Knickerbockers hingen ihm fast bis auf die Schuhe und über dem Ausschnitt seines blau-weiß karierten Sweaters funkelte eine juwelenbesetzte Krawattennadel.

Al sah sehr gut aus und lächelte unentwegt. Er fühlte sich ganz als Herr der Situation.

«Gott zum Gruß, alle miteinander», sagte er. «Was für 'ne große, glückliche Familie!»

Wir begrüßten ihn und hatten nichts dagegen einzuwenden. Alle Jungen standen auf – wie Ernestine es ihnen eingeschärft hatte.

«Ich möchte dich mit meiner Mutter bekannt machen», sagte Ernestine formell. «Mutter, darf ich dir Mr. Lynch vorstellen?»

«Guten Tag, Mr. Lynch», sagte Mutter. «Wir haben uns schon alle auf Ihren Besuch gefreut.»

«Ist mir ein Bockbierfest», kicherte Al und quetschte ihr die Hand. «Meine Freunde nennen mich Al.»

«Sehr nett», sagte Mutter und schenkte ihm ein herzlich gemeintes Lächeln. Sie sah aber so aus, als überlegte sie, wie ihn wohl seine Feinde nennen mochten, und als könnte sie ihnen notfalls mit einer passenden Bezeichnung aushelfen.

«Und dies ist Anne», sagte Ernestine. «Sie kommt gerade von Michigan.»

«Markigen Handschlag», sagte Al und schlug zu. Dabei vollführte er nicht gerade einen Grotesktanz, man hatte aber das Gefühl, als wäre er nicht weit davon entfernt. «Wo hast du denn die ganze Zeit gesteckt, Baby?»

Wir glaubten, Ann würde sagen, sie habe sich vor ihm versteckt; sie schluckte es aber herunter und fragte, wie es am Sagiwan College für Agrikultur und Technik gehe.

«Alles in Butter», tönte Al. «Könnte gar nicht besser gehn. Hast wohl gelesen, wie wir die Fußballmannschaft von Wallace Teachers fertiggemacht haben?»

«War das nicht das große Traditionsspiel im November?» fragte Anne auf gut Glück.

«Na klar», stimmte Al zu. «Hast du gelesen, was?»

«Die ersten Seiten der Zeitungen in Michigan waren voll davon», sagte Anne unschuldig. «Hätt ich's doch für dich ausgeschnitten!»

Ernestine machte ihn mit den übrigen bekannt, und wir alle tauschten einen markigen Handschlag mit ihm. Er zog sich einen Stuhl an den Tisch, drehte ihn um und setzte sich rittlings drauf.

«Hast du den Karren da gesehn?» fragte er Ern und deutete nachlässig mit dem Daumen zum Fenster.

«Nein», sagte Ern. «Wo steht er denn?» Sie ging zum Fenster. «Donnerwetter, ist das deiner? Du, das ist doch'n Packard?»

«Kleines Weihnachtsgeschenk vom Alten. Kostet über zweitausend Eier.»

«Damit ist deine Frage wohl beantwortet», sagte Anne zu Martha.

«Ist ja großartig!» rief Ernestine. Aber es klang ein bißchen unsicher. Im Familienkreise schien Al nicht ganz so anziehend zu wirken wie im Tête-a-tête in Nantucket.

Während Al den von Mutter angebotenen Tapiokapudding verspeiste, erzählte er, er habe zwei Touchdowns gegen die Wallace Teachers zu verzeichnen; sein alter Herr baue sich am Niagara ein Häuschen mit zwanzig Zimmern, das fünfundsiebzigtausend Eier kosten werde; die Tau-Tau-Taus hätten auf einem Bauernhof eine kleine Hütte gestohlen und sie auf der Vorderveranda des Tri-Alph-Hauses aufgestellt, kurz bevor die Gäste zu der Semester-Abschlußfeier eintrafen.

Wir hörten zu und trugen sogar pflichtschuldigst durch höfliches Lachen zur Unterhaltung bei. Aber jetzt wußten wir's: wenn es je zweifelhaft gewesen war – dies war kein Mann für Ernestine.

Al und Ern beschlossen, nach dem Lunch im Packard spazierenzufahren. Al mummelte sich behaglich in seinen Pelzmantel, Ern nicht ganz so behaglich in ihr Wollmäntelchen. Draußen hatte es gefroren, und Ern war ein bißchen besorgt, ob ihr im offenen Wagen nicht zu kalt sein werde.

«Laß nur, Baby», beruhigte Al sie, während beide sich in der Halle von uns verabschiedeten. «Wenn du frierst, geb ich dir was von meinem Mantel ab – die Ärmel.»

Zur Bekräftigung umschlang er sie mit beiden Armen, ließ sie dann wieder los, schlug sich brüllend vor Lachen auf die Knie und gab doch tatsächlich Mutter einen kleinen Rippenstoß.

«Du solltest lieber rauflaufen, Ern, und dir eine Decke holen», sagte Mutter; sie war zusammengezuckt und machte ein Gesicht, als ob sie Al am liebsten die Ukulele um die Ohren haute.

Ern holte sich eine Decke; dann brausten sie ab, beim Klang von Als Hupe, die die ersten Takte von ‹Jingle Bells› trompetete.

«Da siehst du's, was für einen fürchterlichen Mißgriff sie gemacht hat», sagte Martha entrüstet zu Mutter. «Du wirst es ihr sagen müssen.»

«Ich glaube, nach so kurzer Bekanntschaft kann man den Jungen nicht richtig beurteilen», meinte Mutter.

«Wir sind mit einem Punkt im Rückstand», machte Frank nach, «und stehn auf der Fünfunddreißig-Yard-Linie.»

«Fünfunddreißig-Yard-Marke«, verbesserte Martha.

«Marke», gab Frank zu. «Ich geb das Signal für einen Dropkick, und der Mittelstürmer . . .»

«Die Mitte», sagte Martha.

«Und die Mitte sah sich um, als wär ich verrückt geworden. Die Tribünen rasten.»

«Hört doch auf damit», sagte Mutter. «Er ist Ernestines Freund und unser Gast; das sollte uns allen genügen.»

«Mir genügt's schon lange», entgegnete Martha. «Da wett ich um zweitausend Eier.»

«Stell dir vor, Dan, der soll unser Bruder werden», sagte Fred. «Was meinst du dazu?»

«Die Frage ist nicht unberechtigt», gab Martha zu. «Geht jetzt und seift euch eure ungewaschenen Mäuler aus.»

Wir fanden, Anne als Älteste sollte uns helfen, Mutter ein Licht aufzustecken. Aber Anne grinste Mutter nur vielsagend an, und Mutter mied ihren Blick.

«Jetzt wird nicht mehr drüber geredet», sagte Mutter. «Tragt seine Koffer rauf, Jungen, und wehe, wenn ihr was anstellt, was Ernestines Gefühle verletzt.

Frank und Bill ergriffen die mit Hotelzetteln vollgeklebten Koffer, und Fred folgte mit der Ukulele.

«Wenn Paps da wäre», sagte Bill, als er das Gepäck am Fußende seines Bettes absetzte, «würde er diesen Fatzke hochkant rausschmeißen.»

«Bei dem Gequatsche, von wegen Ern mit den Ärmeln wärmen, da hätte Paps ihm eine geknallt», stimmte Frank bei. «Mutter hat keine Ahnung, wohin so was führt; Paps wußte Bescheid.»

Die Jungen beschlossen, daß es ihnen als den männlichen Familienmitgliedern zukam, Al aus dem Hause zu ekeln. Da es zwecklos war, auf Ernestine einzuwirken, ging man am besten gegen Al direkt vor.

Nachmittags badeten alle Jungen, so daß schließlich das heiße Wasser aufgebraucht war. Frank holte einen Schraubenzieher und entfernte den Riegel an der Tür des Jungenbades. Bill machte das Badezimmerfenster sperrangelweit auf.

Trotz Mänteln und Decke kamen Ern und Al blau gefroren, etwa eine halbe Stunde vor Ankunft der Abendgäste, zurück. Beide gingen schnell hinauf, um zu baden und sich umzuziehen.

Die Jungen waren im Zimmer von Fred und Dan; sie hörten, wie Al nebenan hin und her ging, auspackte und sich auszog. Dann hörten sie ihn ins Badezimmer gehen, an der Tür, die sich nicht abschließen ließ, herumprobieren und schließlich das Fenster zuknallen.

Das Wasser begann in die Wanne zu rauschen.

«Noch drei Minuten», kicherte Frank. «Ich seh ihn direkt, wie er bibbernd dasteht und den Finger unter den Hahn hält, ob das Wasser nicht endlich heiß wird.»

Nun ließ sich aus dem Badezimmer ein beleidigt bibbernder Bariton vernehmen: in Sagiwan opfere der jüngste Student bereitwillig alles für das Allgemeinwohl, in anderen Lehranstalten herrschten eben kein Zusammenhalt und keine Disziplin.

Mr. Lynch hatte anscheinend die Theorie, wenn das Badezimmer nicht abzuschließen sei, müsse man möglichst viel Krach machen, damit jeder merke, daß es besetzt sei.

Endlich wurde das Badewasser abgedreht. Der Bariton wurde noch bibberiger und beleidigter und setzte japsend aus, um dann wieder atemlos zu tönen.

«Jetzt ist er im Wasser», sagte Frank. «Los Bill.»

Bill ging über die Diele ins Badezimmer. Als die Tür aufging, griff Al, der kläglich im zwei Zentimeter hohen Wasser hockte, nach einem Waschlappen und bedeckte, so gut er konnte, seine Blöße.

«Brrr», schudderte Bill, «warum hast du's denn hier so kalt werden lassen?»

«Großer Gott», zischte Al, «ich dachte schon, es wäre eins von den Mädels. Mach doch in drei Teufels Namen die Tür zu.»

«Och, keine Bange», sagte Bill und machte die Tür zu. «In so'ner großen Familie denkt sich keiner was dabei.»

«Wirklich?» fragte Al ungläubig.

«Die sehn überhaupt nicht hin, wenn sie reinkommen», versicherte Bill. «Die merken nicht mal, daß du in der Badewanne sitzt.»

«Ja, kommen sie denn rein?»

Bill zuckte die Achseln. «Warum hast du's eigentlich so kalt werden lassen? Gehört das zu eurem Training?»

«Ich hab's nicht kalt werden lassen, da kannst du Gift drauf nehmen», blaffte Al ihn an. «Das Fenster stand auf, und kein Tropfen heißes Wasser.»

«Da laß ich vielleicht die Tür auf», schlug Bill vor. «Wenigstens bis es hier 'n bißchen durchgewärmt ist.»

«Laß die Tür gefälligst zu. Ich bin nicht aus so 'ner großen Familie.»

«Wie du willst. Dann werd ich Mutter um heißes Wasser bitten; wird gleich raufgebracht.»

«Laß nur», sagte Al, der im Zweifel war, ob Bill oder Mutter ihm das Wasser bringen würde. «So lang halt ich mich hier nicht auf.»

Bill nahm sich ein Glas Wasser und ging, wobei er die Tür zu schließen vergaß.

«Mach die Tür zu», brüllte Al ihm nach. «Wie oft soll ich das noch sagen!»

«Okay», sagte Bill und kam zurück. «Wenn du's durchaus kalt haben *willst*!»

Er knallte die Tür zu.

Dann wurden Fred und Dan zum Händewaschen ins Badezimmer geschickt. Sie warfen keinen Blick auf Al, der brummelnd in der Wanne saß und sich beeilte, um schnell wieder herauszukommen.

Nun kam Frank an die Reihe. Er hatte ein Kleid von Martha angezogen, dazu Seidenstrümpfe, Stöckelschuhe und einen Glockenhut.

«Wenn er nun merkt, daß ich's bin», sagte Frank und bekam kalte Füße. «Vielleicht kommt er dann raus und verhaut mich.»

«Der ist erst so kurz da, der kann uns noch nicht unterscheiden», beruhigte ihn Bill. «Und wenn wir dich schreien hören, kommen wir alle angerannt. Mit dem werden wir schon fertig.»

«Holt lieber die Hockeyschläger – zur Sicherheit», beharrte Frank.

Frank trat ins Badezimmer. Als Al die Tür aufgehen hörte, griff er vorsichtshalber wieder nach dem Waschlappen.

«Au, verflucht!» kreischte er, als er die Mädchenkleider sah. Er versuchte ganz unterzutauchen, aber die zwei Zentimeter Wasser boten wenig Schutz.

«Tag, Bübchen», rief Frank und winkte Al wie ein Mädchen zu.

«Habt ihr 'ne nette Fahrt gehabt? Du entschuldigst doch 'n Sekündchen?» Er ging zur Wasserleitung, ließ ein Glas Wasser einlaufen, trank es aus und wollte wieder gehen.

«Halt, Moment mal!» knurrte Al. «Ich erkenn dich doch. Findest das wohl sehr witzig, was?» Er langte nach ihm, aber Frank flitzte an der Wanne vorbei in die Diele hinaus. Al folgte ihm nicht.

Ernestine hatte, als sie baden wollte, auch gemerkt, daß es kein heißes Wasser gab. Sie war wütend, aber die ersten Gäste kamen schon, und so hatte sie keine Gelegenheit, sich die Jungen vorzunehmen.

Ernestine empfing ihre Freunde und führte sie ins Wohnzimmer. Es waren etwa zwanzig. Wir kannten alle und mochten sie gern. Wir rollten die Teppiche auf und stellten das Grammophon an.

Al kam ziemlich spät herunter. Vielleicht hatte er an der Heizung gesessen und sich gewärmt; vielleicht brauchte er auch soviel Zeit für seine Toilette, oder er hatte sich das Haar frisch pomadisieren müssen.

Ernestines Freundinnen starben angeblich vor Neugierde, Al kennenzulernen; auch die Jungen waren höchst gespannt auf den auswärtigen Jüngling, der sie alle ausgestochen hatte. Alle hatten vor dem Hause den parkenden Packard bemerkt, der ihnen mächtig imponiert hatte.

Endlich erschien Al. Die anderen Jungen hatte ihre guten Anzüge an, aber Al schien Sweater und Knickerbockers vorzuziehen. Er hatte seine Ukulele bei sich und lächelte siegesbewußt. Er ging zum Grammophon und stellte es ab. Alle hörten auf zu tanzen und wandten sich ihm zu.

«Gott zum Gruß, Jungs und Mädels», sagte er, ohne abzuwarten, daß Ernestine ihn vorstellte. Diesmal vollführte er wirklich einen Grotesktanz und ließ sich zum Schluß wie Al Jolson auf ein Knie nieder.

«Eine kleine Einlage», sagte Ernestines Al. «Sie heißt: *‹I used to shower my sweetie with presents, but it ain't gonna rain no more.›* »

Er warf den Kopf zurück, klimperte auf der Ukulele und sang: *«Djuh ecker djuh ecker djuh, wuh duh dih oh duh.»*

Ukulele spielen konnte er zweifellos. Und sein Bariton klang jetzt weitaus besser als vorhin in der Badewanne. Schließlich aber war das keine Art, sich in eine Gesellschaft einzuführen, nicht einmal im Zeitalter des Jazz. Nach Mitternacht, wenn alle ihn besser kannten, wäre das etwas anderes gewesen.

Erns Gäste standen hölzern herum und sahen erst sie und dann Mutter an, die mit einer Strickarbeit am Kamin saß. Mutter zeigte keine Mißbilligung, welcher Art ihre Gefühle auch sein mochten.

Ernestine wollte ihrem Beau zu Hilfe kommen. Sie tanzte im Charleston-Schritt vor ihm auf und ab und rief: «Alle mitmachen!» Sie wirbelte sogar die Arme wie Windmühlenflügel herum und leckte sich abwechselnd die Daumen; man nannte das «Kirschenpflücken».

Auch das wirkte nicht. Das Schlimmste aber war, daß alle außer Al genau verstanden, was Ern da machte und was sie damit bezweckte. So taten sie ihr den Gefallen: eine ihrer Freundinnen begann auch Charleston zu tanzen, und ein paar Jungen stimmten in Als Gesang ein.

«Eine kleine Einlage», sagte Al. «Sie heißt: *‹When bathing girls take up aviation, I want to be there at the takeoff.›*» Lachend begann er zu klimpern. Man mußte zugeben: gut sah er aus. *«Djuh ecker djuh ecker djuh.»*

Ernestine war hochrot und außer Atem. Sie wußte, eine weitere Einlage würde sie nicht überstehen, nicht einmal die allerkleinste.

«Bitte Al», bat sie, «steh auf, damit ich dich bekannt machen kann.»

«Hab mich schon selber bekannt gemacht, Baby», protestierte Al. Trotzdem stand er auf.

«Das ist Mr. Lynch», sagte Ern und führte ihn herum. «Er ist ein paar Tage bei uns zu Besuch, und wir amüsieren uns prima.»

«Ist mir ein Bockbierfest», grinste Al. Jeder bekam einen markigen Handschlag.

Ern nahm ihm die Ukulele ab und legte sie hinten auf den Flügel; dort würde er sie hoffentlich nicht finden. Al schlenderte von einer Gruppe zur anderen und hörte sich Unterhaltungen über New Yorker Dirigenten, über Princeton und Dartmouth, über neue Operetten und über die Neuigkeiten in Montclair an. Zuerst versuchte er, das Gespräch an sich zu reißen, aber niemand schien sich für das große Spiel gegen die Wallace Teachers zu interessieren.

Noch vor dem Essen fand Al, er habe nun genug von der Gesellschaft.

«Hör mal», sagte er zu Ern und zog sie in eine Ecke, «bring mich hier raus. Wir wollen spazierenfahren oder so.»

«Jetzt kann ich nicht weg, das weißt du doch.»

«Was ist denn eigentlich los mit deinen Freunden? Wann tauen die endlich 'n bißchen auf?»

«Gar nichts ist mit ihnen los», sagte Ernestine scharf. «Das liegt an dir. Du benimmst dich wie 'n Fisch auf dem Trocknen.»

«So findest du? Na, in euerm Haus würd sich nicht mal 'n Fisch ins Wasser trauen. Würde glatt erfrieren.»

«Tut mir leid mit dem heißen Wasser. Das ist aber keine Entschuldigung für dein Benehmen.»

«Außerdem würde ein Haufen Lausebengels um sein Goldfischglas rumtanzen und ihn zum Wahnsinn treiben.»

Ernestine stemmte kriegerisch die Hände in die Hüften: «Das ist gelogen. Was soll das heißen?»

«Deine Brüder kommen fortwährend ins Badezimmer gerannt – das weißt du wohl nicht?»

«Woher soll ich das wissen? Warum hast du nicht zugeriegelt?»

Al ignorierte die Frage und fuhr fort: «Und der eine Bengel war sogar als Mädchen verkleidet.»

«Nein», stöhnte Ernestine. «Also – nein!» Dann mußte sie kichern.

«Das war bestimmt Frank oder Bill. Na ja, sind schon Lausebengels.»

«Wart nur, wenn ich die zu fassen krieg!»

«Gott, muß das komisch gewesen sein», lachte Ernestine und legte ihre Hand auf seinen Arm. «Armer Al. Was hast du denn gemacht?»

«Dir kommt das vielleicht komisch vor», sagte Al und reckte die Nase in die Luft, «aber ich find's typisch für alles bei euch, auch für deine Freunde.»

«Und wie findest du alles bei uns?» wollte Ernestine wissen.

«Geschmacklos. Hochgradig geschmacklos.»

Ernestine fand, daß dieses Urteil aus diesem Munde eines der nettesten Komplimente sei, die ihr je gesagt worden waren. Sie nahm das Tau-Tau-Tau-Abzeichen ab und gab es ihm zurück; Al ging hinauf und holte seine Koffer. Während er oben war, nahm Ern die Ukulele vom Flügel und legte sie zu seinem Waschbärmantel. Dann ging sie ins dunkle Eßzimmer, schloß hinter sich die Tür und beobachtete, hinter einem Vorhang versteckt, wie er in seinen Wagen stieg und beim Klang von «Jingle Bells» davonfuhr.

Sie fand den Trost, daß die Zeit alle Wunden heile, nicht sehr befriedigend. Wenn sie sicher wüßte, daß die Zeit allen Verrätern Wunden schlüge . . .

Als Al weg war, wurde die Gesellschaft ein großer Erfolg. Einer von Erns Freunden aus Dartmouth belegte sie fast den ganzen Abend mit Beschlag. Über Al schienen sich alle im klaren zu sein: keiner fragte nach ihm.

Leo Slezak

Meine Empfindungen als Schwiegervater

Du machst dir, geliebter Leser, keine Vorstellung, welch ein katastrophales Empfinden es auslöst, wenn eines Tages ein wildfremder Mensch, von dessen Existenz du acht Tage vorher noch keine Ahnung hattest, dich plötzlich um Gehör und einige Minuten später um die Hand deiner einzigen Tochter bittet.

In einer Viertelstunde nennt man dich Schwiegervater, nimmt dir deinen Sonnenschein einfach weg, und du mußt ruhig, womöglich beglückt zusehen, wie ein fremder Herr sich in dein Fleisch und Blut einhängt und ihr die empörendsten Zärtlichkeiten sagt.

Traulicher Leser! Es wird dich vielleicht mit galligem Befremden erfüllen, daß ich dich duze ... Wolle das nicht etwa als plumpe Vertraulichkeit auffassen, sondern als eine dichterische Form, die meinem Mitteilungsbedürfnis eine gewisse ermutigende Basis gibt.

Wenn ich mit jemandem per Du bin, so rede ich mich leichter und das, was ich jetzt zu sagen habe, bedarf dieses Narkotikums.

Also: eine solche Null, wie jetzt, war ich noch nie in meinem Leben.

Du hast wohl, aus so manchem meiner Appelle an die Öffentlichkeit, ersehen, welche Rolle ich eigentlich in meinem Familienkreise spiele.

Unter uns, o Leser – eine klägliche.

Aber so etwas von Nichtvorhandensein, so etwas von Luft war ich noch nie wie in der Brautzeit meines Kindes.

Erstens einmal werde ich durch die neue Würde des Schwiegervaters künstlich alt gemacht.

Was nützt es jetzt, daß ich mich seit einem Dezennium um einige Jahre jünger mache. Die ganze Verjüngungsmethode geht in dem Augenblick in die Brüche, in dem ein erwachsener Mensch Gefallen an deinem Mädel findet und sie heiraten will.

Was? ... Der hat schon eine so große Tochter? ... Der sagt doch, er ist erst ...

Also, das ist eine sehr unangenehme Sache.

Wenn mich als Lohengrin der Schwan ans Land zieht, braucht nur jemand von der Galerie zu rufen: «Heil dem Schwiegervater!», und ich bin erledigt.

So gottgesandt kann ich gar nicht tun, daß ich mir dieses Omen wegsinge.

Aber ganz abstrahiert davon, daß ich plötzlich über Nacht nicht mehr jung sein soll, wie komme ich dazu, etwas so Liebes hergeben zu müssen, das ich neunzehn Jahre lang gehegt und gepflegt, von dem ich jeden Atemzug zitternd bewacht und jeden Seufzer mit Entsetzen belauscht habe.

Wie komme ich dazu, daß ich auf einmal der Niemand sein soll, einfach nicht mehr existiere, und mich mit der stereotypen Redensart «das ist der Lauf der Welt» begnügen muß?

Aber auch das beiseite, mein lesender Freund. – Denke dich in die Lage eines Menschen, der gewöhnt ist, Frau und Kind um sich zu haben, und der nun Tag um Tag, mutterseelenallein, ohne jede Ansprache dasitzt und mit keinem Menschen reden kann ...

Brautzeit! – Hochzeitsvorbereitungen! – Ausstattungssorgen! – Damit soll ich mich zufrieden geben.

Ich sehe meine Familie nur noch zu Mittag bei Tisch.

Das Essen wird mit den größten Verspätungen und infolgedessen in recht reduzierter Qualität aufgetragen.

Mit den Federhüten auf dem Haupte schlingt der traute Familienkreis die unerschwinglichen Lebensmittel in sich hinein, und die Gespräche, die das Mahl würzen, sind ganz eigenartig.

Man fragt mich zum Beispiel, wie ich es fände, wenn man eine rosa Schleife rechts von dem Gazetuff anbrächte, und ob ich meine, daß der Volant mehr herunterhängen oder gerafft werden solle.

Meine Eröffnung, daß ich darüber noch nicht nachgedacht hätte und mir von Herzen wünsche, keine anderen Sorgen zu haben, löste einige Entrüstungsschreie aus. Man fand, daß ich bezüglich des Lebensglücks meiner einzigen Tochter eine ganz merkwürdige Interesselosigkeit an den Tage lege. – Man nannte mich einen Rabenvater. –

Leser, bedenke dieses!

In den Zeiten, wo mein Schwiegersohn seine Braut besuchen kam, ging es mir besser. – Man konnte mich vor ihm nicht so schlecht behandeln, damit er sein Schicksal nicht zu kraß vor Augen sähe und die Partie nicht etwa zurückgehen könnte, was katastrophal angemutet hätte, weil schon sehr viele Spesen auf der Sache lasteten.

Aber war er *nicht* da, ging es mir wieder miserabel.

Meine Obliegenheiten waren strenge geregelt. Alles, was eine ganz besondere Intelligenz und Geistesschärfe erforderte, mußte *ich* besorgen.

Erstens einmal hatte ich sechshundert Trauungsanzeigenadressen zu schreiben, und als ich fertig war, diese zu frankieren.

Mitfühlender Leser, betrachte es als ein Zeichen von geradezu märchenhafter Geistesveranlagung, daß ich nicht in einer Gummizelle sitze. –

Ferner mußte ich alle Kirchen abklappern, um zu konstatieren, wo man am nettesten heiraten könne, ohne schlotternd vor Kälte vor dem Altare zu stehen, so daß dem Bräutigam das «Ja» im Halse erfriert.

Jeder Vorschlag, den ich machte, wurde als vollständig indiskutabel verworfen.

Die Minoritenkirche ist heizbar – mit Gas – großartig. Da stellte sich heraus, daß einhundertvierundsiebzig Orgelpfeifen fehlen. Ein Aufschrei der Empörung gellte mir entgegen – als ob ich die Pfeifen gestohlen hätte.

Alle Mesner Wiens lernte ich persönlich kennen. Manche waren recht strenge mit mir. Als ich in einer Kirche die Bemerkung machte, daß es da bitter kalt wäre, meinte der Schammes, ich möge im Hochsommer heiraten, da wäre es wärmer.

Das fehlte mir noch. – Bis zum Hochsommer so weiterleben – ausgeschlossen! – –

Auch hatte ich die Wagen zu bestellen. Als ich vor dem ehemaligen Kaiserlichen Oberstallmeisteramte ein Schild las: «Bundesfuhrwerksunternehmung», drehte sich mir der Magen um.

Ich kam heim und erzählte, daß ich zur Hochzeit zehn Lipizzaner bekomme. Meine Schwiegermama meinte – ein Ziegel Roquefort genüge vollkommen. – Ist das nicht fürchterlich?

Ich klärte sie auf, daß Lipizzaner edle Pferde sind, die unser Kind zum Traualtar bringen sollen, und kein Käse.

Das kommt mir so vor wie die Frage eines Kollegen, der mich für besonders geistesumnachtet hielt, ob der Romanschriftsteller Emile Zola mit dem Gorgonzola verwandt gewesen sei.

Ich drehte ihm empört den Rücken. –

Verzeihe mir, kopfschüttelnder Leser, diese kleine Abweichung vom Hauptthema, ich weiß, sie gehört nicht hierher, aber mein Gott, wenn man so ins Erzählen kommt . . .

Alles war so gut wie möglich vorbereitet – der Tag der Hochzeit rückte immer näher – endlich war er da.

Eine Vereinigung von Wagentürl-Aufmachern belästigte die Hochzeitsgäste, und da diese auf jene ebenso herrliche wie sympathische Wiener Spezialität nicht eingerichtet waren, standen sie der ziemlich hartnäckigen Erscheinung ein wenig ratlos gegenüber.

Die Wagentürl-Aufmacher stritten mit jedem einzelnen in herzgewinnender Weise herum, und im Laufe des festlichen Tages erschien ein Mann nach dem anderen und behauptete, er habe die Wagentürln aufgemacht.

Fünf Wagen hatten wir, und sechzehn Wagentürl-Aufmacher.

Eine feine Hochzeit!

Auch berührte es mich sehr unangenehm, daß sich, just in dem Augenblick, wo ich, sofort nach erfolgter Trauung, meine Tochter in der Sakristei als junge Frau begrüßen wollte, ein Funktionär der betreffenden Kirche zwischen mich und mein Kind stellte und mir die Rechnung unter die Nase hielt. –

Ein äußerst taktvoll gewählter Zeitpunkt! –

Die Hochzeitsfeier verlief sehr animiert. Elf Weiber waren in der Küche und vier gemietete Diener servierten. Alle waren sie, als es zum Essen ging, schon etwas angeheitert und scherzten in jovialster Form mit den Hochzeitsgästen.

Reden wurden gehalten, und während der Humor in seine Rechte trat, blieb mir jeder Bissen im Halse stecken.

Als es dann ans Abschiednehmen ging und mein Kind das Elternhaus verließ, saß ich ganz verschlagen da, und es krampfte mir das Herz zusammen.

Mein Schwiegersohn klopfte mir auf die Schulter und sagte leutselig: «Ach, sei doch vergnügt, Vater – ich bin's doch auch!» –

Nun ist alles vorüber – meine geliebte Tochter fort.

Das ist der Lauf der Welt – das Los der Eltern.

Nachtrag

Daß dieser Nachtrag kommen wird, habe ich erhofft und ersehnt.

Meine Frau ist Großmutter geworden. –

Die Zeitungen haben natürlich in krasser Lieblosigkeit weithin knallende Aufschriften gesetzt:

«SLEZAK – GROSSVATER!»

Ich meine, es hätte dasselbe gesagt, wenn es in etwas kleinerem, ebenso freudigem Druck geheißen hätte: «Slezaks Tochter – Mutter geworden.» –

Es herrschen nämlich in der Allgemeinheit ganz unrichtige Ansichten über die Großväter.

Ich habe mein bisheriges Vorurteil über die Großväter gründlich revidiert und als irrig erkannt.

Es gibt junge und ganz junge Großväter. – Zu den letzteren gehöre ich. Ich möchte daher der dringendsten Warnung Raum geben, mich nicht als einen gebrechlichen Kracher hinzustellen. –

Mein Enkelkind ist weiblichen Geschlechtes und ein Wunderkind, wie dies bei dem Atavismus großväterlicherseits nicht anders möglich ist.

Sie heißt Helga Elisabeth Julia. –

Bei Telegrammen genügt, aus Gebührenersparnisrücksichten, als Adresse: An die liebe kleine entzückende Helga. –

Es wird oft als Fehler empfunden, daß ein Kind als Mädchen zur Welt kommt. Dies ist falsch, und ich möchte dagegen auf das energischste protestieren. –

Wenn ich bedenke, welche Summe von Gift und Galle mich mein Sohn, der sonnige Knabe, hinunterfressen ließ, so erscheint mir ein Mädchen als Haupttreffer. – Ich habe mir daher von vornherein jede sauersüße oder gar mitleidige Gratulation verbeten.

Ob das Mädchen schön ist oder nicht, kann ich nicht beurteilen, weil sie noch allzu jung war, als ich sie verließ. – Auch die

Ähnlichkeit war noch nicht eruierbar, obzwar sich viele Schmeichler und Liebediener fanden, die behaupteten, das Kind sähe mir ähnlich.

Sollte dies wirklich der Fall sein, dann wird es schön.

Über die stimmlichen Fähigkeiten dieses Kindeskindes kann ich noch kein abschließendes Urteil fällen.

Vorläufig ist der Ansatz noch jeder Richtigkeit entratend, das Organ sitzt nicht genügend vorne, und der Ton federt nicht auf der Atemsäule. Außerdem hat sie vom Stützen des Tones und der Benützung des Atems als Ausdrucksmittel noch keine Ahnung. Sie preßt, tremoliert und knödelt.

Aber bei der enormen Jugendlichkeit wäre das Ausschalten jeder Hoffnung oder gar ein Verzweifeln noch nicht am Platze. –

Meine Familie äußert ihre Animosität gegen mich dadurch, daß sie mich, besonders in reizender Damengesellschaft, ostentativ und heuchlerisch respektvoll «Großväterchen» nennt.

Das einzig Betrübliche bei dieser Familienangelegenheit. –

Ich gebe nun zum Schluß noch der Hoffnung Ausdruck, der Druck dieses Buches möge nicht so lange hinausgeschoben werden, daß ich einen weiteren Nachtrag anhängen müßte mit der sensationellen Nachricht, daß ich – Urgroßvater – geworden bin.

Das wäre mir peinlich.

Zweiter Nachtrag

Urgroßvater bin ich noch nicht geworden – aber es sind weitere drei Jahre ins Land gegangen – und ich möchte nur noch mitteilen, daß die kleine Helga sich entzückend entwickelt hat – mir ähnlich sieht und ein ganz modernes Kind geworden ist. Das heißt, sie kann nicht einen Satz sagen, ohne dabei Charleston zu tanzen.

Nur einen Fehler hat sie – sie nennt mich mit weithin schallender Stimme – «Opa!»

Ich habe sie diesbezüglich des öfteren ersucht, mich – «Onki» zu heißen, bekam aber immer zur Antwort: «Aber du bist doch mein Opa!»

Wenn sie ihre weichen, warmen Ärmchen um meinen Hals legt und mir ins Ohr flüstert: «Opa – ich hab dich lieb!» kann sie mir meinetwegen auch «Opa» sagen.

So
sollte es
enden

Kurt Kusenberg

Wein auf Lebenszeit

Schlimm, schlimm, schlimm: das Faß war leer – leer bis zum letzten Tropfen. Es war früher zur Neige gegangen als das Leben des alten Herrn Klontig, obwohl dieser sich vor dreizehn Jahren genau ausgerechnet hatte, es werde ihm und seinem Freund Rademann zeitlebens Wein spenden. Doch in der Rechnung stak ein arger Fehler: nämlich Herrn Klontigs Annahme, er werde mit siebenundsiebzig Jahren sterben. Inzwischen war er jedoch wohlbehalten in sein achtundsiebzigstes Jahr gelangt, und da die beiden Alten munter weitergezecht hatten, brauchten sie sich nicht zu wundern, daß aus dem Faß kein Wein mehr floß. Aus war es mit ihren fröhlichen Gelagen, bei denen Herr Klontig drei Liter Wein trank und sein Freund Rademann einen Liter mittrinken durfte! Aus mit ihren närrischen Gesprächen, ihrem lauten Gesang zur Nachtzeit! Ohne Wein wußten sie nicht zu feiern.

Traurig saßen die beiden Greise in Herrn Klontigs Keller, starrten auf das leere Faß und vermieden es, einander in die Augen zu schauen. Wie sollte ihr Leben weitergehen? Fürs Essen war gesorgt, am Familientisch, aber man gab ihnen kein bares Geld in die Hand, und just dessen hätte es nun bedurft, um Wein zu kaufen – für heute abend, für morgen abend und für alle kommenden Abende. Herr Klontig schalt sich einen Toren. Warum hatte er mit fünfundsechzig Jahren seinem Sohn Haus und Hof vermacht? Warum bloß ein Dachstübchen zum Wohnen und einen Keller zum Trinken für sich behalten? Wahrlich, er hatte sich vorzeitig selbst entmündigt.

«Ich werde mit meinem Sohn reden», sprach Herr Klontig. «Er muß uns helfen, es ist seine Pflicht.»

Rademann schwieg dazu. Er wußte so gut wie Herr Klontig, daß dessen Sohn überaus sparsam war und zudem die Trinkgelage der alten Männer mißbilligte – schon allein wegen des Lärms, der ihm, seiner Frau und seinen sieben Töchtern die Nachtruhe schmälerte. Nie würde er Geld hergeben, um eine Gepflogenheit zu unterstützen, die er für ein Laster ansah.

«Ich gehe!» sprach Herr Klontig mit entschlossener Stimme. Da Rademann nichts erwiderte, verließ er den Keller, stieg ins erste Stockwerk und trat bei seinem Sohn ein.

«Wir haben nichts mehr zu trinken», erklärte er. «Das Faß ist leer.»

Sein Sohn, der im Lehnstuhl ein Nickerchen gehalten hatte, blinzelte ihm müde zu: «Was geht das mich an?»

«Es geht dich sehr viel an, denn ich habe dir vor dreizehn Jahren meinen ganzen Besitz vermacht. Du bist also mein Schuldner. Darum wirst du mir ein neues Faß Wein kaufen, und zwar sogleich, damit wir heute abend etwas zu trinken haben.»

«Ich denke nicht daran», erwiderte der Sohn. «Im Gegenteil, es freut mich, daß euer nächtliches Treiben im Keller endlich aufhört. Männer deines Alters sollten nicht trinken, sondern sich des Weines enthalten, Würde zeigen und in der Bibel lesen. Meine Töchter schämen sich deiner, man ruft ihnen auf der Straße nach, ihr Großvater sei ein Trunkenbold. Keinen Pfennig gebe ich her!»

Da drehte sich Herr Klontig auf der Stelle um, schritt hinaus und warf die Tür hinter sich zu. Seinem Freund Rademann die Niederlage zu melden, ging ihm wider den Stolz; darum entwarf er flugs einen anderen Plan. Er beschloß, den Weinhändler aufzusuchen, der ihm vor Zeiten das Faß Wein verkauft hatte. Erst unterwegs fiel ihm ein, daß jener inzwischen gestorben war. «Gleichviel!» sprach er bei sich. «Dann wende ich mich eben an seinen Sohn. Vielleicht beschämt er meinen Sohn.»

Der Weinhändler war ein freundlicher Mann. Er bot Herrn Klontig einen bequemen Sessel an, erkundigte sich nach seinem Befinden und – späterhin – nach seinen Wünschen.

«Ich habe», begann Herr Klontig, «vor einiger Zeit bei Ihrem Vater ein Faß Wein gekauft.»

Der Weinhändler nickte. «Ich entsinne mich dessen. Aber es muß schon recht lange her sein, denn mein Vater ist vor elf Jahren gestorben.»

«Ein Weilchen mag es her sein», gab Herr Klontig zu. «Ein

kleines Weilchen – obwohl mir vorkommt, als sei es gestern gewesen. Alten Leuten vergeht die Zeit rasch.»

Wieder nickte der Weinhändler. «Man sagt es. Waren Sie mit dem Wein zufrieden? Möchten Sie ein neues Faß bestellen?»

«Nein», erwiderte Herr Klontig, «ich war mit dem Wein durchaus nicht zufrieden. Ich möchte das Faß zurückgeben und an seiner Statt ein neues Faß erhalten.»

Dieses Mal nickte der Weinhändler nicht. «Ihre Beanstandung kommt ein wenig spät. Was fehlt dem Wein?»

«Er schmeckt säuerlich.»

«Das wundert mich. Vielleicht haben Sie ihn nicht richtig behandelt. Oder Ihr Geschmack hat sich geändert. Oder Sie sind ihn einfach leid geworden. Nun, wir werden den Fall untersuchen. Ich schicke Ihnen morgen meinen Kellermeister und lasse mir von ihm Bericht erstatten.»

«Es wird wenig Zweck haben», entgegnete Herr Klontig, «denn das Faß ist leer.»

Der Weinhändler machte große Augen. «Wie?» rief er. «Sie haben das ganze Faß ausgetrunken, obwohl der Wein Ihnen nicht schmeckte? Und jetzt soll ich Ihnen für ein leeres ein volles Faß liefern?»

Herr Klontig sah den Anderen streng an. «Ich habe den Wein nicht getrunken – ich habe ihn probiert. Ich hielt es für möglich, daß er mir eines Tages schmecken werde, denn ich wollte ihn ungern zurückgeben, um Sie nicht zu kränken. Aber der Wein hat mir nicht geschmeckt. Er ist zu sauer, er bekommt mir nicht. Ob ich mich am Ende doch noch an ihn gewöhnt hätte, weiß ich nicht, denn er ist ja vorzeitig zur Neige gegangen.»

«Elf oder gar zwölf Jahre haben Sie den Wein probiert!» rief der Weinhändler. «Und erst jetzt kommen Sie darauf, daß er Ihnen nicht schmeckt?»

«Dreizehn Jahre lang», berichtigte Herr Klontig. «Der Eine merkt es gleich beim ersten Schluck, der Andere erst nach einem Faß. Die Menschen sind eben verschieden.»

Der Weinhändler begann zu lachen. «Sie sind ein Schelm, Herr Klontig! Der Wein hat Ihnen prächtig geschmeckt, Sie möchten ein neues Faß bestellen und kleiden Ihre Bestellung zum Scherz in ein Narrengewand. Sie sind ein rechter Schelm!»

Herr Klontig setzte sich steif auf. «Ein Irrtum. Ich beanstande eine Weinlieferung und fordere Ersatz.»

Nun wußte der Weinhändler nicht mehr, was er von der Sache halten sollte. «Aber Sie geben mir ja meine Ware nicht zurück! Sie bieten nichts und wollen dafür sehr viel haben. Das ist nicht handelsüblich.»

«Ich gebe Ihnen das Faß zurück», widersprach Herr Klontig.

«Ja – aber leer!»

«Leer? Sicherlich, doch nur infolge meiner Geduld. Kein anderer Kunde hätte sich mit einem sauren Wein so viel Mühe gegeben.»

Der Weinhändler dachte nach. «Das große Faß in Ihrem Keller», meinte er dann, «kommt mir gelegen. Ich laß es heute noch abholen und liefere Ihnen dafür ein kleines Faß mit gutem Wein. Einverstanden?»

Auf den Gedanken, daß ein leeres Faß verkäuflich sei, war Herr Klontig noch nicht gekommen. Er verbarg jedoch seine Freude darüber und sprach: «Gut, schicken Sie mir das kleine Faß – als Kostprobe, nicht aber etwa als Gegenwert für das große, leere Faß; denn mir steht ein großes, volles Faß zu.»

«Darüber kann man streiten», entgegnete der Weinhändler.

Herr Klontig erhob sich. «Nicht mit mir!» sprach er und verließ den Raum.

Der Weinhändler hielt Wort. Am späten Nachmittag rollte ein kleines Faß in Herrn Klontigs Keller, und das alte, große Faß wurde weggeholt. Wehmütig blickte der Greis dem Ungetüm nach, das siebzehntausend Liter zu fassen vermochte. Dann wandte er sich dem neuen Fäßchen zu. «Ein Zwerg!» sprach er und beklopfte es. «Aber es klingt wenigstens nicht hohl, es hat einen vollen Bauch.»

«Der hohle Klang war schrecklich», bestätigte Rademann. «Er hat mir die beiden letzten Jahre vergällt.»

Und so begannen, zum Verdruß von Herrn Klontigs Sohn, wieder die nächtlichen Gelage. Es ging dabei sogar noch etwas lauter her als vordem, denn die beiden Alten hatten nicht allein eine böse Gefahr hinter sich gebracht: sie blickten einer viel ärgeren Gefahr entgegen. Das verlangte Mut, und mutige Menschen sind nun einmal laut.

Als das Faß halb leer war, goß Herr Klontig eine Flasche Essig hinein und stattete dem Weinhändler abermals einen Besuch ab. «Sie scheinen überhaupt nur saure Weine zu führen», beschwerte er sich. «Auch der neue Wein ist sauer. Kosten Sie doch selbst einmal davon.»

Der Weinhändler ging mit. Er probierte den Wein und blickte Herrn Klontig mißtrauisch an. «Sie Schelm!» sagte er. «Ein drittes Mal legen Sie mich nicht herein. Ich ersetze Ihnen das Faß, heute noch, aber bevor ich es Ihnen schicke, probieren wir beide den Wein. Und hinterher gibt es dann keine Mäkeleien mehr!»

«So rasch kann ich einen Wein nicht beurteilen!» rief Herr Klontig. «Ich brauche Zeit, um mir ein gediegenes Urteil zu bilden.» Aber es half ihm nichts; der Weinhändler bestand auf seinem Vorschlag. Auch war nicht mehr die Rede davon, daß das große Faß zu ersetzen sei. Das neue Fäßlein wurde geprüft, für gut befunden und gegen das andere ausgetauscht. Es war kleiner als dieses, fast halb so klein, und es war das letzte Fäßlein, auf welches Herr Klontig rechnen konnte.

Drei Wochen später hatten die Alten ihr Werk verrichtet. Das Fäßlein war leer, und ob sie es auch hochkippten: kein Tröpflein kam hervor. Traurig, verzweifelt hockten sie im Keller. Dieses Mal wußten sie, daß keine Hoffnung mehr sei.

Die Stunden gingen dahin. Keiner sprach ein Wort; man hörte nur hin und wieder ein Räuspern, ein Füßescharren oder ein Stöhnen. Welch eine Nacht! Welch eine Finsternis draußen und in den Herzen der alten Männer!

Gegen elf Uhr sprang Herr Klontig plötzlich auf. «Ich hab's!» rief er und packte Rademann bei den Schultern. «Wir bilden uns einfach ein, wir hätten ein riesiges Faß im Keller, und trinken eingebildeten Wein!»

«Das kann man doch nicht», erwiderte Rademann. «Ich kann's jedenfalls nicht.»

Herr Klontig lief aufgeregt umher. «Du kannst es! Ich sage dir: du kannst es! Und du darfst fortan mehr als einen Liter trinken. Zwei Liter sollst du haben, meinetwegen auch drei! Siehst du das große Faß dort stehen? Ist es nicht riesengroß? Ist es nicht herrlich?» Er klopfte in die Luft, als sei da wirklich ein Faß. «Und ganz voll!»

Da sah auch Rademann das Faß vor sich stehen. Wahrhaftig, es war ein gewaltiger Anblick und ein tröstlicher dazu! «Ich sehe es!» schrie er. «Wir haben wieder zu trinken!»

Herr Klontig holte einen Krug, hielt ihn unter den unsichtbaren Hahn und öffnete diesen; dann füllte er den Wein in die Gläser. «Prost!» rief Herr Klontig dem Freunde zu. «Prost!» erwiderte Rademann. Sie tranken. Sie schlossen die Augen, sie schmatzten, gurgelten und nahmen noch einen Schluck. «Köstlich!» riefen sie wie aus einem Munde. Und dann tranken sie weiter.

Sie tranken so ungestüm und so viel, daß sie bald einen gehörigen Rausch hatten. Es litt sie nicht mehr auf ihren Stühlen. Sie schritten auf und ab und gossen gelegentlich, im Stehen, ein Glas Wein hinunter. Rademann versuchte umsonst, das vorgestellte Faß zu erklimmen; er glitt immer wieder ab, fiel auf den Boden und mußte von Herrn Klontig aufgerichtet werden, was aber selten gelang. Meist fiel Herr Klontig dabei gleichfalls auf den Boden, und da kein Dritter den Beiden hochhalf, blieben sie mitunter lange Zeit nebeneinander liegen, wobei sie sich jauchzend in die Rippen stießen oder an den Haaren zogen. Um wieder auf die Beine zu gelangen, krochen sie einfach zu den Stühlen hin, packten diese und stemmten sich empor. Denn kräftig waren sie ja noch, die alten Burschen – so kräftig, daß sie zum Schluß gar das Riesenfaß durch den Keller rollten. Das brachte sie in Schweiß, und so legten sie ihre Kleidung ab, bis auf die Unterwäsche. Nein, war das drollig anzusehen! Ein Jeder fand, der Andere fordere das Gelächter der ganzen Welt heraus – sie lachten, daß der Leib sie schmerzte, und als sie unbedacht ein Glas zum Munde führten, überfiel das Lachen sie aufs neue, und sie prusteten sich gegenseitig den Wein ins Gesicht.

In dieser Nacht schlief weder Herrn Klontigs Sohn, noch dessen Frau, noch eine seiner sieben Töchter. Ein einziges Mal, um vier Uhr morgens, stieg der Sohn in den Keller hinab, um dort Ruhe zu stiften, aber es war ihm kein Erfolg beschieden, denn gegen unsichtbaren Wein kommt man nicht an. Am nächsten Morgen, kaum daß der Weinhändler sein Geschäft betreten hatte, sprach Herrn Klontigs Sohn bei ihm vor und bestellte für seinen Vater, den alten Herrn Klontig, ein großes Faß Wein.

Quellenverzeichnis

Wir danken allen Autoren und den nachstehend genannten Verlagen für die Abdruckgenehmigung.

Heinrich Böll: Unberechenbare Gäste
aus: Unberechenbare Gäste. Verlag Die Arche, Zürich, 1956, Copyright by Heinrich Böll

Claire Bretécher: Raoul hat Sorgen
aus: Frühlingserwachen. Copyright © 1978 by Rowohlt Verlag GmbH, Reinbek bei Hamburg

Christel Ehlert: Der Babysitter
aus: Der Babysitter und andere Geschichten. Erschienen im Rowohlt Taschenbuch Verlag GmbH, Reinbek bei Hamburg, Copyright © 1980 by Rowohlt Taschenbuch Verlag GmbH

Heinz Erhardt: Onkel Harry
aus: Unvergeßlicher Heinz Erhardt. Erschienen im Rowohlt Taschenbuch Verlag GmbH, Reinbek bei Hamburg. Copyright © 1976 by Verlag Klemmer + Müller, Oldenburg

Hans Fallada: Familienfahrt
aus: Damals bei uns daheim. Erschienen im Rowohlt Taschenbuch Verlag GmbH, Reinbek bei Hamburg. Copyright © by Emma D. Hey, Braunschweig

Frank B. Gilbreth/ Ernestine Gilbreth Carey: Lynch-Justiz oder Wie verjagt man einen Freier
aus: Aus Kindern werden Leute. Erschienen im Rowohlt Taschenbuch Verlag GmbH, Reinbek bei Hamburg. Copyright © Frank B. Gilbreth jr. und Ernestine Gilbreth Carey. © Alle deutschen Rechte Blanvalet Verlag GmbH, München

Hans Gruhl: Die Hochzeit von Eva und Dan, berichtet von Blasius, dem Langhaardackel
aus: Ehe auf krummen Beinen. Erschienen im Rowohlt Taschenbuch Verlag GmbH, Reinbek bei Hamburg. © by Margret Gruhl, München

Ursula Haucke: Das große Familienspiel und Reisen bildet
aus: Papa – Charly hat gesagt ... Band 3 und 4. Erschienen im Rowohlt Taschenbuch Verlag GmbH, Reinbek bei Hamburg. Copyright © 1979 und 1980 by Rowohlt Taschenbuch Verlag GmbH, Reinbek bei Hamburg

EPHRAIM KISHON: Ein Vater wird geboren
aus: Arche Noah, Touristenklasse. Erschienen im Rowohlt Taschenbuch Verlag GmbH, Reinbek bei Hamburg. Copyright ©1963 by Albert Langen Georg Müller Verlag GmbH, München

KURT KUSENBERG: Der Einbrecher
aus: Gespräche ins Blaue. Erschienen im Langewiesche-Brandt Verlag, Ebenhausen bei München. Copyright © 1969 Langewiesche-Brandt KG, Ebenhausen bei München.

KURT KUSENBERG: Wein auf Lebenszeit – Wo ist Onkel Bertram?
aus: Mal was andres – Phantastische Erzählungen. Copyright © 1969 by Rowohlt Verlag GmbH, Reinbek bei Hamburg

HANS NICKLISCH: Tante Flora
aus: Vater unser bestes Stück. Erschienen im Rowohlt Taschenbuch Verlag GmbH, Reinbek bei Hamburg. Copyright ©1955 by Blanvalet Verlag, München

NORETTA: Die Schule
aus: Das Prachtstück. Erschienen im Rowohlt Taschenbuch Verlag GmbH, Reinbek bei Hamburg. Copyright © 1972 Rosenheimer Verlagshaus Alfred Förg, Rosenheim

e. o. PLAUEN: Wie die Jungen zwitschern
aus: e. o. plauen: Vater und Sohn, Gesamtausgabe. Copyright © Südverlag GmbH, Konstanz, 1982. Mit Genehmigung der Gesellschaft für Verlagswerte GmbH, Kreuzlingen/Schweiz

ALFRED POLGAR: Onkel Philipp
aus: Im Lauf der Zeit. Erschienen im Rowohlt Taschenbuch Verlag GmbH, Reinbek bei Hamburg. Copyright © 1983 by Rowohlt Verlag GmbH, Reinbek bei Hamburg

CHLODWIG POTH: Szenen einer Ehe
aus: Unser täglich Frust – Mein progressiver Alltag 2. Copyright © by Chlodwig Poth

CHLODWIG POTH: Die Maske muß runter
aus: Mein progressiver Alltag. Copyright © by Chlodwig Poth

JO HANNS RÖSLER: Eine Ehefrau wie keine (2. Kapitel)
aus: Meine Frau und ich. Erschienen im Rowohlt Taschenbuch Verlag GmbH, Reinbek bei Hamburg. Copyright © 1964 by F. A. Herbig Verlagsbuchhandlung, Berlin-München-Wien

PETER SCHMIDT: Das vom Himmel gefallene Kind. Copyright © by Peter Schmidt.

WOLFDIETRICH SCHNURRE: Die Leihgabe
aus: Als Vaters Bart noch rot war – Ein Roman in Geschichten. Copyright © 1958 by Verlags AG Die Arche, Zürich

LEO SLEZAK: Meine Empfindungen als Schwiegervater
aus: Der Wortbruch. Erschienen im Rowohlt Taschenbuch Verlag GmbH, Reinbek bei Hamburg. Copyright © Rowohlt Verlag, Reinbek bei Hamburg

LEO SLEZAK: Unsere Großmama
aus: Rückfall. Erschienen im Rowohlt Taschenbuch Verlag GmbH, Reinbek bei Hamburg. Copyright © Rowohlt Verlag, Reinbek bei Hamburg

PETER M. THOUET: Wenn Mutter verreist ist (1. und 2. Kapitel)
aus: Wie erziehe ich meinen Vater. Erschienen im Rowohlt Taschenbuch Verlag GmbH, Reinbek bei Hamburg. Copyright © 1979 by Franz Schneekluth Verlag, München

JAMES THURBER: Du und dein Kind, Ein Portrait von Tante Ida
aus: Gesammelte Erzählungen. Copyright © by Rowohlt Verlag GmbH, Reinbek bei Hamburg, 1950, 1953, 1964, 1971

KURT TUCHOLSKY: Familienbande – Herr Wendriner erzieht seine Kinder
aus: Ausgewählte Werke, Band 1 und 2, Sonderausgabe, Copyright © 1965 by Rowohlt Verlag GmbH, Reinbek bei Hamburg

ALEXANDER WOLF: Schüleraustausch
aus: Zur Hölle mit den Paukern. Erschienen im Rowohlt Taschenbuch Verlag GmbH, Reinbek bei Hamburg. Copyright © by Dr. K. H. Rösler